KB148611

마음을 치유할 심리치료사의 핵심 아이디어

삶이 올바르게 느껴지지 않고 뭔가 빠져있다면

프랭크 탤리스 지음 · 손덕화 옮김

마음을 치유할 심리치료사의 핵심 아이디어

삶이 올바르게 느껴지지 않고 뭔가 빠져있다면

초판인쇄	2023년 11월 27일
초판발행	2023년 12월 6일

지은이	프랭크 탤리스
옮긴이	손덕화
감수	김정택 신부
발행인	조현수, 조용재
펴낸곳	도서출판 더로드
기획	조용재
마케팅	최관호, 최문섭
교열 · 교정	이승득

주소	경기도 파주시 산남동 693-1
전화	031-942-5366
팩스	031-942-5368
이메일	provence70@naver.com
등록번호	제2015-000135호
등록	2015년 6월 18일

정가 23,000원
ISBN 979-11-6338-420-5 (03810)

파본은 구입처나 본사에서 교환해드립니다.

마음을 치유할 심리치료사의 핵심 아이디어 ──────★

삶이
올바르게
느껴지지
않고

뭔가
빠져있다면

The Art of Living

프랭크 탤리스 지음 · 손덕화 옮김

돌성판 **더 로드**
The Road Books

삶에는 오직 한 가지 의미가 있으니,
사는 행위 그 자체이다.

에리히 프롬(Erich Fromm),
[자유로부터 도피(Escape from Freedom), 1941]

평범한 사람들도 대부분 플라톤 Platon, 아리스토텔레스
Aristotles, 데카르트 Descartes, 니체 Nietzsche, 샤르트르 Sartre 등
철학자 5명의 이름은 쉽게 떠올릴 수 있다. 그러나 동일한 사람
들에게 심리치료사 다섯 명의 이름을 말해보라고 한다면, 훨씬
어려워할 것이며, 대답을 못하는 경우도 있을 것이다. 프로이트
Freud와 융 Jung 정도는 떠올릴 수도 있지만 나머지 사람들을 생
각해 내는 데는 시간이 걸릴 것이다. 나이가 좀 있는 사람들 중
에는 1960년대 유명 인사였던 랭 R. D. Laing 을 기억하는 사람도
있을 것이다. 랭을 포함한다 해도 겨우 세 명이다. 대부분의 사
람들은 프리츠 펄스 Fritz Perls, 빌헬름 라이히 Wilhelm Reich, 도날

드 위니캇Donald Winnicott, 앨버트 엘리스Albert Ellis와 같은 인물들을 모른다. 또한 프랜신 샤피로Francine Shapiro나 스티브 헤이스Steve Hayes와 같은 동시대의 심리치료사들 역시 모를 것이다.

그러나 심리치료의 거장들은 인간에 대해 할 말이 많다. 여러 지식들이 응축된 심리치료는 학문적 목표와 연구의 범위, 학문의 효용 등에서 여타 다른 학문들과 동등하다. 그럼에도 불구하고 비슷하게 인식되는 경우는 거의 없다. 그 대신에 우리는 대부분 심리치료를 가장 좁은 의미인 정신병의 치료 수단으로 생각한다. 심리치료의 임상적 근거도 중요하지만, 이 분야의 지적 유산은 훨씬 더 광범위하게 연관되어 있다. 심리치료에 대한 지식은 철학자와 종교인들이 다음과 같은 질문들에 독창적으로 대답할 수 있도록 돕는다. '나는 누구인가? 나는 왜 여기 있는가? 나는 어떻게 살아야 하는가?'

심리치료가 의사들이 내담자들을 위로하고 조언해 주는 제한된 범위로서만 존재해 왔지만 19세기 정신분석의 등장으로 심리치료는 문화적, 과학적 조건을 갖추게 되었고, 현대적 형태가 되었다.

지그문트 프로이트Sigmund Freud는 신경학자가 되기 전에 실험실에서 신경세포를 연구하였으며, 이후 정신분석학을 발전시켰다. 그와 동시대 사람들과 비교해 보면, 철학자이자 심리학자인 피에르 자넷Pierre Janet을 제외하고 프로이트가 가장 야심있는 이론가였다. 프로이트는 프랑스 정신병리학, 독일 정신물리학과 성에 과한 연구를 융합하여 마음의 유연한 모델을 만들었다. 그리하여 정신분석의 범위는 순수한 의학적 고찰 그 이상으로 확대되었다. 프로이트의 새로운 '과학'은 예술과 미신에 뿌리를 둔 선사시대 관습과 종교에 새로운 통찰력을 제공했다. 1920년대에 프로이트는 "정신분석학은 의학적 전문 분야가 아니다."라고 주장했다. 프로이트는 자신이 '세계관'에 가까운 어떤 것을 우연히 발견했다고 확신했으므로 정신분석이 하나의 치료 방법으로만 여겨지는 것을 우려했다.

그의 임상 연구는 단지 시작점에 불과했으며, 궁극적으로 의학적인 것을 뛰어넘는 중요한 발견을 했다. 바로 마음으로 들어가는 길이었다. 정신분석은 사랑, 욕망, 꿈, 환영, 폭력, 문화, 군중의 행동들과 히스테리, 신경증을 넘어서 훨씬 더 많은 것을 설명할 수 있다. 정신분석을 통해 레오나르도 다빈치와 미켈란젤로와 같이 오래 전에 죽은 창의적인 천재들의 마음을 들여다볼 수도 있다.

프로이트는 정신분석학을 전기에 비유했다. 병원에서 사용되는 전기는 X선 이미지를 만들지만, 전기 자체가 명확하게 '의료용'인 것은 아니다. 전기는 라디오, 전차, 가로등을 작동시킨다. 병원에 전력을 공급하는 것은 병원에서 필요한 전기의 많은 용도 중 하나일 뿐이다. 프로이트 Freud의 전기 비유는 정신분석학 뿐만 아니라 모든 심리치료에 대해서도 적용된다. 심리치료사의 아이디어는 정신질환을 치료하는 데 사용될 수 있지만, 또한 마음이 어떻게 기능하는지, 마음이 서로 어떻게 관계되는지, 그리고 문화 안에서 마음이 어떻게 작용하는지에 대한 정보를 제공할 수 있다. 또한 고대부터 이야기되어 온 이상적인 생활방식, 좋은 삶 또는 행복에 대한 질문에도 큰 역할을 한다.

심리치료가 의학적인 처치 외에도 많은 정보를 제공하고 조언할 수 있는데도 왜 우리는 삶의 문제와 씨름할 때 자주 심리치료 문헌을 찾아보지 않는 것일까? 삶의 문제는 심리치료의 주요 관심사이지만, 아마도 사람들이 재빠르게 이해하기 어려운 언어를 사용하고 있기 때문일 것이다. 우리가 게슈탈트치료나 로고테라피의 기본 개념을 숙지함으로써 무엇을 얻을 수 있을까? 우리는 심장 수술과 같은 전문분야가 어떤 것인지는 쉽게 추측할 수 있다. 우리는 모두 심장이 무엇인지 알고 있기 때문이다. 하지만 표출치료 Primal theraphy에 대하여는 가장 기본적인 것이 무엇인지, 교류분석에서는 어떤 교류가 일어나는지 모른다. 심리치료의 명칭들은 생소하고 어려워 우리들 대부분은 추가적인 조사를 포기한다.

게다가 심리치료라는 용어조차 자주 혼란스럽게 사용된다. 몇몇 병원의 신경정신과는 프로이트의 정신분석과 같은 치료를 제공한다. 그러나 프로이트의 정신분석 외의 치료는 병원의 다른 과에서 제공된다. 이러한 상황 때문에 심리적 치료의 일부만이 심리치료로 불리고 나머지 심리학적 치료는 그렇지 않다. 그러나 모든 약리적 처치를 제외한 심리치료는 정확히 심리치료로 볼 수 있다.

대부분의 심리치료사들은 공통적으로 대화를 나누고 신뢰 관계를 구축한다.* 또한 심리치료사들은 짧은 기간 동안에 설령 어려운 진실과 직면하게 될지라도 내담자의 심리적 어려움을 줄여주는 것을 목표로 한다. 치료의 기법은 어떤 이론에 기반을 두느냐에 따라 다양하다. 탐색에 중점을 두기도 하고 지시적으로 접근하기도 한다. 접근할 수 없었던 기억들을 되살리고, 잘못된 신념을 바로잡는 것을 돕는다. 자기 이해를 격려하고 대처 기술을 습득하게 한다. 프로이트 정신분석은 가장 유명하며, 잘 자리잡은 심리치료의 한 형태이다. 우리는 모두 카우치 위에 누운 내담자 뒤에 앉아있는 턱수염을 기른 치료사를 떠올릴 수 있다. 그러나 사실, 프로이트 심리학의 이러한 대중적인 이미지는 잘못된 것이다. 정신분석학을 한 가지 고정된 방식으로 생각하게 한다. 프로이트는 끊임없이 정신분석을 수정하였고, 그가 죽

---

* 전화나 인터넷 등을 통해 자동화되어 전달되는 경우에는 예외가 있다. 불안, 우울증, 외상후 스트레스 장애 등의 문제를 관리하는데 도움을 주기 위해 설계된 앱도 있다. 그럼에도 불구하고, 심리치료의 대부분은 대화와 대면 접촉을 포함하며, 이러한 대화의 성격과 관계의 치료적 중요성은 실행되는 심리치료의 종류에 따라 달라질 것이다.

은 후에도 계속 수정되었다.

오늘날 존재하는 수많은 심리치료의 유형은 정신분석학, 인본주의적 실존주의, 인지적 행동주의 등 크게 세 가지로 분류된다. 정신분석에서는 무의식적인 기억의 회복과 원시적인 욕망이 도덕적, 사회적 기대와 충돌할 때 발생하는 갈등의 관리를 강조한다. 인본주의적 실존주의는 선택하기, 책임감 수용하기, 의미 찾기와 개인적 성장 달성과 같은 자율성과 진정성을 강조한다. 그리고 인지적 행동주의에서 고통은 혐오적 학습 경험, 부정확한 사고와 역기능적 신념과 관련이 있다. 이 내용들은 이어지는 장들에서 자세히 설명할 내용의 극히 작은 부분이다.

프로이트의 시대부터 심리치료의 역사는 되풀이되는 논쟁거리 중 하나였다. 학파 내부와 학파 간에 항상 적대감이 팽배했으며, 분열되어 있는 듯한 인상을 주었다. 참고할 만한 전통은 거의 없다. 심리치료 학파마다 차이점이 있지만, 일치하는 부분도 매우 많다. 심리치료 학계는 다도해를 닮았다. 물 위로 연결되지 않은 섬들을 볼 수 있지만, 물 표면 아래로 들어가서 보면 우리는 이 각각의 암석 기둥들이 같은 땅에 뿌리를 두고 있다는 것을 알 수 있다. 우리가 깊이 들어갈수록 모든 섬들이 유사한 또는 같은 기반암으로 지탱되고 있다는 것이 분명해진다. .

프로이트와 정신분석학을 제외하고는 심리치료의 지적 유산은 상대적으로 접근하기가 어렵다. 실제로 상담실과 학계에서만 독점적으로 그 유산을 관리한다. 대중적인 심리학이 잡지와 웹 사이트에 넘쳐나지만, 일반적으로 탁월한 심리치료사들의 핵심 아이디어는 와전되거나 지나치게 단순화되는 경우가 많다. 우리 가 현재만큼 진정한 심리학적 지식을 필요로 했던 적이 없었던 것을 생각해 볼 때 매우 불행한 일임에 틀림없다. .

이전 세대와 비교해 볼 때, 우리는 쉽게 정보를 얻을 수 있으 며, 충분한 자유와 물질적 안락함을 누리고 더 많은 물건들을 소유하고 더 오래 산다. 그러나 매우 많은 사람들이 우울과 불안 으로 힘들어하며 불만족스럽다고 말한다. '정신 건강'에 대한 통 계는 물질적으로 풍요로워진 삶의 여건에도 우리와 우리 아이들 은 더 자주, 더 많이 슬퍼하고 불안해하며 외로워한다. 심리학자 들은 Covid-19 대유행의 충격이 단기적, 장기적으로 이러한 수 치들을 증가시킬 것으로 예상한다.

오늘날 정신 질환을 앓고 있는 사람의 수는 전례가 없을 정 도로 많다. 세계보건기구는 전 세계적으로 자살로 인한 사망자 수가 전쟁, 살인, 사형 그리고 테러 공격에 의한 사망자 수를 합 한 것보다 많은 것으로 보고하고 있다. 매년 약 백만 명에 달하 는 사람들이 자살을 선택하고 있다.[1] 40초마다 누군가는 어딘가 에서 죽음을 선택한다. 이들은 단지 의식하는 것 자체만으로도 견딜 수 없이 고통스러워한다. 선진국에서 자해는 15세에서 49 세 인구의 주요 사망 원인이다. 자해로 인한 사망자 수가 심장병과 암의 사망자 수보다 많다.

정신 질환의 발병률 또한 너무 높아서 모든 사람들이 적절한 치료와 보살핌을 받는 것이 더 이상 불가능하다. 정치인들은 최근에서야 이러한 현상들이 야기하는 재정적 영향을 인정했다. '주관적 웰빙'은 현재 자본의 한 형태로 인정되고 있으며, '행복 경제학'에서 정신 건강은 특별한 의미를 부여받았다. 이러한 재정 부분에 대한 새로운 시각은 궁극적으로 모든 불행한 나라들이 가난한 나라가 될 것이라는 생각에 근거를 두고 있다. 정신 질환은 비용이 많이 든다. 사람들이 일을 쉬는 가장 흔한 이유가 심리적인 문제이다. 현대사회에서 생산 가능 일수가 줄어드는 것에 따른 손실은 수천억에 이른다. 미국 경제에서 우울증에 의한 경제적 손실은 년 2,100억 달러로 추산되며, 몇몇 소규모 국가의 국내총생산 GDP을 초과하는 금액이다. 이러한 손실은 두 가지로 볼 수 있는데, 하나는 직접적이며 가시적인 비용으로 의약품, 심리치료, 입원 등의 비용이고, 나머지 하나는 간접적이며 눈에 보이지 않는 비용으로 생산성 감소와 조기 퇴직이다. 유럽 분자생물학 기구에서 2010년 자료에 근거하여 2016년 발표한 자료에 의하면, 전세계적으로 정신질환으로 인한 직간접적 비용은 2조 5천억 달러에 이른다.

세계보건기구에 따르면, 정신질환에 걸린 사람들의 1/2은 14세가 되기 전에 발병한다. 최근 몇 년간 각종 심각도 지수가 2

배에서 심지어 4배까지 증가했다. 예를 들어, 국립보건원에 따르면, 성인 정신 질환 유병률 중 영국 성인의 자해율은 2000년과 2014년 사이에 두 배나 증가했다. 영국에서 자살에 이르지 않은 자해에 대한 2019년 연구에 따르면, 16세부터 24세 사이의 여성과 소녀의 유병률이 2000년 6.5%에서 2014년 19.7%로 증가했다. 심리적 문제로 인한 처방약의 사용도 비례하여 증가했다. 2018년 국민건강보험통계에 의하면, 영국에서 처방된 항우울제는 7,090만건에 달한다. 이것은 2008년의 두 배에 이르는 수치이다. 비교적 저렴하고 쉽게 구할 수 있는 약물 처치가 아니라면 상황은 훨씬 더 나빠질 것이다. 전세계적으로, 9명 중 1명은 불안장애로 고통받고 있다. 그들 중 700만 명은 영국에, 3,500만 명은 미국에 거주한다.[2]

어떤 사람들은 현대의 정신 건강 통계가 '실제' 추세를 반영하지 않고 있어 신중하게 다루어져야 한다고 말한다. 사회적 낙인이 줄어들어 더 많은 사람들이 증상을 보고하게 되었고, 진단 매뉴얼도 지난 50년 동안 내용이 풍부해졌으며, 더 전문적인 교육을 통해 질병 진단률도 향상되었다. 그러나 통계적 수치가 사회가 처한 위기를 여실히 드러내고 있어 자기 증상을 보고하는 많은 사람들과 진단 매뉴얼의 진보는 설득력을 잃게 된다.

평범한 슬픔이 언제 임상적 상태가 되는지는 특정하기 어렵다. 진단 기준은 정상적인 슬픔과 비정상적인 슬픔을 구별하려는 시도를 하지만, 거의 모든 진단 시스템은 불완전하며 다소 자의적이다. 정신질환에는 혈액 검사와 같은 명확한 생물학적 검사가 없다. 현재의 정신 건강 통계에 따르면, 많은 사람들이 이전에는 비정상이라고 불렀던 심리적 문제를 겪고 있으며, 이러한 문제들이 점점 더 일반적인 것이 되어가고 있다. 진단 기준을 충족하는 매우 많은 수의 사람들 뒤에는 비록 '아픈 상태'는 아니지만 적절하게 기능하지 못하는 사람들이 있다. 삶이 올바르게 느껴지지 않고 뭔가 빠져있다. 사람들은 타인의 의도에 대한 의심에 사로잡혀, '이게 전부 맞아?' 하고 물으며, 더 많은 것을 원한다. 정신질환을 유발하는 생물학적, 정신적 요인의 기여도는 사람마다 다를 수 있지만, 지난 1만 년 동안 사람의 뇌가 전혀 변하지 않았다는 것을 고려하면, 현대 생활이 정신질환과 불만족의 수준의 원인일 가능성이 높다.

현대성 Modernity 은 우리가 지금 생각하고 있는 것처럼, 산업혁명 이후에 발생한 기술적, 사회적 변화를 말한다. 미국의 의사 조지 비어드 George Beard 는 1869년 신경피로증과 불안이 특징인 증상군, 즉 신경쇠약을 정신과 진단에 도입했는데, 그는 이러한 증상들이 도시 생활의 빠른 속도에 기인한다고 말했다. 프로이트 Freud 는 현대성과 정신질환 사이의 관계를 [문명과 문명의 불만 Civilization and its Discontents]이라는 저서에서 분석하였다. 1930년에 발표된 이 긴 에세이는 아마도 이 주제에 대한 가장 유명한 설명일 것이다. 현대에 사는 것은 인간의 심리적 건강에 결정적인 영향을 주는 스트레스와 긴장을 야기한다. [프로이트와 인간의 영혼In Freud and Man's Soul]에서, 정신분석학자 브루노 베텔하임Bruno Bettelheim*은 [문명과 문명의 불만]은 최초의 독일어 제목인 [Das Unbehagen in der Kultur]가 잘못 번역된 것이라고 주장하였다. 영어로 좀 더 정확하게 표현하면 [문화에 내재된 불안감]이 될 것이다. 프로이트의 독일어 제목은 '그리고' 라는 단어를 포함하지 않았는데, 이는 '문명'과 문명화된 사람들 사이에 '불만'이 있는 사람이 있다는 것을 암시한다. 베텔하임은 독일어 제목에서 '불안'과 '문화'는 분리할 수 없다고 지적했다. 당신이 현대에 산다면, 적어도 어느 정도는 불편하고 불행할 것이다. 이것은 불가피한 것이다.

프로이트의 분석은 전적으로 진화심리학의 입장과 일치한다. 우리는 특정 환경에서 살도록 진화해 왔지만, 실제로는 다른 환경에서 살고 있다. 환경이 빠르게 변할수록 우리의 뇌는 더 많이 뒤처지고, 새로운 요구에 적응할 수 없게 된다. 인터넷에는 본질적으로 아무런 문제가 없지만, 신속하고 건강한 적응을 할 수 있는 우리의 능력이 한정적이기 때문에, 특히 소셜 미디어와 관

---

* 오스트리아 태생의 심리학자, 학자, 공공 지식인이자 작가, 자폐증에 관한 초기 작가인 Bettelheim의 연구는 정서적으로 혼란스러운 어린이의 교육 뿐만 아니라 보다 일반적인 프로이트(Freud) 심리학에 초점을 맞추었다.

련하여 많은 불편함과 불쾌감이 생긴다. 특히 청소년에서 정신증은 모바일 화면을 장시간 보게 되는 것과 관련되어 있다. 기존 연구에서 잘못된 변수의 설정, 직접적인 원인 데이터의 부족과 비판적인 주장을 뒷받침할 의도로 선별적으로 보고서를 선택했던 중대한 문제점들이 발견되었다.[3] 그러나 미국에서 매년 백만 명 이상의 젊은 응답자들을 대상으로 실시한 설문조사에 따르면 2012년 이후 자존감, 삶의 만족도, 행복감 등 심리적 행복감이 급격히 감소한 것으로 나타났다. 전문가들은 이러한 감소에 대한 가장 그럴듯한 이유가 청소년기에 스마트폰을 빠르게 받아들였기 때문이라고 결론지었다.[4] 인터넷을 비판하는 사람들을 러다이트*나, 위험을 과장하거나 재난을 예언하는 잔 걱정이 많은 사람으로 특징짓는 것은 쉽다. 그러나 그러한 비평가들 중에 인터넷을 발명한 팀 버너스-리Tim Berners-Lee**를 반드시 포함시켜야 한다.[5] '웹상의 기술로 연결된 인간성은 디스토피아적인 방식으로 작동하고 있다'고 버너스-리는 말하고 있다.

지금까지 가장 많이 팔린 최초의 자기계발서의 제목은 문자 그대로 '자기계발서Self-Help***'였다. 이 책은 사무엘 스마일

---

* 영국에서 산업혁명이 초래할 실업의 위험에 반대해 기계를 파괴하는 등 폭동을 일으킨 직공단원이다.
** 영국의 컴퓨터 과학자, 1989년 월드와이트웹의 하이퍼텍스트 시스템을 고안하여 개발, 인터넷의 기반을 닦은 공로로 웹의 아버지라고 불린다.
*** 사무엘 스마일스가 1859년에 출판한 책, '빅토리아 중부 자유주의의 성경'이라고

즈 Samuel Smiles에 의해 쓰여졌고, 다윈의 종의 기원과 같은 해인 1859년에 출판되었다. 그 이후로 자기계발 산업은 지속해서 성장해 왔으며, 그 규모는 계속 커지고 있다. 영국에서 자기계발서 판매는 2018년에 20% 증가했다.[6] 이 책들의 무게로 인해 책장이 밑으로 쳐질 정도였다. 대안 문화적 관점, 유명한 작가와 역사적 인물들의 작품, 철학의 각 학파들과 대중 심리학으로부터 나온 삶에 대한 많은 아이디어들이 넘쳤다. 다른 이들은 여러 유명한 전문가들의 생각과 성찰을 요약하였다. 때때로 자기계발에 대한 뉴스는 예상치 못한 곳에서 발견된다. 최근 호평을 받은 베스트셀러에서는 나무를 자르고 쌓고 말리는 과정을 통해 삶에 대한 깊은 이해를 이룰 수 있다고 말한다. 리뷰어들은 그 책에서 어쩌면 저자의 의도와는 반대될지도 모르지만 탁월함과 행복에 대한 지침들을 발견한다. 사람들은 명확한 답을 갈망한다. 그러나 카리스마 있는 인물들이 안심시키거나 영감을 주는 슬로건들로 기분을 좋게 하고 동기를 부여해도, 이러한 행위들의 유익한 효과는 오래가지 못할 것이다. 그리하여 현실을 다시 인식할 때는 진정 아무것도 변하지 않았다는 고통스러움이 따른다. 우리가 한밤중에 잠에서 깨어 어둠을 응시할 때, 실존하는 절대자는 여전히 우리를 무겁게 짓누른다.

불림. 자조, 산업, 인내의 미덕을 찬양함.

현대 생활을 특징짓는 열광적인 수준의 활동은 많은 사람들이 끊임없는 무익한 탐색으로 바쁘다는 것을 암시한다. 우리는 끝없는 만족과 좌절에 사로잡혀 돈, 다이어트, 화장품, 소셜 미디어, 자동차, 게임, 스마트폰, 트렌드, 패션, 유행 등과 같이 하나에서 또 다른 것으로 돌진한다. 이 모든 것들이 더 실질적인 것, 눈에 보이지는 않지만 그럼에도 불구하고 현실적으로 달성 가능한 무언가를 대체하는 것일까? 아니면 단순히 우리를 압도하는 공허감에서 우리를 구해주기 위한 눈가림일까?

우리가 스스로에게 큰 질문을 던질 때, 우리는 믿을 만한 논리를 가진 대답을 원하며, 그 대답은 일관성 있는 지식의 틀에서 벗어나지 않아야 하고, 관찰을 통해 확인할 수 있어야 한다.

프로이트와 프로이트 이후의 학자들은 불행을 면밀히 조사했고, 그 원인을 찾기 위해 마음을 파헤쳤다. 그들은 철학적 추상화와 함께 종교적 교리를 거부하며 빈번하고 체계적인 연구로부터 이론을 발전시켰다. 그들은 인간의 질문이 인간의 답을 필요로 한다는 것을 이해했고, 인간이 된다는 것이 의미하는 바를 이해하지 못한다면, 답을 찾을 수 없다는 것을 알았다.

100년이 넘는 기간 동안 심리학자들은 인간 정신의 모델을 발전시키고 다듬어 왔다. 그들은 고통을 완화하기 위해 노력해 왔고, 더 나은 삶을 살고자 하는 사람들에게 도움을 주었다. 총체적으로, 그들은 프로이트의 정신분석에 대한 고귀한 야망과 함께 신념을 지켜온 결과, 일련의 작품을 만들었다. 프로이트의 희망대로 정신분석은 의학의 한 분야 이상으로 널리 인정받음과 동시에, 정신질환 치료 이상으로 적절하고 적용가능한 것으로 인정받게 되었다.

심리치료사들은 철학자나 성직자가 보기에는 사소하고 무관해 보이거나 또는 불쾌한 인간의 경험의 면면들을 특별한 중요성을 가지고 바라본다. 프로이트 Freud는 그가 살았던 시대 이전에는 인정받지 못했던 배변 활동에 대한 의식, 초기 기억, 원시적인 충동, 그리고 농담을 좋아하는 우리의 특성들을 인간으로서의 면모로 고려했다. 심리치료는 이런 점에서 상대적으로 거침이 없었다. 심리치료는 인간의 조건들을 늘려가는 것을 거부해 왔고, 항상 거친 현실을 그래도 받아들여 왔다.

로마 건축가 비트루비우스 Vitruvius*는 레오나르도 다빈치의 유명한 펜과 잉크 그림을 인간의 지성과 인류의 우월성을 나타내기 위한 자료로 자주 설명하였다. 인간 모습의 대칭성과 수학적인 완전함이 인간이 우주적인 존재임을 드러낸다고 말하였다. 프로이트와 심리치료의 다른 주요 인물들은 비트루비우스의 이러한 생각을 뒤집었다. 그들은 인간의 나르시시즘적 성향을 확인하고, 우리 자신들을 실제 그대로 바라보라고 말했으며, 우리

---

* 로마시대의 건축가. 카이사르와 아우구스투스 황제 시대에 건축가로 활동했다. 그가 남긴 《건축서》(10권)는 고대건축 연구에 중요한 자료가 되고 있다.

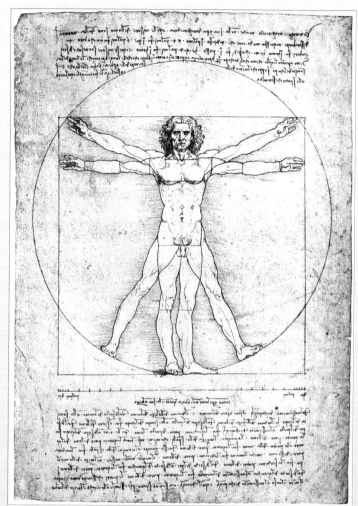

Vitruvian

는 세상의 중심에 있지 않으며, 확장적 상징주의로 스스로를 고귀하게 여기지 말라고 충고했다.

인간의 본성은 진화론적 압력에 합류하면서 모양을 갖추게 되었다. 우리는 모두 동일한 신경계를 가지고 있고, 기본적인 감정을 경험하며, 같은 '추동'에 의해 동기화된다. 유전학자들은 종종 우리가 침팬지와 DNA의 96%를 공유한다는 것을 상기시킨다. 만약 우리가 동물 사촌들과 그렇게 가까운 관계라면, 우리를 서로 구분 짓는 근본적인 차이점들은 정말로 매우 작을 것이다. 그러나 지구상의 전혀 다른 지역에서 온 사람들조차 우리가 침팬지와 다른 것보다는 더 비슷하며, 같은 문화에서 성장한 사람들의 욕구와 욕망, 꿈은 말할 것도 없다.

우리가 어떻게 살 것인가를 선택하는 것은 지극히 개인적인 문제이지만, 한 개인에게는 옳은 일이 이웃에게는 잘못된 것이 될 수도 있다. 하지만 고통은 항상 괴롭고 기쁨은 언제나 즐겁다. 우리는 여러 가지 다른 이유들로 불만족스러울 수 있지만, 그 불만의 질, 그 느낌의 본질은 변함없이 일정하다.

그렇다면 우리는 동일한 삶의 문제들로 괴로워하면서도 수많은 아이디어의 저장고로서 심리치료의 도움을 왜 거의 구하지 않는 것일까? 이해하기 어려운 명명법이 그 이유 중 하나이다. 심리치료 학파들 간의 반목과 대립은 또 다른 문제이다. 또한 심리치료는 지식의 결핍, 부조리 그리고 속임수라고 비난을 받고 있다. 프로이트Freud의 초기 동료 중 한 명인 알프레드 아들러 Alfred Adler는 단지 상식적인 생각을 옹호한다는 이유로 경멸을 받았는데, 아들러는 이렇게 대답했다. "그런데 상식이 뭐가 잘못 된 거죠?" 만약 심리치료가 제공하는 삶의 권장사항들이 솔직하 고 경험과 일치한다면, 그것은 확실히 바람직한 일이다.

부조리에 대한 비난은 보통 정신분석학의 맥락에서 발생한 다. 어린 아이의 성적인 감정과 근친상간의 충동을 다루는 프로 이트의 성적 발달 이론은 이론이 나온 초창기부터 과학자들을 화나게 했다. 그럼에도 불구하고, 지난 30년 동안 프로이트의 이 론은 적어도 몇몇 훌륭한 자료들로부터 부분적인 지지를 얻었 고, 분명하게도 대부분의 신경과학과 진화생물학, 그리고 많은 저명한 과학자들도 프로이트의 전반적인 업적에 감탄했다. 기억 의 저장과 뇌에 관한 업적으로 노벨상을 받았던 에릭 캔들Eric Kandel*은 2012년 그의 저서 [통찰의 시대The Age of Insight]에 다 음과 같은 글을 남겼다.

"프로이트의 정신 이론이 현대 사상에 기념비적인 공헌이라 는 의견은 모두가 동의한다. 실험으로 증명되지 않았다는 명백

---

* 노벨상을 수상한 세계적인 석학이자 위대한 생물학자로 바다달팽이를 이용한 세포내 기억 과정의 발견 등 획기적인 연구 결과를 잇달아 발표하면서 그 업적을 인정받아 2000년 노벨 생리의학상을 수상했다.

한 약점에도 불구하고, 1세기가 지난 지금에도 인류가 가진 정신 활동에 대한 가장 영향력 있고 일관성있는 견해로 남아 있다." 프로이트 개념의 생물학적 토대를 발견하고자 하는 새로운 학문인 신경정신분석학이 1990년대에 등장했다. 현재 국제 신경정신분석학회에서는 자체적으로 과학 저널을 발행하고 있다.

불행하게도 심리치료의 주요 사상가들 중 다수가 이례적으로 나쁜 역할 모델이 되었다. 오토 그로스Otto Gross*와 빌헬름 라이히Wilhelm Reich**는 불명예스럽게 생을 마감했는데, 전자는 극빈했고 후자는 감옥에 갇혔다. 또한 반문화 영웅인 프리츠 펄스Fritz Perls나 로널드 데이비드 랭R. D. Laing이 저지른 실망스러운 일화들도 많이 알려져 있다.

사상가들의 의심스러운 행동으로 보아, 우리는 그들 이론의 가치를 의심하게 된다. 하지만, 이 인물들 중 많은 수가 선구자일 뿐만 아니라 피해자이고, 그 자신의 성공의 희생자들이다. 그들은 대안적인 생활 양식과 스스로의 의식 상태를 변화시킴으로써 그 이론들을 실험했다. 그들은 내담자들을 따라 광기에 빠졌다. 그들은 미지의 세계로 떠나는 탐험가와 같았다. 그리고 불가

---

* 오스트리아의 정신분석가. 지그문트 프로이트(Freud)의 초기 제자, 나중에 아나키스트가 되어 유토피아 아스코나 공동체에 합류했다.

** 프로이트(Freud)의 영향을 받은 정신분석자로 오스트리아, 독일, 미국에서 성개혁운동을 진행하였다. 1927년 [오르가즘의 기능]을 발표하고, 신경증의 원인이 성적 만족감의 결여라고 주장하였다.

피하게 그들 중 일부는 매우 비싼 대가를 치러야 했다. 그로스와 라이히는 그들의 온전한 정신을 대가로 지불했다.

심리치료는 삶의 교훈의 원천으로서 총체적으로 가장 높이 평가되고 있다. 아들러Adler의 비평가가 완전히 잘못 판단한 것은 아니었다. 어떤 심리치료적 아이디어는 뚜렷한 맥락이 보이지 않아 단순하거나 진부해 보일 수 있다. 또한 다른 아이디어들은 설득력이 없어 보인다. 그럼에도 불구하고 더 큰 그림을 보기 위해 한 발짝 물러서서 심리치료를 경쟁 학파가 아닌 하나의 전통으로 보게 되면, 성취를 이루기 위해 얼마나 많은 것이 필요한지 알게 될 것이다. 우리에게는 수많은 복잡한 욕구가 있기 때문에 그 일의 방대함은 엄청나다. 우리는 대화하고, 이해 받고 싶으며, 자기 자신에 대한 하나의 통일된 감각과 통찰력을 갖기를 원하고, 사랑받으며 안전하다고 느끼고 싶어 한다. 또한 생물학적 욕구를 충족시키고, 내면의 갈등을 해결하고, 수용 받고 싶어 하며, 역경을 극복하고, 목적을 갖고, 의미를 찾으며 우리 자신의 죽음을 받아들이기를 원한다. 이런 측면으로 볼 때, 그렇게 많은 사람들이 불행하고 불만족스러워하는 것은 전혀 놀라운 일이 아니다. 인생은 평생의 과업이다.

심리치료의 목표는 일상 생활의 목표와 그리 다르지 않다. 사람들은 행복해지고 싶어 하고 최고의 결과를 원한다. 심리치료는 미봉책을 완전히 반대한다. 삶의 문제는 단순히 긍정적인 태도를 취하고, 좌우명을 말하거나 나무를 자르는 것만으로 해결될 수 없다. 자아실현은 매우 어렵고, 헤아릴 수 없을 정도로 많은 과정과 우연한 사건들에 의해 좌우되기 때문에 우선순위를 정할 필요가 있다. 어디서부터 시작해야 할까? 내 생각에는, 바로 이것이 지적 전통으로서 심리치료가 이뤄낸 것이다. 무엇이 중요한지는 알아냈다. 심리치료의 주요 인물들, 그 위대한 사상가들은 그들의 삶의 대부분을 가장 치열하고 고통스러운 상태에 있는 인간의 문제에 직면하는 데 보냈다.

심리치료는 현실에 기반을 두고 있으며, 확고하며 실용적이다. 진화, 어린 시절, 그리고 사회적 맥락 속에서 형성된 심리가 의식적이고 구체화된 존재로서 살아가면서 삶과 관련된 질문들을 던진다. 심리치료는 형식적인 대답을 삼가면서 우리에게 잘 짜여지고 정확하게 겨냥된 질문이 항상 받아오던 지혜 한 덩어리보다 더 중요하다는 것을 가르친다.

나는 한때 런던에 있는 정신의학연구소^{현재의 정신의학, 심리학, 신경과학연구소}라고 불렸던 곳에서 임상심리 수련을 받았다. 그곳은 원래 베들렘 왕립병원과 모들리 병원^{Bethlem Royal and Maudsley Hospital} 부속 연구 기관이었다. 베들레헴의 축약어인 베들렘은 광기, 소란 그리고 혼돈이라는 뜻으로, 일상적으로 사용되는 '베들람'의 어원이다. 비록 베들렘 병원이 1247년에 설립되었지만,

그 광기는 20년 뒤에서야 나타났는데, 바로 리처드 2세가 주변의 소란스러운 주민들이 자신의 애완 매가 자는 것을 방해한다고 하여, 스톤 하우스라고 불리는 그 작은 병원을 폐쇄했을 때이다.7 중세 런던과 간접적으로 연결되어 있는 정신의학연구소의 임상심리학과에는 나름의 역사적 유산이 있었다. 한스 아이젠크Hans Eysenck*와 소수의 동료들이 영국 최초의 임상 심리학 과정을 개설한 곳이 바로 그 정신의학 연구소였다. 아이젠크는 정신분석학을 거부하고 행동치료를 옹호하였다. 그는 심리적 문제가 잘못된 학습의 결과로 나타난다고 설명했으며, 짧고 간단한 절차를 통해 벗어날 수 있다고 믿었다.

아이젠크는 과학 심리학의 열성적인 옹호자로 알려져 있었으며, 그의 영향력은 엄청났다. 내가 임상 실습생이었을 때에도 그는 여전히 그야말로 거대해 보였다. 정신의학연구소의 학생으로 합격하기 전, 나는 세인트 조지 병원 의과대학과 로열 홀러웨이와 베드포드 뉴 칼리지Royal Holloway and Bedford New College에서 박사학위를 받았다. 내 수퍼바이저 중 한 명은 저명한 임상 인지 심리학자 앤드류 매튜스Andrew Mathews였고, 다른 한 명은 한스 아이젠크의 아들인 마이클Michael이었는데, 그의 느긋한 태도는 아버지의 유전적 결정론을 끊임없이 반박하고 있는 것처럼 보였다.

---

* 독일계 영국인 심리학자, 습관을 매우 중요하게 생각하는 행동주의자이지만 성격 차이는 유전적 정보에 의해 결정된다고 믿었다.

궁극적으로 행동 치료나 인지행동치료 이외의 모든 치료방법이 비과학적, 비효과적이라고 여기는 환경에서 임상실습생으로 근무할 수 있었던 것은 한스 아이젠크 덕분이었다. 하지만 그 당시에, 나의 20년의 임상경험이 이득이 되지 못했다고 하더라도, 나는 치료적 근본주의에 대해 깊은 의문을 가지게 되었다. 열린 마음을 갖는 것이 좋을 것 같아서 나는 영국 정신분석학회의 차기 회장이 될 니콜라스 템플Nicholas Temple 박사가 운영하는 작은 수퍼비전 모임에 합류했고, 그곳에서 자극적이면서도 풍요로운 경험을 했다. 나는 항상 정신분석학과 행동치료는 반대라고 배웠지만, 유사점을 발견한 것이었다.

　나는 학파를 나누는 배타적 태도를 더 이상 견딜 수 없게 되었고, 표면상으로 서로 반대되는 심리치료학파가 얼마나 공통점을 갖고 있는지 되돌아보는 것에 훨씬 보람을 느꼈다. 게다가 나는 세 개의 주요 심리치료학파의 많은 차이점들이 전문 어휘로 과장되어 있었다는 것을 알았다. 배타적인 전문 용어를 버리면서 많은 모순들이 즉시 해결되었다.

　절충주의에는 문제점이 있다. 순수함이 결여되어 있고, 초점에 맞지 않을 수 있으며, 극단적으로 치닫게 되면 일관성이 없어질 수 있다. 그럼에도 불구하고 나는 여전히 절충주의의 이득이 심리적 문제가 가져올 잠재적인 비용보다 훨씬 더 크다고 확신한다.

　개인의 통합을 다루는 이러한 종류의 책은 필연적으로 선별적이다. 그럼에도 불구하고 나는 심리치료의 주요 인물들과 그들의 주요 공헌들을 이 책에 담으려고 노력했다. 그러나 프란츠 알렉산더Franz Alexander, 루트비히 빈스방거Ludwig Binswanger, 에릭 에릭슨Erik Erikson, 카렌 호나이Karen Horney, 해리 스택 설리번 Harry Stack Sullivan, 롤로 메이Rollo May, 자크 라캉Jacques Lacan, 윌리엄 글라서William Glasser, 앤서니 라일Anthony Ryle, 에미 반 더젠Emmy van Deurzen, 마샤 리네한Marsha Linehan 과 같은 사람들에 대해서는 이 책에 이론과 업적에 대해 담지 못했다. 이러한 호명은 무기한으로 계속될 수 있다. 이 책에 등장하는 위대한 사상가들은 그들의 업적뿐만 아니라 내가 탐구하기로 선택한 주제예를 들어 정체성, 통찰력 또는 자아도취에 의해서도 정해졌다. 20세기 동안 사회적 불평등이 여성이 의사나 심리치료사가 되는 것을 가로막았다는 것을 알지만, 나 또한 남성을 더 선호하는 성별 편견이 있다. 내담자, 가족, 간병인, 관련된 전문가와 친구로서 여성의 심리치료에 대한 지적 기여특히나 프로이트의 일평생 동안는 결코 과소평가되어서는 안된다.[8] 때때로 나는 현재 치료 중인 남성과 여성의 사례로 요점을 설명했다. 이들은 실제 인물들이며, 모두 이전에 내 내담자들이었고, 익명성을 보장하기 위해 임상적으로 관련이 없는 세부사항들을 바꿨다.

삶을 바로잡는 것은 어렵다. 심리치료는 항상 그 일의 중요성을 인식해 왔고 터무니없는 약속은 하지 않았다. 프로이트는 그

만의 방식으로 '비참함'을 '평범한 불행'으로 바꾼 것으로 유명하다. '문화에 내재된 불안감'을 초월하는 것은 불가능하며 간단한 해답도 없다. 당신이 마른 행주에 적힌 좋은 글귀를 읽는다고 해서 새 사람으로 거듭나기는 힘들다. 프로이트의 현실주의는 표면적으로는 매력적이지 않다. 그는 우리에게 '평범한 불행'이라는 형편없는 위로를 주는 것 같다. 그러나 겸손한 자기 확신은 놀랄 만한 많은 여지를 남긴다. 우리가 기대치를 조정한다면 더 자주 행복할 것이다.

"너 자신을 알라(Know thyself)"

태고太古 때부터 인간의 의식이 싹트며 내던진 원초적인 질문을 소크라테스는 마지막 독배를 마시며 후대에 전했다. 프랭크 탤리스Frank Tallis의 책을 읽으면서 계속해서 내 귓전에 울려오는 소리는 바로 그것이었다: '너 자신을 알라.'

탤리스는 우리에게 이 시대와 사회에 팽배해 있는 우울감에 맞서기 위해 예술, 특별히 화가 호퍼Hopper의 대표작인 〈밤을 새는 사람들〉을 상징적으로 분석하면서, 인간 심층을 탐구했던 프로이트Freud와 융Jung의 생각들과 우리가 건강한 삶을 살 수 있도록 도움을 주었던 다양한 심리치료사들, 랭R. D. Laing, 에리히 프롬Erich Fromm, 프리츠 펄스Fritz Perls, 빌헬름 라이히 Wilhelm Reich, 도날드 위니캇Donald Winnicott, 앨버트 엘리스

Albert Ellis의 삶과 그들의 사상을 진솔하게 소개한다. 마치 저자가 바로 내 곁에 서서 아름다운 길을 산책하며 들려주는 재미있는 이야기처럼 편안하고 생생하다.

"오늘날 사람들은 그 어느 때보다 더 불행하고, 스트레스를 받고, 불안 속에 산다. 경제학자들은 그 결과로 서구 자유 민주주의가 위험에 처해 있다고 경고한다. 나는 심리치료와 관련된 아이디어와 공식, 틀이 잠재적인 치료법으로서 더 자주 논의되어야 한다고 제안한다. 심리치료가 만병통치약이라고 결코 주장하지는 않지만, 심리치료는 대부분의 사람들이 생각하는 것보다 더 많은 것을 제공할 수 있다고 믿는다. 인간 불행의 본질에 대한 지속적인 탐구로서 이 책은 대중 심리학의 진부한 표현과 사이코버블, 정신분석의 카우치에 대한 만화 삽화를 초월한다."라고 테일러는 자신있게 말한다.

정교하고 읽기 쉽게 잘 번역된 이 책의 내용을 다시 한번 다듬고 교정하는 마음으로 정독을 하면서, 나는 프랭크 탤리스 Frank Tallis가 지닌 심리치료 이론에 대한 박학다식함과 미술에 대한 깊은 식견에 놀라움을 금치 못했다, 특별히 호퍼의 그림 〈밤을 새는 사람들〉과 〈자동판매식 식당〉 두 그림의 상징성을 인간의 심층을 이해하는 단서로 해석해 내는 통찰력이 놀라웠다. 그리고 책 전반에 깔려있는 인간, 특별히 다양한 이유로 이 사회에서 소외되어 외롭고 우울하게 힘든 삶을 살아가는 사람들에 대한 진한 사랑과 연민이 책 전반에 배어있어 깊은 감동을 느꼈다. 그 때문에 이 책은 삶을 제대로 활기차게 살고 싶어 하는 많은 이들에게 크게 도움이 되리라 믿어 일독을 강하게 권하고 싶다.

'구슬이 서 말이라도 꿰어야 멋진 장식품이 만들어진다.'는 속담이 있다. 이 책의 저자 탤리스가 힘주어 강조하는 것은 여러 가지 다양한 심리치료와 건강한 삶을 살아가는 법을 배우더라도, 독자들이 스스로 역동적인 삶을 위해 그것을 행동으로 옮겨야 함을 역설하고 있다. "여러분은 이 책을 다 읽었다. 이제 그 내용에도 익숙해졌다. 이제 당신은 기꺼이 행동으로 옮길 준비가 되었나요?" 이것이 바로 이 유익한 책을 쓴 저자 탤리스가 우리 모두에게 던지는 진지한 질문이다. "정말 우리는 삶을 제대로 살 준비가 되었는가요?" 'The Act of Living.' 이것이 바로 긍정적인 시선으로 삶을 이해하고, 우리에게 주어진 삶을 역동적으로 즐길 수 있는 비결이다.

"이 순간을 사는 것"

　아무 말이나 떠오르는 말을 나눌 수 있는 누군가가 있다면, 그리고 그 말들이 튕겨져 허공을 헤매지 않고 친밀한 누군가가 그대로 받아서 살짝 돌려준다면, 우리는 스스로를 더 알게 될 뿐만 아니라 어두운 공허, 험난한 풍랑도 더 이상 두려워하지 않게 될 것이다.

　때때로 통찰에 이르게 할 정확하게 조준된 질문까지 받게 된다면 불안하게 부유하던 내 존재는 어디로 가야 할지 방향까지 찾게 된다.

　질문을 던지고, 스스로 그 답을 찾을 때까지 같이 기다려주는 사람, 캄캄하고 두려운 길, 아픈 마음의 길을 걷는 동안 옆에서 심리적 손을 잡아주는 사람, 그런 역할을 기꺼이 하는 사람이 심리상담가라고 생각한다. 심리치료는 우리가 감각하는 현실을 다루며, 확고하고 실용적이다. 단순하고 핵심적인 질문으로 우리 내부에서 여전히 작동하는 선조들의 본능과 유년기의 상처와 사회적 맥락들의 복잡한 실타래를 푼다. 나를 흔드는 것은 무엇인가. 보이지 않던 나를 마주하고, 내 숨겨진 욕구를 묻는 그 질문이 치유의 시작이 된다.

페르소나를 벗고, 반듯한 거울로 우리를 보고, 우리가 우리의 인식과 기억을 신뢰할 수 있다면, 우리는 우리 스스로의 결정을 자신할 수 있을 것이다. 그러나 대부분의 거울은 휘어져 있고, 기억과 인식은 왜곡된다. 나쁜 기억을 깊은 무의식으로 밀어넣고, 불안을 억압할수록 우리는 현실에서 괴리되고, 결국 나에게서도, 다른 사람에게서도 소외된다. 왜곡된 모습을 벗고 깨끗한 거울을 보려면 어떻게 해야 할까.

심리적 문제는 자아의 균형이 깨질 때 발생하며, 우리의 자아가 진짜 자아와 일치하지 않을 때 우리는 불만족스러우며, 삶을 실현할 가능성 또한 줄어든다. 현대인의 또 다른 손이 된 모바일 기기는 이러한 개인 정체성의 분할, 복제, 전파와 분산의 무한한 기회를 제공한다. 자기중심적이고 나르시시스트와 같은 유아는 성장하며 경험하게 된 좌절들로 겸손을 배우고, 나르시시즘에서 벗어나게 된다. 오늘날 우리는 욕구가 즉각, 즉시 충족되는 디지털 세상에서 살고 있다. 디지털에는 언제나 화사하고, 젊고 아름다운 우리의 모습이 있다. 현대 생활에서 실제 '우리'는 필연적으로 괴리감을 경험하고, 사소한 좌절에도 크게 분노한다. 우리의 상당수는 디지털나르시시트일 수 있다.

그러나 우리가 자아에 대한 일관성 있는 감각을 가질 수 있다면, 그리고 대화할 수 있다면 우리는 현실을 직면할 수 있을 것이다. 과거에 대한 반추와 미래에 대한 걱정에서 벗어나 '현재의 순간', '지금 여기' 살아야 한다. 현실에 집중할수록 '자기 인식'의 순간을 줄어들지만, 세상은 우리가 감당할 정도로 작아지게 되며 안전해질 것이다. 삶에서 충족은 찾거나 소유하는 것이 아닌, 현재의 소유물이다, 우리는 그저 지금 이 순간 살아야 한다.

수의사로 일하며 13년 동안 여러 상담이론을 정말 즐겁게 공부했다. 배운 대로 바로바로 나를 돌아보는 과정에서 찾아오는 통찰에 매번 감격했다. 그러나 이 책에 등장하는 수많은 심리학자의 이론들은 상당수 생소하여, 번역을 포기해야 할까 망설이기까지 했다. 하지만 꾸준히 분야를 가리지 않고 공부해 온 심리학 이론은 번역에 큰 도움이 되었다. 책에 등장한 100여 명의 심리학자와 미술가, 역사적 사건들을 조사하고 스크랩하는 과정이 처음엔 힘들었지만, 노력은 그대로 남아 나의 살과 피가 된다는 것을 체감했다. 막막해 보이던 일을 마치면서 과거에는 '할 수 없었던 나'가 기꺼이 '할 수 있는', '지금 이 순간 노력을 즐기는 나'가 되었음을 느낀다. 이런 좋은 기회를 주신 프로방스의 조현수 대표님께 큰 감사를 드리며, 직장과 육아의 틈 속에서도 매일 노트북 앞에서 고민하는 나를 지켜봐 준 아이들과 남편에게 고마움을 전한다.

차
례

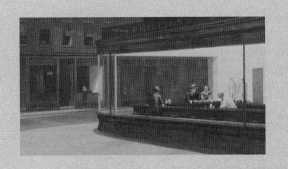

제1장

대화:

고요한 극장을 떠나며

Talking:

Leaving the silent theater

The Act of Living

1.

대화: 고요한 극장을 떠나며

Talking: Leaving the silent theater

몇 년 전 런던에서 개최된 역사적인 에드워드 호퍼^{Edward} ^{Hopper} 전시회에 참석했다. 각각의 작품들을 보면서 작가가 개인적인 순간을 포착하는 데 천재적이라는 생각이 들었다. 호퍼의 작품에서는 가구가 진열된 곳에서 평범한 남녀들이 창밖을 바라보거나 멍하니 허공을 응시하는 모습을 자주 볼 수 있다. 심지어 그가 여러 인물들을 소개할 때도 그들은 분리되어 있고, 다른 세상에 살고 있는 것처럼 보인다.

호퍼가 고독을 탐구하는 데 가장 큰 영향을 주는 장소 중 하나는 자동판매식 식당이다. 그림의 제목은 음식이 사람 손에 의해 배달되지 않고 자판기로 제공하는 초기 셀프서비스 레스토랑

체인점을 나타낸다. 젊은 여성이 셀프서비스 식당의 테이블 가에 앉아 커피를 입술에 갖다 대는 모습을 호퍼의 그림에서 볼 수 있다. 셀프서비스 식당은 여자의 고독을 강조한다. 비록 그녀가 모피 코트를 입었고, 라디에이터 가까이에 앉아있지만. 여전히 그녀는 더 많은 온기를 필요로 한다. 그녀는 커피잔의 온기를 느끼기 위해 장갑 중 하나를 벗었다. 그 이미지는 매우 사실적이지만, 한 가지 세부 사항은 계절에 어울리지 않는다. 젊은 여성 뒤에 있는 선반에는 과일이 가득 담긴 그릇이 놓여있다. 그것은 어디서 온 것일까? 우리는 뉴욕에 있고, 추우며 1920년대이다. 그 당시에는 제철이 아닌 과일을 구할 수가 없었다. 즉, 그런 과일은 그곳에 있을 수가 없다. 호퍼는 우리를 상징의 세계로 초대한다. 그는 그릇 안에 있는 달콤하고 둥근 형태가 프로이트Freud가 말하는 '여성 몸의 더 큰 반구'와 얼마나 비슷한지를 상상해 보라고 요청한다.

　젊은 여성의 코트는 녹색결백의 색으로 단추가 풀려 있어, 그 아래에 빨간 옷열정의 색을 입고 있는 것을 알 수 있다. 그녀의 목선은 낮고 스커트는 위로 올라가 있어 다리가 선명하게 드러난다. 이 에로틱한 요소들이 그녀가 무슨 생각을 하고 있을지 우리에게 알려준다. 그녀의 머리 위로 반사된 식당의 천장 불빛이 어둠 속으로 사라지는데, 마치 연재 만화에서 본 '생각 거품'을 연상시킨다.

Automat

이 거품들에는 두 개의 선이 있는데, 이것은 그녀에게 두 가지 마음이 있다는 것을 의미한다. 그녀가 과연 그렇게 할까? 그러지 않을까? 그녀가 마주보고 있는 의자가 비어 있는 것이 눈에 띈다. 그녀는 친밀한 관계나 누군가의 도움없이 딜레마를 해결하기 위해 고군분투한다. 그녀의 고독함이 바깥의 무한한 공허함에 의해 증폭되는데, 이것은 반사된 빛의 두 줄로 부분적으로 완화된다. 눈에 보이는 각진 난간들은 내려가는 계단이 있음을 암시한다. 그녀가 떠날 수 있는 유일한 수단이다. 우리 모두와 같이 그녀도 선택지가 많지 않다.

호퍼의 그림 속 남성과 여성은 거의 항상 벙어리이다. 그들이 대화하는 것으로 묘사될 때에도, 그들은 유리창처럼 추가적인 장벽으로 우리에게서 분리되고 갇힌다. 호퍼의 그림에서 소리가 없다는 것특히 상상 속의 목소리의 부재은 우리를 당황하게 한다. 인간은 사회적 동물이고, 우리는 대화를 갈망한다. 우리가 서로 대화할 때, 우리는 더 이상 외롭지 않게 된다. 또한 자동판매식 식당 창 밖의 검은 공허도 그다지 위협적이지 않게 된다.

나는 이러한 관찰들을 내 것이라 주장하고 싶지만, [고요한 극장: 에드워드 호퍼의 예술Silent Theatre: Art of Edward Hopper]이라는 책을 쓴 미국 학자인 월터 웰스Walter Wells 교수의 말을 인용한 것이다. 나는 런던에서 열린 디너파티에서 월터Walter를 소개받았고 우린 친구가 되었다. 우리는 그저 대화를 하기 위해 가끔 만나곤 했다. 그는 좌담가였고, 매우 호기심이 많았으며, 비즈니스 커뮤니케이션 언어, 의학, 마크 트웨인, 그리고 할리우드 소설과 같은 다양한 주제에 박식했다. 우리는 거의 모든 것에 대해 이야기하곤 했다. 마블과 DC에서의 슈퍼히어로가 미국에서 그리스의 신과 동등한 존재인지에 대한 의문을 제기했던 기억이 난다. 월터는 내가 정말로 원하는 대로 미국이라는 나라를 정신분석의 카우치에 눕히고 싶다면 차라리 픽션이라는 장르를 찾아보는 것이 더 깨달음을 줄 것이라고 정중하게 지적했다. '미국은 서양을 통해 과거를 받아들이고, 범죄 문헌을 통해 현재와 관계를 맺으며, 공상 과학소설을 통해 가능성 있는 미래를 탐구하게 되었다.' 많은 예리한 관찰과 마찬가지로, 그것은 눈이 부시도록 명백했다. 그러나 한 번 말한 후에라야 돌이켜보게 되었다. 월터와 나는 단 몇 초도 침묵한 적이 없었다.

　마지막으로 월터를 만나서 점심을 먹었을 때, 슬픈 일이 있었다. 그보다 몇 살 어린 그의 아내가 죽어 가고 있었던 것이다. 나는 월터에게 상투적인 말을 하지 않으려고 최선을 다했다. 월터는 가혹한 진실 앞에서 움츠리는 사람이 아니었기 때문이다. 월터는 지식인으로서 정직하고 단호한 태도를 고수했고, 한 실존주의 작가가 묘사한 대로 '삶의 폭풍 속에서도 벌거벗고 서 있을'[1] 의지를 지니고 있었다. 이미 아내를 암으로 잃은 경험이 있던 월터는 나쁜 일이 일어났을 때, 피할 수 없다는 것을 이해했다. 계산서가 도착하자 월터는 지갑을 향해 손을 뻗으며 말했다. "다음 번엔 당신이 내세요." 하지만 다음 번이라는 것은 없었다. 몇 달 후 아내가 죽자 월터는 한동안 여행을 다녔고, 얼마 후에 그도 죽었다. 월터Walter의 암 진단은 결국 그가 아내의 죽음으로 크게 고통받았고, 그로 인해 그의 죽음이 앞당겨졌다는 사실을 숨길 수 없었다. 감정적인 고통은 정말로 심장을 아프게 한다. 타코츠보Takotsubo* 또는 스트레스성 심근병증Stress cardiomyopathy은 잘 알려진 질환이다.

---

* 스트레스 심근병증으로도 알려진 타코츠보 심근병증은 심장 근육이 갑자기 일시적으로 약화되는 비허혈성 심근병증의 일종이다. 신체적으로나 감정적으로 중요한 스트레스 요인 후 나타난다. 신체적 스트레스 요인이로는 패혈증, 쇼크, 지주막하 출혈, 혈색소세포종이 있으며, 정서적 스트레스 요인에는 사별, 이혼, 실직 등이 있다.

월터와 나는 만날 때마다 개인적인 경험보다는 서로의 아이디어에 대해 이야기를 나누었다. 그리하여 나는 월터의 추도식에서 그에 대한 이야기를 듣고 매우 놀랐다. 이 재치있고 매력적이며 멋있는 남자는 매우 평범한 환경에서 자랐고, 그가 젊은 시절에 종종 건전하지 못한 행동을 저질렀다는 증거가 명백했다. 월터는 프랑스 식당 주인을 때려눕힌 적이 있었는데, 식당 주인의 말도 안되는 행동이 월터의 인내심을 시험했기 때문이었다. 누군가가 말했다. "퀸즈뉴욕 내의 지명에서 소년을 빼낼 수 있지만, 소년에게서 퀸즈를 빼낼 수는 없다." 온순한 내 친구가 프랑스 남부로 질주하는 것을 생각하니 웃음이 나왔다.

월터가 그립다. 내가 생각했던 것보다 훨씬 더. 나는 월터와 더 많은 시간을 보내지 못했던 것을 몹시 후회한다. 물론 그 당시에 나는 이유가 있었다. 항상 먼저 해야 할 다른 일이 있었다. 하지만 지금 나는 그 긴급한 문제들이 무엇이었는지 기억조차 나지 않는다. 난 우리의 대화를 계속하고 싶다. 우린 아직 끝나지 않았다. 할 말이 너무 많았던 것이다.

몇 년 전 월터의 고향인 뉴욕에 있는 휘트니 미술관Whitney Museum을 방문한 적이 있다. 나는 호퍼Hopper의 작품들을 몹시 보고 싶었다. 서점을 둘러보다가 우연히 [고요한 극장Silent theater]이라는 책 한 권을 발견했다. 나는 선반에서 그것을 꺼냈고 안도의 숨을 쉬었다. 만약 그때 낯선 사람이 내 사진을 찍었더라면, 아마도 그 사진은 자신의 내면으로 여행을 떠나느라 고립된 한 남자, 에드워드 호퍼와 비슷해 보였을 것이다. 나는 책을 제자리에 도로 집어넣고 아내와 아들을 찾기 위해 떠났다.

"월터Walter의 책을 찾았어." 이 말로 나는 그 침묵을 깼고, 그렇게 함으로써 다시 사람들과 연결되었다. 몇몇 비평가들은 호퍼의 침묵을 치명적인 것으로 묘사했다. 이건 과장된 것이 아니라 과학적 사실이다.

✳

정신의학 역사상 '안나 오Anna O*'로 불후의 명성을 얻은 베르타 파펜하임Bertha Pappenheim은 히스테리로 고통받았다. 1880년대에 요제프 브로이어Josef Breuer가 파펜하임을 치료하였는데, 브로이어Breuer의 동료인 지그문트 프로이트Freud가 후에 개발한 방법을 이용했다. 그 치료의 최종적인 형태는 현재 정신분석이라고 불리는 것이며, 정형화된 심리치료의 첫 번째 예이다. 안나 오에 대한 치료는 1895년 브로이어와 프로이트에 의해 출판된 선구적인 히스테리 연구에 설명되어 있다. 정신분석이 현대적 형태의 심리치료의 첫번째 시도라면, 베르타 파펜하임Bertha Pappenheim은 심리치료로 치료된 최초의 내담자일 것

---

* 프로이트(Freud)가 정신분석요법을 창시하는 계기가 된 여성환자. 환자는 히스테리의 다채로운 전환증상을 볼 수 있고, 1880년부터 2년간 프로이트의 공동 연구였던 브로이어(Breuer)의 치료를 받았다. 브로이어는 최면 하에서 환자에게 심적 외상 체험을 상기시킴으로써 증상을 호전시키고, 이것을 최면 정화법이라고 이름 지었다.

이다. 파펜하임은 자신의 치료를 설명하기 위해 '말하는 치료법'이라는 용어를 사용했다. 파펜하임은 심리치료의 주요한 요소를 확인하고, 이 핵심 수단에 의해 심리치료가 유익한 결과를 가져온다는 것을 알았다.

진화 심리학자 로빈 던바Robin Dunbar는 '말하는 것'은 유인원과 같은 조상이 했던 위생 유지 행동인 그루밍에서 진화한 것이라고 제시했다. 이 이론은 학계에서 별로 주목받지 못했지만, 직관적인 매력이 있었다. 그루밍은 건강에 긍정적인 영향을 미칠 뿐만 아니라, 유인원의 경우 사회적 유대감을 강화시켰다. 우리가 서로 의미 있는 대화를 할 때, 우리는 어느 정도 원초적인 친밀감을 경험하게 된다. 말은 마음을 움직이게 한다. 대화의 진화적 의미는 신경세포의 준비성에 반영된다. 우리는 언어를 습득하고자 하며, 학습은 아주 어린 시기부터 시작된다.[2] 신생아는 외국어와 반대로 모국어를 들을 때, 흥미와 알아들었다는 표시로 더 열심히 젖을 빨게 된다. 그들은 자궁 안에서도 말을 엿들어 왔다. 이러한 빠른 학습은 태아의 각성이 임신 마지막 3분기에만 존재하며, 그 후 하루에 2~3시간 이하라는 점을 고려할 때, 더욱 주목할 만하다. 의식의 첫 번째 깜박임은 아마도 말과 함께 나타날 것이다. 우리는 다른 사람의 말을 들음으로써 우리 자신을 인식하게 된다.

대화라는 것은 단지 단어로만 이루어지는 것이 아니다. 우리는 적절한 자세를 취하고, 미소를 짓고, 인상을 쓰며, 손짓을 하고, 눈을 마주친다. 우리는 표정을 읽고 다른 사람이 대답하게 하기 위해 멈추는 때를 정확히 알고 있다. 다시 한번 말하자면, 이러한 기술들은 우리가 아주 어릴 때 획득되었다. 신생아가 어머니의 품에 안기는 순간, 어머니는 속삭이고, 간지럽히며, 응시하고, 간단한 도리도리 놀이를 하게 된다. 이러한 '대화'는 더 복잡한 의사소통 기술을 위한 본보기 역할을 한다. 엄마와 아이의 애착이 형성되는데, 이 애착이 잘 형성되었는지에 따라 추후에 사회적 적응, 정서적 성숙, 회복력을 예측할 수 있다.[3]

직접적인 대면 소통은 인간의 가장 근본적인 최초의 욕구 중 하나이지만, 이러한 대면 소통은 점점 드물어지고 있다. 엄마들은 자녀들보다 전자 기기와 상호작용하는 데 더 많은 시간을 보내고 있다. 2014년 소아과 저널에 발표된 연구에서는 식당에서 아이를 돌보는 엄마들 55명 중 45명이 식사 중에 전자 기기를 사용한다는 것이 확인되었다. 이들 양육자 중 16명은 자녀 대신 화면을 보며 지속적으로 기기를 사용했다. 사회가 사이버 공간으로 이주해버린 셈이다. 그리고 전화 통화보다는 이메일, 문자 메시지, 소셜 미디어 소통이 선호되고 있다. 많은 사람들이 직접적인 의사소통은 노력이 필요하고, 부담이 크고, 심지어 혐오스럽다고 말한다. 이러한 경향은 필연적인 결과를 초래할 것이다, 예를 들어, 일본에서는 정보기술의 발달이 개인간 친밀도와 국가 출산율에 급격한 하락을 가져왔다. 비관론자들은 2060년까지 일본 인구가 30%까지 줄어들 수 있다고 주장한다.[4] 영국이

2019년 실시한 성적 태도와 생활 방식에 대한 세 가지 국가 연구에 따르면 영국 사람들 사이에 성행위의 빈도가 감소하고 있다. 호주, 핀란드, 미국에서도 비슷한 감소세가 관찰된다. 현대 생활과 정보 기술의 요구가 인과적 요인으로 작용했다. '디지털 시대의 삶은 이전 시대에 비해 상당히 복잡해졌고, 사적인 공간과 외부 공적 세계 사이의 경계가 모호해졌으며, 인터넷은 이러한 전환을 위한 상당한 영역을 제공하고 있다.'5

연구자들은 가장 오래되고 방대한 하버드대학의 종단적 연구를 위해 1938년부터 신체적, 정신적 데이터를 수집하기 시작하여 현재까지 계속 지속하고 있다. 268명의 젊은 남성으로 구성되었던 초기 집단이 머지않아 그들의 자녀까지 포함하여 1300명 정도가 되었다. 이 연구 결과는 친밀한 관계가, 즉 사람들의 의사 소통방식이 일생동안 부나 명성보다 사람들을 행복하게 한다는 것을 보여준다. 또한 친밀한 관계는 장수와도 관련이 있다. 사회적 지위, 지능지수, 또는 유전자보다 친밀한 관계가 있는 사람들은 오랜 기간 동안 건강하였다. 모든 형태의 대화가 동일하지는 않다. 어떤 형태의 대화는 다른 형태의 대화보다 왜 사람을 더 행복하게 해주는 것일까? 그렇다면 심리치료 말하는 치료법가 최적의 대화의 특징이 무엇인지 유용한 지표를 제공할 수 있을까?

사람들은 종종 그들의 10대 그리고 젊은 시절을 애틋하게 돌아본다. 이는 흥미로운 현상이며, 거의 역설적이다. 우리가 10대일 때, 첫사랑을 경험하고 미래의 전망에 영향을 미칠 중요한 결정을 내리며, 또한 정체성을 확립해야 하는 중요한 도전들에 직면한다. 빈번하고 긴 대화가 가능했던 이 시기에 친밀한 우정이 형성되었기 때문이다. 우리가 직장에 들어가 책임을 지고 현대 생활의 요구를 충족시키기 위한 투쟁을 시작하는 순간부터 길고 솔직한 대화의 기회는 줄어든다. 어떤 경우에는 그런 기회가 모두 사라져 버리기도 한다.

십대 대화의 흥미로운 특징은 목적과 제약이 없다는 것이다. 이것은 새로운 것이 아니다. 플라톤의 소크라테스의 인용문에서, 젊은 사람들은 '재잘재잘 떠들' 준비가 되어있다고 말한다. 십대들은 그저 산들 바람을 쏘이고, 한 가지에서 다른 것으로 이야기를 이어가는데, 보통 무작위적인 관찰이나 자신감, 소문들, 대중 문화가 주요 주제가 된다. 그럼에도 불구하고 이런 목적 없는 대화를 함으로써 그들은 인간성을 강화하고, 동료들과 정서적으로 의미 있는 관계를 형성하며, 그들의 가치를 발견한다. 그들은 별것 아닌 이야기를 하다가 어른스러워진다. 이 과정은 매우 가치가 있어서, 대부분의 사람들은 인생의 나머지 기간 동안 대화의 정확한 내용은 기억하지는 못하더라도 그 분위기를 회상하곤 한다.

유동적이고 즉흥적인 대화 방식은 프로이트Freud의 '자유 연상' 기법과 많은 공통점이 있다. 그는 상담을 시작할 때, 내담자들에게 머릿속에 떠오르는 말을 먼저 하게 한 뒤 제한이나 검열 없이 대화를 이어가라고 당부했다. 프로이트는 내담자들이 이런 식으로 말할 때, 우연한 연관성이 그 사람에 대한 흥미로운 발견으로 이어진다는 것을 알게 되었다. 중요하지만 접근할 수 없는 기억들이 숨겨진 깊은 곳에서 솟아올라오는 것 같았다. 단순히 대화함으로써 우리는 종종 우리가 정말로 말해야 할 것이 무엇인지를 발견한다.

시인 존 키츠John Keats 는 위대한 예술가와 작가를 혁신적으로 만드는 사고의 느슨함과 마음의 개방성을 묘사하고자 '정반대의 능력negative capability'을 언급했다. 천재적인 작품을 만드는 데는 약간의 광기극도로 연관성이 느슨해지는 것이 특징인 정신 상태가 필요하며, 이는 아리스토텔레스의 주장과 공통점이 많은 창의적 관점이다. 완전히 독창적인 아이디어는 의식이 전혀 구속되어 있지 않은 상태에서 자주 떠오른다. 한 예로, 우리가 잠에 들 때이다. 알버트 아인슈타인Albert Einstein 은 상대성에 대한 귀중한 통찰력을 얻었고, 메리 셸리Mary Shelley 는 꿈을 꾸는 동안 [프랑켄슈타인]을 쓸 영감을 얻었다. 꿈에서 계시를 경험한 이들로는 베토벤Beethoven, 살바도르 달리Salvador Dali, 샬롯 브론테Charlotte Bronte, 주기율표를 발견한 드미트리 멘델레예프Dmitri Mendeleev, 벤젠의 구조를 발견한 아우구스트 케쿨레August Kekule, 양자론의 닐스 보어Niels Bohr 등이 있다.6,7 2017년 저서인 [왜 우리는 자는가Why We Sleep]에서 신경과학자이자 심리학자 매튜 워커

Matthew Walker는 사람이 꿈에서 깨어났을 때, 꿈꾸는 뇌 상태가 짧은 기간 지속되며, 창의적인 사고가 필요한 문제를 평소보다 더 잘 해결하게 된다고 말했다.

문제 해결에 대한 연구에서 제시하는 최고의 해결책은 도출된 아이디어에 대해 어떤 가치 판단도 하지 않는 '브레인스토밍'에 이어 집중적인 사고가 이루어질 때 나온다고 말한다. 초기에 버려질 수도 있었던 직관적이지 못한 해결책이 나중에 적절하게 재고될 수 있다. 이런 종류의 처방은 자유 연상과 많은 공통점이 있다. 정신분석뿐만 아니라 실존주의적, 인본주의적 심리치료도 속박받지 않고 자유로운 발언을 옹호한다. 약 2500년 전, 도교 Taoist의 대가 노자는 "경청을 잘하는 사람이 된다는 것은 조언을 한다는 부담을 덜어준다."고 말했다. 같은 맥락으로, 심리치료사는 내담자들에게 특정한 답을 제공할 의무가 없다고 가정한다. 왜냐하면 내담자들은 결국 그들 자신의 답을 발견할 것이기 때문이다.

생각이 가는 대로 내버려두면서 얻는 이점은 역사적인 인물인 미셸 드 몽테뉴 Michel de Montaigne에서 선례를 찾을 수 있다. 몽테뉴는 간접적으로 삶의 문제에 대한 해답을 두서없이 여담으로 흐르기 쉬운 에세이 형식으로 쓴 16세기 작가이다. 그 해답들이 궁극적인 해답은 아닐지 모르지만, 그것은 몽테뉴의 시간, 심지어 우리의 시간과도 관련되어 있다. 본질적으로 몽테뉴가 마음을 자유낙하시키며 글을 썼던 방식은 굉장히 생산적이었고, 몽테뉴의 지혜로운 말은 대대로 그 가치를 인정받았다. 몽테뉴를 읽는 것은 프로이트 Freud의 소파에 기대어 자유롭게 연상되는 생각을 쫓다가 통찰에 이르는 것과 같다.

역사적으로 영화 속의 영웅들은 강하고 과묵했으며, 이는 문화적 이상과 일치했다. 그러한 인물들은 할 말이 없으면 말을 하지 않는다. 그들은 행동하는 사람들이며, '행동은 말보다 더 크게 말한다.'라고 확신했다. 할리우드는 역경 속에서도 사각턱을 굳건히 지켜온 배우들을 동경하도록 격려해 왔다. 전형적인 영국인의 '뻣뻣한 윗입술'은 금욕주의, 용감함, 용기와 같은 일련의 미덕을 의미한다. 최근에는 강하고 조용한 여성도 눈에 띄는 캐릭터로 떠오르고 있다. 그러한 여성 캐릭터는 다양한 모습으로 등장하지만, 범죄드라마에서 염세적인 탐정의 모습으로 가장 많이 등장했다. 이러한 묘사에 함축되어 있는 것은, 수다스러운 사람들은 대체로 약하고 감정을 자제할 수 없다는 것이다. 이러한 종류의 양극화는 매우 부정확하다. 사실 말을 자유롭게 하는 사람이 참는 사람보다 대체로 고민이 적다. 그들의 자의식은 확고하며, 오히려 문제에 대한 창의적인 해결책을 더 자주 만들어낼 가능성이 더 높다. 그들은 덜 고립되었다고 느끼고, 내부의 안전한 애착이 스트레스에서 그들을 보호한다.

우리가 우리의 생각과 감정을 전달하기 위해 언어를 사용하지 않는다면, 우리의 생각이 타인에게 전달될 수 없다. 우리 내면의 삶은 외부 세계와 접촉점이 적어질 것이고, 타인으로부터 소외감을 느끼게 될 것이다. 실존적 심리치료사들은 고독을 인간의 근본적인 공포 중 하나로 여겼다. 이것은 그리 놀라운 일이 아니다. 왜냐하면 홀로 사는 인류의 조상은 선사시대 환경에서 그리 오래 살아남지 못했을 것이기 때문이다. 우리는 매우 타당한 이유로 외로움을 두려워하도록 진화했다. 궁극적으로 우리가 대화를 하는 동안 우리는 에드워드 호퍼 Hopper의 자동판매식 식당 안의 어둠을 유리 반대편에 두고 있다.

여러 심리치료학파가 지지하는 반복적인 아이디어는 우리가 끊임없이 진실되기 위해 노력해야 한다는 것이다. 우리는 진심을 말해야 하고, 우리가 말하는 것은 진심이어야 한다. 비록 이 격언이 단순하게 들릴지 모르지만, 실행에 옮기기는 어렵다. 인간은 인식하고 있든 못하든 간에 그리스 드라마 속 배우들처럼 대사를 말하는 '페르소나' 또는 사회적 가면을 자주 선택한다. 그들이 하는 말에는 내면의 욕구와 바람 그리고 감정이 반영되지 않는다.

때때로 우리의 습관적인 부정직함이 진실을 '드러낼 때' 비로소 우리에게 알려진다. 본의 아니게 자신의 진심을 표현하는 말을 하는 '프로이트 Freud식 실수'를 할 때 이런 일이 벌어진다. 동료의 승진에 대한 반응으로, 솔직하지 못한 사람이 '부럽지 않다'고 말할 의도가 있을지 모르나, 그 반대로 실제 튀어나오는 말은 '부럽다'일 수 있다. 프로이트는 사회적 미덕에 지나치게 관심을 두지 않는 무의식으로부터 오는 간섭이 그러한 실수의 원인이라고 생각했다. 우리가 프로이트식 실수를 저지를 때, 감추려는 것은 당황스러울 정도로 명백하다.

캐나다의 정신과 의사 에릭 번Eric Berne은 종종 인간이 소위 말하는 이면교류ulterior transactions*를 이용해 의사소통을 한다고 지적했다. 이것은 의도를 숨기는 정직하지 않은 언어 교환이다. 번Berne의 이면교류에 대한 안내서인 [사람들이 즐기는 게임 Games People Play]은 1960년대에 베스트셀러가 되었다. '게임'의 결과는 보통 차후의 반복을 더 쉽게 만드는 일종의 보상을 수반한다. 번이 '당신이 나에게 무슨 짓을 했는지 봐'라고 부르는 게임은 이면 거래의 전형적인 예이다. 남편은 혼자 있고 싶어 하며, 가정의 의무를 회피하기 위해 몰입적인 활동을 한다. 그가 침입자에게 방해받으면 끌, 붓, 펜, 또는 납땜이 미끄러지며 '당신이 나에게 무슨 짓을 했는지 봐!'라며 소리친다. 그 혼란을 야기한 것은 침입이 아니라 자신의 예민함이다. 그 말더듬거림은 그에게 방문객을 돌려보낼 수 있는 훌륭한 구실이다. 결과적으로, 그는 그의 아내나 아이들이 그에게 하는 어떤 요구도 계속 피할 수 있다. 우리가 이런 종류의 게임을 많이 할수록 우리의 관계는 더 불만족스러울 것이다.

---

* 대화 속에 숨어 있는 상반된 의사를 동시에 교류하는 것으로서, 사회적(표면적) 수준에서는 당연해 보이는 메시지를 보내고 있는 것 같지만, 심리적(이면적) 수준에서는 그 주된 욕구나 의도 또는 진의 같은 것이 숨겨져 있는 것이 특징이다.

게임은 매우 잘 실행되며, 느끼지도 못하는 사이에 자동으로 플레이된다. 규칙적이며 보상이 유지되는 경우, 사람은 다른 사람과 관련된 자신의 스타일이 엄격하고 융통성이 없을지라도 동일한 행동과 대응 기술로 계속해서 연기할 수 있다. '의사교류분석transactional analysis'의 주요 목표 중 하나는 내담자들이 자기 패배 행동의 다른 패턴뿐만 아니라, 이러한 게임들까지도 인식하고 인정하도록 돕는 것이다. 이전에 거부해 왔던 감정에 대해 더 가까이 접근하는 것도 포함된다. 단순히 우리 자신에 대해 말하는 것이 우리가 우리의 감정과 다시 연결되도록 도울 수 있다. 언어의 미묘한 특성을 이용하여 이러한 재연결 경험에 도움을 받을 수 있다.

공기가 차가워지고 나뭇잎의 색이 변하기 시작할 때마다, 나는 항상 '안개와 그윽한 열매의 계절'이라는 숭고할 정도로 아름다운 '키츠Keats'의 시를 떠올린다. 우리는 다른 단어를 사용하여 정확히 같은 감정을 표현할 수 있다. 예를 들어, '일 년 중 안개가 많이 끼고 과일이 익는 시기'가 있지만 똑같지는 않다. 분위기가 완전히 다르고 본질적인 무엇인가가 보이지 않는다. 키츠의 시는 인상주의적이긴 하지만, 훨씬 더 많은 것을 말해주는 것처럼 보인다. 키츠의 회상에는 깊이와 풍성함, 기억의 동요, 모닥불 연기의 암시, 그리고 여전히 달콤한 부패취가 있다. 가장자리가 흐려지고, 적갈색과 호박색의 음영에서 소리 없는 빛이 난다. 우리는 무언가 느끼게 된다.

단어에는 연상, 함축성, 정서적 울림이 따른다. 19세기 중반부터 20세기 후반까지 전문가들은 뇌의 두 개의 작은 부분만이 언어에 관여한다고 믿었다. 그러나 뇌 스캔 기술로 연구자들은 언어 기능에 더 광범위한 상호 연결망과 뇌의 넓은 영역이 관여하며, 훨씬 복잡한 구조가 있다는 것을 알게 되었다.[8] 예를 들어, '망치'라는 단어를 생각해보면, 운동 피질의 일부가 타격을 가하기 위해 환해지고, '가을'이라는 단어를 떠올리면, 안개와 떨어지는 낙엽의 이미지 때문에 시각 피질이 밝아진다. 은유는 적절한 두뇌 활동을 만들어 낸다. 예를 들어, '그는 힘든 하루를 보냈다'는 문구를 읽는 것보다 '그는 거친 하루를 보냈다'라고 읽는 것에 더 큰 질감을 느끼는 것은 질감과 관련된 대뇌 피질 영역이 활성화되기 때문이라는 것을 발견했다.[9]

모든 단어들이 뇌 구조의 방대함을 통해 울려퍼지고, 우리가 한 단어를 다른 단어로 바꿔 말하게 될 때, 다양한 패턴의 활성이 확산된다. 이러한 패턴은 뚜렷하며, 특정한 기억과 감정에 따라 다른 결과를 불러온다. 그러므로 우리가 자신에 대해 이야기할 때, 정확한 단어를 선택하는 것이 결국 우리의 자의식에 영향을 미칠 것이며, 당연하게도 우리가 더 많이 자신을 인식할수록 우리는 더 나은 삶의 결정을 내릴 수 있게 될 것이다.

언어 능력의 세부사항과 언어의 변형에 관한 실험에 초점을 맞춘 최초의 심리치료사 중 한 명은 프리츠 펄스Fritz Perls 였다. 1940년대와 1950년대 동안 게슈탈트 요법의 발명 및 개발에 큰 기여를 했다. 게슈탈트Gestalt는 독일어로 '형상' 또는 '형태'를 뜻하는 단어이지만, 전체라는 뜻도 있다. 이 단어는 원래 1920년대에 실험 심리학자들에 의해 특정 학파의 이름으로 채택되었다. 그러나 이 실험자들의 주된 목적은 시각적 인식을 지배하는 법칙을 발견하는 것이었다. 게슈탈트 치료와 게슈탈트 심리학 사이에는 흥미로운 친화력이 있지만, 그것들은 별개로 보아야 한다. 교과서에서 볼 수 있는 게슈탈트 치료 장면은 종종 길고 하얀 턱수염을 기르고 있는 노인의 사진을 포함하고 있다. 노인의 초상화는 전형적으로 히피족* 사건들, 사이키델릭 아트** 사랑과 평화에 대한 추가 사진들에 의해 맥락화된다. 펄스Perls의 전문가 같은 이미지는 널리 인용된 그의 [게슈탈트 기도Gestalt prayer]의 출판과 함께 확고해졌다. "나는 나의 일을 하고, 당신은 당신의 일을 한다. 나는 당신의 기대에 부응하기 위해 이 세상에 존재하는 것이 아니다. 또한 당신이 이 세상에 존재하는 것도 나의 기대에 부응하기 위한 것이 아니다. 나는 나, 당신은 당신. 우리가 우연히 서로를 발견하게 된다면, 그것은 아름다울 것이다. 그러나 만약 그렇지 않는다 해도 어쩔 수 없는 일이다." 어디선가 '더 도어스The Doors***'의 음악이 들리는 것 같다.

---

* 1960년 중후반, 베트남 전쟁의 교착상태와 불안한 미국 사회 영향으로 젊은이들 사이에서 발생한 운동, 기존 사회 질서를 부정하고, 자유와 평화를 사랑, 정신적 가치에 무게를 두고 인간성을 중시하면서 물질 문명을 부정했다. 점점 요란한 패션, 약물문화, 자유와 평화의 사상이 합쳐지면서 히피 문화가 도래했다.

** 환각제를 복용한 뒤에 생기는 것과 같은 도취 상태를 재현한 음악, 미술, 패션.

*** 1965년 로스앤젤레스에서 보컬의 짐 모리슨, 키보드의 레이 만자렉, 기타의 로비

프리츠 펄스Fritz Perls는 할리우드에까지 문화적 파문을 일으켰다. 1969년 아카데미상 후보에 오른 영화 〈밥과 캐롤과 테드와 앨리스Bob & Carol & Ted & Alice〉는 개인의 자유와 솔직한 감정 표현을 장려하는 심리치료를 접한 후에 사회적 관습에 의문을 제기하는 부부의 이야기를 다루었다. 그들은 마리화나를 피우고, 불륜에 대해 공개적으로 논의하고, '부부교환 섹스'를 하려 한다. 이 영화의 원래 영감은 펄스Perls의 사진을 타임지에 게재한 것에서 얻은 것이었는데, 그 사진은 그가 캘리포니아 에살렌연구소에 있는 그의 수련자들과 함께 뜨거운 욕조에서 벌거벗은 채 목욕하는 모습이었다.[10] 당시 에살렌연구소는 인간 잠재력 운동의 중심지였고, 현재까지도 여러모로 그 위상을 유지하고 있다.

펄스와 에살렌연구소 동료들은 정신적 '질환'을 치료하기보다는 개인의 성장을 촉진하기 위해 심리치료를 사용했다. 그들은 심리치료적 아이디어가 어떻게 사람들이 더 나은 삶을 살 수 있도록 이끄는지에 관심이 있었다. 이러한 접근은 1920년대 정신분석이 의학의 범주를 넘어 일반적인 훈련이 되길 바랐던 프로이트Freud의 소망과도 공통점이 많다

펄스는 우리가 종종 비인격적이거나 중립적인 언어를 사용하

___

크리거, 드럼의 존 덴스모어가 결성한 미국의 록 밴드다. 밴드의 이름은 올더스 헉슬리의 저작 《인식의 문》(The Doors of Perception)의 제목에서 모리슨이 착안, 발제하여 채택되었다. 헉슬리는 책에서 윌리엄 블레이크의 시 한 구절, "인식의 문이 정화되면 모든 것이 있는 그대로 무한히 드러난다."를 인용했다.

Fritz Perls

여 우리 자신과 고통스러운 감정 사이의 거리를 두는 것을 주목하였다. 이것은 단기적으로는 불안과 불편함을 줄여줄 수 있지만, 장기적으로는 우리의 전체성을 인정하지 못하게 한다. 결과적으로, 우리는 할 수 있는 모든 정보를 동원하여 결정을 내리지 못할 것이다.

가끔 우리가 '느낌이 안 좋다'고 말할 때, 실제로 의미하는 바는 '내가 기분이 안 좋다'이다. 1인칭보다 중립적인 3인칭 대명사를 선호하고, 또한 사용하는 문장을 제한하면서 우리는 대화 중 '지금 여기'로 완전하게 들어갈 수 없게 된다. 게슈탈트 치료를 받는 내담자가 "당신도 알다시피, 사람들이 사회적 상황에서 긴장할 수 있다."라고 말하면, 심리치료사는 그 문장을 반복해서 말하되 추상적이지 않고 좀 더 구체적인 언어를 쓰라고 요구할 수 있다. 예를 들어, '친구들과 함께 있을 때, 나는 대부분 긴장한다.' 이 교정된 문장은 상당히 다른 특성을 보인다. 훨씬 더 개인적인 의미가 드러난다. 시와 산문이 그렇듯, 그 내용이 어떻게 표현되는지에 따라 동일한 내용이 다른 효과를 낼 수 있다. 언어를 수정함으로써 이로울 수 있는 방법들이 많이 있다. 한 예로, 때때로 우리는 정확히 말하자면 "나는 하지 않을 거야." 인 데도 "나는 할 수 없어."라고 항의하는 상황에 종종 처한다. 여기서 '못 해'를 '안 해'로 대체하는 것은 선택의 가능성을 인정하는 것이다. 무력감에서 선택할 수 있는 힘을 실어주는 변화가 있다.

말은 상황을 있는 그대로 보여주고 우리가 다른 사람들에게 더 많이 다가갈 수 있게 해준다. 우리를 행복하게 하고 오래 살 수 있도록 도와주는 친밀감은 진실하게 말할 때, 비로소 커진다. 우리가 우리 자신과 우리 자신의 감정 사이에 거리를 만드는 언어를 사용할 때, 우리는 자신과 타인 사이의 거리만큼 멀어지게 된다. 우리는 에드워드 호퍼Hopper의 인물들 중에서 다른 사람들과 우리를 단절시키는 침묵의 방에 서는 것을 선택하고 있다.

프리츠 펄스Fritz Perls는 훌륭한 소통가였다. 19세기 후반에 태어난 그는 베를린 의과대학에서 의학을 공부했다. 제1차 세계대전이 발발했을 때, 그는 심장 기형, 천식, 구부러진 자세 등으로 전투에 부적격 판정을 받았다. 그는 학업을 계속했지만,

1916년 사망자의 수가 급격히 증가하면서 독일군에 입대할 수 있는 기준이 완화되었다. 펄스는 참호에서 의무병으로 자원봉사를 했다. 폭발하는 포탄, 가스 공격, 입에 담지 못할 대학살과 같은 끔찍한 공포에 둘러싸여 폐의 통증으로 주먹을 불끈 쥐고 기침을 하는 펄스의 모습을 쉽게 상상할 수 있을 것이다. 펄스는 이런 지옥 같은 환경에서 9개월을 살았고, 나중에 그는 용맹함 덕분에 훈장을 받았다. 의학 공부를 마친 후, 펄스는 신경정신과 의사로 일하며 정신분석학자로 훈련받았다. 1933년, 나치 블랙리스트에 이름이 올라 독일을 떠날 수밖에 없게 된 펄스는 요하네스버그에서 수련하기 위해 남아프리카로 떠났다.

3년 후, 펄스는 회의에 참석하기 위해 유럽으로 돌아왔다. 그는 비엔나에서 다소 주제넘지만 프로이트Freud에게 사회적 소명을 이야기해 보기로 결심했다. 문이 열리고 프로이트가 밖을 내다보자, 펄스는 남아프리카에서 여기까지 왔다고 설명했다. 프로이트는 별 감흥없이 언제 돌아가냐고 그에게 물었다. 다소 산만한 대화가 오가고, 펄스는 어쩔 수 없이 떠나야 했다.[11] 펄스의 굴욕감은 오랫동안 그를 괴롭혔고, 당혹스러움은 원한이 되었다. 그 후 펄스는 프로이트를 모욕할 기회를 놓치지 않았다.

제2차 세계 대전 이후 펄스는 연합군을 위해 또 다른 자원봉사를 지원했고, 미국에 정착했다. 그는 동양의 신비주의에 관한 책을 읽고 폴 굿맨Paul Goodman과 함께 게스탈트 치료법을 개발하였다. 그리고 그는 1964년에 에살렌으로 이주하여 1969년까지 머물렀다. 그의 인생 마지막 10년 동안 펄스는 메시아와 같은 모습이 되었고, '정신을 놓아버려야 정신을 차린다'와 같은 재치 있는 격언을 쏟아내며 반문화 영웅이 되었다. 제자들은 펄스를 사랑하였고, 펄스는 많은 청중들 앞에서 종종 그의 치료법을 보여주었다. 펄스는 바바 람 다스Baba Ram Dass와 마하리시 마헤시 요기Maharishi Mahesh Yogi와 같은 인기있는 신비주의자들과 토론에 참가했다. 만일 23살의 젊은 군인이 시간을 뛰어넘어 일흔세 살의 구루guru*를 보았다면, 그는 자신이 누구를 보고 있는지 결코 짐작하지 못할 것이다. 프리츠 펄스의 초기 모습과 후기 모습은 서로 다른 행성에서 온 것처럼 완전히 달랐다.

생의 마지막 해에 프리츠 펄스는 캐나다에 있는 오래된 모텔을 사서 그곳에 게슈탈트 공동체를 세우려고 했으나, 그의 꿈이 실현되기 전인 1970년 3월 14일 심장마비로 사망했다. 샌프란시스코에서 열린 그의 장례식에는 천 명이 넘는 사람들이 참석했다.

자유롭고 솔직하게 이야기하는 것은 우리 관계의 질을 향상시키고, 의미 있는 가까운 관계는 행복과 장수와 관련이 있다.

---

* 구루의 기원은 초기 우파니샤드에서 찾을 수 있다. 구루는 사전적으로 산스크리트어로 힌두교에서 신성시되는 인물인 브리하스파티(Brihaspati)이다. 현재 인도에서 구루라는 용어는 일반적으로 선생님을 통칭하는 용어이고, 서구 사회에서는 추종자들을 거느리고 있는 철학과 종교 지도자들을 광범위하게 지칭한다.

그러나 그 반대 또한 사실이다. 우리가 방어적인 태도를 취하고 솔직하지 않을 때, 우리의 관계는 궁핍해진다. 피폐한 관계는 우리를 불행하게 하고 우리는 쉽게 질병에 걸린다.

심리치료사들은 비밀을 지키는 것이 마음과 몸에 영향을 줄 수 있다고 항상 말해 왔다. 프로이트 Freud 와 브로이어 Breuer 는 히스테리거의 무한한 수의 신체적 증상과 관련된 상태에 대한 초기 출판물에서 억압된 기억이 주요 원인이라고 밝혔다. 어떤 의미에서 억압은 비밀의 궁극적인 형태인데, 그 비밀은 다른 사람들로부터뿐만 아니라, 심지어 그 비밀에 속한 사람에게서도 지켜져야 하기 때문이다. 억압된 기억은 무의식 속에 깊게 파묻혀서 접근할 수가 없다. 그러나 그 기억들은 여전히 증상을 만들어 낼 수 있고, 종종 그 기억과 야기하는 증상들 사이에 상징적인 연관성이 발견된다. 예를 들어, 충격적인 것을 목격한 사람은 기억을 억누를 수 있지만, 그 후 실명을 경험하게 되는 사례가 있다. 신체적 증상은 '충분히 보았으니 더 이상 보고 싶지 않다.'는 생각으로 대체된다. 비밀은 보호되어야 하고, 그것들을 안전하게 유지하려는 지속적인 요구가 다른 목적으로 사용될 에너지를 고갈시킬 수 있다. 정신적인 에너지를 물리적 에너지처럼 수량화할 수 없다는 프로이트의 생각은 비판을 받기 쉽지만, 비밀이 우리의 건강에 해로운 영향을 미칠 수 있다는 기본적인 개념은 많은 과학적 지지를 얻었다.

불편한 진실을 숨기는 것은 즉시 신체적 증상을 초래할 수 있다. 우리가 정직하지 못할 때, 스트레스 호르몬이 분비되어 자율 신경의 분열을 활성화시키며 땀이 나기 시작한다. 거짓말 탐지기는 땀샘에서 분비되는 땀에 의한 피부의 전기 전도도를 측정하여 작동한다. 시간이 지남에 따라, 비밀은 만성적으로 흥분 상태를 유발할 것이며, 이러한 상태가 초래하는 생화학적 변화는 신체 방어 체계를 손상시키고, 심장 혈관 시스템에도 영향을 주고, 뇌의 신경 전달 물질의 수치에도 변화를 불러올 것이다. 유명한 실험 심리학자 제임스 페니베이커 James Pennebaker는 생각과 감정을 지나치게 억제하면 크고 작은 질병이 발병할 위험이 높아진다고 결론 내렸다. 1990년 그의 책 [놓아버리기 Letting Go: '감정 표현의 치유력'The Healing Power of Expressing Emotions] 에 보고된 초기 연구에 따르면, 과거에 일어났던 자신의 외상 경험을 공개하지 않았던 사람들이 공개했던 사람들보다 암, 고혈압, 궤양, 독감, 두통, 심지어 귀앓이를 포함한 다양한 건강 문제를 겪을 가능성이 훨씬 더 높았다. 트라우마의 정확한 본질은 중요하지 않았다. "유일하게 구별되는 특징은 트라우마가 다른 사람들에게 이야기되지 않았다는 것이다."라고 쓰여져 있다. 억압이 항상 질병의 원인은 아니며 또한 유일한 원인도 아니지만, 그것은 중요한 위험 요소임에는 틀림없다.

참는 것은 본질적으로 방어 전략이다. 우리는 스스로를 보호하기 위해 억압하고 억제하며 거짓말을 한다. 그러나 이러한 형태의 자기 방어는 종종 비효율적이고 상황을 좋게 만들기 보다는 악화시키기도 한다.

생각과 기억을 무의식 속에 묻어버리려는 시도가 실패하여 반동효과를 내는 경우가 많다. 그 기억들은 되돌아와서 정신적 반추와 걱정을 촉발한다. 참으로 생각을 억제하는 것의 역설적인 결과로 일부 생각과 기억이 고통스러운 강박관념으로 바뀔 수도 있다.[12] 비밀을 지키는 사람들은 자유롭게 말하는 사람들보다 더 산만하고 행복 수준이 낮다.[13] 우리가 잠자리에 들고 불을 끌 때, 경쟁적인 요구사항이 없다. 비밀은 우리를 깨어있게 하고, 양심에 찌르는 고통을 불러온다. 마침내 잠에 들었을 때에도, 억압된 내용들이 꿈의 내용 중, 특히 감정적인 것에 영향을 미치는 경향이 있어 제대로 잠에 들지 못한다.[14] 그래서 우리는 악몽에서 깨어나기 쉽다. 오랜 기간 방해받고 파편화된 수면은 거의 확실하게 신체적, 정신적 건강을 악화시킬 것이 틀림없다.

비밀을 공유하는 것은 "내 마음속에 있는 것을 꺼내고 싶어." 와 같은 말에서 나타나는 자각처럼 마음의 짐을 더는 것과 밀접하게 연관되어 있다. 일단 무거운 짐을 빼면 더 쉽게 숨을 쉴 수 있다. 그것은 가장 중요한 삶의 신호인 호흡과 관련이 있기 때문에 매우 적절한 표현이다. 사람이 죽었는지 살았는지 확실하지 않으면, 반사적으로 그들이 숨을 쉬고 있는지 확인한다. 이러한 호흡에 영향을 주는 무엇이든지 매우 심각한 위협이라고 할 수 있다. 부정한 행위를 한 사람들에게 쇼핑을 한 후 물건들을 들고 계단을 오르는 것과 같은 육체적인 활동을 수행하게 하고,

그 활동에 필요한 에너지와 노력을 측정하겠다고 하는 경우, 자신의 위선에 부담을 느끼고 인정하는 사람들의 경우, 도전을 더 어려운 것으로 인식하고 과대 평가하는 경향이 있다.[15] 그들의 비밀의 무게가 단지 비유적인 것만이 아니다. 그 무게는 그 부정한 사람을 짓누르고 숨을 멎게 한다. 삶은 더 힘들어 보인다.

　우리가 우주와 자연에 대해 더 많이 배울수록 상호 연결의 중요성을 더 많이 인식하게 된다. 나무는 무리지어 있을 때 가장 잘 자란다. 그 이유는 그들이 끊임없이 대화하고 있기 때문이다. 그들은 교차하는 뿌리를 통해 화학물질과 전기 자극을 방출함으로써 서로 '대화'하는데, 이 메시지들은 거의 항상 이타적이다.[16] 영양분과 물은 더 넓은 영역의 나무들이 잠재력을 충분히 발휘할 수 있도록 분배된다. 외로운 나무는 건강한 나무가 아니다. 상호 연결의 이점은 눈에 보이지 않는다. 우리가 대화할 때는 보이지 않게 많은 일들이 일어나고 있다. 우리 신경계의 수상가지 돌기들은 또한 멀리 뻗어서 정보를 수집하고 영양분을 흡수한다.

　사회적 동물에게 혼자 있는 것은 괴로운 경험이다. 그것은 선사시대에 기원을 둔 실존적인 위협 신호이다. 우리는 우리를 따뜻하고 안전하게 유지하기 위해 부족과 다른 사람들이 필요하다. 세련된 유인원은 자동판매식 식당에 앉아있는 자신을 발견할지도 모른다. 외부의 어둠을 인지할 것이며, 유리를 밀고 나가 동료의 손가락과 소통하면서 위안을 얻고 몸단장을 하길 원할 것이다.

타인의 물리적 존재가 만병통치약인 것은 아니다. 붐비는 방도 여전히 매우 외로운 장소일 수 있다. 1970년대에 로버트 와이스Robert Weiss는 사회적 고립과 정서적 고립을 유용하게 구분했다.17 친구가 적어서 제한된 사회생활을 하고 있거나, 좋은 친구가 거의 없어 친밀한 관계가 없으면 고립될 수 있다. 사회적, 정서적 고립은 완전히 독립적인 개념이 아니다. 필립 하이랜드Philip Hyland와 동료들이 2018년 사회정신의학 및 정신역학 저널에 발표한 연구는 정신 건강과 관련하여 우리가 맺는 관계의 질이 수보다 중요하다는 것을 보여준다.

이 같은 원칙은 소셜 미디어에도 적용되는데, 소셜 미디어는 쉽게 또 다른 외롭고 붐비는 방이 될 수 있다. 온라인 모임에 가입함으로써 위안을 얻을 수 있다. 그러나 아무리 공감이 가는 인터넷 채팅방이라도 눈 맞춤의 힘, 친숙한 목소리, 반응하는 몸짓, 그리고 세심한 손길의 따뜻함과는 경쟁할 수가 없다. 인간이 외로움과 싸우며 정신건강을 유지하는 주된 수단이 대면 소통이기 때문에 태블릿과 스마트폰을 통해서 친해지려고 하면 할수록 정서적 욕구의 좌절감을 경험할 가능성이 높다. 온라인 대화에 대한 일반적인 옹호론은 대면 소통이 어렵다고 생각하는 사람들에게 사회적 수단을 제공한다는 것이다. 그러나 온라인에서의 사회화는 쉽게 역효과를 가져올 수 있다. 불안한 개인은 잠재적으로 치료적이고 의미 있는 친밀한 관계 형성을 연습할 '실제'

기회를 스스로 놓칠 수 있다.

고독은 수면 부족, 고혈압, 인지 및 면역력 저하, 우울증, 조기 사망과 관련이 있다.[18] 현 하버드 종단연구의 현재 책임자인 로버트 월딩거Robert Waldinger 교수는 말했다. "외로움은 사람을 죽인다. 이것은 흡연이나 알코올 중독만큼이나 강력하다." 지난 2016년 사회 신경과학자 존 카시오포John Cacioppo 는 가디언 지에 "만성적인 고독은 조기 사망 확률을 20% 높인다."고 밝힌 바 있다.

'말하는 치료법'으로 시작된 조사로 거의 모든 위대한 사상가들이 말의 엄청난 힘을 믿는다는 것을 알게 되었다. 이런 점에서 그들은 말을 불신하는 에드워드 호퍼와는 매우 달랐고, 호퍼의 가장 두드러진 특징은 '말에 대한 엄청난 저항'이었다.[19] 이것은 호퍼가 왜 우울한 사건을 경험하고, 그가 아내와 소통할 수 없었는 지를 설명한다. 그의 아내가 쓴 1946년 일기에는 "나와의 대화 중에 그의 눈이 시계를 향한다."라고 쓰여 있다. 그들은 서로 말이 통하지 않아 다툼을 벌였다.

호퍼의 많은 걸작들은 지속적인 긴장감을 만들어내지만, 소리가 나면서 즉시 완화된다. 그러나 그 침묵은 결코 깨질 수 없고 그 긴장감은 영원히 보존된다. 난공불락의 침묵이며 우리의 실존적 공포인 것이다. 누군가 말을 할 수 있다면, 다행히도 우리는 호퍼의 인물들처럼 우리 자신 안에 갇혀있지 않게 된다. 우린 자동판매식 식당을 떠날 수 있고, 우리는 입을 열 수 있다.

제2장

안전:
원초적 욕구들

Security:
Primal needs

The Art of Living

2.

안전: 원초적 욕구들

Security: Primal needs

에이브러햄 매슬로Abraham Maslow는 1908년 뉴욕에서 태어났다. 그의 부모는 정치적 격변을 피해 러시아를 탈출한 유대인 이민자였다. 그는 11명의 아이들 중 맏이였고, 그의 말에 따르면 빈민가 소년이었다. 그의 아버지는 배럴통을 수리했고, 아내와 아이들을 먹일 만큼의 돈을 벌지 못했다. 이러한 불우한 시작에도 불구하고 매슬로는 위스콘신 대학을 졸업했고, 후에 프로이트Freud의 초기 동료들 중 한 명인 알프레드 아들러Alfred Adler의 지도를 받았다.

매슬로가 교육을 받고 있을 때, 행동주의와 정신분석은 심리학에서 가장 두드러지는 분야였다. 매슬로는 전자는 피상적이고 후자는 암울하다는 것을 알았다. 또한 행동주의와 정신분석은 인간 존재에 대해서는 거의 언급하지 않았다. 매슬로는 두 심리학에서 무시되고 있는 인간의 긍정적인 측면을 더 면밀히 검토하기로 결심했다. 오늘날 그는 인본주의 심리학의 창시자 중 한 명으로 알려져 있으며, 이는 정신분석의 실존적 분야와 겹치는 학파이다.

1970년 그가 사망했을 때, 매슬로는 굉장한 현자로 세상에 알려져 있었다. 하지만 그가 사망하기 이전 10년 동안, 매슬로는 1960년대 전문가로 반복하여 이야기되는 것을 거부했다. 그는 항상 수수한 복장이었고, 그의 연설은 겸손하고 꾸밈이 없었다. 원시적 충동을 중요시하는 프로이트와 달리 인간의 마음을 설명할 때, 더 온화한 관점을 지지했다. 인간은 사랑을 하고, 초월적인 순간을 경험하며, 각 개인으로서 진화하고, 의미를 찾으려 하며, 음악에 심취하고, 예술작품을 생산한다. 프로이트는 이 모든 상태와 행동을 기본적인 본능의 부수적인 결과로 보았다. 그러나 매슬로는 이 모든 인간의 행동들은 중요하며 총체적 인간의 다른 측면을 반영한다고 여겼다. 개인의 궁극적 목표인 자기실현은 다양한 종류의 욕구가 충족된 후, 적어도 부분적으로나마 욕구 위계의 하위단계에서 상위단계로 오름차순으로 충족된 후에 도달할 수 있다. 이러한 욕구이론은 일반적으로 상징적인 도형으로 설명되며, 현재는 '매슬로Maslow의 욕구 위계'라고 불린다.

매슬로의 욕구 계층을 나타내는 정삼각형은 수평선으로 다섯 개의 층으로 나뉜다. 가장 아래층은 공기, 먹을 것, 마실 것과 같은 '생존'을 위한 것으로 분류되며, 맨 아래부터 맨 위 꼭대기까지 좁아진 각각의 띠는 '안전', '사랑과 소속감', '존중', '자아실현'을 가리킨다. 욕구 위계는 때때로 지식에 대한 욕구, 미적 욕구, 영적 욕구 등 추가적인 상위계층으로 구분되어 제시되기도 한다.

어떤 욕구는 다른 욕구보다 더 기본적이다. 우리는 자유롭게 그 욕구의 실현을 결정할 수 있는 상위 욕구보다 먼저 이러한 기본적인 욕구를 충족시켜야 한다. 예를 들어, 우리는 춥고 배고플 때, 복잡한 철학적 문제에 대해 고민하지 않는다.

Pyramid of needs

Maslow _shutterstock

즉, 온기와 음식이 우선인 것이다. 우리가 위험한 상황에 처했을 때, 우리는 인정받는 것이 아닌 안전을 추구한다.

인간이 매슬로의 욕구 위계의 경사면을 올라 정상에 오르려면 신체적 욕구가 충족된 이후 안전의 욕구가 충족되어야 한다. 성인이 되어 느끼는 안전에 대한 욕구는 우리가 영유아기에 얼마나 안전하다고 느꼈는지에 따라 크게 영향을 받는다. 특히 유아기의 안전욕구 충족은 매슬로의 욕구 위계의 다음 단계인 사랑과 소속의 욕구로 옮겨가도록 한다. 안전은 사랑의 필수 조건이며 사랑이 자라날 수 있는 비옥한 땅이다.

안전하다고 느낀다는 것은 무슨 뜻일까? 그리고 안전함이 어떻게 우리의 사랑할 수 있는 능력에 영향을 주는 것일까?

심리치료사들은 항상 안전에 관심을 가져왔다. 그들의 첫 번째 의무는 안전한 공간과 환경을 만드는 것이기 때문이다. 어려운 상황과 때로는 위험한 사실을 알아차렸을 때에 거부 또는 비난을 받게 될 거라는 두려움 없이 표현하고 탐구할 수 있는 공간이며, 내담자가 붕괴되거나 아주 약해질 수도 있는 장소이어야 한다. 그런 다음 그 장소에서 스스로를 통합할 수 있는 여러 방법들을 거쳐 다시 원래대로 돌아갈 수 있다.

안전에 대한 우리의 욕구는 명확하며, 심리치료사들은 안전에 대한 욕구가 정서 발달에 주는 역할을 실제 치료 장면에서 확인하였다. 그들은 사랑의 기원과 고통의 근원에 대한 대담한 이론들을 발표하였는데, 이 이론들은 자녀를 어떻게 양육해야 하는지 알려준다.

안전에 대한 감각은 매우 일찍, 아마도 태어나기도 전부터 발달한 것으로 보인다. 안전하다고 느끼는 것은 정체성 형성의 기본 요소라고 볼 수 있다. 건물의 물리적 기반 못지않게 우리의 심리적 기반도 중요하다. 우리의 심리적 토대가 안전하지 않다면, 마찬가지로 우리는 미래에도 불안을 떨쳐내지 못할 것이다.

오토 랭크Otto Rank만큼 이것을 더 높이 평가한 사람은 없었다. 랭크Rank의 가족은 가난했고 그는 매우 불행한 어린 시절을 보냈다. 랭크는 아프고 불안했다. 랭크가 18살 때부터 써서 보관해 온 일기장의 내용으로 미루어 보아, 그는 성추행도 당해 왔던 것으로 보인다. 기술 전문대학에 입학한 후, 랭크는 기계공으로 훈련을 받았고 공장에서 일했다. 그러다가 15세에 랭크는 입센Ibsen, 스탕달Stendhal, 도스토예프스키Dostoevsky, 니체Nietzsche와 다윈Darwin과 같은 작가들을 알게 되었다. 21살의 랭크는 [예술가: 성심리학으로의 접근The Artist: Approach to a Sexual Psychology]이라는 제목의 원고를 공유하면서 프로이트Freud에게 자신을 소개했다. 랭크는 작품을 통해 정신분석학에 대한 포괄적인 이해를 보여주었다. 프로이트는 랭크를 즉시 자신의 집단으로 초대했다. 프로이트는 랭크를 비엔나 정신분석학회 간사로 고용하여 재정적인 지원을 하였고, 랭크가 공부를 지속할 수 있도록 뒷받침하였다. 결국 랭크는 비엔나 대학에서 박사학위를 받았다.

Otto Rank

　랭크는 매주 수요일 프로이트 가족과 함께 저녁식사를 했는데. 그는 언제나 프로이트 곁에 앉았다. 랭크는 매우 공손하게 항상 프로이트를 위해 물잔을 들었고, 프로이트의 시가에 불을 붙이기 위해 곁에 있었다. 키가 170cm이었던 프로이트는 온순하고 고분고분하며 자기보다 약간 키가 작은 추종자를 '작은 랭크'라고 습관처럼 불렀다. 랭크는 프로이트의 우월감이 짜증스러웠고, 프로이트의 애칭을 싫어했다. 랭크가 독립을 갈망하는 것은 불가피했다. 1915년, 랭크는 군대에 징집되었고, 비엔나로 돌아왔을 때의 랭크는 다른 사람으로 변모되어 있었다. 랭크는 더 강해졌고 더이상 순종적이지 않았다. 영국의 프로이트 옹호자이며 전기 작가인 어니스트 존스 Ernest Jones 는 랭크에게서 '거장의 느낌'을 보았다고 묘사했다.

랭크와 프로이트의 결별이 1924년 랭크가 출간한 책 [출생의 트라우마The Trauma of Birth]로 촉발된 것은 매우 역설적인데, 프로이트가 몇 년 전에 제안한 아이디어를 활용하였기 때문이다. 프로이트는 불안감은 태어날 때의 경험에 기원을 두고 있다고 제안했다. 프로이트는 이 아이디어를 그다지 중요하게 여기지 않았지만, 랭크에게 이것은 중심적인 사상이 되었다. 랭크는 태아가 자궁에서 안전하다는 것을 의식하고 태아가 경험하는 따뜻함과 쾌적함이 미래의 감각적인 관능성을 형성한다고 믿었다. 그러므로 우리는 출생을 트라우마로 경험하고, 그것은 쓰라리고 고통스러운 이별로 우리의 기억에 남는다. 이 무의식적 기억 때문에, 우리는 남은 생애 동안 이별에 감정적으로 예민하게 반응한다. 엄마와 아이 사이의 원초적 상황을 재정립하고 싶은 욕구가 부분적으로 어른들 사이에 성적인 결합으로 사랑을 충족하도록 동기를 부여한다고 랭크는 썼다.

랭크Rank 는 태아와 공생했던 자궁에서의 행복이 어떤 것인지 상상하고 설명하고자 했다. 이후 산도의 연동운동으로 인한 압박, 눈을 멀게 할 정도로 갑작스럽고 강한 빛, 탯줄의 절단, 초기 폐에서 불같이 뿜어져 나오는 공기를 경험하면서 태아는 자궁으로부터 추방되게 되고, 하나의 개체로서 스스로를 인상깊게 인식하게 된다. 랭크의 이론은 1970년대 자연분만 캠페인을 북돋는 의식을 성장시켰고, 궁극적으로 산부인과 의사를 보다 더 인간적인 직업으로 만들었다.

자궁에 대한 무의식적인 기억과 외상성 출생이 성인의 삶을 통해 계속해서 영향을 미친다는 랭크의 주장은 논쟁의 여지가 있다. 그러나 1999년 저명한 프랑스 산부인과 의사이며 분만실과 분만 욕조의 선구자인 미셸 오덴트Michel Odent*는 그의 책 [사랑의 과학화]에서 랭크의 이 주장이 사실이라고 말했다. 오덴트는 원시기Primal period**가 그 이후의 신체적, 심리적 건강에 영향을 준다는 연구 결과가 있다고 주장했다. 그는 이어 산후 경험보다 산전과 태아기 경험이 아이들의 장기적인 정서적 적응, 특히 사랑할 수 있는 능력에 더 큰 영향을 미친다고 말하였다. 즉, 임신기간 동안의 심리적인 상태가 아이가 태어난 후 첫 일 년을 보내는 엄마의 심리 상태보다 더 아이의 정서발달에 영향을 미친다.[1]

출생 시 발생한 합병증은 정신 질환을 앓고 있는 개인의 의료 기록에 자주 등장한다.[2] 이러한 연관성은 대부분의 경우 미묘한 형태의 뇌손상에 의해 발생할 수 있다. 예를 들어, 1987년 버틸 제이콥슨Bertil Jacobson과 동료들이 저술한 한 연구는 스칸디나비아 정신의학회지에 게재되었는데, 자살 행위와 외상

---

* 프랑스의 산부인과 및 출산 전문가이다. 출산 과정에 영향을 미치는 환경 요인에 특별한 관심을 발전시켰다. 그는 임산부를 위한 출산실, 출산 수영장, 노래 세션의 개념을 소개했다. 병원 경력을 쌓은 후 그는 가정 출산에 참여했고, 런던에 Primal Health Research Centre를 설립했으며, 출생 "원시 기간" 동안의 조건과 후속 아동 및 어머니 건강 간의 상관 관계를 탐구하는 역학 연구를 수집하기 위해 데이터베이스(primalhealthhresearch.com)를 설계했다.

** 임신, 출산 그리고 생애 첫 해.

성 출생 사이의 매우 구체적인 상징적 연관성을 다루었다. 질식에 의한 자살은 분만 중 질식과 관련이 있는 반면, 폭력적인 기계적 수단에 의한 자살은 다른 형태의 외상성 출생과 관련이 있는 것으로 밝혀졌다. 오토 랭크Otto Rank의 제자인 체코의 정신과 의사이자 정신분석가인 스타니슬라프 그로프Stanislav Grof는 LSD환각제를 사용하여 내담자들이 외상성 출생을 다시 경험하도록 도왔으며, 회복된 기억과 즉각적인 치료와 부모가 작성한 보고서 사이의 관련성에 주목했다.3 최근 440만 명의 참가자를 대상으로 21개 연구 마리나 멘돈카Marina Mendonca와 영국 워릭 대학의 동료들이 실시한 2019년 대규모 조사를 메타분석한 결과, 조산 혹은 저체중으로 태어난 성인들은 또래들보다 연애, 성관계, 혹은 부모가 될 가능성이 현저히 낮은 것으로 드러났다.4 가장 일찍 태어난 성인은 연애할 확률이 67%나 낮았다. 저자들은 생물학적, 심리적인 환경을 포함한 환경적 요인들을 모두 종합하여 가능한 설명을 제시했다. 랭크Rank는 태아가 준비가 되지 않은 상태로 태어나게 되는 경우, 이후 이어지는 삶에서 조산과 정서적 문제 사이의 연관성을 예측했다. 갑작스러운 출산은 상응하는 심각한 트라우마를 유발하고, 장기적으로 명백한 심리적 결과가 뒤따른다.

출생 트라우마가 출산 중 발생한 뇌손상으로 장기적인 결과를 가져온다는 것은 논쟁의 여지가 없다. 그러나 자궁과 산도에서의 경험이 심리 발달에 주된 영향을 미친다는 주장은 회의론자들에게는 여전히 해결되지 않는 채로 남아 있다. 어째서 이러한 경험이 이후의 다른 경험보다 훨씬 더 영향력이 있는 것일까? 인간의 마음이 생후7개월에서 9개월 사이에 특별히 더 예민하다고 할 수 있을까? 반면에 산후 경험, 특히 매우 이른 시기의 경험이 심리 발달에 미치는 영향에 대해서는 거의 의견이 일치한다. 우리가 이러한 공감대를 이룬 것은 현대심리학의 초석인 된 영국의 정신과 의사이자 정신분석가인 존 보울비Bowlby의 애착 이론 덕분이다.

에드워드 존 모스틴 보울비Edward John Mostyn Bowlby는 남작의 아들이었다. 유모와 간호 가정부들이 그를 돌보았고, 하루에 한 시간 동안만 어머니를 볼 수 있었다. 7살이 되자 기숙학교에 보내졌는데, 학교 생활이 너무나 불쾌해서 훗날 아내에게 키우는 개도 그곳에 보내지 않을 것이라고 말했다. 보울비가 가족과 떨어져 지냈던 것과 어머니에게 접근이 불가능했던 것은 그에게 깊은 영향을 미쳤고, 그는 모성 박탈이 주는 장기적인 영향을 목록화하고 연구하는 데 많은 시간을 보냈다.

태어나면서 겪는 고통에 초점을 맞춘 랭크와 달리 보울비는 생의 초기에 겪은 고통에 관심이 많았다. 보울비는 생애 첫 7년 동안 모성애의 부재가 나중에 정신 질환 발병 가능성을 높인다고 결론지었다. 어린 시절, 안전에 대한 우리의 기본적인 욕구가 제대로 충족되지 않는다면, 우리는 더 취약한 어른이 될 가능성이 높다.

어린아이들은 일반적으로 엄마나 다른 주양육자와 분리될 때, 세 가지 단계를 거친다. 저항, 절망, 무감각. 처음에 그들은 운다. 그러고 나서 그들은 비참해하고, 마지막에는 감정적으로 무디어진다. 이별의 고통을 견딜 수 없기 때문에 감정을 억누른다. 나는 종종 이러한 경과가 위기 상태에 있는 성인들에게서 재현되는 것을 보았다. 분노와 비참함 뒤에 운명론적인 무관심이 뒤따른다. 목소리는 로봇과 같이 단조롭고, 눈은 게슴츠레해지면서 초점이 없다. 우리가 안전하다고 느끼지 못할 때, 우리는 쉽게 퇴행할 수 있다.

보울비Bowlby는 심리학 이론이 진화론적 이야기에 동조한다면 훨씬 더 설득력이 있을 것이라고 말한 최초의 심리학자였다. 보울비는 우리 조상들이 살던 선사시대에는 아이가 엄마와 떨어져 있을 때, 아이가 엄마의 관심을 끌기 위해 우는 것이 가장 타당한 방법이었을 것이라고 추정했다. 그러나 아이와 엄마가 너무 멀리 있어, 엄마가 아이의 울음 소리를 들을 수 없다면, 계속해서 우는 것은 에너지를 낭비하는 것이며, 오히려 포식자들의 눈에 띄게 될 것이다. 울음을 멈추고 고통스럽게 움츠리고 있는 것은 생존을 위한 최적의 전략이었다. 숙명적인 무관심이 불러온 마비가 활기 넘치던 아이를 무생물처럼 변화시켰고, 대초원에서 아이들은 눈에 거의 띄지 않게 되었다.

보울비에 따르면, 안전한 애착은 아이에게 세상을 탐험할 자신감을 준다. 아이들은 독립적으로 성장할 수 있고, 새로운 것을 발견하고, 호기심을 충족시키며 기술을 습득할 수 있다. 만약 상황이 좋지 않거나 아이가 겁을 먹었을 때, 아이는 애착을 느끼는 대상이 가까운 곳에서 기다리고 있다는 것을 안다면, 아이는 안심할 것이다. 아이는 편안하고 보호해 주는 믿을 수 있는 자원, 즉 안전지대에 있다고 할 수 있다. 위험이 지나갔을 때, 아이는 탐구를 계속할 수 있다. 보울비는 우리가 삶을 통틀어 탐험을 하고 다시 애착 대상이 있는 집으로 돌아오는 이 과정을 지속한다는 것을 지적했다. 역설적이게도 우리가 안정되게 애착을 형성했을 경우, 우리는 더 멀리 여행을 할 수가 있다. 긴밀한 유대관계는 우리를 구속하지 않으며 우리를 자유롭게 한다. 이 원칙은 물리적인 거리 외에도 적용이 가능하다. 가까운 유대감은 우리가 좋은 사람이 되기 위해 지적으로 그리고 감정적으로 멀리 떨어진 목적지로 여행을 떠날 수 있게 한다.

보울비가 연구를 수행한 후, 그는 '작동 모델'이라고 부르는 심리적 구조를 이용하여 자신의 결과를 설명했다. 이 모델은 주제별로 정리된 기억과 사건들이 해석된 후 이어지는 반응의 다양한 경향을 말한다. 작동 모델은 어린 시절 사회 학습에 따라 주로 결정된다. 반복적인 교류를 통해 우리는 우리 자신, 부모님, 그리고 우리가 맺는 부모님과의 관계에 대한 내적 표상을 공고히 한다.

1988년에 처음 출판된 [안전한 기반: 애착 이론의 임상적 적용 A Secure Base: Clinical Applications of Attachment Theory]에서 보울

비는 작동 모델이 어떻게 형성되는지에 대해 간결하게 설명했다. '일단 한번 만들어지면, 부모와 자신 사이에 상호작용하는 이 모델은 지속되는 경향이 있으며 무의식적으로 작동하게 된다. 안전한 애착을 형성한 아이가 나이가 들수록 부모는 그들을 다르게 대하며, 이 작동모델에 점진적인 변화가 일어난다. 이것이 의미하는 바는 항상 시차가 존재하기는 하지만, 자녀의 작동 모델이 지속적으로 그 자신과 부모의 상호작용에 합리적이며 좋은 자극이 된다는 것이다.' 이러한 시뮬레이션은 이후 다른 가까운 관계에서 가지게 되는 우리의 기대치에 영향을 줄 수 있다.

안전하게 애착이 형성된 아이는 애정어린 보살핌을 주는 사람을 내면화하게 된다. 게다가 이러한 아이의 작동 모델 속 자아는 사랑받을 만한 가치가 있다. 애착이 불안정한 아이의 경우는 그 반대이다. 아이의 내면화된 양육자는 신뢰할 수가 없다. 더 나쁜 경우는 아이의 양육자가 부재했기 때문에 내면화된 양육자, 보살핌을 주는 자가 아예 없다. 그렇게 되면 아이는 세상을 위험한 곳으로 인식하고, 사람들 또한 조심해야 한다고 생각한다. 아이는 스스로 사랑스럽지 않다고 느끼고 경험을 왜곡하고, 새로운 관계 형성에 방어적이 된다. 시간이 지남에 따라 이러한 불안함이 스트레스가 되고 불안은 점점 커지게 된다.

사랑은 우리를 더 강하고, 더 대담하고, 더 탄력 있게 만든다. 또한 새로운 경험을 잘 받아들이게 한다. 그리고 무엇보다 중요한 것은 사랑은 우리를 사랑스럽게 만든다는 것이다.

사회는 경쟁적이며, 학업적인 성취는 소득 및 기회와 정적 상관 관계가 있다. 부모가 자녀들이 학교에서 잘하도록 격려하는 것은 관례이다. 그러나 지적 발달에 대한 지나친 집착이 때때로 그에 상응하는 정서 발달을 무시하는 결과를 초래할 수도 있다. 유치원과 대학이 배움의 장이기도 하지만, 사회생활의 교육장이기도 하다. 멘토링은 대인 관계에 근거하며, 우리가 일반적으로 교육이 줄 것으로 기대하는 보상은 보통 가족과 친구들에 의해 구체화된다. 우수함은 바람직하지만, 자질과 장점이 안정된 기반에 있을 때, 행복으로 전환될 가능성이 높다.

매튜와 수잔나는 결혼한 지 7년이 되었다. 처음에 그들은 함께 있어 행복했고 감정적으로 친밀했다. 하지만 첫째 아들 마이크가 태어났을 때, 상황이 변하기 시작했다. 수잔나는 그녀의 모든 에너지를 마이크의 침실에 교육적인 장난감으로 가득 채우는 등 좋은 자극이 될 만한 환경을 만드는 데 쏟았다. 둘째 아들 앤디가 태어났을 때, 수잔나는 더 열심히 교육적 환경에 에너지를 쏟았다. "왜?"라고 수잔나에게 물었을 때, "우리 아이들에게 가장 좋은 것을 주고 싶어서죠."하고 대답했다. 매튜와 수잔나가 대화하는 시간이 줄어들었다. 수잔나는 점점 더 아이들 교육에 몰입했고 감정을 주체할 수 없게 되었다. 그 커플은 더 이상 친밀하지 않았다. 매튜는 둘째를 갖는 것이 그들의 관계를 회복시켜 주길 바랐다. 그러나 앤디가 태어난 후 잠시 해빙기를 거친 뒤, 다시 말다툼과 싸늘한 침묵만이 이어졌다. 매튜는 화가 났고 실망했다.

"무엇 때문에 싸우는 거죠?" 나는 물었다.

"전부 다요." 매튜가 대답했다. "하지만 대부분은 애들 때문이죠. 수지가 매우 화가 났을 겁니다."

매튜와 수잔나는 이 시기에 손을 잡은 적이 없었다.

마치 그들은 잃어버린 것을 상기시키고 싶어 하지 않는 것 같았다. 한번은 우연히 손을 잡는 걸 본 적이 있었다. 두 사람 모두 뜨거운 접시에 손가락을 데인 듯 움찔했다.

"매튜는 부모가 되는 것에 대해 진지하게 생각하지 않아요." 수잔나가 남편에게서 고개를 돌리며 말했다. 그렇게 빠르게 움직이는 것이 남편에 대한 묵살과 경멸로 보였다.

"나뿐만이 아니라 매튜도 아이를 원했어요. 하지만 매튜는 육아에 시간을 쏟고 일을 하고 싶어하지 않아요. 매튜는 아무런 노력도 하지 않아요."

"왜 그렇게 말을 하는 거죠?" 내가 물었다.

"매튜는 아이들과 TV 앞에 앉아서 축구를 보고 싶을 뿐이에요. 매튜는 바로 그것이 좋은 부모가 되는 방법이라고 생각하나 봐요."

"그게 사실인가요?" 내가 매튜에게 물었다.

매튜는 피곤해 보였다. 너무 피곤해서 솔직하게 말할 수밖에 없었다.

"그래요." 매튜가 말했다. 매튜의 말은 비난과 패배감의 지난 이야기들을 보여주는 듯했다. "아이들과 함께 축구를 많이 봅니다."

"제가 몇 분 동안만이라도 나가 있으면." 수잔나가 말을 이었다. "제가 돌아왔을 때, 어떻게 되어 있을지 정확히 알아요." 수잔나는 매튜를 바라보았다. "아이들과 함께 서랍에서 종이랑 연필 좀 꺼내서 무언가 만드는 것 같이 유용하고 건설적인 일을 하는 것이 정말 힘든 일일까요?"

"그렇지 않은 것 같아." 매튜가 대답했다.

수잔나는 나를 향해 돌아섰다. "아이들은 관심이 필요해요."

"나도 알아... ' 매튜가 항의했다.

"그럼 좀 더 책임감 있게 행동하지 그래?' 수잔나가 투덜거렸다. "중요한 일이잖아, 그렇지?"

"응." 매튜가 대답했다. "하지만 애들은 TV 보는 걸 좋아한다구."

"물론 그렇겠지." 수잔나가 대답했다. "애들이니까. 그게 우리가 아이들을 위해 올바른 결정을 내려야 하는 이유잖아."

"그러기엔 아이들이 아직 너무 어려. 내 생각엔..." 매튜는 과감히 그의 말을 끝맺었다: "당신이 아이들을 너무 몰아붙이는 것 같아."

"글쎄, 당신은 그렇게 말하겠지." 매튜가 어깨를 으쓱했고 수잔나는 말을 이었다. "만약 내가 모든 것을 당신에게 맡겼더라면, 어떻게 됐을 것이라 생각해? 애들이 학교에서 얼마나 잘 할 거라고 생각하냐구?"

"나도 알아." 매튜가 대답했다. "당신은 아이들을 위해 많은 것을 하고 있어. 그리고 당신이 힘든 일을 다 하고 있다는 것도 알고 있어. 그리고 난 아이들을 위한 것이 무엇인지 생각하지 않았어."

매튜는 침묵에 빠졌지만, 나는 매튜가 계속하도록 격려하며 손을 내밀었다. 매튜는 고개를 저으며 약간 혼란스러워했다. "우리는 소파에 앉아서 포옹을 하고 아이들에게 양쪽으로 어깨동무를 했어." 그는 아이들과 친해진 것이 기분이 좋았고 안전하게 느꼈다.

상황이 좋아진 데는 이유가 있다. 진화론적인 이유로 기분이 좋아진 것이다. 인류 역사의 어느 시점에서, 이러한 포옹들이 생존의 기회를 증가시켰고 또 번식 또한 늘어났기 때문이다. 아이들을 껴안고 있는 기분이 매우 좋다는 것은 사랑의 중요성에 대해 말해준다. 부모가 아이를 껴안거나, 아이의 눈을 바라보거나, 아이에게 웃어주거나, 머리를 쓰다듬거나, 머리에 입을 맞추면 엄청난 결과가 나타난다.

안와전두피질은 자신의 감정을 인식하고 관리하며, 타인의 감정을 알아채고 반응하는 능력인 정서지능의 기초가 되는 여러 뇌 영역 중 하나이다. 그 부위는 태어난 후 거의 완전하게 성장한다. 이 성장이 예정된 것은 아니다. 아이의 사회적, 정서적 경험의 질에 따라 안와전두피질이 목적에 맞게 성장할 수도, 성장이 더딜 수도 있을 것이다.5 부모가 아이를 사랑스럽게 바라볼 때, 베타엔돌핀과 신경전달 물질인 도파민과 같은 내인성 오피오이드가 방출된다. 이런 과정은 예를 들어, 포도당의 흡수와 같이 뉴런 성장을 촉진하는 반응을 일으킨다. 부모와 자식 사이에 즐겁고 애정 어린 상호 작용은 주로 전두엽 피질을 '연결'하는 역할을 한다. 안와전두피질이 완전하게 그 기능을 발휘하지 못한다면, 아이는 심각한 사회적, 정서적 핸디캡을 겪을 것이다. 안와전두부에 손상을 입은 신경계 내담자는 감정이입이 잘 되지 않고 공격적인 충동을 잘 조절하지 못하게 된다.6

수잔나가 틀린 것은 아니다. 아이들은 지식과 기술을 습득해야 하고, 수잔나는 우리 모두가 원하는 것, 아이를 위한 최고의 것을 원했다. 하지만 그녀는 아들들을 돌보는 데 집중하면서 필수적인 무언가를 소홀히했다. 매튜는 TV를 보고 있었지만, 아이들과 가까이 있는 것, 아이들의 온기 그리고 아이들의 작은 몸을 자신의 안전한 품에 안고 있는 것 또한 즐기고 있었다. 매튜는 아이들을 가까이 끌어당기고, 게임에 대해 이야기하고, 머리를 헝클어뜨리며 시선을 사로잡고, 미소를 짓고 있었다. 수잔나의 관점에서 매튜는 아무것도 하지 않는 것처럼 보였지만, 사실 매튜는 대단한 일을 하고 있었다. 그는 '사랑받기'를 두 개의 작동 모델로 만들고 있었다.

＊

영국의 시인 필립 라킨Philip Larkin이 쓴 시 〈이것이 시다This Be The Verse〉에서 처음 두 행이 자주 인용된다.

그들이 널 망쳐, 엄마, 아빠가 말이야.
일부러 그런 건 아니지만, 망치고 있어.

시는 충격적이고, 웃기고, 무엇보다도 가슴 아프다. 앞으로 이어질 비극적 관찰의 결과가 충분히 드러나지는 않았다. 아이들을 해치려는 부모는 거의 없지만, 그런 일이 일어나고 있다. 라킨Larkin의 신랄한 짧은 시가 인기 있는 이유이다. 첫 줄에서 라킨은 2인칭 대명사로 군중으로부터 우리를 구분하고, 우리는 즉시 시가 개인적으로 관련이 있다고 느낀다. 우리는 부모, 어머니의 결점, 아버지의 단점을 떠올리고, 완벽하지 못했던 자신의 부모로서의 경험을 떠올리게 된다. 역사는 반복되는데, 라킨이 "인간은 인간에게 불행을 건넨다."고 한 시의 마지막 구절은 그가 말하는 영원불멸의 진리로 보인다.

라킨은 아서 야노프Arthur Janov의 [원초적 절규Primal Scream]가 출판된 지 1년 후인 1971년에 〈이것이 시다This Be The Verse〉를 썼다. 2017년 사망한 미국의 심리치료사 야노프Janov는 잘못되고 부족한 육아가 모든 신경성 질환과 중독의 원초적 고통의 기원이라고 말했다. 이 책으로 그는 세계적인 명성을 얻게 되었다. 내가 13살 때 TV에서 아서 야노프가 인터뷰하는 것을 본 기억이 난다. 비교할 만한 다른 인터뷰가 기억이 안 나는 걸 보니 나에게 큰 인상을 남긴 것임에 틀림없었다. 처음에 나의 관심을 끌었던 것은 영국 대중들을 감동시킬 한 남자를 소개하겠다고 약속하는 것이었다. 내 기억에 야노프는 흥미로운 태도를 가지고 있었다. 그는 느긋하면서도 동시에 매우 열정적이었다. 필립 라킨도 그 인터뷰를 봤는지 궁금했다. 〈이것이 시다〉라는 작품은 야노프의 심리학에서 필립 라킨이 핵심만 뽑아낸 것이기 때문이다.

[원초적 절규Primal Scream]는 임상 회고록과 심리 스릴러물이 어우러진 구절로 시작한다. "몇 년 전, 나는 내 직업적 삶과 내담자들의 삶을 바꿀 무언가를 알게 되었다. 내가 들은 것이 현재 알려진 심리치료의 본질을 바꿀 수도 있다. 바로 치료를 받는 동안 바닥에 누워 내면 깊은 곳으로부터 섬뜩한 비명을 지르는 한 젊은 남자이다." 정신분석 영화 〈누아르〉의 시작 부분에서 목소리 해설이 나온다. 야노프의 내담자는 자퇴한 22살 학생으로 어머니와 아버지를 몹시 필요로 했다. 지치고 힘든 기색으로 "엄마!"와 "아빠!"라고 외쳤고, 곧 고통으로 바닥에서 몸부림쳤다. 경련이 일어났고 그 뒤에 '벽을 들썩이게 하는' 비명이 터져 나왔다. 그 사건들은 단지 몇 분 동안 지속되었지만, 그 청년이 평정심을 되찾자 더 이상 그와 같은 정서적인 고통에 시달리지 않는

Scream

다고 말했다. 청년은 다시 느낌을 가지게 되었다. 동일한 과정의
반복으로 긍정적인 결과를 내던 야노프는 생의 초기 양육자에
게서 받아들여지지 못했던 아이의 절규와 무관심과 거절 경험을
서로 연관 지어 이론적 틀을 구축했다.

    내가 가지고 있는 [원초적 절규 Primal Scream]는 1970년대에
출판된 종이책으로, 20년 전 중고서점에서 손때가 잔뜩 묻고 빛
바랜 상태의 책을 발견해 구매하였다. 출판사의 편집 부서에서

는 문자 그대로이지만 완벽한 표지 이미지를 선택했다. 에드바르트 뭉크 Edvard Munch 의 절규. 모더니즘의 잘 알려진 비슷한 예는 거의 없다. 뭉크의 절규는 그 자체로 이모티콘이 되었다. 무엇이 그것의 엄청난 인기를 설명해 줄 수 있을까?

많은 비평가들이 뭉크의 걸작의 의미에 대해 이론을 내세웠지만, 그림에 등장하는 이 불길한 중심인물은 종종 죽음의 화신으로 여겨진다. 질병과 사망은 뭉크의 작품에서 확연하게 되풀이되는 주제이다. 굴곡과 곡선이 어우러진 불안한 배경은 여성스러움과 유기성을 자아낸다. 핏빛 하늘은 뒤틀린 근육처럼 보이고, 좁은 만의 푸른 물은 산도를 닮았다. 뭉크는 어느 날 친구들과 산책하던 중 들었던 위대한 '자연의 절규'가 이 그림의 영감이라고 했다.* '자연'이라는 단어는 어떤 단어를 연상시키는가? 대지, 비옥함, 풍요, 결실? 아마도 뭉크의 그림은 죽음에 관한 것이 전혀 아닐지도 모른다. 어쩌면 탄생과 같은 보편적인 경험일 가능성도 있다. 우리가 태어나서 가장 먼저 하는 것은 비명을 지르는 것이다.**

---

* 일부 미술 평론가들은 뭉크의 절규에서 중심 인물이 비명을 지르는 것이 아니라 자연의 비명에 '반응'하고 있다고 말한다. 그러나 적어도 나에게는 크게 벌린 입과 겁에 질린 표정이 비명을 암시하는 것으로 보인다.

** 뭉크는 표출치료(Primal theraphy)에 매우 적합한 후보였을 것이다. 그의 어머니는 그가 아주 어렸을 때 세상을 떠났고, 그의 아버지는 뭉크를 숨막힐 정도로 경건한 분위기에서 키웠다. 성인이 되었을 때 뭉크는 술, 명성, 섹스를 탐닉했고, 46세에 신경쇠약으로 고생했다.

유아의 기본적인 욕구가 충족되지 않는 경험은 매우 고통스럽다. 욕구가 계속해서 충족되지 못하면, 욕구가 억제되겠지만, 줄어들거나 사라지지는 않을 것이다. 실제로 충족되지 못한 욕구는 계속해서 행동의 동기가 될 것이며, 대처할 수 있는 다른 만족을 찾는 것이 그 목적이 될 것이다. 유아기 욕구의 좌절이 평생의 욕구와 선택에 지속적인 영향을 미칠 수 있다.

유아기의 고통이 일반적으로 묘사되는 신체적, 성적학대와 같은 트라우마 경험에 한정된 것은 아니다. 가혹한 질책과 부주의 또는 냉정함을 포함한 부모의 작지만 반복되는 무신경한 행동이 동일하게 피해를 줄 수 있다. 이러한 영향이 심각할 때 증상으로 드러나는데, 그들은 신경성 질환으로 고통스러워한다.

부모가 자녀의 유아기 욕구를 충족시키지 못하는 가장 큰 이유는 부모가 자신의 유아기 욕구를 충족시키느라 너무 바쁘기 때문이다. 그들은 심리적으로나 정서적으로 공허하며, 항상 대체적인 거짓 만족을 추구한다. 대체 만족과 원초적 욕구 사이에는 상징적인 의미가 있다. 예를 들어, 지속적으로 굴욕을 당하고 스스로 '작다'고 느끼게 된 아이는 외부로 보여지는 모습을 유지하는 데 몰두하는 성인이 될 수 있다. 과체중 여성은 그녀의 유아기에 결코 누리지 못했던 안정을 추구하기 위해, 지속적으로 음식을 섭취할 가능성이 있다. 어떤 사람은 부모가 항상 자신의 말을 귀 기울여 듣지 않았기 때문에 대화가 잠시 멈추는 순간마다 시답잖은 잡담으로 채워야 한다고 느낄 수 있다.

그러나 대체 만족은 유아기 욕구를 충족시킬 수 없으며, 결과적으로 신경증 환자들은 끝없는 갈망과 실망의 순환에 갇히게 된다. 유아는 필요한 것, 즉 따뜻함, 안전, 사랑을 추구하는 경향이 있는 반면, 신경증을 앓는 성인은 필요하지 않은 것, 즉 술, 포르노, 마약, 명품 옷, 비싼 식당 등을 추구한다.

대체 만족을 추구하는 것이 결국은 잘못된 정체성, 즉 '가짜 자기'를 만들어낸다. 이 가짜 정체성이 점점 더 많은 것을 통제하게 되면, 충족되지 못했던 유아기적 욕구를 가진 '실제 자기'는 점점 감각을 잃고 조용해진다. 이 가짜 자기는 아주 정교하게 조직화된 방어 체계로, 이 자기의 활동은 궁극적으로 통찰력을 둔화시키고, 인지를 왜곡하여 불안을 피하게 하고 만족스럽지 못한 타협들을 유지하게 한다. 신경증 환자는 살아있지만, 제대로 살아있는 것은 아니다.

때때로 잘 훈련된 주의 전환의 기술들이 가짜 자기를 밀어내고, 실제 자기와 깊은 욕구의 암시가 의식을 침범한다. 이런 일이 일어났을 때, 사람은 방향 감각을 잃거나, 낯설어하거나, 흥분할 수 있다. 마치 휴일에 일어나는 일처럼, 이러한 일들은 일상적인 일과와 습관이 중단되었을 때, 일어날 수 있다. 피상적인 자극과 고무 젖꼭지가 일상적인 세계로부터 나오게 되고, 사람들은 이러한 분열에 당황하고 불편해한다. 그들이 살아온 삶이 더 이상 친숙하게 느껴지지 않는다. 실제로 다른 누군가의 삶처럼 느껴진다. 갑자기 그들은 자신이 누구인지, 무엇을 원하는지도 모르는 상태가 된다. 이것은 매우 흔하면서 강력한 경험이다.

표출치료 Primal theraphy 는 방어기제를 무너뜨리고, 초기 기억을 회복시키며, 가장 중요하게는 원초적 고통을 다시 경험하게 한다. 이 재경험은 너무나 강력해서 내담자들은 보통 비명을 지른다. 그러나 이것은 단순한 비명이 아니며, 치유력이 있고 고통스럽다. 비명은 단순히 동반되는 현상이다. 그 비명에 이어 종종 흐느끼고, 울부짖으며 다른 목소리들이 뒤따르지만, 야노프 Janov 는 우리에게 이 모습이 진짜 자기임에 틀림없다고 말한다.

야노프의 저서에는 임상사례가 다수 등장하는데, 평범한 사람들이 유아기 기억 속에 빠져서, "아빠, 더 이상 저를 아프게하지 말아요!" 또는 "엄마, 저 무서워요."라고 절박하고 불행하게 외친다. 그들은 몸부림치고, 신음하며, 귀신에게 그들이 가져보지 못했던 것을 구걸한다. 그들은 받아들이기 힘든 사실들에 직면하는데, "엄마는 나를 사랑하지 않아요.""아빠를 믿을 수가 없어요." 또는 "저는 혼자예요." 등이다. 그리고 마침내 그들은 가장 깊은 자신의 욕구를 인식하고 삶의 과정 중 항상 그들 주변에 맴돌았던 고통을 느끼게 된다. 그들은 실제 자기를 다시 만나게 된다. 그 경험은 고통스럽지만, 그것은 또한 일종의 부활이다. 누군가는 그것을 다시 태어나는 것으로 묘사할 수도 있다.

아서 야노프는 오랫동안 환영을 받지 못했다. 야노프는 1960년대 혁명적 열정의 이점을 누리기에는 다소 늦게 태어났다. 그럼에도 불구하고 사람들은 여전히 많은 훈련과 치료를 위해 야노프의 연구소로 몰려들었다. 야노프의 가장 유명한 내담자는 존 레논 John Lennon이었다. 야노프의 영향은 비틀즈의 〈어머니〉라는 노래에 잘 드러나는데. 이 노래는 존 레논이 그의 어머니는 자신을 가졌지만, 자신은 어머니를 한번도 소유한 적이 없다고 고백하는 것으로 시작한다. 이어 노래는 엄마는 가지 말고, 아빠는 집에 오라고 거듭 간청하며 절정으로 치닫는다. 반복되는 이 간청으로 노래는 점점 더 말로 표현할 수 없는 고통의 울부짖음으로 들린다

표출치료 Primal theraphy는 역사적인 호기심의 산물이며, 초기 모습에 왜 그렇게 많은 의미를 부여했는지는 이해하기 어렵다. 표출치료는 급진적이고, 대담하며, 새롭고, 고전적인 프로이트 Freud 이론에 대한 도전으로 환영을 받았다. 그러나 야노프는 '만약 그런 것이 실제로 존재한다면'이라는 정신분석학적 통설에서 반항적인 전임자들보다 정신분석학적 정설에서 벗어나지 않았다. 19세기 말 이전에 프로이트와 브로이어 Breuer는 억압된 감정을 드러내는 것을 치료법으로 생각하였다. 야노프가 이전의 반대자들과 구별되는 것은 야노프만의 절차였다.

야노프가 자신의 치료법을 위해 펼친 주장들은 의심할 여지 없이 과장되었다. 그는 표출치료가 단지 신경증을 위한 최고의 치료법이 아니며 유일한 치료법이라고 주장했다. 야노프는 몇 년 안에 표출치료가 아주 훌륭한 치료법이 될 것이라 자랑스럽게 이야기한 적이 있다.7 이것은 자만심이었다. 야노프의 방법은 세

상이 원했던 보편적인 만병통치적 효과에 근접하지 못했기 때문이다. 광범위하고 집중적인 심리학적 준비를 한다고 해서, 모든 내담자가 원초적 고통을 다시 경험할 것이라는 보장은 없다. 실제로 많은 내담자들이 원하는 퇴행과 감정의 회복을 경험하는 데 실패한다. 처음으로 대중 매체에 자랑스럽게 확언을 한 이후, 야노프는 일반적인 시야에서 벗어나게 되었고, 표출치료는 점점 더 평판이 좋지 않은 유행처럼 보이기 시작했다.

그러나 생의 초기 육아, 사랑, 대리 만족의 중요성에 대한 야노프의 의견은 완전히 독창적이지는 않지만 일관성이 있고 그럴듯하며 잘 입증되었다. 그의 '혁명적인' 절차는 단순히 대화를 통하여 다시 활성화되지 않는 감정과 또한 드러내기를 꺼려하는 심연의 본능적인 감정을 방출하게 하고, 그러한 발견을 촉진하려는 시도였다. 프리츠 펄스Fritz Perls는 이미 언어를 수정함으로써 달성할 수 있는 것의 한계점에 도달해 있었다. 그는 문장을 바꿔서 한 사람이 더 정서적으로 유용하며 현존할 수 있다는 것을 보여주었다. 야노프의 절차의 목적은 더 많은 사람이 유용하고 현존하는 것이었다. 특히 관습적인 대화 치료법으로는 드러내도록 쉽게 설득되지 않는 내담자들의 내면을 대상으로 했다. 이것은 전적으로 합리적인 치료 목적이었다. 그리고 우리는 야노프의 과장된 확언 때문에 많은 사람들이 표출치료의 도움을 받았다는 사실이 묻히도록 내버려 두어서는 안 된다. 누군가는 수용 가능한 방어기제로 야노프를 지지할 수 있는데, 바로 표출치료

에 효과를 보이는 사람들이다

그러나 우리 중 얼마나 많은 사람들이 바닥에 누워서 어머니와 아버지에게 큰 소리로 소리치는 것을 편안하게 받아들일까? 우리는 이미 그 행동이 당황스럽고, 우리를 바보스럽다고 느끼게 하며 무슨 일이 일어날지 공포스럽기 때문에 매력이 없다고 하는 것일까? 기억을 다시 떠올리고, 눈물을 흘리고, 원초적 고통을 느끼는 것은 어떠한가? 당신의 엄마와 아빠가 당신을 망쳐 놨다. 우리들 대부분은 그것이 어느 정도인지 알고 싶어 하지 않는다.

랭크와 프로이트 그리고 야노프를 이해한 후에 부모가 되고 싶은 사람은 가정을 꾸리는 것에 대해 다시 생각하게 될 것이다. 아이들은 태어나면서 트라우마를 겪고 불안과 싸우며, 그들의 기본적인 욕구는 쉽게 좌절된다. 문제가 발생하면 부모들은 자신의 양심을 성찰하지 않을 수 없다. 내 책임일까? 내가 잘못한 것일까? 정신분석학의 가장 큰 미덕은 다른 지적 전통에서 무시하거나 인정하지 않는 인간의 측면을 기꺼이 알고자 한다는 것이다. 우리는 빅토리아 시대의 이상적인 가정의 모습, 뺨이 불그스레한 아이들이 난롯가에서 새끼 고양이들과 놀며 매우 온화한 부모들의 사랑을 받는 장면을 고쳐 보게 된다. 정신분석학은 이러한 환상적으로 달콤한 캐리커처가 비록 우리를 안심시키기는 하지만 결국 정직하지 않다는 것을 상기시킨다.

자연 선택에서 부모들은 자녀의 원초적인 욕구를 충족시킬 수 있도록 잘 갖춰져야 한다고 주장한다. 부모들은 자녀를 사회적으로 지적이고, 회복탄력성이 있으며, 정서적으로 안정되게 양육하기 위해서 모든 것을 하여야 한다. 왜냐하면 그러한 자질을 갖춘 아이들이 살아남아서 배우자를 찾아 자식을 낳을 확률이 크기 때문이다. 불행하게도 자연 선택의 가정은 우리가 실제 가진 것과 정확히 일치하지 않는다. 자연선택은 한 세대에서 다음 세대로 유전자를 전달하는 하나의 중요한 목적을 가지고 있다. 다른 것들은 모두 부수적이다. 자연선택은 좋은 육아가 주는 혜택을 이해하지만, 일부 기질들이 보다 성공적인 번식을 할 가능성이 높기 때문에 우선적으로 선택된다. 예를 들어, 성적 욕구는 반드시 필요하지만, 부모의 다정함과 친절함은 상대적으로 덜 필수적이다. 우리가 섹스를 원한다고 해서 항상 아이를 갖고 싶다는 뜻이 아니며, 또한 우리가 좋은 부모가 될 수 있다는 뜻도 아니다. 수천 년 전, 심지어 수백만 년 전, 우리의 양육 기술은 아마도 목적에 더 부합했을 것이다. 성공적인 육아는 포식자를 만나는 것 외에는 잘못될 일이 훨씬 적었기 때문에 덜 힘들었다. 신생대 중기의 플라이스토세Pleistocene 시대에는 불행한 자손들이 대체 만족을 추구할 기회가 많지 않아 불행을 자기 파괴적인 행동의 패턴으로 바꿀 수밖에 없었다.

비록 자연 선택이 우리가 완벽한 부모가 된다는 것을 보장하지는 않지만, 그것이 우리가 가망이 없다는 것을 의미하지는 않는다. '충분히 좋은' 부모가 되는 것에 대한 새로운 생각은 영국의 소아과 의사이자 정신분석가인 도날드 위니캇Donald Winnicott에 의해 소개되었다. 모든 사람들은 실수를 한다. 하지만 이러한 실수들이 해롭다고 할지라도, 만약 아이들이 가장 의존적인 시기, 즉 인생에서 가장 이른 몇 주, 몇 달 그리고 몇 년 안에 안전하다고 느끼도록 만든다면, 부정적인 결과를 줄일 수 있다. 이것은 애정과 공감 그리고 유아가 위험으로부터 보호받는다고 느낄 만한 환경을 만들어 줌으로써 얻을 수 있다. 위니캇Winnicott은 돌보는 것을 '안아주기'라고 불렀다. 유아는 신체적으로는 팔에, 그리고 비유적으로는 마음의 품안에 안길 수 있다.

위니캇은 야노프보다 더 관대했지만 부모와 자식 사이의 유대를 근사하게 묘사하지는 않았다. 위니캇은 습관적으로 우리가 부인하는 생각과 느낌을 지나친 보상으로 간주하는 감상주의를 못미더워했다. 아이들이라는 존재는 부모의 인내심을 시험하고, 지치게 하고, 화를 돋우고, 요구 사항이 많고, 자기도취적일 수 있다. 그들은 '작은 천사'가 아니며, 어머니와 아버지는 성자와 같은 관대함을 축복으로 받지 않았다. 때때로 우리는 아이들을 위해 희생해야 하기 때문에 억울해할 수 있다. 우리는 아이들이 태어나기 전에 당연하게 여겼던 모든 자유를 더 이상 누릴 수 없다는 것을 받아들여야 한다. 우리는 새로운 책임감에 짓눌린다. 충분히 좋은 부모라는 것은 완전히 이타적이거나 흠잡을 곳이 없다는 것이 아니다.

Winnicott

위니캇은 '평범한 헌신적인 어머니'를 겸손하게 언급했다. 그가 '평범한'이라는 단어를 사용한 것은 보육원에서 일어난 학문적 간섭에 대한 그의 불신을 강조한 것이다. 만약 그가 오늘날 살아있었다면, 현대의 보육 산업, 전문가 집단, 산더미 같은 책들, 교육프로그램, 영재교육, 작은 기계장치와 모바일 앱들을 보고 공포에 질렸을 것이다. 위니캇은 엄마들이 결국 자신의 아이들을 위해 옳은 일을 할 것이라고 믿었다. 그들이 제공하는 돌봄은 완벽하지 않을 수도 있지만, 아마도 프로그램상의 대안보다는 훨씬 더 나을 것이다.

과거 심리학 이론들이 육아에 융통성이 없거나 부적절하게 적용된 사례가 많다. 예를 들어, 미국에서 행동주의 이론을 확립한 존 왓슨John Watson은 1928년에 [영아 및 아동의 심리학적 돌봄Psychological Care of Infant and Child]이라는 영향력 있는 책을 출판했다. 존 왓슨은 파블로프의 조건 반사에 기본을 둔 조언을 했는데, 안아주는 것이나 입맞춤을 하는 것과 '사랑'의 반응을 유발할 만한 행동을 피하라고 하였다. 이 스파르타식 체계가 자립적인 아이로 자라나도록 할 것이라고 믿었다. '아이들과 아침에 악수하라.' '어려운 일을 훌륭하게 잘 해냈다면 머리를 쓰다듬어 주어라.'와 같은 말을 했다. 왓슨의 두 아들은 성인이 되어서 우울증으로 고통받았다. 한 명은 자살을 했고, 다른 한 명도 자살 시도를 했다. 살아남은 아들은 아버지의 육아 방식을 비난했다.

1940년대부터 1960년대까지 위니캇Winnicott은 BBC에 의해 방송된 일련의 라디오 강의를 진행했다. 위니캇의 친절하고 높은 음역대의 목소리는 침착하고 편안했다. 위니캇은 매우 겸손하고 이해하기 쉬운 언어로 그의 의견을 말했다. 위니캇은 어머니들에게 아이들을 '안아주라'고 촉구한 것과 같은 방식으로 듣는 사람들을 '안아주었다'. 위니캇은 또한 우리 모두가 서로를 '안아주어야' 한다고 제안한다.

위니캇이 '사랑'이라는 단어를 거의 사용하지 않은 것은 흥미로운데, 그 이유는 대부분 위니캇이 설명하는 것이 바로 사랑에 관한 것이기 때문이다. 위니캇은 우리에게 때로는 직접적으로, 때로는 간접적으로 우리가 사랑하거나 단순히 사랑하려고 하면 우리의 불완전함을 극복할 수 있으며, 우리가 아이들을 사랑할 때,

우리가 세상을 한없이 더 좋고 안전한 곳으로 만드는 것이라고 말한다. 위니캇은 놀이방이라는 사적이고 친밀한 세계를 민주적 절차의 성패와 연결시켰다. 정서적으로 안정된 아이들은 정서적으로 안정된 어른으로 성장한다. 그들은 안정적인 사회의 기초가 되는 안정적인 가족을 만든다. 안정성은 자유 투표에 의한 지도자의 교체와 평화로운 권력 이양을 위한 선거에 필수적이다. 위니캇은 문명의 모든 운명이 '평범한 헌신적인 어머니'들의 손에 달려 있다고 말했다. 그들은 비범한 능력을 가진 슈퍼히어로들이다.

안전함이 하이 로맨스에서는 크게 중요하지 않다. 이루어질 수 없는 운명의 연인들은 열정적이고 폭풍같다는 점에서 사랑은 모험과 같다. 안전함은 우리의 일상과 가정을 연관시켜 볼 때 다소 무미건조하다. 로맨스의 맥락에서 안전함은 부정적인 의미를 가질 수도 있다. 왜냐하면 만약 우리가 너무 안전하다고 느낀다면, 우리의 관계는 잠재적으로 지루하고 예측가능해질 수 있기 때문이다. 그럼에도 불구하고 우리는 사랑의 질과 깊이와 지속성을 그 사랑이 우리를 얼마나 안전하게 하는지에 따라 판단해야 한다. 사랑에 사로잡혀 있는가? 보호받고 있다고 느껴지는가? 우리의 관계는 이 모험과 같은 항해 후에도 돌아갈 곳이 있는가? 우리의 탐험이 우리를 멀리까지 데려간다고 해도, 여전히 우리가 그곳에 있을 것이라고 믿을 수 있는가?
사랑은 모험이 아니다. 하지만 그것은 모험을 가능하게 한다.

사람들이 서로 사랑에 빠지는 이유는 너무나 많아서 확인할 수가 없다. 왜 현재의 애인을 선택했는지 설명해 보라고 하면, 사람들은 '느낌이 좋다'와 같은 애매한 대답을 한다. 이끌림 Chemistry에 대한 언급도 흔하다. 십중팔구 느낌이 좋고 퍼즐의 다른 한 조각을 만난 것과 같이 상호보완되는 이런 모호한 감각들은 안전함을 설명하는 다른 방법들이다.

애인에 대해 이야기할 때, 우리는 보통 애인들의 존재가 우리에게 "안전한 느낌을 준다.'라고 말하지는 않는다. 이성애자인 여성에게서 그러한 발언은 권력 박탈을 의미할 수 있고, 이성애자인 남성에게는 나약함을 의미할 수 있다. 성별 정치와 문화적 짐은 그 문제를 혼란스럽게 한다. 사랑하는 대상에게 상호 의존하게 되며, 따라서 성인이 된 후 연애는 유년기의 의존적 상태와 더 나아가 태아기의 공생적 의존 상태를 떠올리게 한다.

우리는 아이들이 안전하다고 느낄 수 있도록, 비록 우리에게 부족한 점들이 있을지라도 사랑을 주고받을 준비를 한다. 우리는 아이에게 유대를 억제하는 것이 아니라, 자유롭게 하는 유대감을 형성할 수 있는 능력을 준다. 그러고 나면 우리 아이들은 그들의 진화적인 운명을 자유롭게 이행할 수 있다.

1990년에 6개 대륙, 33개국, 9,000명 이상을 대상으로 한 국제 배우자 매칭 프로젝트에서 미래의 애인으로 가장 돋보이는 자질은 친절과 이해심이라는 것이 발견되었다.

안전함은 결코 따분하지 않고 섹시하다.

제3장

통찰:
마음먹음에는 모두 이유가 있다

Insight:

The heart has its reasons

3.
통찰: 마음먹음에는 모두 이유가 있다

Insight: The heart has its reasons

심리학적 지식에 프로이트 Freud 가 이바지한 것 중 가장 큰 것은 우리가 우리 자신의 행동에 대한 통찰력이 거의 없다는 그의 주장이었다. 우리는 변명을 할 수 있지만, 대부분 사후 정당화이며 우리는 종종 틀린다. 우리가 하는 일의 대부분은 무의식적 기억이나 뇌에 등록되어 있지만, 우리가 인지하지 못하는 자극에 의해 촉발된다. 우리는 무의식적인 정신활동이 삶에 미치는 거대한 영향에 대해 자주 궁금해한다. 그리하여 여러 분야의 증거를 수집하게 되지만, 결국은 프로이트의 이론으로 다시 확인하게 된다.

통찰력이 부족하기 때문에 우리는 자주 자기 패배적인 행동 패턴을 반복한다. 이러한 불행한 패턴을 벗어나기 위해서 자기 자신을 더 잘 이해하는 것이 필수적이지만, 무의식은 우리가 원하는 비밀을 넘겨주지 않는다. 통찰력은 노력이 필요하다. 무의식에 잠긴 기억을 되찾으려면 거침없이 말하는 것과 반성하는 습관이 필수적이다. 그렇게 할 때에만 과거의 사건, 생각, 감정 그리고 행동 사이의 연관성을 완전히 이해할 수 있다.

프로이트의 인간에 대한 설명이 적절하지 않다는 것은 널리 인정되고 있다. 아리스토텔레스는 인간을 '이성적인 동물'로 정의했다. 반면에 프로이트는 인간의 행동이 대부분 비합리적이라고 보았다. 행동이 무의식적인 기억에 의해 영향을 받을 수 있다는 프로이트의 생각은 그가 최초로 책을 출판하기 전부터 드러났다. 예를 들어, 17세기 수학자 블레즈 파스칼 Blaise Pascal은 효율적인 시로 다음과 같이 표현했다. "마음에는 나름의 이유들이 있지만, 이성의 이유는 알 수 없다." 그러나 프로이트는 한 걸음 더 나아갔다. 인간은 확실히 비합리적이다. 심지어 이성적인 행동도 무의식의 어둡고 깊은 곳에 뿌리를 내리고 있을 수 있다.

무의식이 우리의 생각과 행동에 어떤 영향을 미칠까?

프로이트는 기억, 생각 그리고 감정이 무의식 속에서 함께 뭉쳐서 우리가 특정한 상황에 처했을 때, 체계적으로 지각적, 행동적 편견을 만들 수 있다고 주장했다. 그러한 집합체를 묘사하기 위해 '콤플렉스'라는 용어를 처음 사용한 사람은 프로이트가 아니라 융 Jung이었다. 1934년에 출판된 [콤플렉스 이론의 재검토

A Review of the Complex Theory]에서 융은 콤플렉스가 어떤 의미에서 때때로 우리를 사로잡는 마음의 자율적인 부분인 "조각조각의 성격"과 같다고 주장했다. 따라서 콤플렉스가 '활성화' 되었을 때, 우리는 '책임의 축소'라는 조건에서 역할을 하는 것이다. 우리는 우리의 콤플렉스에 대해 거의 알지 못하며, 콤플렉스의 존재는 그 결과들을 관찰해야만 추론할 수 있다.

정신분석학에서 핵심은 오이디푸스 콤플렉스이다. 이는 종종 다음과 같이 요약된다. 남자아이들은 어머니와 성관계를 맺고 싶어 하고 아버지를 죽이고 싶어 한다. 이런 종류의 막말이 사용될 때, 대부분의 사람들은 그 생각이 터무니없고 사실 꽤 불쾌하다고 여긴다. 그러나 그 개념은 좀 더 신중히 고려될 가치가 있다.

오이디푸스 콤플렉스에 관한 주제는 서양 미술과 문학에서 놀라울 정도로 자주 등장한다. 소포클레스와 셰익스피어에서 사이코와 스타워즈에 이르기까지 기본적인 가족 3인의 어머니, 아버지, 아들의 고통스러운 역학관계는 중요하고 추진력 있는 에너지를 지닌 수많은 줄거리를 제공했다. 이러한 종류의 뚜렷한 규칙성은 대개 진화적인 압력의 결과이다. 선호, 공포와 혐오, 다른 사람들보다 쉽게 배울 수 있는 능력 등 인간의 보편적인 특성은 과거 우리 조상이 생존하고 번식할 가능성을 높였기 때문에 거의 확실한 자연 선택의 특권이었다. 예를 들어, 단 것은 훌륭한 에너지원이기 때문에 설탕에 대한 갈망은 흔한 일이며, 뱀은 독을 가지고 있기 때문에 공포를 불러일으킨다. 달콤한 열매를 찾고 뱀을 부지런히 피해 다닌 조상은 반대로 행동한 조상보다 아마도 더 오래 살았을 것이다. 자주 관찰되는 심리적 또는 행동 특성은 아마도 자연 선택을 통해 더 크거나 덜한 정도로 발달했을 것이다. 그리고 이것은 설탕을 갈망하는 것에서부터 오이디푸스 콤플렉스 이야기와 같은 반복적인 문화적 모티브까지 모든 것을 포함한다. 자연 선택은 이야기를 선택하는 것이 아니라, 궁극적으로 이야기에서 표현되는 유전자와 관련된 자질을 선택한다.

심리치료와 관련된 거의 모든 학파는 무의식적인 영향을 설명하기 위해 콤플렉스의 존재 또는 매우 유사한 무언가를 인정한다. 마음은 생각과 지각의 인지적 사건이 발생하는 유동적인 상위 수준과 조금 더 영구적인 특징을 가지는 스키마 또는 인지적 구조라고 칭하는 하위수준으로 이루어진다. 그러므로 개인의 취약성에 대한 믿음은 한 개인이 위험을 과대평가하고 '밤에 외출을 하면 나는 공격을 받을 거야.' 와 같은 자주 불안한 생각을 하도록 할 것이다. 오이디푸스 콤플렉스는 널리 받아들여진 패러다임의 가장 중요한 예로서, 무의식적 지식과 관련된 감정의 집합이 현실과의 관계를 변화시킬 수 있다는 것을 보여준다. 존 보울비Bowlby의 작동 모델 또한 인지 구조의 한 형태이다. 이러한 방식으로 맥락화 된 오이디푸스 콤플렉스는 역사적 아이디어의 초창기 진보이며, 결과적으로 불완전하다.

프로이트는 줄곧 비난의 화살을 받아왔다. 그의 초기 추종자들 중 다수는 결국 그의 결론인 오이디푸스 콤플렉스의 중요성 때문에 그를 거부했고, 그들의 전체 연구 경력은 '프로이트 때리기'에 지나지 않게 되었다. 프로이트를 비난하는 자들 중 한 명이 머리에 서고, 나머지들은 어깨에 섰다. 그의 비난이 너무나 잘 먹혀들어서 몇십 년 동안 정신분석학의 전체 체계가 무너질 것처럼 보였다.

내가 런던 남부의 정신의학연구소라고 불리던 곳의 학생이었을 때, 나는 다소 불편하지만 수 마일 떨어진 런던 북부에서 살고 있었다. 러시아워를 피하기 위해 나는 일찍 일어났고, 때로는 터무니없이 일찍 일어나 차를 몰고 시내로 나왔다. 나는 종종 해가 뜨기 전에 연구소에 도착했는데, 그때 주차장은 비어 있었다. 건물은 조용했고 내 발자국 소리는 듣기 좋은 메아리를 만들어냈다. 내가 심리학 부서에 도착하면, 창문이 없는 긴 복도를 걸어가야 했다. 하나를 제외한 모든 문이 닫혀 있었다. 내가 서둘러 이 열린 문을 통과할 때마다 작은 사무실을 힐끗 들여다보았는데, 캐주얼한 차림에 항상 넥타이를 매고 책상 옆에 서있는 남자를 보았다. 그는 휴대용 녹음 장치에 대고 말을 하고 있었다.

그의 이름은 한스 유르겐 아이젠크 Hans Jurgen Eysenck였다. 평소 그는 호퍼 Hopper의 그림 속 남자처럼 내게 등을 돌렸지만,

사무실 창문의 검은 거울을 통해 그가 집중하는 표정을 볼 수 있었다. 나는 그가 몇 주 안에 책 한 권을 녹음할 수 있을 것이라고 생각했다. 가끔 나와 눈이 마주치기도 했지만, 그는 거울에 비친 나의 모습에 결코 흐트러지지 않았고, 그의 암송은 쉬지 않고 계속되었다. 그는 70대였지만 새로운 발견에 대한 열정으로 대부분의 연구소 직원들이 아직 침대에 누워 있는 동안에도 열심히 일했다.

한스 유르겐 아이젠크는 20세기 후반 내내 영국의 선도적인 심리학자였다. 그는 베를린에서 태어났지만, 1935년 나치 독일을 떠나 런던에 정착했다. 아이젠크의 연구 관심사는 유전학에서 점성술에 이르기까지 광범위했지만, 아이젠크가 하는 일은 예외적이었다. 학술 발표 외에도 아이젠크는 일반 독자들을 위해 이해하기 쉬운 심리학 책을 썼는데, 이 책은 수백만 권의 복사본이 팔렸다. 1950년대 말까지 그는 학계와 학계 밖에서도 비교적 잘 알려졌다. 그의 산문 스타일은 전투적이었고, 1960년대 초까지 그는 논란이 많은 인물로 묘사되었다. 10년 후, 인종과 IQ를 연결하는 연구에 아이젠크가 관여했다는 말이 돌았다. 아이젠크는 파시스트로 기소되었고, 공격당했으며, 살해 위협까지 받게 되었다. 오늘날 아이젠크의 명성은 영향력 있는 성격 이론에 기반을 두고 있으며, 그가 프로이트의 정신분석을 반박한 것은 널리 알려져 있다. 1952년, 아이젠크는 정신분석학을 포함한 심리치료의 효과에 대한 근거들을 검토했고, 정신분석이 자연스러운 증상의 완화보다 더 나은 것이 없다는 결론을 내렸다.

이어진 토론은 격렬했고 악의가 가득했다. 아이젠크의 비평은 실험을 바탕으로 한 대체 심리치료법을 장려하는 여론을 불러일으켰다. 대표적인 심리학자로 이반 파블로프Ivan Pavlov는 종소리에 반응하여 침을 흘리도록 개를 훈련시켰고, 버러스 프레더릭 스키너B. F. Skinner는 보상과 벌을 이용해 비둘기의 행동을 교정하였다. 이러한 새로운 '행동' 치료법은 특히 야뇨증, 불안, 행동 장애에 매우 효과적인 것으로 입증되었다.

아이젠크에게 왜 프로이트에 대해 그렇게 비판적이었냐고 물었더라면, 아이젠크는 정신분석학의 주장이 증거에 의해 뒷받침되지 않았기 때문이라고 대답했을 것이다. 아이젠크는 경험주의자였고, 그는 진리를 추구하는 데 헌신했다. 이것이 그의 주된 동기였다. 혹은 그가 이해하는 일차적 동기일 것이다.

1990년 아이젠크는 그의 자서전 [이유있는 반항Rebel with a Cause]을 출판했다. 아이젠크의 업적에 걸맞은 기념작이었지만, 자각이 결여된 권위적인 목소리는 다소 안타까웠다. 놀랍도록 적절치 못한 구절들이 많았는데, "어떻게 당신은 그렇게 많은 글을 쓰고, 또 영향력 있는 인물이 되었는가?"라는 질문을 종종 받았다고 쓰여 있다. 아이젠크는 뻔뻔하게도 자신이 과학 인용 색인에 이름을 올린 42명의 노벨상 수상자 중 한 명이라고 썼고, 또한 목록에 오른 자신의 위치가 다른 모든 현존하는 심리학자들과 비교했을 때 출중하다고 밝혔다. 그럼에도 불구하고 아이젠크는 이 특정한 단락을 다음과 같은 말로 마무리한다. "하지만 프로이트Freud가 나보다 먼저 세상에 나왔다." 이 점이 아이젠크를 성가시게 했다.

나는 거의 전적으로 심리학 대학과 임상가들에게 심리학자로 교육받고 훈련받았다. 그들은 주로 아이젠크가 정신분석에 대한 적대감으로 '프로이트의 이론'을 위험하고 말도 안되는 헛소리로 치부했다고 생각했다. 그러나 시간이 흐르면서 프로이트를 언급하는 것만으로도 비웃음을 자아내는 연구회의와 사례지도에 참여하는 것이 불편해지기 시작했고, 점점 귀찮아졌다. 그 반감은 불균형적이고, 너무 극단적으로 보였다. 솔직한 의견 차이로는 설명할 수 없는 일들이 벌어지고 있다는 의심이 들기 시작했다.

프로이트는 3살에서 5살 사이의 남자 아이들은 엄마를 독점적으로 소유하기를 원하며, 아버지를 경쟁자로 인식하기 시작한다고 말했다. 성성숙이 시작되면 이러한 긴장감은 보통 완화된다. 그러나 오이디푸스 콤플렉스는 무의식에 남아 행동에 무한히 영향을 미칠 수 있다. 아버지의 통제와 지배를 상징하는 제도와 권위가 원망과 질투심에 사로잡힌 청소년의 감정을 쉽게 자극할 수 있다. 무의식적으로 오이디푸스 콤플렉스가 영향력을 발휘하기 때문에, 권위에 도전하고 싶은 욕망을 어린 시절의 무력한 분노와 연결짓는 남성은 거의 없다. 프로이트는 오이디푸스 콤플렉스를 생의 초기에 발생하는 성적인 감정으로 강조하였으나, 이것은 가족 내 권력관계에서 중간 정도 힘을 가진 남자 아이가 경쟁자를 제거하고 우위를 차지하고 싶어 하는 더 넓은 관점으로 이해될 수 있다. 프로이트는 오디이푸스 콤플렉스의 진화적 기원을 추측하기 시작했다. 그는 초기의 인간이 일부다처제로 무리를 지어 살았을 것이라는 다윈의 학설에 영감을 받았다. 이러한 상황에서 젊은 남성들은 주기적으로 함께 뭉쳐 연장자들을 살해하고 여성들에게 자유롭게 접근했을 것이다. 사망자가 드물기는 하지만, 어린 수컷들이 뭉쳐서 우두머리 수컷을 공격하는 것은 침팬지 무리에서도 관찰된다.[1,2] 프로이트의 주장이 의미하는 바는 각 세대가 이전 세대에게 반항하는 '심리적 기질'을 가지고 태어난다는 것이다.

아이젠크가 지칠 줄 모르고 타협점도 없이 극단적으로 정신분석학을 맹비난하는 모습을 생각할 때마다, 나는 시가를 피우며 부드러운 미소를 띄우고 유머로 눈을 반짝이는 프로이트의 모습이 떠올랐다. 이상하게도, 프로이트를 밀어내고 그를 대체하는 유망한 심리학자이고 싶었던 아이젠크의 뻔한 욕망은 오이디푸스적으로 보였다.

아이젠크의 아버지는 순회공연을 하는 배우였고, 신혼집에 머물렀던 적이 거의 없었다. 게다가 그는 아이젠크가 겨우 9살이었을 때 재혼했다. 그럼에도 불구하고 아이젠크가 아버지의 결점을 파악하기에는 시간이 부족하지 않았다. 아이젠크는 아버지를 '바람둥이'라고 비난했고, 그 둘 사이에는 시끄러운 말다툼이 끊이지 않았다.

영국의 정신과 의사 앤서니 클레어 Anthony Clare 는 아이젠크가 만든 정식분석학에 대하여 최종적으로 주요 논쟁거리를 검토했는데, 앤서니는 독자들에게 아이젠크의 논쟁적 재능은 존경할 만하다고 주장했다. 가차없이 망치로 두드리는 듯한 '맹비난'은 아이젠크의 평생 동안 이루어졌다. 그의 그런 에너지가 어디에서 왔는지 궁금하다. 아이젠크의 동기가 순수하다고 말한다면 그것은 매우 순진한 견해이다. 사실상 누군가의 동기가 순수하다고 말하는 것은 지극히 단순한 생각이다. 반드시 숨겨진 이유, 은폐된 목적, 겉으로 드러나지 않는 영향들이 있기 마련이다.

허버트 그라프 Herbert Graf 는 1930년대부터 1970년대까지 매우 성공적인 오페라 프로듀서였다. 경력의 대부분을 뉴욕의 메트로폴리탄 오페라 하우스에서 보냈지만, 유럽에서도 일했다. 그가 모차르트의 〈돈 조반니 Don Giovanni〉를 무대에 올린 것은 유명하다. 그러나 그는 완전히 다른 역할로서 일종의 불멸의 신화를 달성했다. 그라프 Graf 는 어릴 적에 프로이트의 사례 연구 중 하나인 '5세 소년의 공포증 분석'의 실험 대상으로 참가하였다. 그 실험은 작은 한스의 사례로 널리 알려져 있다. 프로이트는 매우 적은 수의 사례들을 발표했고, 그라프는 매우 엄격하게 선발된 그룹의 일원이었다.

작은 한스는 비평가이자 음악학자인 맥스 그라프 Max Graf 의 아들이었다. 맥스의 아내 올가 Olga 는 맥스를 프로이트에게 소개했고, 프로이트는 맥스와 올가가 사귀는 동안 중개자 역할을 했다. 맥스와 프로이트는 좋은 친구가 되었다. 맥스와 올가는 프로이트의 초기 제자들이었기 때문에. 그들의 아들이 태어났을 때, 그들의 집은 비공식적인 정신분석 연구 장소가 되었다. 맥스와 올가 부부는 작은 한스를 자세히 관찰했고, 그들이 발견한 것을 프로이트에게 보고했다. 프로이트의 모든 사례 연구 중에서 작은 한스에 대한 사례가 오이디푸스 콤플렉스와 가장 관련이 깊은 연구였으며, 역사상 거의 틀림없는 아동 심리 치료의 시작이기도 했다.

작은 한스는 3살 때부터 몇 가지 아동기 성에 대한 집착을 드러냈다. 그는 자신의 성기에 대해 집착하여 엄마에게 자신의 성기를 만지라고 말하기도 하였다. 엄마의 몸에 대한 호기심을 드러냈고, 14살 소녀와 '함께 자고' 싶어 했다. 한스의 어머니는 한스가 성기를 만지는 것을 보고, 성기를 잘라 내기 위해 의사를 부르겠다고 한스에게 말했다. 이 위협이 아마도 첫 '거세 불안'의 위협이 되었을 것이다. 프로이트는 어린 소년이 어머니로부터 독점적으로 사랑받고 싶은 소망 때문에 아버지에 대한 분노와 보복하고자 하는 폭력 충동을 느낀다고 하였다.

다섯 번째 생일을 몇 달 앞두고 작은 한스는 말을 무서워하게 되었다. 한스는 특히 마차를 끄는 말들이 비틀거리며 넘어질까 봐 걱정했지만, 한스의 가장 큰 두려움은 말들이 그를 물지 않을까 하는 것이었다. 말에 대한 공포가 생겼을 때, 한스에 대한 대부분의 분석은 프로이트의 감독 하에 한스의 아버지가 수행했다.

프로이트에 따르면, 작은 한스는 어머니에 대한 욕망과 아버지를 둘러싼 불안감을 감당할 수 없었다. 결과적으로 한스의 두려움은 아버지에서 말들로 옮겨졌다. 작은 한스에게는 말을 무서워하는 것이 더 쉬웠고, 덜 혼란스러웠으며 덜 복잡했다. 한스는 특히 말의 입 주위의 검은색 고삐를 무서워하였다. 프로이트는 작은 한스의 시각으로 이것을 보았다. 이 고삐는 맥스 그라프의 커다란 검은 콧수염과 매우 유사했다. 이 유사함이 공포심의 대체물이 되었다고 추정했다. 아이가 크고 무는 동물을 무서워하는 것은 이상할 것이 없다. 다정하고 조심스럽게 아버지가 작은 한스에게 화가 나 있는 것이 아니라며 안심시켰고, 작은 한스의 공포증은 사라졌다.

프로이트는 허버트 그라프Herbert Graf가 오페라에서 두각을 나타내기 전에 사망했다. 그러나 1922년 한 젊은이가 프로이트에게 자신을 '작은 한스'라고 소개했다. 프로이트는 이 '건장한 열 아홉 살의 젊은이'가 매우 잘 지내며 그가 공포증으로 더 이상 고통받지 않는다는 것을 알고 기뻐했다.

그 만남이 있고 나서 거의 40년 후, 두 명의 동료가 이전에 출판한 저서를 요약하고 있던 아이젠크는 작은 한스의 사건에 대한 비판적인 에세이를 썼다. 아이젠크는 프로이트의 추측 중 일부는 부당하며 일관성이 없다고 지적했다. 아이젠크의 비난의 요지는 프로이트가 거의 지나가는 말 정도로 언급한 사건에 관한 것이었는데, 작은 한스의 말 공포증이 오이디스프 콤플렉스가 아니라는 설명이었다. 작은 한스가 어려움을 겪기 직전에, 한스는 버스를 끌던 말이 쓰러지는 것을 목격했다. 이 사건이 분명 한스에게 매우 두려운 경험이었을 것이며, 그를 불안하게 했을 것이다.

아이젠크의 설명은 직설적이어서 호소력이 있기는 했지만, 프로이트의 이론에 치명타를 가하는 것은 결코 아니었다. 정신분석학자들은 촉발요인과 궁극적인 원인을 분명하게 구분하기 때문에, 쓰러지는 말을 본 것과 그의 부모에 대한 작은 한스의 감정 모두가 한스의 공포증의 중요한 결정 요인이라고 주장한다.

예를 들어, 그 사고가 무의식의 오이디푸스적 불안을 '활성화'시켰다고 할 수 있다.

아이젠크의 비평은 비록 훌륭할 정도로 과학적이긴 하지만, 다소 어긋난 생각이었다. 아이젠크는 프로이트의 주장 전반에 넘치는 정보들을 인정하지 않았고, 단지 특정 사건의 작은 흠집만을 찾아내어 주목하였다. 두려움의 원인을 밝히는 것은 쉽지 않다. 사실 우리의 많은 행동들의 원인을 밝히는 것은 쉽지 않다. 또한 프로이트는 어린 시절을 매우 진지하게 받아들였다. 프로이트는 작은 한스의 감정을 근접하게 느끼기 위해, 또한 소년의 눈을 통해 세상을 바라보기 위해서 최선을 다했다. 당연하게도 어른에게 보이는 세상과 아이에게 보이는 세상은 매우 다르다. 배변, 생식기와 같이 어른들이 당연하게 여기는 것들이 아이들에게는 매우 신기하다. 우리는 이제 초기 경험이 발달의 결정적인 요인이며, 이러한 경험에 대한 기억들이 우리가 알지 못하는 동안에도 생각, 믿음, 욕망 그리고 감정에 지속적으로 영향을 미친다는 것을 안다.

오이디푸스 콤플렉스는 프로이트적 과잉을 상징하며, 많은 이들에게 극복할 수 없는 장애물로 남아 있다. 또한 정신분석학의 수용을 방해한다. 이러한 저항의 상당 부분은 어린 시절의 성에 대한 프로이트의 주장이 우리를 불편하게 하기 때문이다. 그러나 프로이트가 스스로 지적했듯이, 이 주제에 대한 그의 저술이 경각심과 불신을 불러일으켰을지라도, 대부분의 유모들과 유치원 교사들에게 충격을 줄 만한 말은 하지 않았다. 성인이 되면 우리는 어린 시절 '의사와 간호사'의 은밀한 게임을 통해 신체 부위를 검사했던 기억을 잊거나 억누르기도 한다. 우리는 아이들을 순수하고 결백한 존재로서 생각하고 싶어 한다.

오이디푸스 콤플렉스를 지지할 만한 증거는 얼마나 될까? 정신분석학자들은 사례 연구가 충분한 증거라고 믿지만, 당연하게도 회의론자들은 그 이론들이 편향되어 있다고 비난한다. 진화심리학자들은 오이디푸스 콤플렉스를 적어도 논리적 가능성으로서는 이치에 맞다고 보고 있다. 최근 인터넷 자료 조사에 의하면, 상대적으로 높은 비율의 남성과 여성이 근친상간을 테마로 한 포르노를 검색하고 있는 것으로 나타났다.

오이디푸스 콤플렉스는 다윈의 학설과 필연적으로 연관되어 있다. 엄마는 여성다움의 첫 번째 모델이고, 그녀의 신체와 즐거운 접촉은 결국 생식 성공의 가장 근본적인 전제 조건인 성적 동기를 부여한다. 또한 아이는 생존 가능성을 최대한 높이기 위해 엄마의 모든 관심을 끌려고 하며, 이러한 점이 불가피하게 아빠와 경쟁을 하게 한다. 오이디푸스 콤플렉스적 경쟁은 아들들이 그들이 후에 배우자와 자원을 두고 또래들과 사회에서 경쟁해야 할 때, 결국 유용하게 쓰일 수 있는 기술을 연마할 기회를 준다.

인터넷 사용자가 혼자이며 누구도 보는 사람이 없을 경우, 일반적으로 사회적으로 용인되지 않아 감춰졌던 성향들이 상대적으로 쉽게 표현된다. 2017년 [우리 모두 거짓말을 한다: 우리가 진짜 누구인지에 대해 인터넷이 말해줄 수 있는 것Everybody Lies: What the Internet Can Tell Us About Who We Really Are]이라는 책에서 데이터 분석가 세스 스티븐스 다비도위츠Seth Stephens-Davidowitz는 프로이트의 오이디푸스 콤플렉스를 뒷받침하는 수많은 통계를 인용했다. 남성들이 포르노 사이트에서 검색한 상위 검색어 100개 중 16개는 근친상관과 관련이 있다.예: 엄마와 아들, 엄마가 아들과 성관계를 하다. 여성들에서도 아버지와 딸이 등장하는 소재를 찾는 경향이 높았으며, 여성의 검색 순위 100개 중 9개도 근친상간과 관련된 검색이었다. '나는 나의...와 섹스를 하고 싶다'는 형식을 취하는 모든 인터넷 검색에서 이 문장을 완성하는 가장 인기있는 검색어는 바로 엄마였다. 예를 들어, '나는 ...에 끌린다'와 같은 문장 구조도 근친상간과 관련된 단어에 의해 완성된다. 세스 스티븐스 다비도위츠는 그의 증거가 확실한 것이라기보다는 암시적이라는 것을 인정했다. 그럼에도 불구하고 스티븐슨은 다음과 같이 썼다. "나는 성인의 성생활에 대한 최종 평결이 프로이트가 강조한 몇 가지 주요 주제를 특징으로 한다고 확신한다. 어린 시절이 중요한 역할을 하며 엄마 또한 마찬가지이다."

지금까지 설명한 것처럼 오이디푸스 콤플렉스는 소년에게만 해당되는 현상이다. 이러한 의문들이 생긴다. 소녀들은 어떨까? 프로이트는 오이디푸스 콤플렉스의 거울상이자 상보적인 일렉트라 콤플렉스를 제안했다. 그는 어린 소녀들이 아빠에게 끌리고 엄마를 라이벌로 인식한다고 말했다. 불행하게도, 프로이트의 여성 성그리고 일반적으로 여성 실험대상에 대한 글은 남성과 소년들에 대한 글보다 설득력이 떨어진다. 이것은 프로이트가 매우 잘 알고 있는 결점이었다. 정신분석학 이론의 대부분은 프로이트가 자기 분석을 통해 만들었다. 그 당시 그가 유일한 정신분석가였기 때문에 다른 정신분석가를 볼 수 없었다. 그러므로 남자 아이들의 심리적인 발달에 대한 그의 생각이 여자 아이들의 그것에 대한 생각보다 더 잘 알려져 있다. 오이디푸스 콤플렉스는 정신분석학에서 성별의 비대칭성과는 무관하게 자신의 한계점 내에서 판단될 때 여전히 응집력 있는 표현이다.

프로이트는 유머가 때때로 방어적이며, 그래서 우리는 불안감을 줄이거나 감추게 된다고 믿었다. 아이젠크의 자서전 1장의 서두에는 괴상한 사건이 기록되어 있다. 아이젠크가 9살이었을 때, 아이젠크는 카바레에서 댄서로 일하는 아버지의 두 번째 부인을 만나기 위해 뮌헨으로 떠났다. 여행 중에 아이젠크는 성에 관한 책을 발견했고 읽기 시작했다.: "나는 커닐링구스 Cunnilingus, 입술이나 혀로 여성의 성기를 애무하는 행위에 대해 읽을 때, 즐거워지기 시작했고, 펠라치오 Fellatio, 남성 성기에 하는 오럴 섹스에 대해 읽을 때, 나는 크게 웃기 시작했으며, 식스티나인soixante-neuf, 서로의 성기를 빠는 행위에 대해 읽었을 때, 너무 많이 웃어서 침대에서 떨어졌다!" 그의 아버지가 무슨 일인지 확인하러 오더니 책을 가져갔다. 아이젠크가 오이디푸스 콤플렉스를 우스꽝스럽게 여겼다는 사실이 놀랍지도 않다.

내가 10대였을 때, 나는 아이젠크의 인기 있는 심리학 책들을 열광적으로 읽었고 그의 주장에 감명을 받았다. 나중에 나는 아이젠크의 강의를 들었고, 그의 아들과 함께 학술 논문을 발표했다. 아이젠크는 엄청난 인물이었다. 아마도 나는 이 단어들을 쓰면서, 다소 오이디푸스적인 감정을 느끼는 것 같다.

무의식은 깊고 우리가 행하는 거의 대부분의 행동들은 무의식의 영향을 받는다.

✳

프로이트 Freud는 무의식을 정신분석학의 중심이자 가장 중요한 개념으로 만들었다. 심지어 그의 초기 공동 연구자들 중 일부는 프로이트가 무의식에 너무 많은 중요성을 부여한다고 주장했고, 의식적인 정신 활동 또한 중요하고 동등하게 강조되어야 한다고 말했다. 프로이트 이후의 심리치료사들은 잊혀지거나 억압된 기억의 회복보다는 기억된 경험에 대해 내담자들과 이야기하는 데 점점 더 집중하게 되었다. 비평가들이 대거 한스 아이젠크 Eysenck의 연구실로 몰리면서, 정신분석에 대한 반감이 널리 퍼지게 되었고, 무의식적 정신세계에 대한 총체적인 개념을 의심하게 되었다. 다수의 젊은 경험주의자들이 무의식을 진지하게 받아들이기에는 정신분석이 환상적 연상으로 가득 차 있었다. 프로이트의 이론은 학계의 이단아들이 관심을 가지는 역사적인 각주가 되었다. 행동주의자들은 정신에 대한 연구를 완전히 생략해버렸다.

그러나 잘 훈련된 행동, 예를 들어 운전과 같이 완전하게 자동화된 활동 때문에 뇌는 무의식적 정보처리를 할 수 있어야 한다. 우리가 자동차를 운전할 때, 의식적으로 신체적인 움직임을 시작하거나 모니터링하지 않고서도 운전과 동시에 대화를 나눌 수 있다. 미국 과학심리학의 대부인 윌리엄 제임스William James는 1890년에 이 사실을 알게 되었다. 그는 "의식이 필요하지 않은 정신적 과정이 있다."라고 말했다. 한 예로 '칵테일 파티 효과'라고 부르는 현상은 감각 정보의 무의식적인 평가로만 설명될 수 있다. 만일 당신이 파티에 있고. 가까운 곳에 무리를 지어 있는 사람 중에서 어떤 사람이 당신의 이름을 말한다면, 이전에 그들이 말한 내용을 전혀 듣지 못했어도, 아마 대부분 그 이름을 듣게 될 것이다. 이는 당신이 파티의 배경 소음을 지속적으로 분석하고 있었고, 이름이 언급되었을 때에 알아챘고, 중요한 것으로 분류하고 의식하게 되었음을 암시한다. 잠자는 뇌는 이와 동등한 민감성을 보인다. 자는 동안에 같은 음량으로 소리를 내거나 중립적인 말을 할 때보다 이름을 말하면 깨어날 확률이 훨씬 높다. 또한 자신의 이름을 '듣는' 것에 대한 뚜렷한 전기적 뇌 반응은 수면 중에도 지속된다.3

학계에서 무의식에 대한 관심이 거의 없었음에도 불구하고 실험 심리학자가 실시한 실험 연구에서는, 특히 잠재적인 인식은 너무 짧게 나타나 인식조차 되지 못했던 자극까지 여전히 지각하고, 선택하고, 사람의 기분에까지 영향을 준다고 제시하였다.[4] 무의식은 신경학적 사례 연구로부터 더 많은 과학적 지지를 얻었다. 예를 들어, 눈이 아닌 시각 피질이 손상되어 시력을 잃은 내담자들도 볼 수 없는 자극에 여전히 반응을 할 수 있다는 사실이 밝혀졌다.[5] 이러한 내담자들은 주관적인 경험으로 단순히 추측을 하는 것임에도 불구하고 알파벳의 글자를 정확하게 식별할 수 있을 것이었다. 즉, 정보가 인식되지 않는 상황에서도 정보는 처리되고 있다.

실험실 연구에서 전의식적 처리의 증거가 발견됨과 동시에 진화생물학자들은 정신을 의식과 무의식의 두 부분으로 나누는데에 필요한 이론을 만들고 있었다. 1976년 리처드 도킨스의 저서 [이기적인 유전자 The Selfish Gene]의 서문에서 로버트 트리버스 Robert Trivers 는 다음과 같은 글을 남겼다. '만약 속임수가 동물의 의사소통에서 기본이 되는 요소라면, 이 속임수를 감지해내는 능력이 강하게 선택될 것이다. 그리고 이에 따라, 지금 행하는 속임수가 들키지 않도록 하기 위해, 자기만이 알 수 있는 미묘한 신호를 통해 자기 기만의 일부 사실이나 동기가 무의식적이 되도록 선택될 것이 분명하다. 정신분석학자 하인츠 하트만 Heinz Hartmann 은 정신분석을 '자기 기만 이론'으로 묘사한 적이 있다. 진화생물학자들의 이론이 명백히 프로이트의 학설처럼 들리기 시작했다.

뇌 스캔 기술의 발전으로 대뇌피질에서 무의식적으로 정보가 처리되는 것을 직접 관찰하는 것이 가능해졌다. 예를 들어, 단어와 단어 외의 제시물이 실험 대상자가 알아채지 못하게 제시될 경우, 언어의 생산과 이해에 관련된 영역을 활성화시키는 것은 단어뿐이다. 단어 외의 제시물은 활성화시키지 못한다.6 우리가 의식하지 못하는 동안 우리는 뇌가 자극을 분석하는 것을 지켜볼 수 있다.

무의식에는 두 가지 주된 모델이 있는데, 역동적인 프로이트 학설에서 나온 무의식과 인지적새로운 무의식이 있다. 전자는 종종 '독립적인' 결정을 내리는 것처럼 보여서 이차적 성격 또는 대리자와 유사하다. 예를 들어, 의식적으로 떠오르는 특정한 기억을 멈출 수 있다. 인지적 무의식은 더 기계적인데, 마음의 토대로서 '일상적인 일'들이 이전에 결정된 방식으로 흘러가며, 일반적으로 특정한 환경 유발 인자에 의해 활성화된다. '새로운 무의식'이라는 용어는 잘못된 명칭으로, 윌리엄 제임스 William James 와 그의 동시대의 인물들이 19세기부터 '무의식적 행위'와 '뇌의 반사 기능'으로 언급해 왔기 때문이다.7 빅토리아 시대의 과학자들은 무의식적 행동이 시계의 작동방식 또는 무릎의 반사과정과 유사한 과정을 통해 발생한다고 생각해 왔다.

이 두 모델은 서로 다른 학문적 영역에서 인기를 끌고 있으며 상호 배타적이다. 그러나 근본적인 차이점은 무엇일까? 1992년, 엘리자베스 로프터스 Elizabeth Loftus 와 마크 클링거 Mark Klinger

는 [무의식은 똑똑한가, 혹은 바보스러운가 Is the unconscious smart or dumb?]라는 제목의 기사를 〈미국 심리학자들 American Psychologist〉이란 잡지에 발표했다. 정신역학 심리학자들은 무의식이 똑똑하다고 믿는 반면에, 인지 심리학자들은 무의식이 바보스럽다고 믿는다. 전자는 병원, 후자는 실험실에서 수집한 증거로 자신의 입장을 옹호한다. '똑똑함'과 '바보스러움'은 단순하면서 일상적인 단어이지만, 우리가 무의식의 역동적 개념과 인지적 개념 사이의 근본적인 차이를 이해하는 데 도움을 줄 수 있다. 그러나 그 이해들은 오직 특정한 정도만 효과가 있다. 예를 들어, 일부 컴퓨터 과학자들은 휴대용 계산기가 지능의 기본적인 형태를 가지고 있다고 주장한다. 그리고 같은 이름인 튜링 테스트 발명자인 앨런 튜링 Alan Turing에 따르면, 믿을 만한 인간의 지능에 대한 기계적 모의 실험은 인공지능에 대한 것이다. 지능이 있고 없음에 대한 생각 대신에, 우리는 인공지능 개발자가 만든 차이점을 인용해야 할 것이다. 역동적인 무의식은 일반적인 지능이고, 인지적인 무의식은 좁은 의미의 지능이다.[8]

비록 학계에서는 여전히 우리가 어떻게 무의식을 개념화해야 하는지에 대해 논쟁하고 있지만, 오늘날 그러한 논쟁이 점점 더 조화로운 방식으로 진행된다는 것에 주목해야 한다. 나는 대학 심리학과에서 무의식의 존재를 믿지 않는 종신직 교수들과 또 비슷한 방식으로 창조주는 진화론을 믿지 않는다고 말하는 사람들을 흔하게 보아왔다. 오늘날 거의 모든 주류 심리학자들은 인식의 한계점 기저에 있는 정신 생활의 계층을 인정한다. 적어도 이런 의미에서 프로이트는 그에게 반기를 들었던 비평가들을 이긴 것이다.

신경과학자들은 우리가 하는 대부분의 선택들이 궁극적으로 무의식적인 과정에 의해 결정된다는 것에 동의한다.[9] 우리는 그 선택에 따라 행동하고, 우리가 방금 한 일을 설명하기 위해 편리한 이야기를 만들어 낸다. 대부분의 사람들은 무엇을 먹을지, 어떤 시험을 볼지, 어떤 직장에 지원할지, 누구와 결혼할지, 아이를 가질지 등의 여부를 결정하면서 이런 과정을 거치고 있다는 사실을 전혀 알지 못한다. 인간의 마음이 이렇게 작동한다는 것을 고려하면, 누군가 좋은 결정을 내린다는 것은 거의 기적이다.

에드워드 호퍼Hopper의 자동판매 식당에 등장하는 젊은 여자는 몇 시간, 며칠, 심지어 몇 달 동안 심사숙고한다. 그럴 수 있다지만 꼭 그래야 할까? 아마 그래야만 할 수도 있다. 혹은 그러면 안되는 것일까? 대부분의 결정은 어둠 속에서의 도약이며, 우리가 잘못된 결정을 많이 하는 이유이다. 우리의 콤플렉스는 거대한 물체가 빛을 굴절시키듯 우리의 생각을 왜곡한다.

[고요한 극장에서Silent Theater]에서 내 친구 월터 웰스Walter Wells는 그 젊은 여성이 심사숙고하는 이유, 정확히는 그녀가 우울해하는 분명한 이유에 대해 추측했다. 월터Walter는 액자의 가장자리에 보이는 계단 끝의 작은 기둥이 단서를 제공한다고 말

Beck-Ellis

했다. "이 젊은 여성은 그녀의 딜레마에서 탈출할 어떤 방법도 찾지 못했을 지도 모른다. 단지 계단 아래로 내려갈 뿐이다." 절망, 무너진 희망, 즉 패배이다. 하지만 호퍼 Hopper의 상징성에 대안이 있을지도 모른다. 아마도 아래로 향하는 계단이 탈출 수단을 제공하지 않을까?

최선의 해결책에 도달하기 위해서는 통찰력이 필요하다. 우리는 무의식 속으로 내려가 기억을 발견하고, 과거가 우리에게 어떤 영향을 미치는지 밝혀내야 한다. 우리는 우리 자신을 이해해야 한다. 우아한 선의 역설 Zen paradox처럼, 들어오는 길은 마찬가지로 내려가는 길도 나가는 길로 이어진다.

이러한 무의식적 회상은 쉽지 않다. 대부분의 사람들은 혼자서 그곳에 도달하지 못한다. 누군가가 그들에게 격려와 지지, 객관적인 의견들을 들려주어야 한다. 안타깝게도 우리가 가장 먼저 밝혀내야 할 기억들은 고통스러운 유년기의 기억, 성추행이나 폭행, 우리를 부끄럽게 만드는 기억들, 지저분한 비밀들, 창피한 기억과 같이 어린 시절의 아픈 기억들, 부끄러움을 느끼게 하는 기억들. 더러운 비밀, 받아들일 수 없는 소원, 우리의 결점을 드러내는 기억, 불완전함, 손상처럼 우리가 가장 보고 싶지 않은 기억들이다. 프로이트는 무의식을 들춰내어 조사하는 걸 꺼려하는 이 감정을 설명하기 위해 기술적인 용어를 제안했는데, 그것이 바로 '저항'이다. 우리가 감추어진 내면을 파헤칠수록 우리는 점점 더 불안해진다. 만약 우리가 그만두라고 한다면 안도하게 될 것이다. 회피하는 것이 더 쉽기 때문에, 적어도 단기간에는 자동적으로 될 때까지 계속 회피한다. 우리는 모든 것을 다시 상자에 넣도록 스스로를 설득한다. 우리는 뚜껑을 닫고 떠나버린다. 시간이 흐르면서 자기성찰은 토양의 표층을 긁어모으고, 얕은 물에서 수영을 하는 것처럼 무의미한 활동이 된다.

호퍼의 작품에서 젊은 여자는 눈을 내리깔고 있다. 그녀는 자기의 컵을 직접 들여다보고 있는 것 같다. 그녀는 커피잔에 비친 떨고 있는 자신의 얼굴을 보고 있는 것일까? 그녀는 그녀가 보고 있는 사람을 알고 있는 것일까? 만약 그녀가 보고 있는 사람을 모른다면, 어떻게 옳은 결정을 내릴 수 있을까?

우리는 우리 스스로에게 낯선 사람이다. 이것이 바로 삶에서 종종 협상이 어려운 이유이다.

제4장

왜곡:
비뚤어진 거울

Distortion:
Warped mirrors

4.

왜곡: 비뚤어진 거울

Distortion: Warped mirrors

우리는 마치 우리가 경험하는 감각이 세상에 대한 정확한 인상을 뇌에 전달하며, 이러한 인상은 비디오나 사진처럼 신빙성 있는 기억으로 저장되는 것처럼 행동한다. 그러나 눈은 카메라가 아니며, 우리의 기억은 영화나 사진필름과 같지 않다. 시력은 우리가 교육으로 알게 된 추측 때문에 가능하다. 뇌는 과거에 보아왔던 사물의 규칙성을 바탕으로 빈틈을 메운다. 우리가 보는 것은 객관적인 현실일 뿐만 아니라, 우리의 기대치에 의해서 결정된다. 기억은 재현이라기보다는 재창조나 재구성에 가깝다.

어떤 기억들은 다른 기억들보다 더 쉽게 접근할 수 있으며, 우리의 기억은 시간이 지남에 따라 바뀐다. 19세기가 끝나기 전에, 프로이트Freud는 '스크린기억'라는 것을 언급했다. 이것은 더 깊고 더 문제가 될 만한 기억으로 접근하는 것을 차단하기 위해 만들어진 기억을 말한다.* 대다수의 우리의 기억들은 여러 번 다시 이야기되면서 조금씩 바뀌고, 우리의 기억들 중 일부는 심지어 우리 것이 아닌 다른 사람들의 것일 수 있다. 형제자매에 대한 어린 시절의 일화는 종종 '자전적' 기억으로 전환된다. 최근에 일어났던 일들도 잘못 기억될 수 있다. 국내의 많은 논쟁들은 그것을 공유한 사람들이 제각각 다른 설명을 하기 때문에 발생한다. 누가 언제, 어디서 무엇을 말했는가? 어느 쪽도 동의할 수 없다. 기억은 매우 변형되기 쉬우며, 단순히 질문의 표현을 바꾸는 것만으로도 기억의 질이 바뀔 수 있다. 예를 들어, 자동차 사고가 충돌이 아닌 박살로 묘사된다면, 어떤 사람은 도로에서 깨진 유리를 보았다고 진술할 가능성이 더 높은 것이다.[1]

우리의 삶을 거울에 비추면, 거울에서 본 것이 우리의 기억이 될 것이다. 그러나 유감스럽게도 거울의 유리가 휘어져 있다. 우리의 인식과 기억을 신뢰할 수 없다면, 우리는 스스로의 결정을 얼마나 자신할 수 있을까? 간단하지만 예측 가능한 답은 거의 없다.

---

* J. A. Underwood는 프로이트(Freud)가 만든 용어 'Deckerinnerungen'의 기존 번역인 '스크린기억'을 '커버링메모리'로 변경해야 한다고 주장했다. 현대 독자에게 '스크린'이라는 용어는 무엇인가 은닉하기 위한 가구 등을 암시하기보다는 이미지가 나타나는 표면을 떠올리게 한다.

Anna Freud

안나 프로이트Anna Freud는 지그문트 프로이트Sigmund Freud
의 막내 딸이었는데, 안나는 스스로 못생기고 멍청하다고 여기
며 불행해하였다. 그러나 20대 초반의 안나는 침착하고 사려 깊
어 보인다. 안나가 성숙해짐에 따라 프로이트의 몇몇 제자들은
안나에게 연정을 품었다.

안나는 학교 선생님이 되기 위한 교육을 받았지만, 항상 아
버지의 일에 관심이 많았다. 안나는 아버지가 동료들을 만나 그
의 생각들에 대해 논의할 때, 그 자리에 같이 있었다. 자연스럽
게 학교 선생님으로서 안나는 아동 심리학에 특별한 관심을 갖
게 되었다. 정신분석 훈련은 분석을 수반하는데, 프로이트는 안
나를 적절한 절차에 따라 분석했다. 오늘날 우리는 그러한 방식

이 매우 부적절하다고 간주할 것이다. 그러나 그 당시에는 가까운 친구와 가족을 분석하는 것이 흔한 일이었다. 예를 들어, 맥스 그라프 Max Graf 는 그의 아들 허버트 Herbert 를 분석했다. 하지만 안나와 지그문트 프로이트는 그들이 하고 있는 일이 옳지 않다는 것을 분명히 알고 있었던 것 같다. 안나의 분석 결과는 어니스트 존스 Ernest Jones 가 1960년대에 대중의 관심을 끌 때까지 철저하게 비밀로 보호받았다.

안나는 아동 정신분석에서 독보적인 인물이 되었다. 안나가 첫 아동심리 분석가였던 것은 아니었다. 안나가 이 소문을 바로잡으려 아무런 노력을 하지 않았다는 오해가 있다. 안나는 아버지의 뒤를 이었는데, 프로이트와 헤르민 허그–헬무트 Hermine Hug-Hellmuth 는 작은 한스의 사례 연구에서 주목할 만한 선례를 남겼다. 그러나 정신질환이 있는 헤르민의 조카가 헤르민의 목을 졸라 살해하는 바람에 그녀의 정신 분석학적 경력은 일찍 끝나게 되었다. 헤르민의 조카는 헤르민의 지속적인 분석 작업으로 미칠 지경이었다고 말했다. 안나는 평생 결혼하지 않았고, 여러 명의 여자들과 밀접하게 지냈으며, 결국 비엔나와 런던에서 함께 살았던 티파니 가문의 상속인인 도로시 벌링햄 Dorothy Burlingham 과 친밀한 동반자가 되었다. 안나는 작가로서 많은 작품을 출간했는데, 명료한 표현으로 자주 호평을 받았다. 1956년 영화 〈왕자와 무희〉 촬영 중 심각한 심리적 문제를 겪고 있던 마릴린 먼로Marilyn Monroe가 안나를 만나러 왔다. 먼로가 촬영장으로 돌아와 성공적으로 영화를 마무리한 것으로 미루어 보아 안나의 개입이 도움이 된 것임에 틀림없었다.

지그문트 프로이트Freud의 80번째 생일에, 안나는 프로이트에게 정신분석학에 대한 가장 중요한 이론적 공헌이 될 자아와 방어기제의 사본을 건네주었다. 프로이트는 초기 저술에서 스트레스에 대한 방어 반응을 소개했지만, 당시에 프로이트는 거의 억압에만 관심이 있었다. 불안한 충동, 생각 또는 기억을 불안감이나 불편함을 줄이기 위해 무의식으로 '밀어넣거나' '억압'할 수 있다. 이러한 억압은 비록 그릇된 생각일지라도 수용 가능한 자기 개념을 만들었다. 우리가 방어적일수록 우리는 현실에서 점점 괴리되고, 다른 사람과 우리 자신에게도 가까와질 수가 없다. 어느 정도 방어적인 것은 정상적이지만, 지나치면 경험의 빈도가 줄어들고 개인적 성장의 기회가 제한될 것이다. 본질적으로 방어 메커니즘은 삶을 단기적으로 견딜 수 있게 만드는 왜곡이다. 현대의 정신분석학자들은 지그문트와 안나가 인식한 방어기제뿐만 아니라, 그들의 동료와 후임자들이 제시한 방어기제들도 인정하고 있다.

'투사Projection'는 좋지 않은 내면의 성향이나 특성을 무의식적으로 타인에게 원인을 돌리는 심리적 현상이다. 예를 들어, 자신의 혐오스러운 생각을 감당하려고 고군분투하는 사람은 자신이 박해받고 있다고 주장할 수 있다. '자기합리화Rationalisation'

는 도덕적으로 좋지 않은 목적이나 사리사욕을 위해 자신이 행한 행동을 그럴듯한 이유로 정당화하는 것이다. 예를 들어, 외도를 한 남자가 아내에게 진실을 말할 경우, 그 진실이 아내의 감정을 상하게 할 것이기 때문에 자신이 말을 할 수 없다고 생각하는 것이다. '분열Splitting'은 자기 자신이나 다른 사람을 완전히 좋거나 나쁘다고 보는 것으로 심리적 갈등을 해결하려고 하며, 세상을 단순화하며 복잡하고 골치 아픈 모호함을 다루는 일을 피하려고 한다. 실패를 앞두고 있는 관계를 되살리려고 필사적으로 노력하는 의존적인 사람들은 상대방의 활기찬 성격에만 초점을 맞추고, 동일한 개인이 가진 이기심을 일시적인 일탈 정도로 무시하며 눈 여겨 보지 않는다. 상황이 별로 재미있지 않더라도 스트레스를 줄이기 위해 '유머'를 활용할 수 있다. 인간의 고통과 죽음을 직면해야 하는 의료계 종사자들은 정기적으로 괴로움을 관리하기 위해 기분 나쁜 유머를 사용하는 것으로 악명이 높다. '반동 형성Reaction formation'은 불쾌한 의도를 정반대의 행동으로 위장한다. 예를 들어, 남동생이 죽기를 바라는 한 아이는 동생의 행복에 대해 과장된 관심을 보일 수 있다. 하는 일을 조용하게 방해하거나 비협조적인 수동적 공격성은 더 많은 적대적인 의도를 모호하게 드러낼 수 있다. 이 방어기제의 목록들에는 '행동화acting out', '부인disavowal ', '과장exaggeration', '주지화intellectualization', '전능 통제omnipotent control', '투사적 동일시projective identification ' 및 '신체화somatisation'가 있으며, 모두 특정한 종류의 방어 기제를 가리킨다. 그러한 방어기제의 포괄적인 목록은 하나의 챕터로 다룰 만큼 가치가 있다.

일단 방어기제가 자리잡게 되면, 자동으로 작동되는 경향이 있다. 우리는 방어기제들이 어떻게 우리의 세계와 자아 의식을 체계적으로 왜곡하는지 대부분 알지 못한다. 이 왜곡으로 인해 우리는 같은 실수를 자주 반복한다. 방어기제는 우리가 갈등하거나 스트레스를 받을 때 더 뚜렷해진다. 예를 들어, 비판에 잘 대처하지 못하는 사람은 유치해질 수 있다. 그들은 책임감이 없고 자신의 잘못을 단순하게 다른 사람의 탓으로 돌리는 유아기로 퇴행하여 스스로를 방어한다.

고전적인 프로이트Freud 이론에 따르면 자전적 자아예를 들어, 당신이 이해하는 당신 자신과 같은 사람와 대략적으로 일치하는 마음의 부분들은 다음의 세 가지 위협으로부터 자기를 방어한다. 내면화된 부모의 비판, 원초적 충동, 그리고 신체적인 피해, 곤란함 또는 굴욕과 같이 현실 세계에 있는 위험들이다. 안나 프로이트는 방어 기제를 분석함으로써 우리가 의미 있는 통찰력을 얻을 수 있다고 말하였다. '실제로 우리가 일상적으로 사용할 수 있는 이러한 방어기제에 대한 지식이 없어도, 우리는 억압된 본능적 소망과 환상에 대해 많은 것을 알 수 있다. 그러나 우리는 소망과 환상이 거쳐온 우여곡절들이 어떻게 성격 구조에 영향을 미치는지 거의 알지 못한다. 다시 말해서 방어기제에 대한 정밀한 조사가 아마도 한 사람의 성적이고 공격적인 충동에 대해 도움이 될 만한 정보를 줄 수 있을 것이다. 어떤 의미에서 우리는 왜곡된 모습 그 자체이며, 왜곡된 채로 살아간다. 우리가 삶에 거울을 비추면, 그 유리의 휘어짐이 현재의 우리의 모습을 만든다.

방어는 위협으로부터 사람을 보호하고 불안감을 줄이지만, 깊이 뿌리내린 방어는 그것의 효용성보다 더 오래 지속할 것이다. '해리Dissociation'는 개인이 스스로를 경험으로부터 멀찍이 거리를 두는데, 이것은 트라우마의 역사와 큰 관련이 있다. 사람들은 불쾌한 감정으로부터 자신들을 '잘라냄'으로써 스트레스에 대처한다. 성적 또는 육체적 학대와 같은 정신적 충격은 피해자들이 스스로 자신을 분리시키며, 학대를 받는 신체와 자신을 동일시하는 것을 멈추어 더 쉽게 견딜 수 있게 한다. "이 일은 나에게 일어나는 일이 아니야, 진짜 내가 아니라구." 하지만 장기적으로는 변경된 의식 상태로 후퇴하여 스트레스에 대처하는 것은 역효과를 낳을 수 있다. 예를 들어, 커플 사이에 일어나는 일반적인 의견 불일치가 자동적으로 무감각과 정서적 차단을 불러온다면, 사랑과 친밀감은 줄어들 것이다.

안나 프로이트는 신기하게도 스스로를 방어하고 있지 않았다. 우리는 안나가 잔인한 현실을 수용할 수 있었고, 우리들 대부분이 두려워할 결론에 도달할 수 있다는 것을 알고 있었다. 1938년 3월 22일 안나는 게슈타포의 심문을 받았다.[2] 안나는 고문을 당하게 되면 먹으려고 치명적인 약을 휴대하고 있었다. 결국 이 약이 필요하지는 않았다. 그러나 프로이트의 가족이 비엔나에서 탈출할 수 없을지도 모른다는 것이 밝혀졌을 때에 안나는 아버지에게 "우리 모두 자살하는 것이 더 낫지 않을까요?"라고 물었다. 냉철한 현실주의자 중에서도 가장 냉철한 지그문트는 약간의 변론이 필요했다. 그가 자주 했던 건조한 유머는 이것이었다. "왜?". 지그문트가 대답했다. "그들이 우리가 그렇게 하길 원해서?"

대부분의 사람들은 다음의 것을 발견할 수 있을 것이다.

당신이 잠을 잘 자고 싶은 이유는 다음 날 할 중요한 일이 있기 때문이다. 아마도 당신이 긴 여행을 막 떠나려는 참이거나, 직장에서 발표를 해야 하거나, 연설을 해야 할지도 모른다. 당신은 한밤중에 깨어나 혹시나 잘못될 수 있는 모든 가능한 일들을 생각하기 시작한다. 당신의 머릿속에 시나리오가 떠오르고, 그 결과들은 점점 더 비극적인 것이 된다. 당신은 다시 잠에 들기가 어렵다. 그리고 당신의 마음은 방망이질을 시작한다. 당신은 악몽 같은 환상에 혼란스러워하며 선잠에 든다. 햇빛이 커튼 사이로 비추고, 당신은 침대에서 지친 상태로 일어나 평소와 같은 아침의 일상적인 루틴을 시작한다. 당신은 지난 밤에 당신을 깨웠던 모든 시나리오, 비행기가 추락하거나, 당신의 노트를 몽땅 잃어버리거나, 사람들 앞에서 얼어버려서 아무 말도 못하거나 하는 일들을 기억한다. 그리고 당신이 그 밤중에 모든 균형 감각을 잃어버렸음에 틀림없다는 것을 알아차린다. 앞으로의 하루는 여전히 힘들겠지만, 새벽 2시에 걱정했던 일들은 더 이상 가능하지 않아 보인다. 심지어 조금 우스꽝스럽기까지 하다. 당신은 절벽 끝에서 차를 몰지 않을 것이고, 발이 걸려 앞으로 넘어지지 않을 것이며, 연설할 때 기절하지 않을 것이다. 아침을 먹는 동안 당신은 차차 평소의 시야를 회복할 것이다. 당신에게 불안하지만, 새벽까지 뒤척이고 땀을 흘리게 했던 상상은 사라졌다.

어둠 속에서 우리는 현실의 닻을 내리기 위해 참고할 어떤 지점도, 우리에게 객관적인 한계를 일깨워 줄 물리적 공간도, 우리의 걱정을 확인시켜 줄 친근한 목소리도 가지고 있지 않다. 우리는 불안한 생각을 사실인 것처럼 받아들이고, 그 가능성에 대해 잘못된 판단을 한다. 우리는 점점 더 불안해지고 잠재적인 재난에 초점을 맞춘다. 우리는 점점 비합리적으로 생각한다.

중국의 주나라에서 유럽의 계몽주의 시대에 이르는 수천 년 동안 합리성은 인간성을 정의하는 속성으로 여겨졌다. 인간만이 논리적으로 생각하고 문제를 해결할 수 있기 때문에, 문명과 과학기술의 진보가 가능한 것으로 여겨졌다. 생각에 결점이 있거나 문제가 있을 때, 합리성의 중요성은 더욱 분명해진다. 아마도 인간의 고통 중 가장 극단적인 예인 광기는 주로 무질서한 생각으로 나타난다. 공포증과 같은 다른 문제들도 이성적 사고의 실패로 이해할 수 있다. 예를 들어, 쥐를 보고 공포를 느끼는 그 위협감과 의자 위로 뛰어올라 비명을 지르는 것과 같은 개인의 반응이 상응하지는 않는다. 이성의 상실이 항상 정신병과 연관되어 생각되었고, 이성은 항상 정신 건강과 관련이 있다고 여겨졌다.

20세기 초, 정신과 의사이자 베른 대학의 신경병리학 교수인 폴 뒤부아Paul Dubois는 [정신병의 심리 치료Psychic Treatment of Mental Disease]라는 제목의 책을 출판했다. 프로이트처럼, 뒤부아Dubois는 내담자들에게 약을 주거나 요양원에 보내는 것보다 그들과 이야기하는 것을 더 좋아했다. 뒤부아가 옹호했던 치료적 대화의 종류는 정신분석의 전형적인 자유로운 연상과 해석과는 매우 달랐다. 뒤부아는 정신 질환으로 고통 받는 사람들이 자기 조절을 할 수 있다면 더 잘 기능할 수 있다고 주장했고, 그는 이상한 행동이나 부적응적인 행동 패턴이 잘못된 믿음으로부터 유래한다고 생각했다. 잘못된 믿음이 타당한 논리로 교정될 수 있다면, 적절하게 행동하게 될 것이다. 쥐는 위험하지도 않고 사람을 공격하지도 않는다. 이를 온전히 받아들인다면 굳이 소리를 지르고 의자에 뛰어오를 필요가 없다.

모든 심리치료사들이 이성에 호소했지만, 뒤부아는 특히 이성에 더 중점을 두었다. 짧은 기간 동안 뒤부아의 '설득 치료'가 정신분석과 경쟁했지만, 뒤부아와 그의 접근법은 곧 잊혀졌다. 1950년대에 이르러서야 뒤부아의 치료법과 유사한 방법들이 다시 시도되었는데, 알프레드 아들러Alfred Adler는 내담자들에게 해결책이나 설명을 제공하지 않고 질문을 한 뒤 그들 스스로 답을 찾도록 격려하는 '소크라테스식 문답법'을 사용했다.

2007년 사망한 앨버트 엘리스Albert Ellis는 미국의 임상심리학자로 합리적 정서치료 Rational Emotive Therapy, 또는 RET 라고 칭하는 논리 기반의 치료법을 개발하였다. 현대에는 합리적 정서 행동치료 Rational Emotion Behavior Therapy또는 REBT 로 알려져 있다. 엘리스 Ellis는 고대 그리스와 로마의 스토아학파 철학자들에게서 큰 영향을 받았는데, 사람들은 어떤 사건들이 악의적이거나 위협적이라고 해석될 때 불안을 경험한다고 주장했다. 햄릿은 "원래 좋고 나쁜 것은 다 생각하기 나름이다."고 말했는데, 셰익스피어가 더 우아하게 이러한 견해를 반복했다고 할 수 있다.

정신분석가로 훈련을 받기 전, 엘리스는 바지와 어울리는 재킷을 찾아 주는 일을 했고, 귀족들을 위한 개인 매니저의 일을 했다. 또한 엘리스는 그 시대의 많은 사람들처럼 유명한 미국 소설가가 되기를 원했으며, 여가 시간의 대부분을 소설을 쓰는 데 보냈다. 이러한 직업 경험은 나중에 많은 학자들이 그를 소외시킬 수 있는 좋은 구실이 되었다.

뉴저지에 있는 그레이스톤 파크 주립 병원에서 일하는 동안 엘리스는 정신분석에 환멸을 느끼게 되었다. 엘리스는 대안이 될 만한 '적극적–지시적' 치료법을 개발했고, 1956년 시카고에서 열린 심리학협회 회의에서 RET에 관한 첫 논문을 발표했다.

엘리스는 인간은 생존과 행복의 두 가지 기본적인 욕구를 가진다고 주장했다. 합리적으로 행동하는 것은 우리가 이러한 목표에 도달하도록 돕고, 반면에 비합리적으로 행동하는 것은 우리를 위험에 빠뜨리고 불행하게 한다. 엘리스는 생각과 감정이 밀접하게 연관되어 있다고 주장했는데, 생각은 감정을 견고하게 하고, 감정은 생각에 영향을 미친다. '나는 실패했어.'라고 생각 하는 사람은 기분이 울적할 것이고, 그 슬픔은 또한 실패에 대 한 생각을 불러올 것이다. 엘리스는 인간의 뇌가 항상 효과적으 로 작동하는 것이 아니기 때문에, 쉽게 이성적이지 못한 생각을 하게 된다고 믿었다. 이러한 선천적인 취약성은 초기 학습으로 강화된다. 어린아이들은 관찰을 통해 세상과 자기에 대해 생각 하는 방식을 확립한다. 만일 부모가 비이성적으로 행동한다면, 아이들도 필연적으로 부모님을 모방할 것이고, 비슷한 비합리적 성향을 발달시킬 것이다.

엘리스는 비합리적인 사고가 자극적인 이야기를 선호하고, 마 치 세뇌시키듯 미묘한 논쟁을 되풀이하는 매스미디어에 의해 악 화된다고 주장하여 예언자다운 면모를 보였다. 엘리스는 인터넷 과 근거 없는 강한 믿음들의 확산과 같은 현대의 사건들이 일어 나기 훨씬 전에 이러한 우려를 발표했다. 온라인과 TV 화면에서 흔히 볼 수 있는 진실의 왜곡들은 비판적 사고와는 상반된다.

엘리스는 A^{선행사건}, B^{신념}, C^{결과} 사이의 관계를 분석할 수 있는 간단한 ABC 체계를 제안했다. 선행사건은 다른 사람의 행 동이나 특정 결과와 같은 객관적인 사실이다. 예를 들어, 어려운 면접 후 일자리를 얻지 못한 경우이다. 믿음은 본질적으로 '나 는 완전히 쓸모없어' 또는 '거부당하는 것은 참을 수 없다.'와 같 은 평가적 사고이다. 결과는 한 개인이 나타내는 반응의 총합으로 이루어진 결론과 행동들이다. 상기의 예에서, 결과는 마지못해 다른 일자리의 면접을 보는 것과 우울하고 무가치한 기분이 결과이다. 대부분의 사람들은 선행사건과 결과 사이의 직접적인 연관성을 추정하지만, 엘리스는 이 추측이 틀렸다고 말했다. 대신에 자기 패배적인 행동과 감정적인 괴로움과 같은 결과는 거의 항상 신념과 밀접한 관련이 있다고 추정했다. 이러한 감정적인 어려움을 가장 효과적으로 다루는 방법은 신념을 수정하는 것이다

실제로 선행사건에 대한 반응으로 합리적인 신념을 가질 수도, 반대로 비합리적인 믿음에 빠질 수도 있다. 선행사건이 이전의 부정적인 경험을 떠올리게 할 경우, 사람들은 더 감정적으로 힘들어 할 가능성이 크다. 똑똑한 아이가 반복적으로 가학적인 학교 선생님으로부터 '멍청하다'라는 질책을 받을 경우, 성인이 되어 직장 상사로부터 도전적인 과제를 받게 되었을 때, 자기 회의로 괴로워할 수 있다.

비합리적인 믿음에는 특별한 특징이 있다. 사람들이 너무 이상적이거나 비현실적인 기대를 하게 될 때, 그 신념들은 종종 개인적인 것, 엄격한 것, 까다로운 것이 된다. 다른 사람들의 능력이나 행동이 이러한 높은 기대치에 미치지 못할 경우, 결과는 재앙이 된다. 이러한 사고의 반복적인 특징은 극단적이며 결과적으로 무익한 완벽주의가 된다. 만약 결과가 완전히 좋지 않다면, 그들은 스스로를 패배자로 인식하게 된다. 엘리스는 또한 비

합리적으로 사고하는 사람들은 '해야 한다'와 같은 특정한 단어를 과잉 사용한다고 지적했다. 만약 당신이 "나는 반드시 잘해야 해. 나는 더 잘해야 해."와 같이 자비심 없고 강압적인 언어를 사용한다면, 아마 정서적으로 고통받을 만한 방식으로 생각하고 있는 것이다. 그런 말들은 객관적인 평가를 거의 반영하지 않는다. 인생에서 우리가 반드시 해내야 하는 일과 꼭 해야 하는 어떤 것은 거의 없다. 우리가 상황에 따라 누리는 자유의 양은 다양하지만, 일반적으로 대처 가능한 대상을 탐색할 수 있는 약간의 범위가 있다. 우리가 '끔찍하다', '견딜 수 없다'라고 묘사하는 대다수의 결과들은 정확히는 '유쾌하지 않은' 정도이다. 우리가 자극적인 언어를 덜 사용하면 큰 이점을 누릴 수 있을 것이다.

비합리성과 싸운 엘리스의 이 방법은 논박이었다. 신념이 옳은지에 대해 시험하고 도전했다. 엘리스의 접근 방식은 소크라테스식 문답법을 가장 잘 묘사하는 것으로 보이지만, 특정 신념에 초점을 맞추어 진행된다. "거절당하는 게 왜 그렇게 나쁜 것인가? 그것이 정말 견딜 수 없는 일인가? 당신은 재앙을 만난 것이 아니라 좌절을 겪게 된 것이 아닌가? 어떻게 당신이 완전히 쓸모없을 수가 있는가? 왜 그런 결론을 내렸는가?" 비합리적인 신념에 대한 질문은 그 신념의 결점과 약점을 폭로하며, 더 정확하고 이성적인 믿음으로 바꿀 수 있도록 한다.

감정을 직접적으로 바꾸는 것은 어렵다. 어디서부터 시작해야 할까? 엘리스는 인식과 감정이 겹치는 부분을 과대평가했을 지도 모르지만, 인식은 확실히 감정과 생각의 중요한 측면이며, 대화를 통하여 다른 사람과 공유될 수 있다. 생각은 다루기 쉬운 반면, 감정은 모호하고 광범위하다. RET는 매우 실용적인데, 표현과 수정이 가장 쉬운 감정에 초점을 맞춘다.

1980년대와 1990년대에 나는 정통 심리학자들과 자주 마주쳤는데, 그들은 엘리스와 그의 이론을 낯설어하였다. 의심할 여지없이 엘리스가 굉장한 학자였기 때문에 다소 이상하게 여겨졌다. 그러나 당시특히 미국 이외의 지역에서 엘리스가 상대적으로 알려지지 않았던 것은 쉽게 설명된다. 1962년부터 1964년 사이에, 나비 넥타이를 매는 것을 지나치게 좋아하는 필라델피아에 본부를 둔 정신과 의사가 엘리스의 생각과 유사한 생각을 담은 기사들을 출판했다. 1963년이 되어서야 엘리스는 이 기사들 중 하나를 읽게 되었고, 그는 즉시 저자인 아론 템킨 벡Aaron T. Beck에게 편지를 썼다. 이것이 평생동안 그들이 주고받게 된 연락의 첫 시작이었다. 30년 후, 벡Beck이 고안한 치료법인 인지치료는 논박을 통해 부정확한 생각을 교정하는 것으로, 강력하고 효과적인 치료법으로 널리 인정받았다. 학계에서는 엘리스가 먼저 이 이론을 주장하였다는 사실이 지나가는 말정도로 인정되거나 완전히 간과되었다.

결국 인지행동치료Cognitive Behavioural Therapy, CBT로 더 잘 알려지게 된 인지치료는 현재 세계에서 가장 널리 시행되고 있

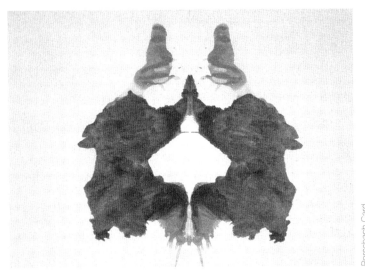

Rorschach Card

는 심리치료법이다. 벡은 비합리성에 대한 출발점에서 엘리스와 동일했지만, 벡은 더 정교한 이론적 틀과 치료 기법을 개발하고 임상실험을 준비함으로써 치료의 효과를 입증하였다. 벡의 결과는 인상적이었고, 많은 추종자들이 그를 따랐으며, 벡의 접근법을 발전시켜 적용 범위를 넓혔다.

그러나 벡이 엘리스를 무색하게 만든 더 많은 다른 이유들이 있었는데, 이것들은 대부분 개인적인 것이었다. 벡은 재치있고 외교적 수완이 있었으며, 논란을 피했다. 엘리스는 전혀 다른 성격이었다. 엘리스는 심리치료 워크숍을 진행할 때 욕설을 사용했고, '해야 한다'라는 단어의 남용을 설명하기 위해 '필수 성향musturbation'이라는 용어를 발명했다. 엘리스는 세 번 결혼했고,

오랫동안 공개적인 관계를 유지했으며, 자신의 연구소와 소송에 휘말리게 되었다. 그리고 이성적인 사상가 치고 엘리스는 자신의 방법을 경험적으로 검증하는 데 특별히 관심이 없어 보였다.

엘리스는 의심할 여지없이 그가 받았던 것보다 훨씬 더 큰 인정을 받을 자격이 있다. 다행스럽게도 점점 더 많은 전문가들이 엘리스의 독창성을 인정하고 있는 것으로 보인다. 엘리스는 미국 심리학회 회원들이 뽑은 20세기 가장 영향력 있는 심리치료사에서 인본주의 심리학자 칼 로저스Carl Rogers를 이은 두 번째 심리치료사로 뽑혔다.

'믿음'과 '생각'이라는 단어가 종종 서로 번갈아 사용되지만, 그 단어의 의미는 구분될 수 있다. 일상 언어에서 '믿음'은 일반적으로 종교적인 믿음과 같이 어떤 형태의 지속적인 확신을 의미한다. 반대로 '생각'은 인식에 들어가는 모든 개념, 아이디어 또는 관념으로, 보통 문장으로서 인식된다. 우리는 또한 마음속으로 그림을 그려가며 생각하고, 생각 자체보다는 이미지로 묘사하는 경향이 있다. 엘리스가 믿음을 언급할 때는 평가적 사고를 의미했다. 그러나 벡과 그의 추종자들이 믿음을 언급할 때, 그들은 사전적 정의에 훨씬 가까운 뜻, 즉 깊은 확신을 설명하기 위해 이 단어를 사용하였다. 믿음은 영구적이거나 적어도 상대적으로 안정된 기억과 세상에 대한 학습을 나타낸다. 이 학습은 보통 조건부 또는 무조건적인 명제의 형태로 표현된다. "사람들이 나를 좋아하지 않는다면 나는 결코 행복할 수 없어." 혹은 "사람들은 나를 좋아하지 않아." 이러한 종류의 믿음은 '역기능적 가정'이라고 불린다. 이러한 믿음이 우리의 생각과 행동하는 방식에 큰 영향을 미칠 가능성이 있음에도 불구하고 우리는 종종 그 존재를 의식하지 못한다.

역기능 가정들은 한데 모이는 경향이 있다. 자존감이 낮은 사람들은 마음속 깊이 주제별로 연결된 믿음이 자리잡고 있다. 예를 들어, 이런 내면의 소리들이 끊임없이 그들을 괴롭힌다. "사람들이 나를 더 잘 알게 되면, 내가 얼마나 형편없는 사람인지 탄로가 날 거야.", "나는 아무데도 쓸모가 없어." 그리고 "나에게는 뭔가 잘못된 게 있어." 역기능적 가정들이 모인 것을 '도식Schema'이라고 부른다. 도식은 인식, 기대, 심지어 우리가 기억하고 잊어버리는 것에까지 영향을 미치는 본보기 또는 원형原型이라고 할 수 있다. 도식은 우리가 세상을 보는 렌즈와 같다. 렌즈에 흠집이 많을수록 세상에 대한 인식이 왜곡될 가능성이 높아지고, 역기능적 가정이 많아질수록 우리는 스스로 자기 패배감에 사로 잡힐 수 있다.

도식을 이해하는 또 다른 방법은 대본Script처럼 상상하는 것이다. 우리는 의심할 여지없이 도식을 따르며 결과는 이미 결정되어 버린다. 열등감에 대한 역기능적 가정으로 이루어진 도식을 가진 사람들은 사회적인 상황에서 불안해할 것이다. 그들은 중립적인 표현을 악의적으로 해석하고 사회적 상황을 회피하고자 할 것이다. 도식은 프로이트Freud의 콤플렉스와 보울비Bowlby의 작동 모델과 아주 밀접하다. 도식과 콤플렉스와 작동 모델은 모두 인지 구조의 형태들이며, 기억 속에서 더 견고해지는 지식 체계이다.

분명히 도식은 가상의 구조이며, 측정되거나 직접 관찰될 수 없다. 그러나 어느 정도 수준에서 도식은 뇌에 저장되기 때문에 물리적 현실과 일치한다. 어떤 의미로는, 몇몇 아이디어들은 다른 아이디어들보다 '더 가까이' 저장되어야 한다. 그렇지 않으면 우리는 연관된 현상을 관찰하지 못할 것이다. 예를 들어, '고양이와 쥐'는 '고양이와 흰긴수염고래'보다 더 쉽게 떠오른다. 관련된 역기능적 가정은 동일한 '구조'의 일부라고 생각할 수 있다. 신경생물학자 브루스 웩슬러Bruce Wexler는 뇌의 내부 구조가 어떻게 만들어지는지와 또 어떻게 우리의 인식이 편향되거나 변경에 저항하는지에 대해 논의해 왔다. '우리는 이러한 구조와 다른 정보들은 무시하거나, 잊어버리거나 적극적으로 불신한다.'3

인지치료는 부정적인 생각을 알아차리는 것으로 시작해서 더 깊은 아래 방향으로 나아가며, 역기능적 가정과 도식으로 저장된 지식들을 파헤친다. 일단 역기능적 신념들이 드러나면 비이성적인 생각을 할 때와 마찬가지로 그 신념대로 해보는 것을 북돋우거나 논박하게 된다.

벡Beck은 역기능적 가정이 비합리적이어서가 아니라, 정상적인 인지 과정을 방해하기 때문에 문제가 된다고 말했다. 그러나 실제로 역기능적 가정은 심리치료사가 그 가정이 현실과 어긋남을 지적하여도 수정하는 것에 강하게 저항한다. 따라서 그 신념들의 가장 두드러진 특징은 비합리적이라는 것이다.

벡Beck의 제자였던 제프리 영Jeffrey Young은 어린 시절 형성된 도식에 특별히 집중하는 인지치료법을 개발하였다. 이러한 도식들의 일부는 언어를 습득하기 전에 형성되었기 때문에 비언어적이다. 그 도식들은 적응과 집중, 해석 등의 원형으로 역할을 할 수 있다. 그러나 도식들은 유아기에 주로 경험했던 강한 물리적 반응이 활성화되는 것으로, 원초적이며 날 것에 가까운 감정으로 재창조될 수 있다. 제프리 영은 유아기와 유년기에 확립된 쓸모없는 도식을 초기 부적응 도식EMSs이라고 불렀다. 그는 일상적인 언어로 '삶의 덫'이라고 부르기도 했는데, 이 도식들은 평생 되풀이되며, 자기 패배적 사고와 행동의 패턴으로 사람들을 가두는 경향이 있기 때문이었다.

우리는 이러한 삶의 덫으로부터 해방되는 것이 어렵다는 것을 안다. 그것들은 우리가 어떤 사람인지를 구성하는 많은 부분이고 깊이 자리 잡고 있기 때문이다. 대안은 어둠 속의 무서운 도약일 뿐만 아니라 우리의 자아에 대한 근본적인 위협이다. 우리는 소멸의 위험을 감수하느니 차라리 심리적 고통을 느끼는 것을 선택할 수 있다. 우리가 자기 패배적인 행동 패턴을 반복하는 또 다른 이유는, 한때는 그 행동들이 적응적이었기 때문이다. 동일한 그 행동들은 우리가 어렸을 때는 타당했거나 '합리적'이었을 지도 모른다. 이미 설명했던 것과 같이, 신체적 또는 성적 학대로 자주 위협을 받았던 아이는 정서적으로 철회하는 것이 합리적인 대처 전략이 되었을 것이다. 그러나 성인이 되어 친밀한 관계를 맺고자 하는 경우, 이것은 합리적인 대처 전략이 아니다.

초기 부적응 도식EMSs는 그 도식들이 발달하고 강화된 사회적 상황과 유사한 계기들에 의해 활성화된다. 초기 부적응 도식 EMSs 활성화와 관련된 사고와 행동의 패턴에서 벗어나게 되면 높은 수준의 불안과 불편함으로 괴로워하게 된다는 점을 고려하면, 발전하고 성장한다는 것은 매우 어렵다. 사람들은 그들이 현재 상황을 유지하기 위해 그럴듯한 논리를 만들어 내려고 한다. 이러한 정당화는 불안과 불편함을 덜어주지만, 마음속 기저에 초기 부적응 도식EMSs은 그대로 남아 있다. 자기 패배적 행동을 정당화시키기 위해서는 상당한 인지적 왜곡이 필요하며 자아, 세계, 그리고 관계들이 올바르게 표현되지 못한다. 인지치료와 정신분석이 이 지점에서 일치한다. 불안의 감소는 방어적인 행동으로 달성되는데, 자세히 살펴보면 방어는 비합리한 생각으로 이루어져 있다. 왜곡은 오래 지속되며 쓸모없는 대본과 일상생활도 마찬가지이다. 예를 들어, 한 개인은 객관적으로 유쾌한 면접관을 공격적이라고 판단할 수 있는데, 이것은 자신의 입사 지원 철회를 정당화하기 위한 것으로 볼 수 있다. 그는 탈락과 감정적인 고통의 위험을 깔끔하게 피하게 되지만, '백수' 처지가 된다. 이 경우, 예상되는 감정적 불편함을 견디지 못하는 것이 개인에게서 기회를 빼앗았다. 궁극적으로 왜곡은 어린 시절 가장 우리를 해롭게 했던 그 상황을 재현한다.

합리적으로 생각하고 행동하려는 시도는 합리적인 목표이다. 그러나, 우리가 합리적이라고 생각할 때, 우리는 종종 여전히 비합리적이다. 그렇다고 해서 우리가 합리성을 포기하거나 또는 합리적으로 되는 것이 정당한 목표가 아닌 것은 아니다. 이성을 추구하는 것 덕분에, 인간은 원자를 쪼개고 사람들을 달에 보낼 수 있었다. 하지만 특히 개인적으로 중요한 일에 합리적인 결정을 내려야 할 때, 많은 사람들이 상상하는 것 이상으로 합리적으로 되는 것이 훨씬 더 어렵다.

대칭 잉크반점은 심리학의 모든 것을 대표하게 되었고, 심지어 프로이트의 의자보다 더 상징적으로 통용되기도 한다. 가장 유명한 잉크반점 시험은 스위스의 정신과 의사 헤르만 로르샤흐 Hermann Rorschach 에 의해 만들어졌다. 로르샤흐는 파란만장한 삶을 살지는 않았는데, 그는 정신 병원에서 일했고, 결혼해서 두 아이를 낳았으며, 비교적 젊은 나이에 사망했다. 그는 내담자를 '분석'했지만 프로이트의 신봉자는 아니었고, 정신분석학에는 한계가 있다는 것을 알게 되었다.

로르샤흐 Rorschach 는 정신과 의사였을뿐만 아니라, 재능 있는 예술가였다. 일찍부터 재능을 드러낸 그는 학교에서 얻은 별

명이 '클렉스'였는데, 독일어로 잉크반점을 뜻하며, 믿을 수 없을 정도로 그를 잘 표현한 별명이다.4 로르샤흐가 잉크반점이 마음을 조사하는 데 사용될 수 있다고 믿은 유일한 사람은 아니었지만 경쟁자들이 있었다. 로르샤흐의 실험은 세계적으로 유명해졌고 그는 20세기의 우상이 되었다. 몇몇 사람들은 로르샤흐가 자신의 예술적 재능 덕에 다른 이들은 실패한 분야에서 성공을 거두었다고 말한다. 로스샤흐의 잉크반점은 대칭적이었을 뿐만 아니라, 깊이와 질감이 있는 예술작품이다; 잉크반점들은 세심하게 구성되었고, 신기하게도 목적에 부합했다. 추상화와 연상 사이의 균형이 완벽하게 판단된다. 해석할 여지는 충분하지만, 상상의 나래는 형태의 연상에 의해 제한된다. 그의 잉크반점은 모호하지만 그렇다고 심하게 모호하지는 않다.

전임자들과 달리 로르샤흐는 상상력을 측정하기 위해 잉크반점을 사용하는 것에 별로 관심이 없었다. 그는 지각과 인격을 연구하기 위해 잉크반점을 사용했고, 그의 테스트 결과는 진단을 위한 것이었다. 1922년 로르샤흐가 사망한 후, 심리학자들과 정신과 의사들은 로르샤흐의 잉크 얼룩을 '투사적 검사'로 사용하기 시작했다. 투사는 다른 사람에게 바람직하지 않거나 불쾌한 일의 원인을 돌리는 심리적 현상으로 방어기제일 뿐만 아니라, 정신분석 이론과는 별도로 일반적인 현상으로도 볼 수 있다. 뇌는 끊임없이 환경의 형태를 판별한다. 우리가 모호한 자극과 맞닥뜨릴 때, 우리는 자동적으로 우리가 무엇을 보고 있는지 알아차리려고 시도한다. 개인이 환경의 자극을 이해하고 해석하는 것은 과거의 경험과 기억, 성격적 특징의 영향을 받는다. 우리가 모호함에서 읽어내는 것은 결국 우리 자신에 대한 것이다. 우리는 실제로 존재하지 않는 것들을 보면서 자신의 내면을 바깥 세상으로 투사하고 있다.

1940년대까지 로르샤흐 테스트는 미국인들의 열렬한 지지 덕분에 대중 문화의 일부가 되었다. 심지어 올리비아 드 하빌랜드Olivia de Havilland가 출연한 할리우드 영화인 〈다크 미러The Dark Mirror〉에도 등장했다. 제2차 세계대전 이후, 사람들은 절박한 마음으로 인간 본성의 문제에 관심을 가지기 시작했다. 만약 나치가 극악무도한 일탈적 집단이라고 한다면, 미래에 대해서는 희망적일 수 있을까? 그러나 만약 그들이 그저 평범한 사람들이었다면, 사람들은 그들의 잔학한 행위가 반복될 것이라고 예상할 수 있다. 일반 대중은 이 논쟁에 대한 답을 얻기 위해 정신과 의사와 심리학자들을 찾았다.

뉘른베르크에서 나치 정신을 연구할 기회가 생겼다. 많은 주요 나치들이 재판을 기다리는 동안 투옥되었고, 그들 중에는 알베르트 슈페어Albert Speer, 루돌프 헤스Rudolf Hess, 헤르만 괴링Hermann Goring과 같이 히틀러의 가장 가까운 동료들도 포함되었다. 테스트는 심리학자 더글라스 켈리Douglas Kelly와 유대인 교도소 심리학자 구스타브 길버트Gustave Gilbert가 맡았다. 그들이 시행한 테스트 중에는 로르샤흐 테스트도 있었다.

나치의 성격 같은 것이 있었을까? 나치가 정신병 수준의 비정상 증세를 보였는가? 조사자들은 그들이 찾아내길 원했던 것을 발견했다. 켈리는 나치가 정신이 온전하며 평범한 미국인들과 근본적으로 다르지 않다는 것을 발견했지만, 길버트는 나치가 대부분 사람들과 다른 성격 특성을 가졌으며, 살인 의도가 있는 사악한 로봇으로, 본질적으로 비인간적이라고 말했다. 껄끄러운 관계였던 켈리와 길버트는 원수가 됐다. 몇 년 후 그들의 연구는 재분석되었지만, 합의에 도달하지는 못했다. 그러나 켈리와 길버트의 로샤검사 결과에 대한 가장 최근의 연구인, 에릭 질머Eric Zilmer와 동료들이 출판한 [나치 인격에 대한 탐구: 나치 전범 심리 수사The Quest for the Nazi Personality: A Psychological Investigation of Nazi War Criminals]에 따르면, 나치 전범들의 로샤검사 결과가 길버트의 견해를 지지할 수 없다고 결론지었다. 과학 저널리스트 잭 엘하이Jack El-Hai는 현재 학계의 의견에 대하여 다음과 같이 요약하여 제시하였다. '어느 누군가가 반박할 때까지 최근의 연구에서 켈리를 따돌리고, 길버트를 유혹하며, 다른 많은 연구자들을 유혹했던 나치의 성격 특성은 하나의 신화에 지나지 않는다.'5 하지만 '다른 누군가가 반박할 때까지'라는 조건을 주목해야 한다. 이 논쟁은 다시 부활할 가능성이 있다.

이 불확실성에 대한 간단한 설명은 로르샤흐 테스트를 신뢰할 수 없다는 것인데. 이것은 아마도 사실일 것이다. 그러나 이것은 더 넓고 흥미로운 점을 간과한 다소 얄팍한 관찰이다. 켈리와 길버트는 모든 사람이 하는 것처럼, 그들 자신의 믿음과 기대에 따라 그 결과를 해석했다. 뉘른베르크는 로르샤흐 테스트의 권위를 떨어뜨리고 혼란을 초래했지만, 켈리와 길버트의 상반된 결론에서 이러한 투사적 검사의 기본이 되는 원리를 증명했다. 우리는 우리가 보기 원하는 것을 본다, 그리고 우리의 삶의 대부분의 시간 동안 단기적인 불편을 최소화하고 기존 신념을 확고히 하는 방식으로 세상을 방어적으로 바라본다. 감옥 안에 서 있는 나치는 사람으로도, 괴물로도 보일 수 있다. 길버트가 나치를 괴물로 볼 만한 타당한 이유가 있다. 그의 부모는 오스트리아에서 온 유대인 이민자였고, 그는 나치 독일이 최종적으로 항복하기 전에 다하우Dachau* 를 방문했다.

만일 켈리가 믿었던 것처럼 나치가 그저 평범한 사람들이었다면, 2차 세계대전에 버금가는 비극이 다시 일어날 수 있다. 아마도 켈리는 1958년 새해 첫날 이 같은 이유로 스스로 목숨을 끊었을 것이다. 우리는 켈리가 스트레스를 받았으며, 그의 결혼 생활이 불행했다는 것을 알고 있다. 그러나 그의 견해가 주는 놀라운 암시를 고려해 볼 때, 자살을 하게 되는 심리적 원인이 얼마나 깊었는지 합리적으로 추정할 수 있다. 집에서 말다툼

---

* 다하우는 바바리아주의 한 도시로 뮌헨 북서쪽에서 20km 떨어져 있고 암페르강이 흐르고 있다. 이곳은 인구 4만 7,000명의 소도시로 뮌헨에서 일하는 사람들이 통근으로 출근하는 베드타운이다. 다하우는 19세기 말 20세기 초에는 풍경화가들이 모여 살아 예술가의 마을로 꼽혔으나 나치 정권 시절에는 이곳에 강제수용소가 지어져 수만 명이 숨지기도 했다.

후에 켈리는 층계참 위에 자리를 잡고 계단 아래의 아내, 아버지 그리고 아들을 보며 이렇게 말했다. "난 더 이상 참을 필요가 없어. 난 이 시안화칼륨을 먹고 30초 안에 죽을 거야. 난 이걸 먹을 거고, 아무도 신경 쓰지 않겠지." 그는 손을 입술로 가져갔고 삼켜버렸다. 얼마 지나지 않아 발작을 일으켰고, 입에서 거품이 품어져 나왔다.

길버트는 전 동료의 비판에도 아랑곳없이, 예루살렘에서 열린 아이히만 재판에서 증언을 했고, 그곳에서 뉘른베르크 검사 결과가 증거로 인정되었다. 역사는 정치사상가인 한나 아렌트 Hannah Arendt에게 마지막 발언권을 준 것으로 보인다. 뉴요커 잡지사 the New Yorker는 한나를 보내 아이히만 재판에 대해 보도하게 했고, 거기에서 그녀는 '악의 평범성 the banality of evil'을 주장하였다. 나치의 성격적 특성 같은 것이 존재한다면, 소름끼치는 일이지만, 단지 지독하게 따분했기 때문일 것이다.

어떤 것에 대해 '감정을 담아서'라고 말할 때, 우리는 표현되고 있는 그 감정이 진짜라고 여긴다. '직감'은 인간 존재의 핵심에서 우러나오는 것으로, 신뢰할 만하다. 하지만 감정은 우리의 생각만큼이나 오해를 불러일으킨다.

진화 심리학자들은 감정이 환경에 대한 판단을 암호화한다고 제안한다. 상황이 좋은지 나쁜지를 알려주는 재빠른 평가의 결과다. 감정은 또한 우리가 행동할 수 있도록 준비를 시키는 생리적 변화를 포함한다. 마음의 거의 모든 특징들과 마찬가지로, 궁극적으로 진화의 압력은 감정을 선택하고 변형해서 한 세대에서 다음 세대로 용이하게 유전자를 이동시킨다. 감정들이 정확성 때문에 선택된 것은 아니다. 감정은 판단을 암호화하지만, 반드시 정확한 판단은 아니다. 감정들은 우리에게 유익한 2차 및 3차 목표가 아닌, 주된 진화 목표를 제공한다. 우리는 섹스가 즐겁기 때문에 하고 싶지만, 그 즐거움은 단순히 우리가 더 많은 섹스를 하게 하려는 계략일 뿐이다.

털이 많은 식물과 구불구불한 덩굴식물을 독거미와 뱀으로 착각하여 재빠르게 피했던 선조들은 더 용감했던 다른 조상들보다 더 많이 살아남았고 아이들을 낳았으며, 이 두려워하는 성향을 후손에게 물려주었다. 생존과 번식에 유리한 시스템을 만들기 위해 인간은 맞닥뜨린 상황을 해석하는 데 편견을 가지도록 진화되었다. 때때로 땅 위의 구불구불한 형태가 정말 뱀일 수 있으며, 도망가는 것이 전적으로 최선일 수 있다. 일반적으로 우리의 유전자는 우리가 잠재적인 위험에 과소 반응하는 것이 아니라 과잉 반응하기를 원한다. 우리의 모든 감정 또한 동일한 진화적 영향을 받는다. 특정 상황에서 항상 같은 감정을 느끼거나 상황이 극한 정도에 비례하는 반응을 보이는 것은 아니다. 우리가 결정을 내리려고 할 때, 감정이 때때로 잘못된 정보를 제공한다.

모든 주요 심리치료를 교육하는 대학에서 공유하는 기본 원칙은 우리가 현실에서 멀어지거나 분리될 때 심리적 문제가 발생한다는 것이다. 그러나 어떤 의미에서 그것은 우리의 기본적인 자세이다. '존재'는 항상 현실과 어긋난다. 우리의 인식, 생각, 감정은 신뢰할 수 없으며, 신뢰할 수 없는 정보에 근거하여 결정을 내리게 되면 현실로부터 더욱 미끄러지게 된다.

뒤부아Dubois와 엘리스Ellis와 벡Beck은 우리에게 더 합리적이 되라고 말한다. 우리는 우리의 인식과 믿음을 시험해 볼 필요가 있다. 우리는 우리의 감정을 더 경계해야 한다. 성찰하는 것은 선택 사항이 아니며, 무기한 연기하거나 다음 번에 해변에 앉아 해가 지는 것을 볼 기회가 올 때까지 연기할 수도 있다. 성찰은 지속적으로 필요하다.

심리치료에서 나온 수많은 아이디어와 마찬가지로 반성하는 것이 유익하다는 주장은 확실히 명백하다. 명확하지 않은 것을 생산적으로 성찰하는 것은 엄청난 양의 노동이 된다. 우리가 우리 생각의 타당성을 평가하려고 할 때, 끊임없이 변할 수 있는 불안정한 논리에 의존해야 한다. 마치 우리가 휘어진 거울에 비추인 물체를 검사하는데, 두 번째 거울도, 세 번째 거울도 비뚤어져 물체를 왜곡되게 반사시키는 것과 같다. 그러한 상황에서 우리가 보고 있는 것을 확인하는 것은 거의 불가능하다. 자기 검열은 무한대로 방향을 바꾸는 왜곡과 퇴보로 복잡해진다.

"생각 좀 해봐야겠어." 쉽게 들린다. 그러나 쉽다고 믿는다면 당신은 크게 잘못된 길을 가고 있는 것이다. 실제로 '생각해보기만' 할 수 있다고 믿는 것이 가장 큰 문제 중 하나 일 수 있다.

제5장

정체성:
분열된 자아

Identity:

The divided self

5.
정체성: 분열된 자아
Identity: The divided self

우리는 우리 자신을 어디에서 찾아야 할까? 들여다보기를 시작하기 좋은 장소는 우리 머릿 속이다. 하지만 우리가 자기성찰을 할 때, 우리는 무엇을 발견하는가? 중성적인 톤 또는 특정한 모양의 생각과 이미지? 하나의 생각은 이어 다른 생각으로 대체되며, 의식은 물결처럼 흐른다. 이 흐름은 얕고 폭이 넓지 않다. 두 가지 생각을 동시에 즐기는 것이 거의 불가능하다. 그러나 이러한 한계에도 불구하고, 우리의 전체성이 훨씬 크다는 것을 늘 알고 있다. 성어거스틴 St Augustine이 "내가 나의 모든 것을 파악할 수는 없다."라고 썼는데, 그는 처음으로 이러한 특이성을 언급한 사람이다. 어떻게든지 고인이 된 개인의 역사는 공감이 가는 맥락을 제시한다. 만일 내가 나무를 바라본다면, 나는 그것의 모양만 알뿐만 아니라, 나무 껍질의 질감과 잎의 모양을 알고 있고, 그 나무가 사람에 의해 관찰되고 있다는 것과 그 사람이 나라는 것도 안다. 무의식적 기억은 나의 정체성에 지속적인 영향을 준다. 그 기억을 세밀하게 조사하거나 사진으로 찍을 수 없는 한 자아는 '이상적인 대상'이지만, 또한 우리에게 필요한 철학적인 증거들을 제공한다. '나는 생각한다, 고로 나는 존재한다.'

비록 자아는 이해하기 어렵지만, 그것의 속성과 특징으로 정의될 수 있고 물질적인 측면이 있다. 우리는 자신의 구체적 형상을 알고 거울을 보는 동안 우리가 보는 얼굴을 인지한다. 자아 Selfhood는 계속되며 꿈꾸지 않는 잠에 의해서만 중단된다. 당신이 유년기에 가졌던 기억과 어제 겪었던 일들에 대한 기억은 여전히 당신의 기억이다. 비록 아이였을 때, 세상에 대한 경험이 어른으로서의 경험과 질적으로 다르더라도 그 기억은 모두 동일한 사람 안에 속한다. 자아는 성찰적이며 스스로를 검사할 수 있다. 우리는 "나는 오늘 슬프다."라고 말할 수 있고, 어떻게 기분이 우리의 생각과 인지를 변화시킬 수 있는지를 고려한다. 우리가 하는 모든 일은 의지의 발동에 의해 시작된다. 우리는 스스로 동기부여를 한다. 구현, 지속성, 성찰, 그리고 행위자는 모두 자아의 핵심 특징들이다. 우리는 또한 이 목록에 통합을 추가할 수 있다. 우리는 통합된 완전체로서 우리 자신을 경험한다. 우리 안에서 희망, 두려움, 기억, 감정, 믿음, 그리고 욕망이 연합한다. 우리의 과거와 현재 그리고 미래에 대한 기대가 함께 어우러져 있다. 정체성의 통합된 본질은 심리치료의 현장에서 마음과 행동의 수많은 중추적인 역할을 해왔다. 대부분은 자아의 통합이 무너질 때, 자아가 파편화되거나, 중복 또는 분열될 때, 우리는 불행해지고 불안해하며 취약해진다는 가정을 알고 있다.

자아는 비슷한 단층선을 따라 나누어질까? 정체성의 파편화로 인한 심리학적 결과는 무엇인가? 왜 자아는 분열될까? 그리고 어떻게 자아가 다시 온전해질 수 있을까?

분열된 자아를 생각할 때, 보통은 범죄와 공포 소설에 등장하는 사악한 이중인격자와 같은 극적인 예를 상상한다. 하지만 모든 자아들이 그렇게 극적인 것은 아니다. 우리는 모두 갈등을 느끼는 것과 양심을 느끼는 것이 무엇인지 알고 있다 한 예로, 유혹에 저항하거나 때때로 상황에 따라서는 내부의 투쟁이 우리 자신 안의 서로 다른 두 인물이 다투는 것과 같이 느껴진다. 다른 딜레마에서도 마찬가지다. 많은 부모들은 새로 태어난 아기와 함께 집에 있는 것과 직장으로 돌아가는 것 사이에서 고민한다. 이러한 난처한 문제들은 다시 정체성 문제로 묘사될 수 있다. '부모'와 '입신 출세주의자'는 서로 다른 방향으로 갑작스럽게 줄달리기를 한다. 두 가지 개념이 갑자기 대립하여 다른 방향으로 서로 끌어당긴다. 보통 이것은 기분장애를 초래한다. 뒤 이은 걱정거리들은 서로 경쟁 중인 정체성을 다시 결합하려고 시도한다. 종종 딜레마는 실제 우리가 누구인지_우리의 진정한 자아_와 가짜

이거나 진정성이 부족한 정체성을 가진 거짓된 자아 사이의 긴장감을 드러낸다. 최근에 심리학자들은 현재와 과거의 자아 사이의 불연속성을 의미하는 '탈선Derailment'의 개념을 도입했다.1 이러한 단절은 우울증의 위험인자이다. 그리고 사실상 모든 심리치료 학파들은 내적 분열의 회복이 행복을 위해 필수적이라는 것에 동의한다. 몇몇 학파에서는 이 원칙을 영적인 목표와 비슷한 정도로 높이 올려 두었다. 우리 모두는 어떤 의미에서 파편화되어 있고, 분리된 부분의 통합은 평생의 과제이다.

조이Zoe는 짧고 뾰족한 머리에 코와 아랫입술에 단추형 장신구를 달았다. 그녀의 입술 또한 넓게 피어싱되어 있었다. "맞아요." 그녀가 자기 생식기 쪽을 가리키며 말했다. "아래에도 고리가 많이 달려있어요." 조이는 불안해하였고, 온 몸에 문신을 많이 했으며, 전투복에 부츠를 신고 있었다. 조이의 팔에는 자주 정맥주사로 마약을 투약한 흔적이 보였다. 그녀가HIV 감염에 취약하다는 것을 의미했다. _{당시에는 HIV 양성은 사실상 사형 선고와 다름없었다.} 조이는 극단적으로 가학적, 피학적 성행위가 이루어지는 창문 없는 지하 세계의 유명 인사였다. "사람들은 당신이 이런 차림일 때, 그냥 내버려두죠. 당신과는 성관계를 가지려고 꿈도 꾸지 않고."라고 조이가 나를 보면서 장담한 적이 있었다.

우리는 사랑에 대해 이야기하고 있었고, 나는 조이에게 의미 있는 오랜 관계를 맺는 것의 이점을 생각해보라고 했다. "의미

있고 오래 지속하는 관계는 지금도 있어요." 조이는 나의 추측을 불쾌하게 여기며 말했다. "우린 몇 년째 사귀고 있어요. 그녀는 파리에 살아요."

"그녀의 이름이 뭐죠?"

"몰라요, 제게 말해준 적 없거든요. 저는 그냥 그녀를 부인이라고 불러요." 조이의 부인은 20번 구에 있는 넓은 아파트에 살았다. 방문객은 드물었고, 초대받은 사람만 방문할 수 있었다. 조이는 안에 들어가자마자 자진해서 성노예가 되었다.

"어떻게 될 것인지는 전혀 몰랐어요. 가끔 도착해서 바로 자러 갑니다. 빈 방으로 데려가서 옷을 벗으라고 명령할 때도 있었어요. 그러고 나서 그녀는 저에게 수갑을 채웠어요. 전 앉거나 잠을 잘 수 없었죠. 그녀는 제 고리들에 추를 달고 저를 그 곳에 있게 했죠. 그녀는 그냥 걸어나가서 첼로를 연주했어요. 저는 그녀가 연주하는 소리를 몇 시간 동안 들을 수 있었어요. 그녀는 계속해서 연주했어요. 그렇게 주말이 통째로 지나갔죠. 통증은 점점 심해졌지만 우리가 모든 것을 극한까지 몰고 가서 새로운 수준에 이르게 하는 것이라고 생각했어요.'

조이는 불필요한 위험을 감수했고, 때때로 그녀의 성행위는 잠재적으로 생명까지 위협했다. 나는 조이의 행동들이 심각한 내상을 야기할까 봐 걱정했다. 조이는 극도로 수동적인 상태로 고문을 당하는 것과 격분하는 것 사이를 오갔다. 조이는 거의 두 사람의 인격을 가진 것 같았다. 나는 조이와 이것에 대해 의

논했고, 조이는 "저에게는 두 명의 사람이 있어요."라고 말해 나를 놀라게 했다.

"무슨 뜻이죠?" 나는 물었다.

"저는 조이 Zoe이자 스미스 Miss Smith예요."

나는 고개를 한쪽으로 기울이며 "죄송하지만…"이라고 말했다.

"저는 두 사람의 삶을 살고 있어요." 지금은 조이지만, 가끔 잠에서 깨면 스미스로 살기로 결심하죠.'

"그녀는 어떤 사람인가요, 미스 스미스?"

"조용하고 책을 좋아하며 머리는 뾰족하지 않고 단추형 장신구도 달지 않아요. 그리고 그녀는 이렇게 옷을 입지 않죠." 조이는 두 손으로 몸을 쓸어내렸다. "그녀는 완전히 다른 옷장을 가지고 있어요. 글자 그대로 다른 옷장이요."

"당신의 아파트에 옷장이 두 개 있나요?" 나는 미심쩍음을 숨길 수 없었다.

"네, 조이를 위한 옷장 하나, 스미스를 위한 옷장 하나가 있어요. 그리고 두 가지의 CD 모음집과 두 개의 스테레오, 두 개의 칫솔, 그리고 두 종류의 탈취제, 모든 것이 두 개예요."

다중 인격을 가진 사람들은 17세기 이후 의학 문헌에 기술되어 왔지만, 민담과 신화에 먼저 이러한 변형에 대한 사건들이 등장했다. 늑대인간은 주목할 만한 예시이다. 다중인격에 대한 과학적 연구는 19세기 중반부터 활발했으며, 이는 로버트 루이스

스티븐슨Robert Louis Stevenson의 [지킬 박사와 하이드Dr Jekyll and Mr Hyde와 같은 현대 소설에 반영되었다. 의사들은 마음이 자발적으로 분열할 수 있고, 서로 다른 정도를 인식할 수 있는 두 개이상의 정체성을 만들 수 있다는 것을 인정했다. 오늘날 고전적인 정신분열증은, 한 개인이 의식의 단절과 다른 자아에 대한 기억의 부재를 경험하며, 이를 '해리성 정체 장애dissociative identity disorder'라고 부른다.

조이는 두 개로 구별되지만 상호 인식되는 정체성을 가지고 있었다. 한 인격에서 다른 인격으로의 전환을 결정한 것은 온전한 정신 상태에서였다. 조이는 의상을 선택했고 스미스Miss Smith 신발을 신었지만 오히려 더욱 평범해 보였다. 이러한 연출이 조이의 자아가 걱정스러울 정도로 불안하다는 사실을 바꾸지는 않았다.

비록 조이의 이중적 정체성이 언뜻 보면 기이해 보이지만, 일반적인 현상의 과장된 형태로 이해할 수 있다. 우리는 상황적 요구에 따라 행동을 자주 수정한다. 사실, 때때로 다른 사람들에게는 우리가 다른 사람처럼 행동하고 있는 것처럼 보일 수 있다. 기분은 또한 행동을 조절한다. 기분의 동요는 임상적으로 중요한데, 내담자가 양극성 장애일 때에는 동일한 사람이 흥분된 상태에서는 수다스럽고, 행동을 억제하지 않는다. 그러나 그들이 에너지가 낮아진 상태에서는 과묵하고 조심하는 태도를 유지한다. 일반적으로 감정 기복은 하나의 정체성 안에 포함될 수 있다. 그러나 때때로 중심이 버티지 못할 때는 하나로 통합된 의식은 분열된다.

일부 임상가들은 극단적인 상태를 포함한 해리 상태를 방어기제로 해석한다. 다시 말해 평범한 것과 이상한 것을 연결하는 연속성을 식별하는 것이 가능하다. 고통을 다루는 일반적인 전략은 주의를 산만하게 하는 것이다. 우리는 관심의 초점을 다른 곳으로 옮긴다. 다시 말해 우리는 자아의 의식적인 면과 자아의 구현된 면의 분리를 시도한다.

분열은 고통을 용이하게 감당하기 위해서 이루어진다. 다중 인격은 보호적으로 기능할 수 있다. 어떤 사람들에게는 삶이 너무 벅차서 단순한 일도 감당하기가 버겁다. 그리하여 그 사람의 정체성의 파편들이 특별한 대행사로 바뀐다. 위협받을 때, 공격적인 본능이 더 강해지고, 전투적인 하위 인격으로 전달된다.

하지만 방어기제는 현실과 우리를 갈라놓는다 그리고 이것은 비참한 결과를 가져올 수 있다. 조이Zoe는 혼란스럽고, 불안정하며, 욕구는 충족되지 않았고, 계속하여 위험한 환경에 빠져들었다. 조이를 볼 때마다 나는 그녀가 여전히 살아있다는 것이 얼마나 놀라운지 생각했던 것이 기억난다.

자아 통합이 방해받고 자아 부분 간의 불균형이 생기는 것이 지속적인 불행과 혼란의 원인인 것으로 확인되었다.

프로이트Freud는 마음을 원초아 id, 자아 ego, 그리고 초자아

super-ego 의 세 부분으로 나누었다. 이러한 성격 구조의 3가지는 무의식, 의식, 그리고 '양심'과 거의 일치한다. 원초아id 의 내용은 완전히 무의식적이지만, 자아ego 와 초자아super-ego 도 무의식적인 영역이 있다. 이 성격 구조들은 비활성의 상태가 아니라, 각자의 기능을 하기 때문에 전통적으로 하나의 기구처럼 묘사된다. 성격 구조들은 서로 다른 목표를 가지고 있으며 상호적으로 작용한다. 프로이트의 구조 모델은 마음의 도식으로 생각되기보다는 움직이는 부분들과의 조합으로서 컴퓨터 시뮬레이션에 가까운 것으로 보인다.

양심적인 생각이 의식의 흐름으로 들어가면 양심도 반자율적인 것으로 경험된다. 양심의 음성은 전적으로 우리 자신의 것이 아니며, 조금 떨어진 곳에서 우리를 부른다. 이것은 동화에서 양심이 자주 의인화되는 이유이다. 카를로 콜로디Carlo Collodi 가 만든 [피노키오의 모험The Adventures of Pinocchio]의 월트 디즈니 버전에서 작은 동물, 혹은 초자연적인 생명체가 중요한 시점에 나타나 유혹에 저항하도록 지미니 크리켓Jiminy Cricket 을 설득한다. 반면에 원초아id 는 양심의 정반대이다. 원초아id 는 양심의 정반대에 서서 즉각적인 만족을 요구하는 원시적 욕망의 보고이며 어떤 원칙을 가지고 있지 않다.

자아ego 는 한 개인의 전체성이 현실과 거래하는 통로이다. 그것은 원초아id 와 초자아super-ego 사이에서 '어려운' 위치를 차지하고 있다. 한 명의 마부가 서로 반대 방향으로 가기를 원하는 두 마리의 다루기 힘든 말을 조종하려는 것과 같다. 의식적인 자아는 원초아^{id}와 초자아$^{super-ego}$ 모두를 만족시키는 결정을 내려야 한다. 한 예로, 원초아^{id}가 원하는 성적인 욕구는 충족되어야 하지만, 초자아$^{super-ego}$가 강요하는 도덕적 엄격함을 거슬러서는 안된다. 이러한 균형은 일반적으로 서로 합의한 성관계를 가지는 등 사회적으로 수용가능한 교제에 참여하는 것으로 달성된다.

만일 원초아^{id}가 억제되지 않는다면, 자아^{ego}는 원시적 충동에 압도될 것이고 불안해할 것이다예: 나는 자제력을 잃고, 후회할 일을 하게 될 것이다. 또한 자아^{ego}는 가혹한 초자아$^{super-ego}$의 질책으로 크나큰 죄책감과 수치심에 괴로워하게 될 것이다예: 나는 형편없는 사람이야. 우리는 원초아^{id}, 자아^{ego}, 초자아$^{super-ego}$가 상호 순응과 균형에 도달할 때 가장 잘 기능할 수 있다. 이러한 상태에서 개인은 좌절하지 않고 도덕 규범을 위반하지 않으며 기본적인 욕구를 충족시킬 수 있다.

프로이트에 따르면, 심리적 문제는 자아의 각 부분들의 균형이 깨질 때에 발생한다. 그러나 다른 이론가들은 자아와 다중인격의 사례에서 관찰되는 증상들과 비슷한 자아 복제의 역할을 강조하였다. 우리는 이미 어린아이를 방치하는 거짓 정체성과 진짜 자아를 질식시키는 아서 야노프$^{Arthur Janov}$의 비현실적 자아를 알고 있다. 야노프의 '비현실적 자아'는 심리치료사가 논의하는 거짓 자아의 많은 종류 중 하나이다. 사실, 진정한 자아와 거짓 자아 사이의 투쟁이라는 생각은 후기 프로이트 심리학의 주류이다. 도날드 위니캇 Donald Winnicott은 어머니가 일반적으로 자녀에게 최고의 것이라고 여겨지는 것을 준다고 믿었다. 그러나 불충분한 돌봄으로 정의되는 '부족한 양육'은 거짓 정체성을 발달시킬 수 있다. 특히 갓난아이처럼 전적으로 의존적인 시기에 양육이 충분하지 않을 경우, 이런 문제가 발생할 수 있다. 영아는 안전하지 않다고 느끼기 때문에 방어적이며 타협적인 전략을 발달시킨다. 자신의 필요를 무시하면서까지 다른 사람들의 기대에 부응하려고 한다. 극단적인 경우에는 진짜 자아가 거짓 자아 뒤로 완벽하게 감춰진다. 진짜 자아는 현실과 관계를 맺지 못하고 삶은 공허해진다. 인간 중심 치료를 개발한 미국의 심리학자 칼 로저스 Carl Rogers 또한 자아의 분리를 인식했다. 로저스는 실제적이며 때때로 유기체적 자아로 묘사되는 근본적인 자아와 다른 사람들의 기대에 따르는 몇 가지 보조적 정체성을 가진 자아를 가정했다. 자아에 대한 우리의 다양한 개념이 진짜 자아와 많은 점이 겹칠수록 우리는 삶에서 더 큰 만족을 경험할 것이다. 로저스는 이 상태를 '일치'라고 묘사했다. 반대로 자아와 진짜 자아가 어긋나고 일치하지 않을수록 우리는 더 불만족스러워하고 우리의 잠재력을 실현할 가능성은 줄어든다.

접근 방식에 따라 심리적 문제의 원인을 자아의 각 부분들 사이의 불균형이라고 하며, 또 한편에서는 자아의 복제와 파편화가 원인이라고 한다. 칼 구스타프 융 Carl Gustav Jung의 분석심리학은 이 두 가지 아이디어를 통합한다. 융의 이론에 따르면, 하나의 정체성은 다른 측면을 가지고 있으며, 그중 많은 부분이 하위 인격으로 개념화될 수 있다. '그림자'는 용납할 수 없는 충동으로 이루어진 작은 자아이며, 남성의 경우, 여성적인 자아를 '아니마'라고 부르며, 여성의 경우, 남성적인 자아를 '아니무스'라고 부른다. '페르소나'는 고대 그리스 시대 배우들이 쓰던 가면에서 가져온 용어로, 우리가 세상에 보여주는 외적인 얼굴을 말한다. 이러한 하위 성격은 우리의 행동에 영향을 미치고 바람직한 결과를 보장한다. 한 여성이 물리적으로 위협받는 상황에 놓이면, 문화적으로 결정된 성별 고정관념으로 습득한 아니무스가 두려움 없는 전사와 같은 반응을 불러올 수도 있다. 비록 이러한 다른 자아에 대한 일시적인 상태가 도움이 될 수 있지만, 때로는 비생산적인 상황에 놓일 수도 있다.

융 Jung 은 마음을 자주 의인화했다. 때때로 이것들은 원형 archetypes으로 언급된다. 실제로 원형은 특정 분류의 의인화와 상징을 재창조하기 쉽게 하는 무의식적 모델이다. 우리는 영웅, 마법사, 처녀가 등장하는 신화와 이야기에서 반복되는 이미지와 특정한 성격 유형을 보아왔고, 이러한 성향이 주는 종합적 효과를 보아왔다. 임상적인 증거와 인류학적 연구조사를 바탕으로, 융은 무의식의 깊은 곳에 묻혀 있는 이 원형이 후손에게 유전되며, 또한 모든 인류에게 공통적이라고 주장했으며 이를 집단 무의식이라고 불렀다.

그림자, 아니마, 아니무스 등이 조화로운 공동체로 통합이 되면 행복과 충만함은 쉽게 달성될 수 있다. 그런 후에 상반되는 부분들이 화해하고, 모순이 해결된 후에는, 마음의 의식 수준과 무의식 수준이 더 긴밀해진다. 융이 '개성화individuation'라고 부르는 과정은 이 바람직한 목적 의식을 돕는다고 제시했다.

개성화는 중년기 위기를 겪으면서 올바른 답을 찾기 위해 자신의 내면을 들여다보아야 할 때가 되었음을 감지할 때 시작된다. 개성화 과정은 융이 '자아self'라고 부른 전체성의 형판인 원형archetype에 의해 이끌어진다. 원형은 집단무의식에 존재하기 때문에 개성화는 보편성을 지닌다. 여러 문화에서 이런 상징들이 성공적인 통합의 성취로 발견된다. 이런 원형들은 십자가처럼 원이나 사각형의 형태로 나타난다. 불교나 힌두교의 예식에서 다양한 색깔의 형상으로 표현되는 만다라 형상은 참으로 인상적이다. 상징과 만다라의 이런 연결성에는 개성화가 심리적인 과정일 뿐만 아니라 또한 영적인 여정임을 강조하기 위한 융의 의도가 깔려 있다. 개성화의 성취는 바로 한 단계 더 높은 존재로의 변환을 나타낸다. 그렇기에 이는 신비가들이 추구하던 '자기실현'과 유사하다. 좀더 쉽게 설명하자면, 개성화를 위해 꼭 필요한 전제는 자신의 내면에 대한 인식을 증가시키는 일이다. '오직 자신의 내면에서 올려 나오는 소리의 힘을 의식적으로 받아들일 수 있는 사람만이 진정한 자신이 될 수 있다.'

　　경험론자들은 융의 분석심리학이 형이상학적 사고와 유사하
다고 많은 비판을 했다. 그러나 융은 실험주의자로서 경력을 쌓
기 시작했고, 이후 인류학적 현장 조사를 수행하여 자신의 아이
디어를 뒷받침하기 위해 많은 노력을 기울였다. 매우 난해함에도
불구하고, 분석심리학은 여전히 임상적 관찰과 문화 속에 내재
하는 상징적인 언어에 대한 철저한 조사에 기반을 두고 있다. 신
화와　종교의 비교 등 특히 보편적인 구전 문학을 공부하는 학
생들은 융을 자주 언급한다. 그럼에도 불구하고 많은 주류 심리
학자들은 바그너의 오페라처럼 무의식 속에서 하위 성격 간의
서사시적 전투가 발생하는 융의 마음 모델이 현대의 신경과학과

완전하게 일치하지는 않는다고 말한다. 융의 자아에 대한 글 누미누스*가 스며든 것이 사실이며, 이국주의exoticism가 상대적으로 피상적이라는 논쟁은 당연하게 보인다. 융은 단순하고 다양한 은유를 이용하여 전체성이 분할가능한 요소로 구성되어 있으며, 이러한 요소들이 균형을 이루고 통합될 때, 개인이 더 큰 행복과 내면의 평화를 경험할 수 있다고 강조하였다. 융은 전체성을 강조한 첫 이론가였으며. 이러한 접근은 나중에 광범위한 지지를 얻게 된다.

현대, 특히 인터넷은 전체성이 분할, 복제. 전파와 분산될 수 있는 전례 없었던 기회를 제공한다. 온라인의 익명성과 물리적으로 접근이 불가능하다는 점이 초자아super-ego를 약화시키고 원초아id를 자유롭게 한다. 스크린은 대면 접촉의 견제와 균형이 없는 가상 환경으로 우리를 초대한다. 사이버 공간에서 사람들은 원하는 사람이 될 자유가 있다. 반 이상의 젊은이들이 인터넷에서 자신의 개인 정보에 대해 거짓말을 한다. 약 11세부터 퇴행적인 특성**과도한 허영심이나 다른 사람의 부러움을 사고자 하는 욕구**을 보이는 거짓 정체성에 익숙해진다. 2019년 YMCA에서 실시한 연구에서 2/3의 젊은이가 소셜미디어에 자신의 사진을 게시하기 전에 편집을 한다고 하였는데, 피부의 잡티를 제거하고 피부의 질감을 개선하며, 치아를 미백하는 데 평균 45분 이상을 소비하

---

* 자신이 우주를 인도하는 영이라고 주장.

는 것으로 드러났다.[2] 이러한 이상적 자아는 거의 항상 완벽에 가깝고 실제 구현된 자아와 크게 다르다. 젊은이들은 긴장감, 불편함, 불만족과 같은 극도의 부조화 상태를 더 조장한다.

디지털 네이티브*는 정보 기술로, 그들이 열망하는 이상과 자아를 깊이 분열시키며, 그 열망 자체로 독립적인 존재가 되게 한다. 그 결과 해리성 정체성 장애와 유사한 자아 분열이 발생하여, 의식이 두 개 이상의 별개의 인격으로 분리된다. 디지털 네이티브는 사진의 물리적 한계를 완전히 초월하여 그들 자신을 새롭게 창조한다. 그들은 사이버공간에서 이상적 자아의 아름다운 아바타를 만들고, 뱀의 피부와 같은 스스로의 모습을 과감히 벗어버린다.

셀카를 편집하거나 아바타를 만드는 것이 필연적으로 정신과 진단으로 이어질 것이라고 제안하는 것이 아니다. 그러나 우리가 눈에 보이는 완벽한 자아를 쉽게 만들어 내는 것은 불완전한 현실에 대한 불만을 증가시키고, 이상적인 자아와 현실의 모습을 강하게 동일시하게 하여 내부에 있는 자신의 결점을 더 돋보이게 할 수 있다. 뇌는 특히 유아기, 아동기, 초기 청소년기에 가소성이 있다. 특히 디지털 네이티브 세대가 전반적으로 우울증에 취약한 것이 우연의 일치는 아닌 것으로 보인다.

인생은 불확실하고 자주 실망스럽다. 항상 상실과 고통스러

---

* 컴퓨터 기술과 인터넷 확산 이후에 태어난 사람들.

운 이별이 있다. 우리는 늙고 죽는다. 자아에 대한 일관성 있는 감각은 우리에게 현실을 직면할 힘을 준다. 반면에 느슨하게 서로 연결되어 있는 자아는 쉽게 상처받고 무너진다. 대화 치료의 효과는 적어도 자아 부분들 사이의 균형의 회복과 분열의 치유, 거짓 정체성의 폐기에 따라 좌우된다. 이 모든 것은 심리 치료의 내담자뿐만 아니라 우리 모두에게 유용한 목표이다.

호퍼Hopper의 작품 속 젊은 여성은 여전히 자동판매식 식당에 앉아 있고, 반사되는 빛은 이제 더 큰 의미를 갖게 되었다. 아마도 허공에 빛나는 두 줄은 그녀가 단순히 두 가지 생각 중에 있는 것이 아니라, 결정을 내리지 못했다는 것을 의미할 수 있다. 그녀의 이중적인 의식은 더 근본적인 것이다. 그녀의 딜레마 기저에는 깊은 긴장이 있을까? 현존하는 그녀 자신과 그녀가 되고 싶어 하는 모습 사이의 긴장일까? 진짜 자아와 거짓 자아 사이의 긴장감일까? 그녀의 거짓 자아는 지금까지 빈의자가 강조한 누군가의 부재를 보아왔다. 우리는 이미 몇 가지 단서를 가지고 있다. 그녀가 입은 코트의 녹색과 그 아래 보이는 옷의 빨간색은 순수함과 욕망 사이의 갈등을 암시한다. 만일 그녀가 호퍼의 죽을 듯한 침묵에서 풀려날 수 있다면. 만일 그녀가 말을 할 수 있다면, 그녀는 자신의 진정한 감정과 접촉하고 원하는 것을 발견할 수 있을 것이다. 그녀가 고립되고 불행해 보이는 것도, 그녀 뒤로 보이는 어둠이 불길하게 보이는 것도 당연하다. 자동판매기 식당에 스며들어와, 그녀의 정체성을 분열시키는 틈으로 넌지시 그녀를 사로잡을 수 있다. 그럴 때 그녀는 어떤 느낌일까?

내가 다녔던 중학교는 런던 북부의 거친 노동계급이 사는 동네에 있었는데, 그곳은 축구 폭동football hooliganism*과 인종차별적 폭행 등이 빈번한 곳이었다. 수업 중 훈육은 거의 효과가 없었고, 질서는 대개 구타와 함께 회복되었다. 교사들은 머리카락을 뽑고, 회초리로 때리고, 아이들의 얼굴을 책상에 박살내고, 화를 내고, 가구를 발로 찼다. 때로는 교육 기관이라기보다는 비행청소년을 위한 교정시설처럼 느껴졌다. 학교 안팎으로 공격과 위협의 분위기가 만연해 있었는데, 운동장에서 도보로 몇 분 걸리는 가까운 곳에서 젊은 남자가 살해당했다는 소식을 들었을 때는 마치 우리 모두가 기다리고 있던 소식을 들은 것처럼 느껴졌다.

나는 법의학팀이 시신의 분필 윤곽을 씻어내지 않았다는 이야기를 들었다. 당연히 나는 궁금했고, 그래서 처음으로 친구와 범죄 현장을 조사하러 가게 되었다. 우리는 곧 목적지인 텅 빈 옆길에 도착했고, 멍하니 서서 여러 포장 석판에 걸쳐 있는 2차원적 형상을 응시했다. 내 친구는 그 상황의 실존적인 의미를 이

---

* 축구 행사에서 관중이 저지르는 폭력 및 기타 파괴적인 행동을 말함. 축구 훌리건주의는 일반적으로 다른 팀의 지지자들을 위협하고 공격하기 위해 형성된 축구 갱단 간의 갈등을 포함한다.

해하기 위해 애를 쓰며 말했다. "생각해 봐. 어떤 사람이 실제로 그곳에서 죽었어." 그는 아래쪽을 가리켰다. "알잖아. 실제로 죽었어." 우리는 그 분필 윤곽선에서 우리 자신의 죽음을 볼 수 있었다. 콘크리트에 물든 피가 우리 자신의 죽음에 집중하게 했다.

어느 날 나는 학교 체육관 근처에 서서 철망 울타리 너머로 음침한 아파트 블록을 바라보고 있었는데. 다른 친구가 다가와서 "이것 좀 봐."라고 말했다. 나는 친구의 응큼한 행동 때문에 그가 포르노 이미지를 보여주려고 한다고 생각했는데, 그는 대신에 얇은 종이책을 건네주었다. 나는 책을 펴서 읽기 시작했다.

질: 나는 겁이 나.
잭: 겁내지 마.
질: 네가 나에게 말할 때 나는 겁이 나. 나는 겁을 내서는 안 돼.

그 책은 시처럼 페이지에 배열된 종잡을 수 없는 명제들로 가득했다. 텍스트 중 일부에는 도형 그림이 보였다. 나는 단 한 구절도 이해하지 못했지만, 교묘하게 구성된 사이코드라마의 배후에 교활하고 짓궂은 전략은 분별할 수 있었다. 고개를 들었을 때, 친구가 "멋지지?" 하고 말했다. 그가 옳았다. 이 책에는 정말 멋진 점이 있었다. 매듭. 로널드 랭[Knots, by R. D. Laing].

약 10년동안 로널드 데이비드 랭R. D. Laing 은 세계에서 가장 널리 읽히는 책의 저자이자 정신과의사였다. 랭Laing 의 책은 인

R. D. Laing

도 전역을 여행하는 히피족의 술이 달린 가방뿐만 아니라 베트남 전쟁에 참전하는 미군의 배낭에서도 볼 수 있을 정도였다. 랭의 책은 런던 북부의 문화 황무지에 서 있는 남학생인 나에게까지 왔다.

랭Laing의 작업의 핵심은 정체성과 정체성의 파편화에 대한 그의 집착이다. 1960년에 출판된 그의 가장 잘 알려진 책은 [분열된 자기The Divided Self]이다. 랭의 주된 임상적 관심사는 정신분열증schizophrenia이었으며, 어떻게 정신분열증이 발생하는지에 대한 그의 설명은 훨씬 더 광범위하게 관련되는데, 이는 우리 모두가 마음을 조각내는 요인들에 어느 정도는 노출되기 때문이다.

랭Laing의 이론의 핵심을 설명하는 개념은 '존재론적 불안'이다. 존재론*은 존재와 존재하게 되는 것에 대한 철학적 연구이다. 랭은 존재론적으로 불안정한 사람은 자아에 대한 감각이 쉽게 손상되고, 현실을 견디기 어려운 것, 위협적인 것으로 경험하며 일상을 마비시키기도 한다고 주장했다. 그러한 상황에서 자아는 위축되고, 안으로 움츠러들게 된다. 그리고 일종의 가면, 즉 거짓 자아를 내세워 보호막으로 역할을 하게 한 뒤 숨어버린다. 그러한 자아의 후퇴가 무한정 계속되어 한계점을 넘어서게 되면, 개인은 정신병 증상을 보이기 시작한다. 어떤 사람은 자신의 실체화신로부터 소외될 정도로 먼 내면으로 여행을 떠나기도 한다. 그렇게 되면 몸과 연결된 마음의 느낌이 약해지고, 신체적인 움직임이 의지와 무관한 것처럼 인식된다. 결과적으로 정신병 환자들은 그들의 기괴한 경험을 설명하기 위해 기괴한 가설을 세운다. 그들은 종종 자신의 팔다리가 초자연적인 존재나 외부 기관의 통제 하에 있다고 결론을 내린다.3

특히 가족 내에서 의사소통이 잘 되지 않으면 존재론적 불안

---

* 독일어로 온톨로기(Ontologie), 영어로 온톨로지(ontology). 그리스어의 〈존재하는 것(on)〉과 〈학문(logos)〉에서 만들어진 라틴어 〈온톨로기아(ontologia), 즉 〈존재자에 대한 철학(philosophia de ente)〉에 거슬러 올라가며, 17세기 초 독일의 아리스토텔레스주의자인 고클레니우스(Rudolf Goclenius)에 유래하는 용어. 동세기 중반, 독일의 제카르트주의자 클라우베르크(JohannClauerg)는 이를 〈온토소피아(ontosophia)〉라고도 하며, 〈존재자에 대한 형이상학(metaphysica de ente)〉이라고 해석했다. 존재론을 처음에 철학체계에 도입한 것은 18세기의 C. 볼프이며, 다음이 칸트였다. 칸트 이후 존재론은 철학체계에서 소실한 것처럼 보였는데, 19세기 종말 이후, 특히 제1차 세계대전 후에 부활하여, 오늘날에는 인식론과 함께 철학의 주요분야를 이루고 있다.

감이 심화된다. 랭Laing은 특히 이중구속예; 모든 결과가 부정적일 때, 선택을 강요하는 요구과 듣는 사람을 배제하고 혼란스럽게 말하는 방식혼합된 메시지에 관심이 있었다. 내가 학생 신분일 때, 랭의 실험에서 매혹적이라고 생각했던 것은 이러한 꽉 막힌 의사소통의 기저에 깔린 복잡한 사고 과정에 대한 탐구였다. 우리가 생각하는 다른 사람들이 우리를 보는 방식은 실제 다른 사람이 우리를 보는 방식과 많이 다르다. 때때로 우리의 의사소통은 이러한 '메타 인식'을 기반으로 하고, 그중 다수는 다른 사람들의 인식과 크게 다를 것이다. 두 사람이 이야기를 할 때, 그들의 언어는 메타 지각의 영향을 받을 것이고, 잘못 이해하고 잘못 해석할 가능성은 기하급수적으로 증가할 것이다. 그들은 계속해서 넓어지는 고리에서 점점 멀어진다. 자아 사이의 거리는 자아를 나누는 거리만큼 해로울 수 있다. 감정과 의견에 대한 진정성이나 긍정은 있을 수 없다.

랭은 1960년대, 1970년대 초에 가장 영향력 있는 정신과 전문의가 되었다. 그의 명성이 절정에 이르렀을 때의 그의 사진은 록스타와 무당의 자질을 겸비한 한 남자처럼 보인다. 랭은 보수적인 의학의 엄격한 유니폼을 벗어버리고, 어둡고 카리스마 넘치는 새로운 정체성에 빠져 있는 것처럼 보인다.

랭Laing의 명성은 그의 급진적인 관점이 혁명적 이상주의와 일치했기 때문에 더 신속하고 빠르게 퍼져 나갔다. 랭은 정신분열증을 '불가능한 상황에 대한 이해할 수 있는 반응'으로 설명하였고, 정신분열증 환자와 자신을 강하게 동일시하던 불안한 젊은 세대의 청중을 사로잡았다. 젊은 세대는 자신들이 이해할 수 없는 세상에서 '탈퇴'하고자 했고 전통적인 제도에 순응하기를 거부하고 항의했다.

물론 타이밍도 좋았지만, 랭의 명성은 그가 탁월한 표현력 덕분에 더 빨리 확산되었다. 랭의 산문체는 매혹적이며 인용할 만했다. '우리는 사랑을 가장한 폭력으로 우리 자신을 효과적으로 파괴하고 있다.', '오늘날 용서할 수 있는 책은 거의 없다', '경험은 유일한 증거이다.'[4] [매듭과 천국의 새 Knots and The Bird of Paradise]는 분류를 거부하는 짧은 글로 현대 문학의 중요한 작품으로 성공했다.

동료들의 도움으로 랭 Laing은 런던 동쪽 끝에 있는 킹즐리 홀에 치료모임을 설립할 수 있었다. 한때 가난한 아이들을 위한 정착촌이었던 이 검소한 건물에서는 일반적인 사회적 행동규칙들이 부과되지 않았다. 랭의 동료들은 사람들이 자신의 '광기'를 완전히 자유롭게 표현할 수 있도록 허용하였다. 외부에서 보기에는 혼란스러운 행동들이 자발적인 내적 치유의 증거로 해석되었다. 랭은 이 과정이 자연스럽게 진행되도록 허용해야 한다고 생각했다. 이 과정의 목표는 참 자기의 회복이었다. 융 Jung의 저서에서 랭의 아이디어에 대한 선례를 발견할 수 있는데, 일부 부족에서 의식적 관습으로 실시했던 것으로 보인다. 그들 중 다수는 자신을 갱신하기 위해 의식의 변경을 유도했다. 킹즐리 홀은 티모시 리어리Timothy Leary*와 숀 코네리Sean Connery 같은 현대적인 스타들이 방문하는 반문화의 성지가 되었다. 랭은 광기를 화려하게 변모시켰다.

킹즐리 홀에 머물렀던 가장 유명한 인사는 매리 반즈Mary Barnes로, 간호 교사인 그녀는 웨일즈의 수녀원에 머무르는 동안 원장으로부터 심리적 도움을 구하라는 조언들 들었다. 반즈는 주로 랭의 미국인 제자 조셉 베르케Joseph Berke에 의해 치료받았다. 머지않아 반즈와 베르케는 함께 [광기에 대한 두 가지 설명Two Accounts of a Journey Through Madness]이란 책을 썼다.

반즈는 나중에 더 통합되고 존재론적으로 더 안전한 존재가 되기 위해 유아기 상태로 퇴행하도록 격려받았다. 한동안 그녀는 말을 멈추고 아기처럼 꽥꽥거리며 젖병에서 젖을 먹고, 나무 상자에서 알몸으로 잤다. 그녀는 '악'을 상징적으로 추방하기 위해 자신을 더럽히고 벽을 대변으로 더럽혔다. 베르케가 그녀에게 크레용과 페인트를 주었을 때, 그녀는 살아있는 에너지로 원시적이고 종교적인 이미지와 눈부시게 빛나는 풍경 등 예술적으로 가치가 있는 벽화를 그리기 시작했다. 반즈의 작업은 대담하고 활기찼으며, 그녀가 경험한 비정상적인 정신 상태를 잘 담아냈다. 결국 그녀는 성공한 예술가가 되었고, 그녀의 작품은 자주

---

* 환각 약물에 대한 강력한 옹호로 유명한 미국의 심리학자이자 작가.

전시되었다. 그녀의 파편화된 정체성이 복구된 것이 그녀의 회복에 가장 크게 작용했다. 베르케는 반즈가 '모이고' 다시 조립되는 직소 퍼즐과 닮았다고 말했다.

1980년대로 접어들자, 물질주의와 실용주의가 혁명적 열정을 대체했다. 랭의 아이디어는 점점 구식으로 느껴지기 시작했다. 랭은 술을 많이 마시기 시작했으며, 대마를 피운 혐의로 치안판사 앞에 서게 되었다. 강연을 할 때 무절제한 언어를 사용했으며, 예의없이 행동하여 사람들을 당황하게 하였다. 그에게 치료를 받았던 내담자가 랭의 심각한 업무상 비행을 주장했다. 랭은 그를 술집에 데려갔고, 또 한 번은 다른 사람의 치료 세션에 참여하도록 요청했다. 의사협회에서는 랭에게 등록부에서 그의 이름을 삭제하도록 요청했다. 랭은 생트로페에서 테니스를 치던 중 61세의 나이로 심장마비로 사망했다. 그에게 의사 진료가 필요한지 물었을 때, 그의 마지막 말은 '의사? 무슨 빌어먹을 의사?'였다.

랭Laing의 책을 편견없이 읽는다면, 그의 감수성과 천재적인 창의성을 알 수 있다. 주정뱅이 로니 랭이 실존적 심리치료사 랭의 위대함을 가렸다니 참으로 아이러니하다. 랭은 자기 내부의 분열을 허용하였고, 분열이 가져오는 불안한 결과를 통찰하였던 최초의 심리치료사였다. 랭은 여전히 논란의 여지가 있는 인물이다. 그의 견해는 거의 인정받지 못한 채로 학계의 지적 주류에 천천히 다시 흡수되었다. 현대의 심리치료사들은 정신병의 증상을 어느 정도 이해할 수 있다고 가정하고 있다. 현재 존재론적 불안과 정신분열증 사이의 관계를 보여주는 흥미로운 역학 연구가 진행 중이다. 이 연구의 가장 강력한 증거 중 일부는 정신병의 증상이 자주 발생하는 이주민과 이주민 중 소수 민족을 대상으로 한 정신 건강 연구에서 발견되었다. 이러한 위험은 생물학적 요인보다는 심리사회적 요인에 기인하는 것으로 보인다.[5] 지리적 이동으로 사회적 맥락을 완전히 상실했던 경험이 존재론적 스트레스를 증폭시키고 정체성을 약화시킨 것으로 보인다. 분명히 소속감은 자아의 중심이 되는 특정이다. 더 이상 소속감을 느끼지 못할 때, 우리는 우리가 누구인지를 잊어버린다.

심리치료사가 묘사하는 콤플렉스, 스키마 작동모델이 가상의 산물인 것처럼, 진정한 자아 또한 가상의 산물이다. 직접 관찰하거나 정량화할 수가 없다. 많은 뇌 과학자들에게 이것이 문제이다. 과학자들은 묻는다. 우리가 실제로 무엇에 대해 이야기하고 있는지, 이해할 수 있는 관념으로서 치료를 수행하는 것이 참 자아를 어느 정도까지 현실로 데려올 수 있을까?

수년 전에 나는 우울증을 가진 노인 내담자에 대해 생물학적인 관점을 가진 정신과 의사와 이야기를 나누고 있었다. 나는 뇌 스캔 결과 심각하게 변성된 뇌 피질 사진가 내담자의 치료에 과도한 영향을 주고 있다고 생각했다. 나는 내담자의 경험, 슬픔, 고뇌도 고려되어야 한다고 제안했고, 내 주장에 관련하여 언급할 한 두 가지 가설도 준비했다. 다소 짜증이 난 정신과 의사는 눈살을 찌푸리며 말했다. "보세요. 적어도, 제 의견은 실제적인 것에 근거하고 있어요." 나는 랭Laing의 가장 기민하고 인용할 만한 대사를 하나 기억해 냈다. "현미경으로 관찰할 수 없는 사람의 영혼이 존재한다고 말하거나 천사가 별들을 움직인다고 생각한다면 그것은 미신일까요? 우주의 96%는 보이지 않지만 여전히 그곳에 있습니다."

심리과학자 수잔 그린필드Susan Greenfield는 이렇게 썼다. "환경의 역동성과 신경의 가소성은 끊임없이 진화하는 정체성을 낳는다." 개인은 온전히 독특한 정체성을 가지게 되며 끊임없이 변화하고 있는 중이다.[6] 자아와 관련한 뉴런 활동들의 특정한 패턴이 있는 것이 거의 확실해 보인다. 궁극적으로 자아의 변형, 참 자아 또는 거짓 자아와 같은 용어가 의미하는 모든 것은 물질에 기반을 두어야 한다. 뇌스캔은 이미 진정성과 관련된 활동 패턴과 거짓 활동 패턴을 구별하기 시작했다.[7]

기본 모드 네트워크DMN는 뇌에서 서로 상호 작용하는 네트워크로, 대뇌 피질 영역을 해마와 같은 피질 하부 구조와 연결한다.[8] 특별한 초점이 없이 방황하는 마음의 생물학적 기질의 상태를 뇌의 '기본'시스템이라고 가정했다. 그러나 보다 최근에 신경과학자들은 기본 모드 네트워크DMN가 우리의 정체성을 구축하는 발판을 제공할 수 있다고 제안했다. 영국의 임페리얼칼리지에 신경과학자 로빈 카허트 해리스Robin Carhart-Harris는 기본 모드 네트워크의 혈류와 산소 소비 감소가 자아 감각 상실과 관련이 있음을 보여주었다. 게다가 기본 영역은 7세에서 9세 사이의 어린이에게서 드물게 연결되어 있는데, 아마도 정체성이 아직 만들어지는 시기이기 때문일 것이다.[9] 일부 신경과학자들은 비교적 새로운 발견인 기본 모드 네트워크DMN를 '미네트워크 me network'로 묘사했다.[10] 아마도 언젠가 우리는 서로 다른 세포 네트워크의 상대적인 기여도를 정량화 할 수 있을 것이다. 우리는 존재론적으로 불안한 자아가 흐릿한 거짓의 껍질 속에서 붕괴된 별처럼 빛나는 것을 보게 될 수도 있을 것이다.

진화신경과학에서는 뇌의 회로가 정신 상태와 행동을 결정하는 모듈로 구성되어 있다고 가정한다. 따라서 '자기보호모듈'이 물리적 위협에 의해 촉발되면 아드레날린이 방출되고, 우리는 신체적이고 감정적 상호반응인 투쟁도피반응fight-or-flight response, 심박수 증가, 발한, 공포반응*을 경험하게 된다. 이 모듈은 뇌에 필수적인 시스템으로, 성공적인 번식과 관련된 자기 보호, 배우자 유인, 배우자 유지, 사회적 유대 등의 특정기능과 친족 돌봄, 사회적 지위 달성, 질병 회피 등을 조절한다. 진화신경과학과 분석심리학은 일반적으로 양립할 수 없는 것으로 간주되지만, 모듈과 융Jung의 의인화는 같은 방향을 가진 개념이다. 우리가 싸워야 할 필요

---

* 사람이 스트레스를 지각하면 생리학적 반응이 일어난다. 스트레스 지각은 자율신경계의 교감부를 활성화시키고 정서, 스트레스, 응급 상황에 반응하도록 신체의 자원들을 동원한다. 교감신경계는 신체의 공격, 방어, 혹은 도피에 필요한 에너지를 동원한다. 이런 반응들은 스트레스 상황에서 내가 어떻게 반응해야 할지 신체적으로 준비를 시킨다. 월터 캐넌(Walter Cannon, 1932)은 이러한 반응을 '투쟁-도피 반응'이라 명명했다.

가 있을 때, 활성화된 자기 보호 모듈은 우리에게 '전사'의 힘을 주고, 우리가 친족을 돌봐야 할 때, 생물학적 프로그래밍은 마치 우리가 수호 여신과 연결되어 있는 것처럼 우리를 안내한다.

참 자아, 거짓 자아. 이상적 자아와 같은 용어는 매우 유용하다. 방대한 양의 개인의 정보를 정리하는 데 도움이 되는 간결한 용어이다. 우리는 이런 식으로 생각하는 것이 상대적으로 쉽다는 것을 알게 된다. 과학자들이 인지의 희박한 측면을 연구할 때조차 때때로 자아의 중복과 분할의 개념을 도입하여 명확성을 쉽게 달성한다. 예를 들어, 노벨상을 수상한 심리학자 대니얼 카너먼 Daniel Kahneman 은 '기억하는 자'와 '경험하는 자'를 구분했다.[11]

자아의 분열이나 파편화가 인간의 불행과 불안, 불편함을 결정하는 주된 원인이라는 생각은 심리치료의 역사에서 많은 주요 학자들의 저술에서 드러난다. 자아에 대한 우리의 감각은 모든 지각을 수반하므로, 자아가 갈라지고 쪼개지기 시작하면 다른 모든 감각들도 갈라지고 쪼개지기 시작한다. 우리 주변의 세계를 신뢰할 수 없게 되고, 우리 자신이 어디에 위치하고 있는지 감각을 잃게 되고, 불확실하고 무섭게 느끼게 되며, 어떤 경우에는 견딜 수 없게 된다. 우리는 우리 자신을 통합된 하나로 경험하며, 통합이 위협을 받는 것은 매우 고통스럽다. 예를 들어, 젠더 위화감을 생각해 보자. 자신의 진정한 자아와 구체화된 자아가 성적으로 일치하지 않는다고 느끼는 것이다. 이 집단에서 자살률과 자살 시도율은 엄청나게 높다.[12]

인생의 모든 과정은 결정을 내리는 것에 의해 만들어진다. 만일 우리가 스스로 누구인지 모른다면, 우리는 우리에게 무엇이 필요한지 모를 것이다. 그리고 우리가 만일 두 가지 마음으로 나눠져 있다면 동요하고 불확실한 상태가 되며, 삶의 행위에 참여하는 것이 무기한 연기될 수 있다. 우리는 에드워드 호퍼Hopper의 자동판매식 식당에 들어간다. 우리는 테이블을 찾아 앉는다. 그리고 같은 질문을 한다. "내가 할까? 내가 하지 말까? 내가 해야 될까? 감히 내가?" 유리창 저편의 어둠은 간절하고 시계는 똑딱거린다.

제6장

이야기:
인생이야기

Narrative:
Life story

The Act of Living

6.

이야기: 인생이야기

Narrative: Life story

    누군가의 소득을 알면 그에 대해 많은 것을 알 수 있을까? 그들이 고급차가 아닌 경차를 몰고, 교외가 아닌 도심에 사는 것이 중요한가? 누군가가 당신에게 자신의 과거에 대해 이야기하면 안다고 말할 수 있지만, 인생의 중요한 사건들은 전후관계를 따져봐야 한다. 그렇지 않으면 그 사건들은 의미를 알 수 없다. 맥락이 없는 공개는 우리를 혼란스럽게 할 수 있다. "왜 나에게 이 이야기를 하는 거야?" 누군가의 은밀한 비밀을 들어도 아무런 도움이 되지 않는다. "이야기가 어떻게 되어가고 있는 거지?" 태도는 시간에 따라 변하고 사람들도 상황에 따라 다르게 행동할 수 있다. 노화는 우리의 외모를 변화시킨다. 패션은 우리가 옷을 입는 방식을 결정한다.

사람의 본질은 무엇인가? 우리가 누군가를 안다고 공언할 때, 즉 친한 친구나, 남편이나 아내나 우리가 안다는 것은 무엇일까?

베개맡에서 이야기를 나누는 것은 새로 만난 커플이 결속을 맺는 주요 수단 중 하나이다. 이야기는 솔직하고, 고백하는 듯하며, 거의 항상 하나의 이야기로서 표현된다. 이것이 나에게 일어난 일이고, 이것이 내가 한 일이다. 때로는 그러한 폭로가 시험이기도 하다. "내가 한 일을 알았음에도 여전히 나를 사랑할 수 있어?" 아마도 모든 형태의 의사 소통 중 가장 친밀한 섹스 후 자기 공개는 일반적으로 우리가 자신에 대해 가장 중요하다고 여기는 것을 말한다. 이는 상대방이 보답하도록 초대하는 것이기도 하다. 이야기를 나누는 것은 우리가 만지거나 키스하는 것보다, 육신을 허용하는 것보다도 더 우리를 가까워지게 한다.

오랜 친구는 추억을 회상할 때, 이야기를 되풀이하고 함께했던 경험을 다시 활용한다. 우정으로 뭉친 모임은 종종 이야기로 정의되며, 그중 많은 이야기가 술을 마시면서 이야기를 하게 되는 경우, 유머 있게 이야기되거나 극적으로 과장되기도 한다. 이야기들은 재미있다. 그러나 이야기들은 또한 정체감과 소속감을 확인하는 하는 행위이다.

모든 문화에는 스토리텔링 전통이 있다. 작은 그룹의 친구들과 마찬가지로 국가는 이야기들로 자신을 정의한다. 국가의 민족성을 기리기 위한 이야기로 중세 북유럽의 전설들, 민담, 영웅 서사시 등이 있다. 종교 의식조차도 종종 과거에 일어났던 일을 상징적으로 재연하는 이야기이다. 예들 들어, 기독교의 성만찬 의식은 최후의 만찬을 재현한 것이다. 신생아가 그림에 집중할 수 있게 되자마자, 아이들은 이야기 책에 관심을 보인다. 아이들은 언어를 습득하기 전부터 이야기를 이해하고 감상할 수 있다. 시끄러운 아이들도 "옛날 옛적에…"라는 말에 마술처럼 진정이 된다. 마치 주문을 거는 것과 비슷하다.

어른들도 사실보다 이야기가 더 설득력이 있다고 생각한다. 인간 심리의 이러한 측면은 수천 년 동안 정치인들에 의해 무자비하게 이용되었다. 좋은 이야기는 증거로 뒷받침되는 잘 구성된 주장보다 항상 더 설득력이 있다. 이것이 포퓰리스트*와 독재자가 미묘한 토론보다 단순한 이야기를 선호하는 이유이다. 위기 상황일 때에도 사람들은 해설자들이 뉴스 속보에서 설명하는 이야기를 늘어 놓을 때 안심한다.

이야기가 유아의 관심을 사로잡고 스토리텔링이 보편적인 인기를 누리는 것은 인간의 뇌가 어떻게 작동하는지에 대해 매우 근본적인 설명을 제시한다. 이야기는 경험을 정리하는 데 도움이 된다. 원인과 결과의 패턴을 인식할 수 있다면 세상을 더 탐험해 나갈 수 있다. 우리는 동화 속에서 괴물을 만났을 때, 그

---

* 일반 대중의 인기를 등에 업고 권력을 유지하려는 정치인.

괴물을 죽여야 왕자와 공주가 행복하게 살 수 있다는 것을 안다. 우리가 친숙하게 느끼는 이야기의 원형은 유익하다. 그 이야기들은 장애물을 식별하고 극복해 나가는 방법을 알려준다.

이야기와 스토리텔링에 대한 우리의 본능적인 이해는 아마도 진화 역사의 초기에 확립된 것으로 보인다. 1990년대 다니엘 포비넬리Daniel Povinelli와 존 캔트John Cant는 쿼털리 리뷰Quarterly Review*의 생물학 분야에 '자아개념의 진화와 나무 기어오르기 Arboreal clambering and the evolution of self-conception'라는 제목의 논문을 발표했다. 우리는 침팬지, 고릴라, 오랑우탄과 조상이 같다. 오레오피테쿠스 밤볼리Oreopithecus bambolii**라는 동물은 500만년에서 1100만년 전에 지구상에 살았다. 약 40kg 무게가 나가고 천천히 기어오르며 서식지를 이동하며 나무에 사는 커다란 생물이었다. 더 작은 영장류와 달리 오레오피테쿠스는 너무 무거워서 가지에서 가지로 이동할 수 없었다. 나뭇가지가 휘어지

---

* 쿼털리 리뷰(J. Murray가 Whig 당(黨)의 The Edinburgh Review에 대항하여 1809년 창간한 Tory 당의 기관지, 계간(季刊); Sir Walter Scott 등이 기고함).

** 오레오피테쿠스(Oreopithecus)는 오늘날 이탈리아 토스카나와 사르데냐에서 화석이 발견된 마이오세 시대의 멸종한 영장류의 한 속이다. 그것은 9백만 년에서 7백만 년 전에 투스코–사르디니아 지역에 존재했다. 그 당시 이 지역은 지중해가 되는 중부 유럽에서 북부 아프리카에 이르는 일련의 섬들의 고립된 섬이었다. 오레오피테쿠스는 이 지역에 정착한 많은 유럽 이민자들 중 한 명이었다. 아시아의 시바피테쿠스와 함께 소위 발레시아의 위기에서 살아남기 위해 투롤리아의 전환과 몇 안 되는 호미노이드 중 하나. 현재까지 수십 마리의 개체가 몬테밤볼리, 몬테마시, 카스타니, 리볼라의 토스카나 지역에서 발견되었고, 가장 주목할 만한 것은 바치넬로 분지의 화석이 풍부한 석영 광산에서 발견되어 가장 잘 표현된 화석 유인원 중 하나가 되었다.

거나 부려져 치명상을 입을 수 있기 때문에 매우 조심스럽게 이동했다. '자아감', 즉 주변 환경과의 관계에 대한 자아감과 미리 계획하는 능력을 개발해야 했다. 나뭇가지들이 지붕 모양으로 우거진 곳을 기어오르기 전에 자신이 시간을 거슬러 이동했다고 상상해야 했다. 잘못되거나 치명적인 결정을 내리지 않도록 미래 상황을 머릿속으로 그려봐야 했다. "저 썩은 가지를 밟으면 부러질지도 몰라. 그래서 나는 먼 길을 돌아가야 해. 두꺼운 가지를 잡아야 해. 그런 다음 손을 뻗어 덩굴을 잡으면 다음 나무에 도달할 수 있을 거야. 거기에 열매가 많이 있어.*" 살아남기 위해 오레오피테쿠스는 자신에 대한 이야기. 시작, 중간, 끝이 있는 응집력 있는 이야기를 스스로에게 말해야 했다. 즉각적인 환경 요구에 대한 반응이 생존과 연결되는 대부분의 동물과 달리 오레오피테쿠스는 생존하기 위해 환경적 요구에 대해 어떻게 반응할 것인지 주로 상상했다.

분명히 오레오피테쿠스는 우리가 사용하는 현재의 언어와 같은 말을 하지는 않았을 것이다. 그러나 만일의 사태를 예측하고 생각해야만 했다. 어느 정도는 내면의 독백과 동등한 정신적 능력을 가졌음에 틀림없다. 자의식과 기본적인 스토리텔링은 함께 진화했으며 밀접하게 연결되어 있다. 현재 나무 기어오르기 가설로 알려진 것은 이미 기술된 목표를 넘어서는 관련성을 보여줄

---

* [아주 인간적인 결말(A Very Human Ending)]에서 제시 베링(Jesse Bering)이 오레오피테쿠스의 의식의 흐름을 상상했던 것을 의역한 것임.

수 있다. 또한 인간이 본능적으로 이야기를 통해 세상을 이해하는 이유도 설명할 수 있다. 정교한 자기 인식을 진화시켰던 특수한 상황이 동시에 이야기 지능의 개발을 필요로 했을 수 있다. 결과적으로 자기 인식과 이야기 지능은 꽤 많이 겹치는 부분이 있다. 우리는 자연스럽게 우리 자신의 과거, 현재, 미래를 진행 중인 이야기로 생각한다.

우리는 사건을 이야기 형식으로 정리하면서 세상을 이해한다. 또한 경험을 의미 있는 순서로 정렬하면서 자신을 이해한다. 우리의 먼 조상인 오레오피테쿠스처럼 우리는 끊임없이 자신에 대한 이야기를 하고 그 이야기가 어떻게 전개될지 상상한다.

정신분석가들은 항상 동화, 신화 전설에 매료된다. 프로이트 Freud는 신화 속 인물의 골동품 조각상을 수집해 자랑스럽게 자신의 책상 위에 올려 두었고, 융 Jung은 호숫가에 동화 속 성의 축소판과 같은 집을 지었다. 1909년 출판된 [동화에서 소망의 성취와 상징성 Wishfulfilment and Symbolism in Fairy Tales]에서 융의 친척이자 공저자인 프란츠 리클린 Franz Riklin은 꿈과 동화가 프로이트식 방법과 동일하게 형성된다고 주장하였다. 동시에 독일의 정신분석가 칼 아브라함 Karl Abraham은 [꿈과 신화 Dreams and Myths]라는 제목의 에세이를 발표했는데, 그는 신화가 '어린아이'의 꿈과 같다고 주장했다. 수십 년 동안 이러한 아이디어에 다른 학자들이 정교하게 살을 붙였다. 그중 한 명이 브루노 베텔하임

Bruno Bettelheim이었다.

　베텔하임Bettelheim은 논란이 많은 인물이다. 베텔하임은 비엔나에서 태어나 다하우Dachau와 부헨발트Buchenwald 강제 수용소에 수감되기 전까지 안락하게 문화를 누리며 살았다. 이후 베텔하임은 미국에 정착하여 작가이자 심리치료사로 유명해졌다. 1990년 베텔하임은 자살로 생을 마감했는데, 그가 심리치료사로서 자격이 타당한지와 표절, 직무상 행했던 위법 행위에 대한 주장들로 그의 명성은 급격하게 추락했다.

　그러나 그의 저서 중 하나인 [마법의 쓰임새The Uses of Enchantment]는 아동들에게 동화를 자주 읽어주는 것 등이 어떻게 도움이 될 수 있는지 강조하였으며, 여전히 널리 읽히고 참조되고 있다. 베텔하임이 특히 현대 민속학자의 업적의 모든 문헌의 출처를 다 밝히지는 못했지만, [마법의 쓰임새The Uses of Enchantment]는 1970년대, 처음 출판되었을 때 찬사를 받기에 충분할 만큼 독창적이고 통찰력 있는 자료가 포함되어 있었다.

　베텔하임은 심각한 장애 아동을 대상으로 임상 활동을 했는데, 이 활동이 동화의 역할과 심리적 발달에 대한 그의 생각에 큰 영향을 주었다. 베텔하임은 건강한 성숙이란 정체성의 성장과 통합, 친밀한 관계를 맺고 경험에 의미를 부여하는 능력을 포함한다고 결론지었다. 그는 '충분히 좋은 육아'와 '문화에 노출시키는 것으로 이러한 성숙을 달성할 수 있다고 말했다. 대부분의 경우, 이 두 가지가 동시에 영향을 미친다.

가장 교육적이고 정서적으로 풍요로운 유산의 요소는 문학이며, 특히 수세기에 걸쳐 민중의 지혜를 전수하는 형식의 문학이다. 동화는 어린이의 관점으로 세상을 '본다'. 아이는 어른 거인에 둘러싸여 있고, 아이의 부모는 왕과 왕비처럼 권력을 행사한다. 아이들의 몽상과 동화에서 일어나는 일들 사이에는 분명한 일치점이 있어 보인다. 예를 들어, 무생물이 살아나고 동물이 말을 한다. 그러나 아이들의 현실과 동떨어진 것이 아니라는 것을 주목해야 한다. "수년 전, 먼 나라에서" 또는 "옛날, 깊고 어두운 숲에서"와 같이 친숙한 동화의 시작은 현실 세계가 믿을 수 있는 상징의 세계로 바뀌고 있음을 선언한다. 동화는 비현실적일 수 있지만, 비유적인 진실을 담고 있다.

양극단으로 생각하는 것은 경험을 단순화하기 때문에 아이들은 양쪽 극단의 방식으로 생각한다. 인간, 동물, 초자연적 존재는 동화에서 선과 악으로 표현되며, 아이들은 주인공과 자신을 동일시하면서 도덕적 발달을 촉진한다. 아이는 다음과 같은 중요한 질문에 쉽게 대답할 수 있다. "어떤 사람이 되고 싶어?" 베텔하임은 동화가 나르시시즘에서 오는 실망을 극복하고, 오이디푸스의 딜레마를 해결하며, 형제자매 사이의 경쟁에 대처하고, 의존을 포기하고 도덕적 의무를 수용하고, 자아 발달과 같은 성장과 관련된 문제와 도전을 드라마틱한 이야기로 만든다고 믿었다. 많은 동화는 갈등을 관리하는 법을 알려준다. 딜레마는 가장 중요한 형태로 제시되며 플롯은 참여와 이해를 높이기 위해 간결하다.

동화는 종종 부모의 죽음으로 시작하는데, 모든 어린이가 직면하는 가장 크고 근본적인 도전인 필요한 독립을 성취하는 이야기를 담고 있다. 셀 수 없이 많은 줄거리에는 집을 떠나 외롭게 길을 떠나야 하는 젊은이가 등장한다. 모험을 하는 동안 주인공은 사랑할 누군가를 찾는다. 분리 불안 문제를 위한 영구적인 해결책이다. 통상적인 줄거리에 따르면, 부부는 '영원히 행복하게 산다.' 아이들은 이것이 불가능하다는 것을 안다. 아무도 영원히 살지 못한다. 그러나 사랑하는 관계의 형성이 자신의 죽음에 대한 예견을 견딜 수 있게 한다.

물론 베텔하임은 다하우와 부헨발트에서 거의 1년을 보냈기 때문에 인간 존재의 연약함을 누구보다 잘 이해했다. [마법의 쓰임새The Uses of Enchantment]를 쓰기 10년 전에 베텔하임은 회고록이자 전체주의적 경향에 대한 심리학적 분석을 다룬 책, [교양있는 마음The Informed Heart]에 자신의 수용소 경험을 기록했다. 다하우로 가는 길에 베텔헤임은 머리를 맞고 총검으로 부상을 입었다. 그는 많은 피를 흘리고 비틀거렸다. 몇 년이 지난 후에도 당시의 생각과 감정을 생생하게 떠올릴 수 있었다. 베텔하임은 자신을 괴롭히는 친위대의 심리가 궁금했다. 왜 나치독일의 친위대는 그를 죽이지 않았을까? 일부 수감자들은 기차 창문에서 뛰어내려 자살을 선택했다. 베텔하임은 친위대가 그를 미치게 하거나 자살하도록 만들지 않았다는 생각을 하며 스스로를 위로했다. 나치가 그의 조국인 오스트리아로 진군한 지 52년이 되는 기념일에 그는 자살했다.

수감자들이 견뎌내야 했던 학대는 베텔하임이 아렌트가 '악의 평범성'이라고 예고하는 '상상력이 없는' 새디즘이라고 불렸던 것, 즉 채찍질, 발길질, 때리기, 총 쏘기, 찌르기였다. 수감자들은 눈부신 불빛을 응시하거나 몇 시간 동안 바닥에 무릎을 꿇도록, 또 서로를 때리도록 강요받았다. 그러나 이것은 서두에 불과했다. 가장 소름 끼치는 새디즘 행위는 베텔하임이 강제 수용소 생활에 익숙해진 후에 발생했다. 그는 민간인 복장을 받았고 곧 풀려날 것이라는 말을 들었다. 사실, 이것은 잔인한 장난이었고, 베텔하임은 다시 수용소로 보내졌다. 이러한 계략은 두 번째로 반복되었고, 다시 캠프로 보내졌다. 베텔하임이 석방을 위해 세 번째로 소환되었을 때, 그는 가기를 거부했다. 그는 나중에 이것이 진짜였다는 것을 알았다. 그의 절망의 무게가 어땠을지 상상하기 어렵다.

베텔하임은 자신의 책에서 현대의 부모가 과잉보호를 하게 되었다고 주장했다. 부모들은 아이들의 기분을 상하게 하기보다는 아이들에게 아무 이야기나 읽어주는 것을 훨씬 더 선호한다. 전통적인 동화는 불길하고 폭력적일 수 있어 기피한다. 그러나 괴물은 모두 너무 현실적이어서 현명한 부모는 자녀가 괴물을 알아채는 방법을 알고 있는지 확인해야 한다. 동화는 훌륭한 입문서이다. 우리가 아이들에게 필연적으로 실패와 좌절, 불공정, 적대감, 어쩌면 무분별한 폭력을 겪게 될 수도 있다고 미리 경고한다면, 아이들은 역경에 놀라거나 짓밟히지는 않을 것이다. 정신분석과 마찬가지로 동화는 형체 없는 두려움에 형태를 부여하고, 욕망과 상상의 어두운 영역을 인정한다. 거부되거나 억압된 것은 안전하게 접근하여 이해할 수 있는 의식으로 초대한다. 동종요법*에 사용되는 '악'의 용량은 한 어린이를 거대한 살인자로 자라게 할 것이다.

몇 가지 변형된 형태를 가진 빨간 망토 이야기는 동화가 심리적인 것을 어떻게 부호화하는지 보여주는 좋은 예이다. 최초의 장면 후에 어린 빨간 모자는 할머니로 변장한 늑대를 만난다. 겉

---

* 질병과 비슷한 증상을 일으키는 물질을 극소량 사용하여 병을 치료하는 방법.

모습에 속을 수 있다. 우리는 어린 빨간 모자가 늑대의 본성을 알아채지 못한 것이 위험에 빠뜨렸다는 말을 듣고 있다. 그러나 더 깊은 수준으로 들어가보면, 이야기는 약탈적인 동료보다 빨간 모자의 진정한 본성에 관한 이야기이다. 작은 빨간 모자가 매혹적이라고 생각하는 늑대에게는 무엇인가가 있다. "당신의 목소리가 얼마나 깊은지."라고 빨간 모자가 말한다. 그리고 "맙소사! 눈이 정말 크군요." 이 딜레마는 모든 '순진한' 젊은 여성들이 해결해야 할 문제이다. "내가 해야 하나요? 내가 하지 말아야 하나요?" 만일 젊은 여자가 준비가 되지 않은 상태로 유혹에 넘어가면 심리적으로 불리한 결과를 초래할 것이다.

동화의 이야기들은 무의식적으로 작용하기 때문에 '매혹적'이다. 동화 속 이야기가 유익한 효과를 주는 방식은 알려지지 않았다. 광범위한 배움은 인식의 임계점 아래에서 영향력을 발휘한다. 어린 시절에 허구의 괴물이 존재한다는 사실을 미리 알고 있던 성인은 나중에 자동으로 '진짜' 괴물을 잘 식별할 수 있게 된다. 동화는 아이들이 은밀하게 현실에 접근하는 수단이다. 베텔하임은 그의 후기 저작물에서 이러한 중요성을 강조하였다. 어린아이의 관점에서 현실은 매우 날카로운 모서리를 가지고 있기 때문이다. 도날드 위니캇Donald Winnicott에게 경의를 표하는 제목을 가진, 1987년 베텔하임의 저서 [충분히 좋은 부모A Good Enough Parent]에서 베텔하임은 어머니와 아버지가 고집스러운 현실주의자인 열 살짜리 소녀와 나눈 대화를 묘사한다. "산타가 없다는 걸 알아요." 소녀가 말했다. 그리고 "내 베개 밑에 동전을 넣어주는 이빨 요정도 없어요." 그러고 나서 소녀는 주저앉자 울음을 터트렸다. "나는 현실이 싫어." 이러한 현실에 대한 증오는 소녀가 너무 일찍 소망으로 가득 찬 판타지를 포기하도록 강요받았던 직접적인 결과이다. 소녀의 부모가 타협하지 않고 강요한 사실주의는 의도한 대로 딸에게 세상에 대한 건전하고 합리적인 이해를 심어주지 않았다. 실제로 부모의 융통성 없는 논리는 정반대의 결과를 가져온다. 소녀는 현실에서 소외된다. 때로는 현실을 희석해야 한다. 베텔하임은 '불안한 현실'은 젊은이들에게 견디기 힘든 것이 되고, 또한 그다지 젊지 않은 사람들 중 상당 수도 참을 수 없게 된다고 말한다. 오히려 베텔하임은 우리에게 흥미로운 역설을 알려준다. 어린 시절에 마술적 사고에 대한 허용적인 태도가 궁극적으로 아이들이 현실을 직시하고 대처하는 데 도움을 준다는 것이다.

여름이고, 우리는 오스트리아 알프스에 있다. 약을 잊어버리고 싶은 중년의 의사는 익숙한 길을 벗어나 힘겨운 등반을 시작한다. 정상에 도달하자, 그는 앉아서 먼 경치를 응시한다. 그는 한 목소리를 듣는다. "당신은 의사인가요?" 그는 누군가 자신을 따라왔다는 것을 믿을 수가 없다. 그가 돌아섰을 때, 그는 뾰로통한 얼굴의 열여덟 살짜리를 본다. 그녀는 전날 저녁 그에게 식사를 만들어 주었다. "예" 하고 대답했다. "나는 의사입니다. 그걸 어떻게 알았죠?" 그녀는 자신의 기력이 좋지 않다고 그에게 말한다. 그녀는 도움이 필요하다. 때때로 그녀는 숨을 쉴 수가 없고 머릿속에서 망치로 두드리는 것과 같은 소리가 난다. 그리고 때때로 매우 혼란스러운 일이 발생한다. 그녀를 공포에 질리게 하는 사물을 본다.

이것은 알프레드 히치콕Alfred Hitchcock 영화의 시작일 수 있지만, 실제로는 프로이트의 카타리나Katharina 사례 연구의 시작이다. 히스테리 연구에서 찾을 수 있다. 프로이트는 이야기를 하는 법을 알고 있었다. 그는 사례연구를 최첨단 현대 문학으로 바꾸었다. 프로이트를 비방하는 사람들은 그가 주요 과학상을 받은 적이 없다고 지적한다. 대신 프로이트는 글을 잘 써서 받는 괴테상을 받았다. 그러나 이것은 프로이트의 명성을 떨어뜨리지 않았다. 이야기와 스토리텔링이 인간 조건의 근본이라면, 프로이트는 그의 창작물, 정신분석이 그토록 풍부하고 빛나는 이야기임을 증명하는 문학적 감수성을 소유했기 때문이다.

틀림없이 프로이트의 가장 중요한 내담자는 세르게이 판케예프 Sergei Pankejeff였는데, 그는 임상적 가명인 울프 맨 Wolf Man으로 더 잘 알려진 부유한 러시아인이었다. 1971년 울프 맨은 프로이트에 대한 매우 흥미로운 기억이 담긴 회고록을 출판했다.[1] 의사와 내담자가 책에 대해 토론하고 있었고, 가상의 탐정 셜록 홈즈가 언급되었다 울프 맨은 고전을 사랑하기로 유명한 프로이트가 '이런 종류의 가벼운 읽기 문제'를 무시할 것이라고 생각했으나, 프로이트가 아서 코난 도일의 책을 '주의 깊게' 읽었다는 사실에 놀랐다. 나중에 울프 맨은 결국 그렇게 놀랄 일이 아니었다고 결론지었다. '정신분석'에서 아동기 역사를 재구성할 때, 이런 종류의 문학이 유용하다는 사실이 프로이트의 관심을 설명하고 있다.

범죄는 증상과 비슷하고, 정신분석가와 형사는 매우 유사하다. 둘 다 정황적인 증거를 조사하고 역사를 재구성하며 궁극적인 원인을 규명하려고 한다. 프로이트는 이러한 일치점을 완벽하게 알고 있었다. 내담자는 치료사에게 자신의 이야기를 들려주고 분석은 '격식을 갖추지 않은 추리소설' 방식으로 진행된다. 어떤 면에서 성 발달과 정신병리학의 기원에 대한 프로이트의 생각은 탐정 소설의 영향을 많이 받은 것으로 보인다. 오이디푸스 왕의 이야기는 오이디푸스 콤플렉스에 이야기 원형을 제공한다. 또한 지금까지 작성된 가장 오래된 '격식을 갖추지 않은 추리 소설' 중 하나이다. 오이디푸스를 만나면 그의 나라에 저주가 닥친다. 그는 오이디푸스의 새 아내인 이오카스테의 전 남편인 라이오스 왕을 살해한 남자의 정체를 발견할 때까지 이 저주가 풀리지 않을 것이라고 들었다. 오이디푸스는 단서를 하나하나 따라가다가 마침내 그의 조사는 끔찍한 결론에 이르게 된다. 왕을 죽인 것은 오이디푸스였다. 라이오스는 그의 아버지였고, 그는 그의 어머니와 결혼했다.

사람들은 이야기하는 러시아 인형과 같다. 그들의 이야기를 열 수 있고, 이야기 안에서 우리는 더 많은 이야기를 발견할 수 있다. 이야기 속의 이야기. 이야기에 대한 프로이트의 느낌은 부수적인 것이 아니며, 정신분석의 변방에 맡길 수 있는 것이 아니다. 이야기는 프로이트의 생각 진화의 중심이다. 프로이트는 자신의 조사 방법을 알리고 내담자의 역사와 기억을 이해하기 위해 이야기 원형을 사용했다. 복잡한 내부 상태는 그리스 신화로 조직될 때 더 이해하기 쉬워질 수 있다. 심리치료가 이야기 원형을 사용하여 경험에 형태를 부여하는 것과 관련이 있다면, 그 반대도 마찬가지여야 한다. 괴로움과 불행은 이야기의 부재 또는 망가짐과 관련이 있다.

초기 정신분석 내담자들은 이야기의 망가짐을 경험했다. 심리치료는 일반적으로 억압되고 충격적인 기억을 드러내는 조사 과정을 포함했다. 그런 다음 치료사는 '전체 이야기'를 모을 수 있었다.

트라우마는 개인적인 이야기를 방해하며 트라우마의 기본적인 생물학적 기전은 이미 잘 알려져 있다.

감각 정보는 시상이라고 하는 뇌의 구조를 통과하며, 여기에서 정보의 흐름이 통합되어 기억을 전체적으로 검색할 수 있게 된다. 장미 가시의 날카로움, 꽃잎의 색깔, 향기의 달콤함이 저장된다. 그러나 우리가 충격적인 경험에 압도되면 시상은 정보를 통합하는 것을 중단한다. 정보는 단편적인 형태로만 저장된다. 트라우마 기억은 접근할 수 없거나 불연속적이다. 기억해야 할 사건의 논리적 순서는 없으며 감각과 감정의 섬이 있을 뿐이다. 뇌의 왼쪽 반구가 비활성화되면 경험을 원인과 결과로 이해할 수 없다.[2] 우리가 우리 자신에 대해 스스로 이야기하는 것이 혼란스럽게 되고 무너지고 만다.

나는 충격을 받은 사람들과 셀 수 없이 많은 대화를 나누어 왔다. 지진이나 익사에서 살아남은 사람들, 끔찍한 사고로 부상을 입었거나, 거리에서 공격을 당했거나, 전쟁 지역을 벗어나기 위해 싸워야 했던 사람들. 그들 모두는 산산이 부서진 경험을 묘사했다. 그들 모두는 좁은 의미로 시작, 중간, 끝이 있는 이야기의 에피소드로 트라우마를 기억할 수 없었을 뿐만 아니라, 훨씬 더 넓은 의미에서 줄거리를 잃어버린 것처럼 보였다. 그들의 전체 인생 이야기가 어디로 가고 있는지, 그들의 이야기가 무엇을 의미하는지 더 이상 확신하지 못했다.

정도는 덜하지만 인생의 모든 문제는 이런 식으로 개념화될 수 있다. 내담자는 종종 자신의 인생 사건에 대하여 치료사에게 혼란스러운 설명을 하고, 치료사는 일반적으로 이러한 단절되고 조각난 이야기를 의미 있는 이야기로 해달라고 주문한다. 고통받는 개인이 덜 혼란스럽고 더 통제력을 가졌다고 느끼도록 하기 위해 필요한 것들이다. 캘리포니아 대학교 버클리의 심리학자 매리 메인Mary Main과 동료들은 정서적 안정감이 내부적으로 일관되고 논리적인 자기 이야기와 밀접한 관련이 있다는 것을 발견했다. 자신에 대해 말하는 이야기가 잘 짜여 있으면 더 만족스럽고 덜 불안하다. 아마도 베텔하임 Bettelheim이 제안한 것처럼 경험에 이야기 구조를 부여하는 기술은 아주 어릴 때에 이야기를 들으면서 배웠을 것이다.

나는 종종 내담자가 자신의 삶을 이해하는 데 도움이 되는 이야기 틀을 제공했다. 이것들은 종종 동화의 기본 플롯과 일치하는데, '괴물 죽이기', '누더기에서 부자로', 또는 '여행과 귀환' 등이다.3 과거의 무의미하고 혼란스러운 기억이 이야기 맥락에 배치되면서 일반적으로 상당한 치료적 이득이 뒤따랐다. 정신적으로 병약한 것에 더하여, 개인이 응집력이 있으며, 정서적으로 의미 있는 자신의 이야기를 개발하지 못하는 것은 반사회적 행동과 관련이 있을 수 있다. 법의학 심리학자 데이비드 캔터David Canter는 폭력 범죄자의 내적 이야기는 황폐화되어, 공감 능력이 완전히 상실된다고 보았다.4 자신의 이야기가 없는 사람은 다른 사람의 이야기에 고마움을 느끼지 못한다. 그렇게 되면 인간성의 상실이 따르며, 사람들의 고통에서 아무런 의미도 찾지 못한다.

좋은 삶은 좋은 책처럼 편집이 필요하다. 사람들은 자신의 경험을 반성하고 원인과 결과의 패턴에 따라 진행되는 에피소드를 정렬함으로써 이익을 얻는다. 당신이 삶에 대해 생각하는 것은 일종의 예술이다.

우리가 다른 것이 아닌, 어떤 한 가지 일을 하는 대부분의 이유는 쉬워서가 아니다. 결과적으로 뇌는 설명하는 이야기를 만들어낸다. 이들은 본질적으로 잡담이거나 최선의 추측이다. 신경과학자들은 이야기를 만들어내는 내면의 목소리를 '좌뇌 통역사left-brain interpreter''라고 부른다. 우리는 상상할 수 없을 정도로 복잡하고 무시무시한 광활함 속에 존재한다. 이야기는 혼돈에 질서를 부여한다. 우리는 안심하고 더 잘 통제하고 있다고 느끼게 된다. 우리에게 이야기가 있다면 우주는 덜 무섭다. 이야기가 사실일 필요는 없다. 대부분의 이야기는 그렇지 않다. 목적에 부합하는 이야기여야 한다. 인간은 한 개인이 아니라 자아의 공통체이다. 거의 모든 심리치료학파에 공통된 합의가 있다.

이 모든 자아를 함께 유지하는 것은 무엇인가? 내면의 아이를 어른과 연결시키는 것은 무엇인가? 자아와 이상을 가진 자아, 직장에 도착한 효율적인 전문가와 집에 있는 게으름뱅이를 연결하는 것은 무엇인가? 그들은 모두 같은 이야기를 공유한다. 2011년 익명으로 발간된 책, [뇌의 비밀스러운 삶The Secret Lives of the Brain]에서 신경과학자 데이비드 이글맨David Eagleman은, 행동은 단순히 경쟁하는 자아 간의 전투의 최종 결과라고 말했다. 우리 내면의 이야기꾼은 일상에 대한 논리 패턴을 꿰매기 위해 24시간 내내 작동한다. "무슨 일이 있었고, 그 안에서 내 역할은 무엇이죠?"

당신의 이야기는 당신을 쉽게 전할 수 있는 본질이다. 그리고 만일 당신이 이야기를 할 수 없다면, 당신은 줄거리를 잃을 위험이 크다.

지금까지 무엇을 배웠나요?

사랑은 우리를 안전하다고 느끼게 하고 안전은 우리의 토대이다. 한 개인은 단 하나의 인격을 가진다고 하기보다는 연극 출연진에 가까우며, 역할이 일치할 때 건전한 정신 건강과 더 깊은 성취감을 누릴 가능성이 크다. 서로 다른 배우가 대본을 따라 읽을 때, 하나의 앙상블로 함께 연기하는 것처럼 자아는 이야기로 결합된다. 일관된 삶의 이야기와 자아의 핵심요소는 우리가 진정한 자아라고 생각하는 것을 구성한다. 참 자아가 기본적이고 복잡한 욕구를 충족할 때, 인생은 충만하다. 만족을 가로막는 장애물은 항상 존재하며, 이들 중 다수는 내부에 있다. 우리의 선택이 항상 최선이 되는 것은 아니다. 무의식적인 기억과 왜곡된 인식의 영향으로 의사 결정이 복잡해진다. 반성하는 성찰은 통찰력^{자기 이해} 을 돕고, 합리적 사고는 편견을 바로잡는다. 통찰력과 합리성은 얼굴을 마주한 대화를 통해 더 개발되며, 특히 대화가 방해받지 않고 탐색적, 도전적이 되며, 기억과 감정이 밀접하게 연결되는 언어를 사용할 때 더 도움이 된다.

　　인격과 관련된 질문을 다루는 것 외에도 존재의 추상적인 측면에 대해 이야기했던 주요한 인물들에 대한 이야기를 다루었다. 이러한 내용은 다른 주제와 함께 다음 장에서 논의될 것이다.

The Act of Living

제7장

나르시시즘:
물에 비친 나 자신을 응시하기

Narcissism:

Gazing into the pool

7.
나르시시즘: 물에 비친 나 자신을 응시하기

Narcissism: Gazing into the pool

오비디우스Ovidius의 [변신이야기] 제 3권에서 지치고 목마른 당당한 사냥꾼, 나르키소스Narcissus 는 나무로 둘러싸인 웅덩이를 발견한다. 갈증을 해소하려 하지만, 물에 비친 자신의 얼굴을 보고, 그 아름다움에 반해 사랑에 빠진다. 나르키소스는 자신의 완벽함에 괴로워하며 욕망의 대상에 키스하고 포옹하려고 시도하나 필연적으로 좌절하고 만다. 그는 연못을 떠날 수가 없다. '금밀랍이 온화한 열에 녹듯이, 아침 서리가 태양의 온기에 녹듯이, 그는 사랑으로 닳고 쇠약해졌고 숨겨진 불에 천천히 타버렸다.' 그가 실종된 후 작은 꽃 한 송이를 발견할 수 있었다.

Narcissus—Caravaggio

나르키소스의 이야기는 잘 알려져 있다. 테세우스Theseus
와 미노타우로스Minotaur, 페르세우스Perseus와 고르곤Gorgon
, 아이손Jason과 아르고나우트Argonauts와 같은 유명한 그리스
신화는 영웅을 드러내는 경향이 있기 때문에 이것은 다소 유별
나다. 나르키소스의 이야기에는 사건이 없다. 그는 연못에서 자
신이 사라질 때까지 응시할 뿐이다. 그러나 그 이미지는 잊혀지
지 않으며 시인, 작가, 예술가들에게 인기가 있다. 우리가 나르키
소스의 불행한 최후에 대해 듣거나 읽을 때, 우리는 중요한 말들

듣고 있음을 알아차린다.

대부분의 예술가들은 오비디우스의 묘사적인 산문을 존중한다. 일반적으로 예술가들은 작품에서 햇살이 내리쬐는 푸른 풍경 속에 아름다운 청춘의 모습을 보여준다. 그러나 한 가지 눈에 띄는 예외가 있는데, 바로크 시대의 거장 카라바조 Caravaggio*가 그린 나르키소스의 초상화이다. 그의 그림에서 나르키소스는 카라바조 시대의 옷을 차려 입고 어두운 물 웅덩이 가까이에 웅크리고 있는 청년으로 등장한다. 거기에는 나무나 다른 세부적인 정보가 없다. 수선화 뒤에는 어두운 공간만이 있을 뿐이다. 카라바조의 초상화는 자기 자신을 빨아드리는 암울하고 무서운 장면을 보여준다. 나르키소스는 자기 자신에게 너무 사로잡혀 있어서 그에게 다른 어떤 것도 존재하지 않는다. 그의 팔과 어깨는 그 자신의 그림자와 연결되어 아치형태를 만든다. 이것은 그에게 중요한 모든 것, 그의 모든 세계가 자신의 자아 둘레에 포함되어 있음을 암시한다. 나르키소스의 몸은 그림자에 의해 잠식당하고 있어 많이 볼 수가 없다. 카라바조는 목가적인 진부한 표현을 없애고 대신 우리 내부를 꿰뚫는 은유를 제공한다. 나르시시즘은 빛이 없는 지하감옥으로 내려가 독방에 감금되는 것과 같다.

---

* 이탈리아의 화가. 철저한 사실과 진지한 신앙에 의해 후기 마니에리즘에서 바로크로의 전기를 개척한 거장이다. 20세 무렵 풍속화와 정물화를 그렸고, 바로크 회화 전반에 깊은 영향을 미쳤다. '성 요한의 참수'는 그의 대작으로 손꼽힌다.

나르시시즘이라는 단어는 19세기 말까지 존재하지 않았다. 1898년, 해브록 엘리스Havelock Ellis*는 '수선화 같은 태도'를 보이는 개인을 언급했고, 1899년 폴 네케Paul Näcke**는 자신의 신체를 성적으로 대상화하는 것을 나르시시즘으로 묘사했다. 그러나 프로이트가 1914년 에세이에서 이 단어를 사용한 이후로 현재처럼 자주 사용되게 되었다. 나르시시즘은 이제 외모에 집착하는 것을 강조하기 위해 구어체로 사용된다. 전문 용어로는 지적 허영심, 개인의 힘에 대한 과대 평가와 같은 모든 형태의 자부심과 과대평가가 포함된다. 나르시시즘의 또 다른 중요한 특징은 자신을 특별하다고 느끼며 예외적이라고 지각한다는 것이다.

임상적 용어로 나르시시즘은 병에 걸려있는 상태를 의미한다. 그러나 나르시시즘과 서양에서 바람직한 성격으로 여겨지는 특성의 상당 부분이 중복된다. 예를 들어, 매력은 높이 평가되며, 자신감이 있는 것이 사회적으로 유리하다. 자존감은 행복과 관련이 있다고 알려져 있다. 자기 신념은 야망의 실현과 물질적 성공에 박차를 가하게 한다. 내부의 명령을 따르는 능력, 자기 만족, 자기에 대한 믿음은 강점이 되며, 자기 표현은 장려된다.

---

* 영국의 의학자, 문명비평가. 본업이었던 의학지식과 청소년시절의 미개사회에 대한 식견이 가미되어 화제작이 된 저서 《성심리(性心理)의 연구》로 유명하다.

** 러시아 제국 상트페테르부르크–1913년 8월 18일 Colditz에서 사망. 네케는 독일의 정신과 의사 이자 범죄학자였다. 그는 동성애에 관한 글로 유명하며, 1899년에 자신의 몸을 성적인 대상으로 취급하는 사람을 묘사하기 위해 나르시시즘이라는 용어를 만들었다.

대중 심리학자들은 우리가 스스로를 사랑해야 한다고 반복해서 외친다. 어느 정도의 자기 중심성은 괜찮은 것으로 보인다. 그러나 정도를 넘어서는 자기 중심성은 결국 자기 패배를 불러올 수 있다. 자신감은 오만함으로 변형될 수 있으며, 자기 가치는 허영심이 될 수 있다. 자기효능감에 대한 절대적인 믿음이 스스로를 전지전능하게 느끼게 한다. 자기 실현만을 추구하는 것이 자기 집착이 될 수 있다. 자기 평가는 현실로부터 동떨어져 있는 자기 망상에 빠지지 않도록 정확하게 자신을 볼 수 있게 한다.

다원주의가 기독교의 도덕 개념을 받아들였다면, 진화론의 주요한 죄는 이기심일 것이다. 인류의 초창기 환경에서 사회적 붕괴는 신속하게 멸종으로 이어졌다. 진화론적 관점에서 '좋은 사람'은 타인에게 도움이 되는 사람이다. 초기 인류는 함께 협력하며 살아남았고, 혼자일 때는 죽게 되었다. 부족의 맥락에서 부족에게 이로운 것은 개인에게도 이로웠다. 위험을 무릅쓰고 다른 사람을 구하는 것과 같은 사심 없는 행동은 부족의 규모를 유지하고, 힘을 강화하고, 궁극적으로 무리를 지어 사냥할 수 있게 하고, 또한 포식자로부터 부족을 방어할 수 있게 하였다. 오늘 이웃의 등을 살피면, 그는 내일 당신의 등을 돌볼 것이다. 사회에는 소수의 이기적인 개인이 있고, 그들은 이기적으로 행동할 수 있지만, 이기적인 사람들의 수가 많아지면, 사회적 결속의 장점은 사라진다.

아마도 이것이 나르키소스의 유별난 이야기가 매력적인 이유일 것이다. 실제의 드라마가 어떨지 넌지시 전해진다. 어디에선가 무의식의 깊은 곳에서 진화에서 유래하는 경고음이 울리고 있다. 나르키소스는 그들 자신에게 위협일 뿐만 아니라 우리 모두에게 위협이다.

프로이트는 1914년 이전 몇 년 동안 나르시시즘이라는 용어를 사용했다. 그러나 [자기애에 대하여: 서론On Narcissism: An Introduction]을 출판한 이후, 정신분석 이론의 중요한 개념으로 추가되었고, 이후 이 용어는 더 일반적으로 사용되게 되었다. 프로이트는 나르시시즘을 1차, 2차의 두 가지 형태로 분류하였다. 일차적 나르시시즘은 아동 발달의 보편적인 특징이다. 정상적인 상황에서 아기는 아이를 사랑하고 요구를 충족시켜 주는 가정에서 태어난다. 아이가 울면 달래고, 아이가 배고파하면 먹을 것을 준다. 단순히 무언가를 원하는 것만으로도 원하는 결과를 얻을 수 있다. 어머니의 맹목적인 사랑은 신에 대한 숭배와 비슷하고, 아기는 자신이 작은 신이라고 믿을 만한 충분한 이유가 있다.

정서적으로 건강한 성인이 되려면 유아기의 과대망상은 과거에 두고 와야 한다. 우리가 거만하면 우리는 현실과 동떨어지고, 우리가 자기 중심적이면 나누거나 줄 수가 없다. 건강한 성숙은 1차적인 나르시시즘을 점진적으로 포기하고 보다 현실적인 세계관을 형성하는 것이다. 유아는 자신과 다른 모든 것이 자신을 중심으로 돌아가지 않는다는 것을 배운다. 다른 사람들은 단순히 자신의 필요를 충족시키기 위해 거기에 있는 것이 아니며, 자신의 힘에는 한계가 있다. 이러한 겸손한 깨달음이 변화의 시작이 되며 유아는 원초적인 나르시시즘에서 벗어나 성장한다. 그러나 프로이트는 뒤로 물러나 퇴보할 수도 있다고 경고했다. 심지어 어른이 되어서도, 어른으로서 견해를 잃고 갑자기 유아기의 과대망상에 다시 사로잡히기도 한다. 이러한 유아적 태도, 마술적 사고와 감정의 불안정함을 이차적인 나르시시즘이라고 한다. 유아기로 퇴행한 개인은 아기처럼 행동하지는 않지만, 극도로 자기 중심적이 될 수 있다.

일차적인 나르시시즘은 아마도 애착 형성의 자연스러운 부작용일 수 있다. 아이들은 안전한 애착을 형성하고 성장하기 위해 반응이 빠른 일차 양육자가 필요하다. 세심한 관심과 보살핌은 필연적으로 유아기라는 한정된 시기에 적응하기 위해 필수적인 자만심을 북돋을 것이다. 자만심이 있는 아이는 사회적인 불안에 덜 취약하고, 사회적 상호 작용을 더 쉽게 시작할 것이다. 아이들은 탐험하는 것을 좋아할수록 발달을 촉진할 자극들에 자주 노출될 수 있다. 일차적인 나르시시즘이 과도기적인 특징이라는 것을 염두에 둘 때, 자신감 있는 사회적 상호작용의 지속적인 이점은 일시적인 자만심보다 크다.

그렇다면 유아의 발달에 박차를 가하는 것은 무엇일까? 어떤 이유로 아이는 자만심을 버리게 되는 것일까?

1981년 사망한 정신분석가 하인즈 코헛Heinz Kohut*은 지속적으로 해를 끼치지 않는 반복되는 좌절 경험, 즉 '최적의 좌절'이 가장 중요한 발달 유발 요인이라고 주장했다. 최적의 좌절감은 기대치를 조정하고 새로운 대처법을 장려한다. 오이디푸스 드라마가 가족들 사이에서 전개될 때, 아버지는 아이가 엄마에게 다가가는 것을 방해한다. 아이는 어떤 것들은 얻기 어렵다는 것을 알고, 욕망은 실제적으로 더 적절한 대체물로 옮겨간다. 이러한 경험에서 한계를 수용하고 달성 가능한 목표를 설정하는 일반적인 원칙을 배울 수 있다.

나르시시즘은 정통 정신분석 심리치료사가 주로 자주 논의하는 개념이다. 프로이트가 그의 전문 분야를 벗어나 관심을 보였던 것을 프로이트가 전문적인 자신의 사상을 편견에 빠지게 했다고 보는 견해가 있었다. 프로이트는 고고학이나 고전 신화와 연결될 수 있는 아이디어에 열정적이었다. 프로이트는 나르시시즘에 쉽게 빠지는 성향이 정신 건강과 행복에 실질적인 위협이 된다고 확신했다.

현대 정신 건강 통계는 사람들, 특히 서구 자유 민주주의 국가에 살고 있는 젊은이들이 점점 더 불행해지고 불만족스러워한다는 것을 보여준다. 이러한 추세에 대한 한 가지 설명은 근대

---

* 자기 심리학(self psychology)으로 유명한 오스트리아 출신의 미국 정신분석학자.

성이다. 이 가설은 19세기 이후부터 프로이트를 비롯한 수많은 이론가들에 의해 지속적으로 거듭 이야기되었다. 우리는 현대 사회에 살 수 있도록 진화되지 않았고, 환경 변화의 속도는 지속적으로 우리의 건강한 적응 능력을 초과하고 있다.

최근 몇 년 동안 발생한 가장 중대한 환경 변화는 사이버 공간이라는 추가 차원으로 현실이 확대된 것이다. 디지털 기술이 정신건강과 웰빙에 해로운 영향을 주었다는 최초의 징후가 보고되었다. 대부분의 증거는 상관 관계를 보였으나 가장 대규모 연구에서는 스크린타임의 증가가 수면, 활동 수준, 사회적 기능과 공격성 등에 주는 영향은 미비하다고 제시하였다.[1] 그러나 우리는 나르시시즘이 주는 잠재적인 영향을 더 확신할 수 있다. 포토샵으로 찍은 셀카 갤러리를 큐레이팅*하는 행동이 나르시시즘적 경향을 강화하고 확대할 수 있다.

우리는 인터넷이 연결되면, 유아기의 전능함을 재경험하게 된다. 정교한 예측 알고리즘은 우리의 요구 사항을 예상하고 관련 제품과 서비스까지 제공하기도 한다. 우리의 말없는 소원은 마치 어린 시절 부모가 우리의 필요를 신속하게 충족시켜 주었던 것처럼, 인터넷 환경에서 엄청나게 빠른 속도로 충족된다. 우리가 인터넷에 접속할 때면 우리는 보이지 않는 손이 우리의 명령

---

* 여러 정보를 수집, 선별하고 이에 새로운 가치를 부여해 전파하는 것을 말하는 큐레이션(curation)에 큐레이터의 활동을 포함하여 정보를 수집, 종합하고 정보가 필요한 사람들에게 안내해주는 활동을 의미함.

을 바로 수행하는 우주의 중심에 있게 된다.

과거에는 자기 존중과 자기 홍보가 가져올 그토록 많은 기회와 도발의 인센티브가 없었다.

스포트라이트를 받고 디지털 메가폰을 통해 자신의 의견을 선언함으로써 명성과 부를 얻을 수 있는데, 겸손하게 은퇴해야 할 필요가 있을까? 비디오게임 스트리머나 메이크업 튜토리얼 스타는 수천 명의 팔로워를 쉽게 모을 수 있다. 일부는 전문가가 된다. 불과 몇 년 전만 해도 허영심, 자아도취 또는 자랑으로 여겨졌을 게시물이 이제는 평범한 것으로 간주된다. 겸손은 전통적으로 미덕으로 여겨졌으며, 여기에는 그만한 이유가 있었다. 겸손이 우리 자신으로부터 우리를 지키기 때문에 우리는 겸손함을 유지해야 했다. 평범한 인간이 유아기의 과대망상과 분노로 끝나는 퇴행적인 회전판에 빠지는 데는 거의 시간이 걸리지 않는다.

물론 나르시시즘의 수준이 높아진 것이 아니라, 오히려 인터넷이 나르시시즘을 더 눈에 띄게 만들었다고 주장할 수 있다. 그러나 사회과학자들은 이 현상을 아주 면밀히 연구하여 나르시시즘이 단순히 증가하는 것이 아니라, 놀라운 속도로 증가하고 있다는 결론을 내렸다. 2008년에, 진 트웬지Jean Twenge*와 동료들은 성격학 저널에 [시간이 지남에 따라 부풀려지는 자아: 자아

---

* 진 마리 트웬지(Jean Marie Twenge, 1971년 8월 24일~)는 직업 가치, 삶의 목표, 그리고 발전 속도를 포함한 세대 차이를 연구하는 미국의 심리학자.

도취적 성격 목록의 시간 교차 메타 분석Egos inflating over time: A cross-temporal meta-analysis of the Narcissistic Personality Inventory]이라는 논문을 발표했다. 나르시시즘의 자기애 특성 척도인 NPI를 완료한 85명의 미국 대학생의 데이터 분석 결과, 나르시시즘은 여러 세대에 걸쳐 증가한 것으로 나타났다. 최근 대학생의 거의 2/3의 점수가 1979년에서 1985년 사이의 평균점수 보다 높았다. 이 증가 추세는 인터넷이 등장하기 전부터 시작되었다. 그럼에도 불구하고 진 트웬지와 그녀의 동료들은 이 변화가 디지털 기술의 인플레이션 영향이라고 평가했다.

iPod와 Tivo*와 같은 장치로 사람들은 각자의 방식으로 음악을 듣고 텔레비전을 시청할 수 있으며, MySpace**와 YouTube와 같은 웹사이트는 기존 미디어에서 허용하는 것보다 훨씬 더 많은 자기 홍보를 허용한다. 이러한 추세는 타임지 표지에 2006년 올해의 인물로 거울 속에 있는 "당신"을 싣게 된 동기가 되었다. 우리는 젊은 사람들과 같은 수준으로 사이버 문화에 참여하여 자신을 노출하는 나이 든 사람들도 비슷한 자기애 점수를 보일 것이라고 추측할 수 있다.***

---

* 티보: 하드디스크에 텔레비전 프로그램을 자동으로 녹화할 수 있는 디지털 비디오 리코더, 상표명.

** 마이 스페이스는 미국에서 방문자 접속률(트래픽)이 가장 높은 사이트로서 미국에 본사를 두고 있고, 2009년 1월 현재 전 세계 약 1억 명 이상의 회원을 보유하고 있다. 미국 캘리포니아 주 베벌리 힐스에 본사를 두고 있는 소셜 네트워킹 웹사이트이다.

*** 자기 탐구와 자기 표현에 관한 생각은 1960년대에 서구 자유 민주주의 국가에서 돌

셀카보다 현대 나르시시즘을 더 상징적으로 보여주는 것은 없다. 스마트폰은 카라바조Caravaggio의 작품의 어두운 부분에 해당한다. 밀레니얼 세대에게는 기술적으로 진보된 손거울이 되었다. 젊은이들이 소셜미디어에 올린 사진의 3/4은 자신의 사진이다. 구글 통계에 따르면, 안드로이드 기기에서 매일 9,300만 장의 셀카가 찍히고, 매년 200억 장 이상이 구글 서버에 업로드된다. 유명 랜드마크나 멋진 예술품 앞에서 관광객들이 셀카봉 끝에 스마트폰을 설치하고 환하게 웃는 모습은 이제 익숙하다. 한때 그림의 주제였던 궁전이나 기념물은 이제 부차적인 중요성만 갖게 되었다. 셀카봉은 라이프스타일과 소비를 통한 자아 확장을 극단까지 끌어올린다. 역사, 유산, 천재들의 작품은 소품이 될 뿐이다. 사진에서 정말 중요한 것은 사람이다.

물론 사람들이 셀카를 올리는 데는 여러 가지 좋은 이유가 있다. 그러나 오늘날 우리가 보는 게시물의 대부분은 관심을 끌기 위한 것이며, 그것은 퇴행적이고 유아적이다. "나를 봐. 나를 봐!" 청중들은 친절하다. 그것은 보여지지만 또 불행하게도 판단의 대상이 된다. 셀카가 끊임없이 또래들의 검토 대상이 된다는 사실은 디지털네이티브가 자신의 자존감을 외모의 최고치로 밀

기 시작했다. 수십 년 후 자아는 소비 패턴 및 '라이프 스타일'과 융합되었다. 소유물은 자아의 확장을 나타내게 되었다. 1960년대의 이상주의자들은 모든 사람이 자아실현을 이룰 때까지 한 개인씩 세상을 더 나은 곳으로 만들려고 노력했지만, 20세기 후반에 이르러 개인주의는 물질주의적이고 자기중심적이며 슬프게도 진실성과 실체가 모두 결여되었다.

어붙였다는 것을 의미한다. 자신의 가치를 "좋아요", "리트윗", 그리고 낯선 사람의 승인과 같은 오르락내리락하는 흐름에 맡기는 개인은 고통받을 가능성이 크다. 젊음, 아름다움, 성적인 매력에 불균형적으로 높은 가치를 부여한다. 이 모든 것들은 시간이 지남에 따라 쇠퇴하며, 이 쇠퇴는 불가피하다. 거울은 우리에게 현명한 조언을 한다. 동화 속 가혹한 현실이 소리 없이 떨어지는 물방울처럼 우리 자신의 죽음을 부드럽게 소개한다. 나르시시스트에게 이러한 조언은 비판으로 해석된다. 나르시시스트들은 나이가 들면서 참을 수 없다고 생각하고 절망하거나 자신에게 일어나고 있는 일을 부인하며, 자기 기만과 자기 망상에 빠진다. 처음에는 부풀려진 자존감이 상대적으로 해롭지 않아 보일 수 있다. 그러나 나르시시즘은 테러나 비현실로 끝나는 여정의 시작이다. 많은 디지털 나르시시트에게 백발과 주름은 단순히 노화의 징후가 아니라, 자아에 대한 실존적 위협으로 여겨진다.

자신의 견해와 전망이 옳다는 흔들리지 않는 인식적 나르시시즘은 사이버 공간에서 생존한다. 스스로 선택한 공동체는 상호 동의를 통해 신념을 더 확고하게 하며, 이 현상은 정치적 극단주의가 부활하는 것을 돕는다. 대신할 만한 의견을 접하지 못하면, 자기 의심을 할 이유가 전혀 없다.

유명인사들은 외부와 단절되어 역사적으로 중상, 밀고와 아첨, 찬사를 들어왔기 때문에, 종종 극단적이거나 괴팍한 방식으로 의견을 표현했던 것으로 유명하다. 일반적으로 허용되지 않는 방식으로 행동하는 것이 그들에게는 허용되었다. 호텔방을 쓰레기장으로 만들거나 커피를 시계 반대 방향으로 저어 달라고 요구하고 탈의실에 장미를 가득 채우라고 요청할 수 있었다. 과거에 유명인사들의 자존심을 부풀렸던 동일한 방식인 무차별적인 승인과 아무런 반대 의견이 없는 상황이 이제 모든 스마트폰, 태블릿, 노트북을 통해 확산되고 있다. 오늘날에는 누구나 사이버 공간에서 소리를 지르고 박수를 받을 수 있다.

독재자와 유아의 협상 도구인 자기애적 분노는 점점 더 자주 관찰된다. 많은 '평범한' 성인들은 이제 짜증을 내며 좌절에 반응한다. 그들은 특권 의식이 너무 강해서 거부를 받아들일 수 없다. 원하는 것을 얻지 못하면 발을 구르며 소리친다. 이제 상황별 사례를 설명하는 특수 용어가 등장했다. 도로 분노, 공중 분노, 대기열 분노,[2,3] 트위터 폭동' 독선적인 분노와 욕설도 같은 현상이다.

아동 정신 분석가인 멜라니 클라인*은 나르시시즘의 파괴적인 결과를 강조했다. 나르시시즘이 단순한 허영심, 이기심, 자기 집착이 혼합된 거라고 하더라도, 이것은 충분히 나쁠 수 있다. 또한 괴물과 같이 변형될 수 있다. 나르시시즘적 특권은 너무 기괴해서 나르시시트들은 아마도 거의 모든 것을 탐낸다. 나르시시스트는 부러워하거나 증오한다. 장애물은 반드시 제거해야 하고,

---

* 영국의 정신분석학자. 대상관계이론의 창시자로 어린이의 정신치료에 놀이치료를 처음으로 도입하였다.

자격을 갖추지 못한 경쟁자들, 모두를 전멸시켜야 한다. 오직 나르시시트만 존재할 권리가 있다.

우리는 카라바조Caravaggio의 검은 공허로 돌아간다. 그것은 지옥을 표현한 것이 아니다. 사실, 그것은 천국에 대한 나르시시스트의 생각이다.

사회는 동질적이지 않고 정당, 계급, 협회 및 특수 이익 집단과 같은 연합들의 집합체이다. 우리는 우리 자신을 한 '부족'의 구성원으로 인지하는데, 그들이 같은 가치를 공유하고 또한 우리와 비슷하기 때문이다. 우리의 가장 친한 친구도 일반적으로 우리와 비슷하다. 그러므로 대부분의 결혼이 같은 생각을 가진 개인들의 연합이라는 것은 그리 놀라운 일이 아니다. 성공적인 친밀한 관계는 열정, 취향, 좋아하는 활동과 같은 공통점을 기반으로 한다.4 우리는 비슷한 배경, 비슷한 복장 규정, 비슷한 자격을 가진 사람과 결혼하는 경향이 있다. 프랜시스 골턴Francis Galton*은 이 사실을 1870년 영국 결혼에 관한 연구에서 처음 밝혔으며 거의 모든 후속 비교 연구에서도 확인되었다. 이처럼 비슷한 사람끼리의 화합은 바람직하지만, 인식적 나르시시즘을 증폭시킬 수 있다. 함께 사는 사람이 우리가 말하는 모든 것에

---

* 영국의 유전학자로 우생학(優生學)의 창시자인데, G. J. 멘델보다 앞서 유전 연구는 개개의 형질을 다루어야 한다고 주장하였다. 또한 유전학을 인류개량에 응용해야 한다고 하기도 하였다. 대표적인 저서로 《자연의 유전》이 있다.

동의한다면, 우리는 우리의 판단이 완벽하고 반박할 수 없을 만큼 논리적이라고 결론 짓고 싶을 것이다.

정신분석 초기에는 동성애자들이 자신과 똑같이 생긴 몸에 매력을 느끼므로 나르시시즘과 동성애가 서로 관련이 있다는 주장이 있었다. 사실, 성적 지향에 관계없이 모든 성적인 각성은 자기 도취적이다. 성적 인식은 거울 앞에서 자기를 탐색하는 것과 자위로 시작한다. 그러나 우리가 자신과 닮은 사람에게 우선적으로 매력을 느끼며 찾는 데는 다른 많은 이유가 있다. 오이디푸스적 매력 역시 우리가 부모님을 닮았기 때문에 항상 자기 애적인 면이 있다. 젊은 시절의 엄마를 닮은 여성과 결혼을 하기로 선택한 남자는 또한 자기 자신과 닮은 여자와 결혼하는 것이라고도 할 수 있다. 오이디푸스적 오랜 욕망에 대한 우리의 본능적인 거부감은 심리학보다 생물학에 뿌리를 두고 있다. 근친상간은 유전적인 질병으로 고통받을 수 있는 자손의 수를 늘릴 가능성이 있다. 오이디푸스적 감정이 정상적일 때에는 성적 관심을 '올바른' 방향으로 향하게 조정한 후 점차 가라앉는다. 이러한 감정들은 과도기적이다.

잠재적으로 위험한 이러한 성적 호기심을 불러일으키는 관계가 진화적으로 선택되어야 했을까? 오이디푸스나 엘렉트라 콤플렉스가 해결되지 않은 상태로, 가족 안에서 성적 관심에 불을 붙이는 매력은 왜 여전히 기능을 하는 것일까? 배우자 선택, 유전자의 공유와 번식 성공의 상호 작용에 따라 어떤 선택을 해야 하는지 우리는 기로에 서게 되며, 이 상황이 직관에 반대되는 경우도 있지만, 그럼에도 불구하고 우리는 기능적인 적응을 할 만하다. 예를 들어, 최적의 번식 성공률은 동일한 머리 색깔이나 체력과 같은 신체적 유사성을 갖는 개인들 사이의 유전적 호환성과 관련이 있다. 이상적인 섹스파트너는 유전적으로 너무 가깝지도 않지만 너무 멀지도 않다.[5] 우리는 정교한 두뇌를 가지고 있으며 본능을 무시할 수 있다. 그럼에도 불구하고 이 이론이 옳다면, 우리가 배우자를 찾을 때, 진화적 프로그래밍이 우리와 닮은 짝을 선택하도록 유도할 것이라는 것을 알 수 있다.

자기애적 성적 매력을 선호하는 또 다른 진화 메커니즘은 동질적인 짝짓기이다. 모든 사람은 가능한 가장 매력적인 사람과 관계를 형성하고 싶어 한다. 아무도 자신보다 덜 매력적인 사람과 관계를 형성하기를 원하지 않기 때문에 대다수의 커플들은 서로 닮지 않을 가능성이 높다. 그리하여 우리가 사랑을 고백하고, 상대방을 존경할 때, 아마도 우리는 동시에 우리 자신을 존경할 수 있을 것이다.

사랑은 시인들이 말하는 것처럼 신비로운 힘이 아니다. 경계가 없으며 무한하지 않다. 사랑하는 사람에 대해 생각하거나 친절한 행동을 하는 데 하루 중 많은 시간을 보낼 수 있다. 반대로, 당신은 매일 자신에 대해 생각하고 이기적으로 행동하면서 많은 시간을 보낼 수 있다. 나르시시즘에 대한 프로이트 Freud 의 이론적 설명에는 우리가 자신을 더 많이 사랑할수록 다른 사람을 위해 줄 여분의 사랑은 줄어든다. 배우자의 사랑은 부모의 사랑과는 달리 서로 주고받는 것을 전제로 한다. 당신이 타인을 사랑하는 것을 멈출 때, 당신도 더 이상 사랑받을 수 없게 된다.

'제인'이 본명은 아니었다. 제인의 이름이 화려하게 들리기 때문에 그 이름을 선택했다. 그는 스물여섯 살이었고, 거의 모든 수입을 디자이너 의류, 호화로운 휴가, 코카인에 썼다. 제인이 섹스의 대가로 처음으로 돈을 받았을 때, 그는 학생이었다. 매춘이 제인의 직업이 되었고, 제인은 거리에서 자신의 외모가 상당한 이점이 된다는 것을 발견했다.

의심할 여지없이 제인의 외모는 매혹적이었다. 제인은 긴 금발 머리였고, 그의 눈은 빛나는 청색이었다. 옆모습만 보면 젊은 여자로 착각하기 쉬웠다. 제인의 머리가 나를 향했을 때, 내 책상의 램프가 그의 남성적인 턱선을 비추었다. 제인의 목소리 또한 모호했다. 제인의 목소리는 여자의 낮고 허스키한 목소리처럼 들렸다.

제인은 자신의 양성성androgyny에 좋은 틈새 시장을 찾았다. 그는 여장을 하고 다른 게이와 섹스를 하고 싶어 하는 게이에게 자신의 몸을 팔았다. 제인은 자신의 고객에 대해 많은 이야기를 했다. "그들은 대부분 돈이 많은 늙은 게이였어요. 저를 차에 태워 그들의 아파트로 데려갔죠. 보통 런던 외곽에 있었어요. 장식된 벽과 그림, 네 개의 기둥과 덮개가 있는 커다란 침대, 진짜 당신도 본 적이 있을 거예요. 저는 아무것도 가져갈 필요가 없었어요. 그냥 화장만 하고 가면 되었죠. 고객들은 나와 있었고 제가 입을 옷, 캐미솔, 하이힐, 스타킹까지 구입해서 준비해 두었어요." 제인은 발을 들고 신발의 앞부분을 가리키며 발목에서 허벅지까지 양 손으로 위로 쓸어 올리며 나에게 그의 반짝이는 바지 밑의 다리가 얼마나 날씬한지를 상상해 보라고 했다. "힘든 일은 아니에요. 그들 대부분은 다리를 들어올리지도 못했어요. 저는 아무것도 할 필요가 없었죠."

제인의 고객 대부분은 제인을 바라보는 것만으로도, 격식을 갖춘 성적 숭배에 참여하는 것만으로도 행복해했다. 그들은 무릎을 꿇고 제인을 입으로 자극하거나, 그들이 자위하는 동안 제인의 드레스를 쓰다듬었다. 삽입 섹스를 요구한 적은 거의 없었다. 그러나 제인은 요청을 받았을 때 기꺼이 복종했다. "그들은 저를 사랑해요." 제인은 웃었다. "바보 같은 놈들!" 제인은 그들을 경멸했다.

제인은 오락처럼 섹스를 즐겼지만, 그는 결코 파트너와 감정적으로 연결된 적이 없었고, 성적 만족은 제인의 주된 동기가 아니었다. 나이트클럽에 놀러갔을 때, 연예인이 나타나면 바로 유혹하려고 했다. 드물게 성공을 거둔 경우에 제인이 경험한 기쁨은 성적인 것이 아닌, 자기도취적인 것이었다. 제인은 유명한 영화 배우나 음악가가 자신을 거부하지 못한다는 사실에 흥분했다.

제인이 자신의 삶에 대해 이야기할 때 그는 손을 쉴 새 없이 움직였다. 제인은 티셔츠를 들어올려 납작하고 희미한 근육질의 배를 드러내는 버릇이 있었다. 제인은 팔을 들 때마다 우연히 티셔츠 자락이 시계줄에 걸리는 듯 무의식적으로 움직여 자신의 몸을 노출했다. 당시 나는 30대였지만, 제인에게 나는 그저 또 다른 '늙은이'에 불과한 것 같았다.

제인을 더 잘 알게 되면서 그의 나르시시즘이 점점 더 분명해졌다. 제인은 거의 완전하게 공감 능력이 없는 듯이 말했다. "때때로 비행기를 타면 지루해지고, 비행기가 추락하는 것에 대해 생각해요." 제인은 자신이 지루함보다 두려움을 더 참을 수 있다는 것을 알았다. "그러나 저는 비행기가 추락하고 화염에 휩싸이는 것이 아니라, 엄청난 폭발을 일으킨다고 상상해요. 건물이 무너지고 수천 명의 사람들이 죽는 것을 상상하죠. 마치 재난 영화처럼, 세상 종말처럼." 고통, 헤아릴 수 없는 고통과 슬픔, 무고한 수많은 사람들의 죽음은 아무 의미가 없었다. 이러한 것들은 그의 환상과 관련해서만 의미가 있었다. 나르시시스트에게는 다른 어떤 것도 중요하지 않기 때문에 그들 자신의 죽음은 곧 종말이다.

수천 년 동안 종교는 자아 초월과 관련된 수행을 옹호해 왔다. 여기에는 명상과 끊임없는 기도, 찬송이 포함된다 이런 종류의 수행은 일반적으로, 영적으로 중요한 것으로 여겨지는 의식의 변화를 가져왔다. 이러한 상태는 긍정적이고 고양된 기분과 같은 지속적이며 유익한 변화를 가져온다.[6] 명상을 통해 이러한 이점을 얻기 위해 반드시 독실할 필요는 없다. 명상하는 무신론 자들 또한 웰빙이 증가했다는 보고가 있다.

많은 심리치료사들은 자아를 초월하는 것이 유익하고 변화를 불러온다고 주장하였다. 칼 로저스Carl Rogers*와 에리히 프롬 Erich Fromm**은 각각 '현재의 순간'과 '지금 여기' 살 것을 추천했다. 과거에 대한 생각과 미래에 대한 걱정에 사로잡히지 않는다면 경험에 '열려' 있을 것이고, 현실에 더 집중할 수 있을 것이다. 당신은 덜 지각하지만, 더 살아있다고 느낄 것이다. 처음에는 다소 모순적으로 보인다. 자기 인식이 감소하면 더불어 경험하는 현실의 인상들을 이해하는 당신의 능력 또한 같이 감소할 것이다. 세상은 당신과 함께 작아질 것이다. 그러나 사람들은 생생하고, 최적의 강렬한 즐거움 등, 사실상 반대의 경험을 토로한다.

우리가 즐거운 일이나 활동에 완전히 몰두할 때, 우리는 그 과정에서 자신을 '잃어버린다.' 우리는 몰두하게 되고 시간은 빨리 간다. 이런 현상을 심리학자 미하이 칙센트미하이 Mihaly

---

* 미국의 심리학자. 내담자(來談者) 중심의 상담요법 또는 비지시적(非指示的) 카운슬링의 창시자이다. 치료적 변화를 위하여 필요한 치료자의 태도를 중시했다. 치료자 자신의 자기일치, 내담자에 대해 무조건적인 긍정적 관심, 일치된 공감적 이해를 중시했다.
** 미국 신프로이트(Freud)학파의 정신분석학자이자 사회심리학자이다. 프랑크프루트학파에 프로이트 이론을 도입하여 사회경제적 조건과 이데올로기 사이에 사회적 성격이라는 개념을 설정하고 이 3자의 역학에 의해 사회나 문화 변동을 분석하는 방법론을 제기하였다. 저서에 《자유로부터의 도피》, 《선(禪)과 정신분석》 등이 있다.

Csikszentmihalyi*는 몰입 flow이라고 불렀다. 운동 선수와 음악가는 매우 유사한 것을 '몰아일체의 상태 being in the zone'로 경험한다. 영감으로 고무된 공연은 힘들지 않고 자발적으로 이루어진다. 영국의 심리학자 스티브 테일러 Steve Taylor**가 정의한 '각성경험'은 기분이 좋으며 평온하고, 다른 사람들 또는 자연과 연결되어 있다는 긍정적인 상태를 특징으로 한다. 즉, '머릿속 수다'가 줄어들거나 사라진다. 각성 경험 중에 개인은 자기 인식을 덜한다. 1950년대부터 환각제 Psychedelic drug*** 연구자들은 삶을 변화시키는 '최고'가 '자아의 죽음', 즉 완전한 자아감을 상실하는 것과 관련이 있음을 발견했다.

올더스 헉슬리 Aldous Huxley는 [지각의 문 The Doors of Perception****]에서 메스칼린 mescaline을 복용한 후의 생생한 경

---

* 미국의 심리학자로서 '긍정심리학' 분야의 대표적인 연구자이다. 창의성과 관련된 몰입(Flow)의 개념은 많은 분야에서 인용되고 있다.

** 영국의 작가이자 심리학 강사/연구자이며, 심리학과 영성에 관한 많은 책과 시를 썼다. 의식과 트랜스퍼스널 심리학 석사학위와 리버풀 존 무어스 대학교에서 심리학 박사학위를 받았다. 그는 Psychology Today 잡지의 인기 있는 블로그 'Out of the Darkness'를 쓰고, Scientific American을 위한 블로그 기사도 썼다. 그는 또한 대화와 심리학자 잡지에 정기적으로 글을 쓴다.

*** 환각제는 비정상적인 정신 상태(환각적 경험 또는 환각적 '여행'으로 알려짐) 및 또는 의식의 명백한 확장을 유발하는 환각 약물의 하위 클래스이다. 때때로 그들은 고전적인 환각제, 세로토닌성 환각제, 또는 혈청형 환각제라고 불리며, 환각이라는 용어는 때때로 다양한 유형의 환각제 또는 MDMA 또는 대마초와 같은 비정형 또는 환각에 인접한 환각제를 포함하기 위해 더 광범위하게 사용된다.

**** 올더스 헉슬리가 쓴 자서전이다. 1954년에 출판된 그것은 1953년 5월 메스칼린의 영향을 받은 그의 환각적인 경험에 대해 자세히 설명한다. 헉슬리는 "순수한 미학"에서 "성사적 비전"에 이르기까지 그가 경험한 통찰력을 회상하며, 그들의 철학적, 심리적 함

험을 다음과 같이 기록하였다. "깨어있는 동안 쇼를 진행하려는 신경증 내담자를 방해하는 순간, 축복스럽게도 그는 방해받지 않는다."

이 모든 상태, 명상 경험을 포함하여 공통점은 줄어든 자기 인식, 자기감의 상실이다. 이 상태들은 전망과 분위기 변화와도 관련이 있다. 여기에는 고양된 자신감, 더 크게 낙관적인 전망, 더 넓은 관심과 새로운 관계 형성이 포함된다. 일부 사람들은 인생에 더 깊은 의미와 목적을 갖게 되었다고 말한다. 이것은 에이브러햄 매슬로Abraham Maslow가 '절정 경험peak experiences*'이라고 부르는, 즉 완전히 자아를 실현한 사람들이 달성한 경이로움과 무아의 경지와 일맥 상통하는 부분이 있다.

어떻게 이러한 상태를 설명할 수 있을까? 어떻게 일시적인 자기 인식 상실을 경험한 개인의 정체성과 목적 의식이 더 강해지는 걸까?

자연과 교감하거나, 오르가즘을 느끼거나 스키를 타고 산비

의를 반영한다.

* 행복감으로 특징지어지는 의식의 변화된 상태이며, 종종 자아실현을 하는 개인에 의해 달성된다. 이 개념은 원래 1964년 에이브러햄 매슬로(Maslow)에 의해 개발되었는데, 그는 피크 경험을 "현실을 인식하는 발전된 형태를 생성하고, 심지어 실험자에게 미치는 신비롭고 마법 같은 경험"이라고 묘사했다.: 피크 경험에는 몇 가지 고유한 특성이 있지만, 각 요소는 전체적인 방식으로 함께 인식되어 자신의 잠재력을 최대한 발휘하는 순간을 만든다. 최고의 경험은 단순한 활동에서 격렬한 이벤트에 이르기까지 다양할 수 있지만, 그것은 반드시 그 활동이 무엇인지에 대한 것이 아니라, 그 활동 동안 경험되는 황홀하고 행복한 느낌에 대한 것이다.

탈을 내려올 때, 당신은 가장 분명하게 존재한다. 그러한 경험은 자아가 부재하기 때문이 아니라, 지금 여기에 완전히 존재하기 때문에 매우 즐겁다. 자아는 감각에 완전히 몰입하게 되면, 영향을 받는 신경계의 채널이 활짝 열리게 되어 최대의 강도로 현실을 경험하게 된다. 아무것도 방해를 하지 않는다. 일반적인 상황에서는 방해가 되는 무엇이 반드시 있기 때문에 최고의 경험은 기억에 남고 특별하다.

'어떤 것'은 다른 것으로 대체가 되는데, '어떤 것'은 일반적으로 직접적인 경험을 방해한다. '어떤 것'은 주로 나르시시즘적 자아이며, 이 자아는 절대적 중심 위치를 차지하기 위해 습관적으로 지각을 왜곡한다. 쉴 새 없이 자신의 필요와 바람과 욕구뿐만 아니라, 타인들에 비추는 자신의 모습에 대하여 '머릿속 수다'를 만들어낸다. 많은 나르시시트들은 자신이 영화 속에 있다고 자주 상상한다. 그들은 자신의 하루 일상이 대형 스크린에 등장한다고 상상하며 살아간다. 경험은 즉시 과대한 자기 환상이 되고 세상의 어떤 것도 '통과'하지 못한다. 이것은 전형적인 자기애적 행동이다. 직접적인 경험 없이는 개인의 성장과 발전은 있을 수 없다. 나르시시트들은 끊임없이 아름다움과 아름다움의 경험, 진실과 진실의 경험 사이에 자신의 자아를 개입시킨다. 해가 질 때 셀카봉을 들고 불타는 하늘을 등지고 선 나르시시트들은 어떻게 자각의 경험을 할 수 있을까? 진정한 자아는 그대로의 현실과 만남으로 풍요로워진다.

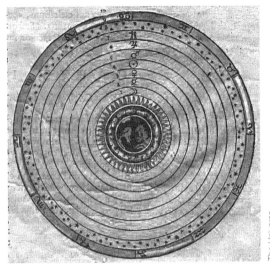

　　프로이트는 코페르니쿠스와 다윈에 이어 자신이 자기도취적인 인류에게 세 번째로 가장 치명적인 타격을 가했다고 주장했다. 코페르니쿠스는 인간이 우주의 중심에서 좋은 위치를 차지하고 있지 않다는 것을 증명했다. 별들과 행성들은 지구를 중심으로 회전하지 않는다. 우주의 광대함과 나이를 고려할 때, 인간의 미미함은 의문의 여지가 없다. 다윈은 인간이 다른 생명체를 지배하도록 신이 설계한 창조물이 아님을 증명했다. 오히려 인간은 우연한 사건과 진화의 산물이다. 우리는 돼지나 개코원숭이보다 더 신성한 동물이 아니다. 프로이트의 '세 번째 타격'은 우리가 통찰력이 거의 또는 전혀 없다는 것을 정신분석을 통해서 밝혔다. 프로이트에 따르면 '자아는 자신의 집에서도 주인이 아니며, 자신의 마음 속에서 무의식적으로 일어나는 일에 대한 부족한 정보에 만족해야 한다.' 우리는 자신이 누구인지 모르며 왜 다른 행동이 아닌 특정 행동을 선택했는지 이해하지 못한 채 삶을 헤매고 있다.

프로이트는 자신을 코페르니쿠스와 다윈과 같은 위대한 인물과 동일 선상에 둠으로써 무심코 자신의 나르시시즘을 드러내는 것으로 보여진다. 어떤 기준에 의해서도, 터무니없이 웅장한 주장으로 보인다. 프로이트의 세 번째 타격은 자신의 말로 '가장 상처를 입힌 것'이었다. 프로이트는 자신이 가장 중대한 타격자라고 주장했다. 그러나 프로이트가 자기애적이었다면 그의 자기애는 그의 주장을 강조한다. 우리는 모두 취약하다. 우리의 자아는 우주적 규모로 확장될 수 있다.

나르시시즘의 핵심 특징은 예외성이다. 우리가 나르시시즘에 굴복할 때, 우리는 우리가 특별하고 자격과 면제에 수혜자이며, 이러한 면제 중의 가장 큰 면제는 죽음에서 온다고 믿는다. 다른 사람들은 죽겠지만 나는 아니다. 포르투갈의 작가이자 노벨상 수상자인 호세 사마라구 José Saramago*의 소설 [리카르도 라

---

* 호세 사마라구(1922년 11월 16일~2010년 6월 18일)는 포르투갈 작가이자 1998년 노벨 문학상을 수상했다. 그의 "상상상, 연민, 아이러니에 의해 유지된 비유로 인해 우리는 다시 한번 더 애매한 현실을 파악할 수 있게 해준다." 그중 일부는 우화로 볼 수 있는데, 그의 작품은 일반적으로 역사적 사건에 대한 파괴적인 관점을 제시하며, 시신론적 인간 요소를 강조한다. 2003년 해롤드 블룸은 사라마고를 "오늘날 세계에서 가장 재능 있는 소설가"로 묘사했고, 2010년에는 사라마고를 "서양 캐논의 영구적인 부분"으로 간주한다고 말했고, 제임스 우드는 "그가 현명하고 무지한 사람인 것처럼 소설을 서

이스가 죽은 해The Year of the Death of Ricardo Reis]*에서 죽은 시인 페르난도 페소아가 무덤에서 돌아와 그의 친구이며 의사인 동료 시인 리카르도 레이스와 이야기를 나눈다. 그는 레이스에게 산 사람은 자신의 죽음을 이해할 수 없다고 말한다. 레이스는 살아있는 사람들은 그들이 죽을 것이라는 것을 알고 있다고 항의한다. 페소아는 이렇게 대답한다. "내가 살아있을 때 몰랐던 것처럼 당신도 모르고 아무도 모른다. 의심의 여지없이 우리가 아는 것은 다른 사람들이 죽는다는 것이다."

나르시시스트는 '불멸'이고, 자신의 성찰에 감탄하며 영원을 보낼 수 있다. 삶의 사업들은 미룰 수 있다. 그러나 나르키소스는 무無로 녹아가는 와중에도 여전히 자기 자신을 응시하고 있었다는 사실을 기억하라.

술하기 때문에 그의 소설의 독특한 어조"를 칭찬했다.

* 주제 사라마구의 소설. 줄거리에는 전통적인 요소들이 등장한다. 라이스는 호텔의 객실 메이드와 연애를 하기도 하고, 코임브라 출신의 귀족 여인과 사랑에 빠지기도 한다. 또한 작품의 대부분이 리스본 거리의 산책을 묘사하고 있어, 마치 포르투갈 판 『율리시즈』의 맛이 난다. 조이스의 걸작처럼 이 박식한 소설은 더 많은 생각을 할애할수록 더욱 풍부해지는 작품이다.

제8장

섹스:
치명적인 자동차

Sex:
Mortal Vehicles

The Act of Living

8.

섹스: 치명적인 자동차

Sex: Mortal Vehicles

섹스는 에이브러햄 매슬로Abraham Maslow의 욕구 계층 구조에서 두 번 등장한다. 첫째, 매슬로는 성욕을 가장 낮은 수준에 두고 공기와 음식과 같은 생존에 필수적인 욕구로 그룹화했다. 즉, 섹스는 기본 욕구이다. 그런 다음 섹스는 친밀감의 내재적인 요소로 '사랑과 소속'이라는 상위 계층의 욕구로 다시 등장한다. 매슬로의 이러한 계산은 서구 사회의 물질적인 체계에서 성이 차지하는 불확실한 경향을 반영한다. 성은 양극화되어 있다. 한편으로는 엄격하게 통제되어야 하는 동물적 충동으로 볼 수 있으며, 다른 한편으로는 영적 연합을 미리 맛보는 것이라고 할 수 있다.

초기 심리치료사들은 섹스에 몰두했다. 그들이 마음과 인간이 무엇인지 이해하려고 시도하면서 섹스가 우리를 형성한다는 것이 점점 더 분명해졌다. '해부학은 운명이다.' 프로이트는 이를 인정하고 오이디푸스, 일렉트라 콤플렉스를 도입하여 남녀의 심리 발달 과정을 밝히려고 노력했다. 1920년대 후반에 프로이트는 큰 질문에 대한 생각을 하고 있었다. 성생활을 관리하는 최적의 방법은 무엇일까?

빅토리아 시대 특권층, 그들의 훌륭한 태도는 불행한 계급들이 따르고자 원하는 모범이 되었다. 그러나 그 특권층 사람들은 섹스를 자신들의 고상한 삶의 방식으로 수용하는 것을 난감해하였다. 그들은 교회, 은행, 사무실, 극장, 음악 등 고상한 매너의 세계에 살았다. 섹스는 그 어디에 적합할 수 있었을까? 섹스는 어울리지 않는 것 같았다.

억압, 부인, 부정직은 후기 빅토리아 시대의 품위라는 환상을 유지하기 위해 필요했다. 전문직 남성들은 가정을 유지하면서 매춘 업소를 방문했고, 입으로는 경건하고 진부한 말을 했다. 성병이 만연했다. 어쩌면 너무 많은 위선의 무게가 사회적 관용의 한계를 넘어서고 집단적 방어가 무너지기 시작했을 수 있다. 더 이상 성관계를 비공개로 하거나 대화할 수 없었다. 대중들은 사적인 행위들을 궁금해하였고, 논의되고, 쓰여지고 분석되었다.

Victorian Nude

성과학은 남성들만의 전유물이 아니었다. 여성들은 원시 페미니스트들의 출판물과 정치력의 급진적인 상승에 고무되었고, 번식에 대한 생리학과 성적인 즐거움에 대해 학문적으로 관심을 가지기 시작했다. 2005년에 2만8천년 된 실트암으로 된 물체가 독일의 한 동굴에서 발견되었다.[1] 그것은 길이가 20센티, 너비가 5센티로 음경 모양이었다. 이 물체는 부싯돌을 두드리는 데 사용되는 것 외에도 오락적인 용도가 있을 것처럼 보였다. 런던 킹스 칼리지의 강사인 케이트 데블린Kate Devlin*은 그녀의 책 [켜

---

* 아일랜드의 인공지능 및 인간–컴퓨터 상호작용(HCI) 전문 컴퓨터 과학자. 그녀는 인간의 성과 로봇 공학에 대한 연구로 가장 잘 알려져 있으며, 2016년 런던에서 열린 연례 러브 앤 섹스 위드 로봇 컨벤션의 공동 의장이었고, 2016년 런던 골드스미스에서 열린 영국 최초의 섹스 테크 해커톤의 설립자였다. 그녀는 킹스 칼리지 런던의 디지털 인문학과의 사회 문화 인공 지능 수석 강사이며, 여러 학술 논문 외에도 〈턴 온: 과학, 성 및 로봇〉의 저자이다.

짐: 과학, 성 그리고 로봇 공학 Turned On: Science, Sex and Robotics]에서 흥미로운 질문을 제기했다. "그렇다면 딜도는 운전대보다 25,000년도 이전에 발명되었다는 것일까?"

프로이트의 많은 초기 내담자들은 도덕적으로 일관된 자아 감각을 보존하면서 그들의 성적인 욕구를 충족시킬 수 없었다. 욕망은 관습, 교리와 충돌했다. 결과적으로 과도한 억압이 히스테리적이고 신경증적인 증상의 원인이 되었다. 삶이 끝날 갈 무렵, 프로이트는 문명과 그 문명에 대한 불만의 메커니즘을 연구했다. 프로이트Freud는 많은 심리적 장애가 사람들이 사회 질서를 위한다면서 욕구를 억제한 결과라고 결론을 내렸다.

자연 선택은 천천히 진행되며, 적응은 종종 환경의 변화보다 뒤처진다. 우리는 원시적인 환경에서는 성적 욕구를 충족시키며 잘 적응했지만, 현재는 수백만 명이 같이 살아야 하는 기술적으로 진보된 대도시에 살고 있다. 우리는 카페에 앉아 카푸치노를 마시며 노트북으로 일하지만, 우리 테이블 가까이에 매력적인 사람이 앉아 있는 것을 보게 되면, 우리의 신경 회로는 우리를 세렝게티*로 되돌린다. 그러나 우리는 그러한 행동이 더 이상 허용되지 않기 때문에 더 이상 자연스러운 충동에 따라 행동할 수 없다.

프로이트가 제안한 것처럼 성적인 억제가 정신 장애를 유발

---

* 탄자니아 북서부의 초원.

한다면 문제에 대한 해결책은 사회적 관습을 완화하고 방탕함을 장려하는 것일 수 있다. 이러한 견해는 부르주아적 가치에 반대하는 수단으로 '자유로운 사랑'을 옹호했던 많은 세기말의 사회주의자, 무정부주의자, 보헤미안들의 공감을 받았다.[2] 그들은 우리가 침실 문을 활짝 열어야 한다고 주장했다. 결혼과 같은 제도는 궁극적으로 해로우며, 성적인 금지가 적은 사회일수록 사회는 죄책감, 내적 갈등과 신경증에서 해방될 수 있다고 주장했다.

프로이트의 사상이 사회 개혁 선언문으로 재해석될 수 있다는 것을 깨달은 사람은 초기 정신 분석가들 중 한명인 오토 그로스Otto Gross*였다. 그로스는 젊은 의사로 20대 후반일 때 프로이트를 만났다. 어니스트 존스Ernest Jones**는 키가 크고 금발이며 카리스마 넘치는 그로스Gross를 '낭만적 천재'로 묘사하였다. 그로스는 그의 내담자들에게 자유주의자처럼 행동하고 억압적이라고 생각되는 모든 것에 반항하도록 격려했다. 그로스는 인간이 모든 성적 욕구를 충족할 수 있도록 허용된다면, 사회는 분열되지 않고 새롭고 더 현명한 방식으로 진화할 수 있을 것이라고 생각했다. 우리 모두는 훨씬 더 행복할 것이다. 그로스는

---

* 오스트리아의 정신분석학자였다. 지그문트 프로이트(Freud)의 초기 제자인 그는 나중에 아나키스트가 되었고, 유토피아적인 아스꼬나 공동체에 합류했다.

** 웨일스의 신경학자이자 정신분석학자였다. 1908년 첫 만남에서 지그문트 프로이트(Freud)의 평생 친구이자 동료인 그는 그의 공식 전기 작가가 되었다. 존스는 정신분석학의 첫 번째 영어권 실무자였으며, 영어권 세계에서 선도적인 기수가 되었다. 1920년대와 1930년대에 국제 정신분석협회와 영국 정신분석협회의 회장으로서 존스는 조직, 기관 및 출판물의 설립에 혁신적인 영향을 미쳤다.

Otto Gross

코카인과 모르핀에 중독되었고, 밤에는 혁명가들을 만나 시간을 보내는 등 불규칙하게 시간을 보냈다. 스물여섯 살에 그로스는 결혼했지만, 결혼은 그가 이러한 이단적 원칙에 따라 사는 것을 막지는 못했다. 그로스는 두 자매를 유혹했는데, 그중 한 명은 나중에 작가 데이비드 허버트 로렌스*와 결혼했고, 다른 한 명은 그로스의 아이를 임신했다.

심리치료 역사가들은 그로스를 티모시 리어리Timothy Leary**

---

* 영국의 작가, 소설가, 단편 소설 작가, 시인, 수필가였다. 그의 모더니스트 작품은 섹슈얼리티, 활력 및 본능을 옹호하면서 현대성, 사회적 소외 및 산업화를 반영한다.

** 대항문화의 중심에서 20세기를 살아낸 심리학자이자 작가. 인간의 행동을 실제로 변화시킬 수 있는 심리치료법을 고민하다 환각 약물을 만났다. LSD가 합법이던 시절 다양한 사람들을 대상으로 실험한 뒤, LSD가 정서와 정신의 치료를 도울 뿐 아니라 인성

와 로널드 랭R. D. Laing＊과 같은1960년대 반문화 영웅들의 선구자로 꼽았다. 몇 가지 놀라운 유사점이 있다. 그로스는 마약이 의식을 확장시키고 양심의 가책을 희석해 준다고 하면서 마약 사용을 옹호했다. 오토는 폭군적인 가부장제를 정신 질환의 원인이라고 생각했다. 그로스가 내담자들에게 한 조언은 티모시 리어리의 외침과 크게 다르지 않다. "흥분하라, 함께 하라, 이탈하라!"

그로스의 생활 방식은 지치고 지속하기 어려웠다. 그로스는 정신 질환의 징후를 보이기 시작했고, 스위스의 부르크횔즐리 정신병원Burghölzli psychiatric hospital에 보내져 칼 구스타프 융Carl Gustav Jung의 치료를 받게 되었다. 처음에 융은 그로스를 못마땅해하였다. 그러나 그로스가 너무나 유쾌하고 흥미로우며 재미있는 친구여서 융은 프로이트에게 보내는 편지에서 그로스를 '예상 외로 괜찮은 남자'로 묘사했다.3 그로스는 치료에 협조적이었고 복용하던 마약을 줄였다. 모든 것이 순조롭게 진행되고 있

을 변화시켜 새로운 진화를 가능하게 한다고 주장했다. 환각 약물을 엘리트층의 전유물로 만들려는 움직임에 맞서 모든 성인은 자신의 두뇌에 접근할 권리가 있다고 주장한 리어리의 평등주의 사고방식은 당시 미국을 휩쓸던 새로운 문화운동과 연결돼 있었다.

＊ 정신 질환, 특히 정신병과 정신 분열증에 대해 광범위하게 쓴 스코틀랜드 정신과 의사였다. 정신병리학적 현상의 원인과 치료에 대한 랭의 견해는 실존적 철학에 대한 그의 연구에 영향을 받았고, 정신과적 정통성이 된 화학 및 전기 충격 방법에 어긋났다. 랭은 개별 내담자나 고객의 표현된 감정을 단순히 정신 질환의 증상이 아닌, 개인적인 경험에 대한 유효한 설명으로 받아들였다. 대중의 마음에서 반정신병 운동과 관련이 있지만, 그는 그 라벨을 거부했다. 랭은 정신분열증을 사실이 아닌 이론으로 간주했지만, 나중에 정신분열증에 대한 그의 견해가 틀렸다는 것을 인정했다.

는 것 같았다. 그로스가 정원벽을 뜯어내고 탈출하기 전까지는 말이다. 융은 그로스의 여성 팬만큼이나 쉽게 그로스의 유혹에 걸려들었다.

성적인 관계는 자주 남을 속이며 정직하지 않다. 가장 흔한 형태는 일련의 일부일처제이며, 가끔 바람을 피우며 결혼, 출산, 그리고 더 기회주의적인 섹스가 뒤따른다.4 모든 관계에서는 아니더라도, 바람을 피우는 것에 대한 문제는 가장 숨겨져 있다. 1920년대 정신과 의사이자 선구적인 섹스 연구자 길버트 해밀턴Gilbert Hamilton*이 실시한 인터뷰에서 남성의 28%, 여성의 24%가 외도를 인정했다. 1940년대와 1950년대의 유명한 킨제이보고서Kinsey reports**에 따르면, 6,427명의 남편 중 약 1/3이, 6,972명의 기혼 여성, 이혼 여성, 남편과 사별한 여성 중 약 1/4이 그들이 40대 무렵에 혼외 성관계를 가졌다. 사회적 태도가 지속적으로 변화하고 있음에도 불구하고 이러한 수치는 비교적 안정적으로 유지되었다. 문화적으로 우리는 연애의 개념을 존중

---

* 미국의 의사이자 작가. 그는 정신병리학에 대한 초기 매뉴얼 중 하나인 객관적 정신병리학 소개의 저자였으며, 성행위에 대한 선구적인 보고서인 〈A Research in Marriage〉를 발표했다. 1877년 오하이오 주 프레이즈버그 에서 태어난 해밀턴은 오하이오 상인의 아들이었다. 그는 오하이오 웨슬리언 대학교에서 대학 교육을 받았으며 1898년에 AB로 졸업했다. 학위를 마친 후 그는 필라델피아 에 있는 제퍼슨 의과 대학에 등록하여 신경 및 정신 장애 치료를 공부했다.

** 알프레드 킨제이와 워델 포메로이가 집필한 보고서로, 인간의 성적 행동을 다루고 있는 두 권의 책 《남성의 성적 행동(영어: Sexual Behavior in the Human Male)》(1948년)과 《여성의 성적 행동(영어: Sexual Behavior in the Human Female)》(1953년)으로 구성되어 있다.

하지만, 남성의 약 57%, 여성의 54%가 바람을 피웠다. 결혼을 하면 간음을 할 가능성이 줄어들 것 같으나, 간통의 비율은 여전히 높다. 서구 사회에서 기혼 남성의 약 25%~40%와 기혼 여성의 15-25%가 불륜을 저지른다. 그리고 예상하는 바와 같이 불륜은 결혼 문제와 밀접한 관련이 없다.[5] 혼외 정사를 하는 남성의 56%와 여성의 24%는 결혼 생활을 '행복' 또는 '매우 행복'하다고 평가했다. 이러한 통계는 보수적인 사회에 대한 그로스의 비판이 옳다는 것을 시사한다. 성적 자유를 인위적으로 제약하는 것은 효과가 없다. 우리는 여전하게도 빅토리아 시대 선조들의 위선을 거의 같은 방식으로 행하고 있다.

이것이 우리의 성적인 욕구를 다루는 가장 좋은 방법일까?

성적 욕구를 사회적으로 다루는 수단으로서 결혼은 불완전하며, 결혼을 대신할 계약으로 대처하려는 시도는 성공하지 못했다. 모든 사람이 다른 모든 사람들과 성관계를 가질 수 있는 공동의 유토피아는 성적 질투로 종종 분열되거나 배타성과 헌신으로 되돌아가게 된다. 1848년 존 험프리 노이스 John Humphrey Noyes*가 뉴욕 매디슨 카운티 오네이다에 설립한 오네이다 공동체 Oneida community**가 해체된 후, 과거 공동체에 거주했던 부

* 미국의 설교자, 급진적인 종교 철학자, 유토피아 사회주의자였다. 그는 퍼트니, 오네이다, 윌링포드 커뮤니티를 설립했고, "복잡한 결혼"이라는 용어를 만든 것으로 알려져 있다.
** 오네이다 공동체의 유토피아 철학은 신과의 개인적인 관계에 초점을 맞추었다; 그것은 일종의 "지구상에 있는 신의 왕국"이 되도록 의도되었다. 공동체의 두 번째 초점은

부 중 많은 부부가 '전통적인 결혼'을 위하여 '복잡한 결혼'에 대한 생각을 즉시 포기했다. 모든 성적 유토피아를 훼손하는 근본적인 문제는 인간이 사랑에 빠지고, 또한 이런 일이 일어나면 라이벌을 질투하게 되고 소유하려 하게 된다는 것이다. 심지어 '부부 교환 섹스'를 하는 부부와 일부다처주의자들도 질투가 얼마나 강렬한 감정인지 알고 있다.[6] 성적 유토피아는 사랑이 없거나 배타적인 열망이 억압된 경우에만 작동한다. 사랑이 억제된 경우, 배타성이 대처함으로써 기능을 하며, 그리하여 인간 존재에 대한 주요한 정신역동적 정당성을 부정한다.

성적 욕구 문제에 대해 우리가 선호하는 해결책은 가짜 일부일처제와 기회주의인 것으로 보인다. 사이코패스를 제외한 모든 인간은 신뢰를 저버리는 것이 상처를 준다는 것을 알고 있다. 외도는 죄책감을 불러일으키며, 억압으로 불편함을 줄이려는 시도가 결국 과도한 반추, 불안, 감정적 무감각. 현실과의 거리감, 왜곡된 인식을 유발한다. 인간은 대체로 나쁜 거짓말쟁이이다. 우리는 얼버무리는 표정과 동요, 의도하지 않은 실수와 실책으로 자신을 포기한다. 결혼한 미국인의 절반이 이혼을 한다.[7] 2/3의 결

성적 도덕성이었다. 노이스는 자위와 그가 부자연스럽게 자라기를 원하지 않는 씨앗을 뿌리는 인간의 관행을 발견했다. 노이스는 성기관의 세 가지 기능을 확인했다. 비뇨기, 번식성, 그리고 연애. 노이스는 친동적인 것과 친애적인 것의 분리를 믿었고, 그는 다른 일반적인 형태의 사회적 교류와 같은 입장에서 친애적인 성관계를 두었다. 노이스가 정의한 성교는 음경을 질에 삽입하는 것이다. 사정은 성교를 위한 요구 사항이 아니다. 노이스는 평범한 성교를 발견했다.

혼은 불륜 사실이 밝혀진 후 해체된다. 홈즈와 라헤의 스트레스 척도Holmes and Rahe Stress Scale*에 따르면 남자와 여자 모두에서, 이혼은 자녀의 상실 다음으로 인생의 가장 큰 스트레스 사건이다. 일반적으로 이혼 후 모두 정신 질환을 앓게 되지만, 남성의 경우는 더 심하다.[8] 기혼 남성에 비해 이혼한 남성은 음주, 약물 복용, 사회적 고립, 우울증에 걸리고 조기에 사망할 가능성이 더 높다. 인간은 헌신이 어렵다는 것을 안다. 그러나 외도의 결과는 종종 파괴적이다. 섹스는 끔찍한 선택 사이에 우리를 가둔다.

1924년, 할리우드의 거물 새뮤얼 골드윈Samuel Goldwyn**은 프로이트에게 '세계 최고의 사랑 전문가' 자격으로 10만 달러의 영화 대본 제작을 요청했다.[9] 물론 '사랑'이란 단어는 완곡하게 사용되었다. 프로이트는 골드윈의 요청을 거절했다. 프로이트의 생각 중 많은 부분은 자기 관찰에서 비롯되었다. 따라서 이 요청은 프로이트가 어떻게 자신의 성적 욕구를 관리했는지에 대한 문제가 관심의 대상이 되었다는 것을 설명한다. 전기 작가들

---

* 질병에 기여할 수 있는 43가지 스트레스가 많은 삶의 사건의 목록이다. 그 시험은 포인트 축적 점수를 통해 작동하며, 그 다음 위험 평가를 제공한다. 예를 들어, 미국 스트레스연구소는 300점 이상을 "향후 2년 이내에 건강이 악화될 확률이 80%"라고 간주한다. 만성 스트레스가 건강 악화로 이어질 수 있다는 좋은 증거가 있지만, 이런 식으로 스트레스가 많은 삶의 사건의 순위를 뒷받침하는 증거는 많지 않다.

** 폴란드 출생의 미국 영화제작자이자 연출가. 골드윈사(社)를 설립하였고, 이것이 후에 메트로-골드윈-메이어영화사(MGM)가 되었다. 미국의 대표적인 연출자 중 하나이며, 주요 작품으로 《공작부인》, 《폭풍의 언덕》 등이 있다.

은 프로이트를 가족적인 가장으로 묘사했으며, 그가 아내 마르타Martha에게 전적으로 헌신했다고 기록했다. 그러나 프로이트는 처제 민나Minna를 눈에 띄게 좋아했다.

민나는 프로이트 가족의 일원이었다. 민나는 프로이트의 작업에 관심이 많았고, 종종 프로이트의 여행에 동행했다. 2006년에 프로이트와 민나가 남편과 아내로 2박 동안 이인용 침실을 함께 사용했음을 보여주는 호텔 등록부를 발견하였다. 이것이 한 세상 이상 돌았던 소문을 확신시켜 주는 것 같았다. 그러나 그 당시 상황을 고려해 보아야 한다. 프로이트와 민나는 한 번 이상 남편과 아내 행세를 했으며, 마르타는 이 사실을 충분히 알고 있었다. 당시 미혼의 커플이 숙식을 요구하면 정중하게 퇴거를 요청받았을 것이다, 남편과 아내로 위장하는 것이 방을 얻을 수 있는 유일한 방법이었을 것이다. 프로이트의 숙박 기록부의 발견은 좋은 이야기 거리를 제공했다. 헤드라인은 재미있게도 '프로이트의 첫 번째 실수' 또는 더 조잡하게 '프로이트, 처제와 동침'이라고 언급했다.

우리는 세계 최고의 사랑 전문가 지그문트 프로이트가 자신을 통제하지 못했다고 생각하며, 위로를 받을 것이다. 민나는 예쁘고, 재미있고 총명했다. 그녀는 긴 검은 머리에 우아한 드레스를 입었다. 그들이 카드 놀이를 하는 동안, 얇은 비단 크레이프 아래 코르셋을 상상하고 흘끗 훔쳐보고 싶은 유혹이 있었을 것이다. 우리는 프로이트가 도덕적으로 약하기를 원한다. 왜냐하면 그의 약점은 우리에게 일종의 사면을 제공하기 때문이다.

섹스는 정말 기본적인 욕구일까? 분명하게도, 음식과 물이 필요한 것과 같은 방식의 욕구는 아니다. 섹스에 굶주려서 죽은 사람은 없다. 그렇다고 해서 섹스가 먹고 마시는 것보다 덜 중요하다는 의미는 아니다. 실제로 프로이트는 섹스가 매우 기본적이며 다른 모든 욕구는 생식에 보조적인 것이라고 믿었다. 이것은 우리가 개인의 이익 너머를 볼 때에만 분명해진다.

나르시시즘에 대한 에세이에서 프로이트는 이렇게 썼다. "개인은 성sexuality을 자신이 가진 여러 목적 중 하나로 여기지만, 또 다른 관점에서 보면 인간은 자신의 생식질germ-plasm의 부속물에 불과하며, 생식질의 처분에 따라 보너스처럼 인간에게 주어진 즐거움때문에 에너지를 쏟는다. 인간은 본질적으로 불멸하는 실체의 유한한 매개물일 수 있다. 마치 재산의 상속인처럼, 인간은 자신에게서 살아남은 재산의 임시 소유자일 뿐이다." 이것은 놀랍게도 현대 진화 생물학과 완전히 일치한다. [이기적 유전자The Selfish Gene]*의 저자 리처드 도킨스Richard Dawkins**도

---

* 1976년에 출간된 영국의 진화생물학자 리처드 도킨스의 진화생물학 교양서적이다. 리처드 도킨스의 여러 저작들 중에서도 가장 많이 팔렸고, 그의 저서 중 가장 큰 반향과 논쟁을 불러온 책이기도 하다. 도킨스가 직접 연구하여 쓴 책은 아니고 조지 윌리엄즈, 윌리엄 D. 해밀턴, 로버트 트리버즈, 존 메이너드 스미스 등의 진화생물학자들의 연구 결과를 집대성하여 대중들이 이해하기 쉽게 쓴 책이다.
** 케냐 나이로비에서 태어난 세계적인 진화생물학자이자 작가이다. 영국 왕립학회의 회원이며, 옥스퍼드 대학교에서 과학의 대중적 이해 담당 교수로 있다. 영국 '프로스펙트'지

인간은 유전자를 운반하는 임시 수단에 지나지 않으며, 또한 프로이트가 말했던 '생식질'일 뿐이라고 말했다. 만일 유기체의 진화적 소모성이 의심스럽다면, 수컷 꿀벌의 운명을 생각해 보면 된다. 발기는 마비를 일으키고, 사정하면 생식기가 폭발하고 곧 죽게 된다. 우리가 소비한 에너지에 대한 보상으로 받는 것이 '기쁨의 보상', 즉 오르가즘이다. 모든 자연스러운 경험 중 가장 즐거운 경험이기 때문에, 오르가즘이 번식을 장려한다. 자연 선택이 오르가즘을 특별히 강력하게 만든 것은 섹스가 가장 중요하기 때문이다.

매슬로Maslow의 욕구 위계설에 따르면, 우리는 살기 위해 음식이 필요하다. 그러나 우리 모두는 좋은 음식과 나쁜 음식이 있다는 것을 알고 있다. 성을 이런 식으로 평가할 수 있을까? 어떤 형태의 성이 다른 성보다 더 건강한가?

빌헬름 라이히Wilhelm Reich*는 오스트리아 중위로 제1차 세계대전 당시 이탈리아군으로 참전했다. 제대 후 법학 공부를 시작했지만 나중에 의학으로 전과했다. 라이히Reich는 빈곤한 생활을 했고 상당한 고난을 겪었다. 학부생일 때 그는 처음으로 프로이트를 만났다. 이것이 전환점이 되었다. 프로이트와 라이히

에서 선정한 세계에서 가장 영향력 있는 지성인이자 과학자, 베스트셀러 저술가이다.

* 1897년 오스트리아에서 태어났다. 유대교인이자 공산주의의 동조자였으며, 프로이트(Freud)의 영향을 받은 정신분석학자였다. 오스트리아, 독일, 미국 등에서 성개혁 운동을 진행하였다.

는 서로를 좋아했고, 라이히는 빠르게 프로이트 집단에 동화되었다.

라이히는 정통적인 프로이트의 이론을 받아들였다. 신경증과 히스테리는 성적 억압에 의해 발생하며, 이러한 억압에서 해방되면 증상이 사라진다는 데 라이히도 동의했다. 프로이트가 정신분석 영역을 확장하고 새로운 아이디어를 도입했으나 라이히는 프로이트의 초기 공식에 집착했다. 그러나 라이히는 생식기와 생식기의 쾌감에만 제한하여 초점을 두고 연구를 하게 된 후에는 집착이 덜해졌다. 라이히는 정신 질환이 주로 만족스러운 오르가즘을 경험할 수 있는 능력이 손상되었을 때 발생한다고 주장했다. 그는 1927년 [오르가즘의 기능 The Function of the Orgasm]*이란 책에서 자신의 생각을 요약하였다.

일반적으로 만족스러운 오르가즘의 경험에서 절정에 이르는 생리적이며 자동적인 과정은 주의 산만, 파트너와 더 이상 서로 사랑하고 있지 않다는 느낌의 갈등, 도덕적 생각이나 종교적인 엄격함, 자의식 또는 억제로 인한 양면성 등 많은 요인으로 방해받을 수 있다. '막힘 blockage이라는 개념은 라이히의 글에서 중요한 특징으로 나타난다. 라이히는 너무 많은 니코틴이 니코틴 중독을 일으키는 것과 같은 방식으로 '막힌' 성적 흥분이 불안을

---

* 신경증의 주된 원인이 반복되는 성적 만족감의 결여라고 주장하였다. 또한 정신분석학과 마르크스주의를 결합하여 만족스러운 오르가즘을 경험하면, 유럽 사회의 파시즘을 비롯한 모든 육체적, 사회적 질병과 억압을 떨쳐버릴 수 있다고 주장하였다.

유발한다고 말했다. 빈번한 성관계도 문제가 될 수 있다. 너무 자주 성관계를 하게 되면 오르가즘의 강도가 약해진다. 정신적으로 건강한 사람은 섹스 중에 파괴적인 생각과 감정으로 괴로워하지 않는다. 그들은 생식기의 쾌감에만 집중하고 성적 긴장이 해소되는 것을 완전하게 받아들이며 이어서 깊이 이완된다. 압박감, 실망, 불완전함과 같은 불편한 휴유증은 없다. 라이히는 완전한 항복을 권하는데, 이는 자아 초월과 최적의 경험을 떠올리게 한다. 머리 속 산만한 수다가 없다면, 생리적 반응을 황홀경으로 바꿀 수 있는 즐거운 몰입이 촉진될 것이다.

라이히의 이론적 토대는 의문의 여지가 있다. 그의 사고는 경험주의에 의해 인도되었다. 라이히가 언급한 모든 것은 임상 관찰에 근거한 것이다. 진화적 중요성으로 오르가즘을 생각한다면 만족스러운 오르가즘을 달성하는 능력을 건강 지표로 삼을 만하다. 1920년대 이후 오르가즘과 건강의 관계가 더 체계적으로 연구되었다. 옥시토신의 방출에 의해 조정되는 오르가즘은 더 나은 유대감, 스트레스 감소, 감염에 대한 저항, 수명과 관련이 있다.[10,11,12,13] 오르가즘은 기분을 좋게 하고 수면을 개선한다.

라이히가 쓴 책의 마지막장은 친숙하다. 우리는 어떻게 성적 욕구와 문명화된 사회의 요구를 조화시킬 수 있을까? 라이히는 종교와 중산층의 제약은 근본적으로 도움이 될 수 없다고 말한다. 우리는 동물적 본능과 기본적인 욕구에 더 수용적이어야 한다. 성 도덕화는 특히 성 정치와 관련하여 우리를 혼란스럽게 한다. 성도덕화는 여성이 순진한 주부이거나 창녀라고 주장하는 일종의 이분법적 사고를 조장한다. 상위 자아와 하위 자아 사이에 발생하는 긴장을 해결하기 위해 라이히는 좋은 섹스와 현실주의를 결합하라고 말한다. '남편과 아내가 서로의 관능적 욕구를 잘 인식하고 충족시킬수록, 그리고 파트너의 일부다처의 성향을 더 이해할수록 이러한 소망들이 덜해진다. 섹스는 우리가 해야 할 일이며 배우자가 다른 생각을 하면 우리는 철학적이 되려고 노력해야 한다.

노르웨이에서 5년을 보낸 후 제2차 세계대전이 발발하기 직전에 라이히는 나치의 박해를 피해 미국으로 도피했다. 그의 생각이 기괴해지기 시작했다. 프로이트의 리비도 개념은 라이히에게 신비로운 의미를 부여했다. 라이히는 리비도를 보편적인 생명력 '오르곤orgone'*으로 상상하고 그것을 증명할 실험을 설계했다. 라이히 이론의 옹호론자들은 알버트 아인슈타인Albert Einstein도 기꺼이 라이히의 이론을 진지하게 받아들일 것이라고

---

* 1930년대에 빌헬름 라이히(Wilhelm Reich)가 제안하고 1957년 라이히가 사망한 후 라이히의 제자 Charles Kelley가 개발한 오르곤은 우주의 반엔트로피 원리, 모든 우주의 창조적인 기질로 인식되었다. 리비도의 결핍이나 수축이 신경증을 유발할 수 있는 것과 마찬가지로 신체 오르곤의 결핍이나 수축이 많은 질병, 특히 암의 근원이라고 주장했다. 라이히는 오르곤연구소(Orgone Institute)를 설립했다. 1939년 미국으로 이민을 간 후 오르곤 에너지에 대한 연구를 추구하기 위해 1942년에 설립했다. 그는 그것을 이용하여 10년 넘게 문학을 출판하고 주제와 관련된 자료를 배포했다. Reich는 환경에서 오르곤 에너지를 수집하는 장치인 특수한 "오르곤 에너지 축적기"를 설계하여 오르곤 에너지 연구를 가능하게 하고, 일반적인 건강과 활력을 개선하기 위해 의학적으로 적용할 수 있도록 하였다.

말했다. 1941년 1월 13일, 라이히는 뉴저지의 프린스턴에 있는 아인슈타인의 집을 방문했고, 아인슈타인은 라이히의 이론을 5시간동안 경청했다. 아인슈타인이 라이히의 방문을 환영하고 물리학자인 그가 라이히가 가지고 온 장치인 확대관 '오르고노스코프'를 통해 오르곤 에너지가 깜박이는 것을 볼 수 있다는 것에 동의한 것은 사실이다. 그러나 어쩌면 아인슈타인은 단지 예의 바르게 그의 손님을 즐겁게 해 준 것일 수 있다. 당연하게도 그는 동료 망명자에 의해 요청받았을 때, 호의적이었을 것이다.

라이히의 엉뚱한 생각은 황당하게 치닫는다. 라이히는 오르간 에너지를 모을 상자와 캐비넷을 설계했다. 라이히는 이 수용기를 '오르곤 축적기'라고 불렀고, 오르곤이 암을 치료할 수 있다고 주장했다. 라이히는 대기 현상에 몰두하게 되었으며, '치명적인 오르곤 에너지'라 불리는 좋지 않은 오르곤 에너지가 유발하는 결과를 연구하여 이론화하였다. 라이히는 '치명적인 오르곤'이 있을 때에는 하늘에 검은 구름이 형성되고, 땅의 식물, 동물과 인간은 생명력을 잃는다고 믿었다. 이러한 구름을 쫓기 위해 턴테이블 위에 금속 튜브들을 장착해서 '클라우스버스터 cloudbuster*'라 불리는 거대한 장치를 발명했다.

---

* 오스트리아의 정신분석학자 빌헬름 라이히(1897~1957)가 설계한 장치로, 라이히는 대기에 존재하는 "오르곤 에너지"라고 불리는 것을 조작함으로써 비를 생산할 수 있다고 주장했다. 클라우드버스터는 피뢰침과 유사한 방식으로 사용되도록 의도되었다: 하늘의 위치에 초점을 맞추고 수역과 같은 오르곤을 흡수하는 것으로 추정되는 일부 물질에 접지하는 것은 대기에서 오르곤 에너지를 끌어내어 구름과 비를 일으킬 것이다.

클라우드버스터는 부정적인 에너지를 '제거'하여 작동했으며, 아마도 비를 내리는 데는 사용될 수 있었을 것이다. 그런 후에 라이히는 외계인이 지구를 침공할 준비를 하고 있다고 확신하고 클라우드버스터를 이용하여 지나가는 UFO로부터 에너지를 흡수하려 했다.

결국 라이히는 미국 정부에 의해 잠재적으로 위험한 인물로 간주되었다. 오르곤 축적기에 앉아 있으면 암이 나을 수 있다고

라이히는 이 연구를 "우주 오르곤 공학"이라고 부르며 클라우드버스터로 수십 번의 실험을 수행했다.

확신하는 사람들은 암치료를 위해 종양 전문의를 만나 상담을 받지 않았다. 라이히는 투옥되었고 편집증 진단을 받았으며, 그의 책과 일기는 로워 맨해튼의 소각로에서 불에 태워졌다. 1957년 라이히는 수감 중에 자다가 사망했다.

그의 제자 알렉산더 서덜랜드 닐Alexander Sutherland Neill에 따르면, 라이히는 "모든 사람은 어떤 면에서 옳다."라고 말했다고 한다. 이것은 그의 묘비명이다. 라이히는 총체적으로 심리와 신체 사이의 긴밀한 관계를 강조하였으며, 이는 '신체운동', 예를 들어 알렉산더 로웬Alexander Lowen*의 생체 에너지의 분석에 영향을 주었다. 라이히의 아이디어는 결국 현대 심신의학의 발전에 기여했으며, 그의 후기 글에서 환경주의에 대한 선견지명을 감지할 수 있다.

좌담가로서 라이히에 대한 닐Neill의 기억에 따르면, 라이히는 B급 영화에 등장하는 미친 과학자와는 매우 다르다.[14] 닐은 오두막에 앉아 밤 늦게까지 이야기를 하고, 스카치를 홀짝이며,

---

* 뉴욕에서 태어나, 뉴욕 시립대학과 브루클린 로스쿨(Brooklyn Law School)에서 과학과 경영학을 전공하였다. 그의 주 관심사는 정신과 신체를 연결하는 것이었다. 그는 라이히(Reich)의 특성 분석(character analysis) 수업을 듣고 스스로 치료사가 되기 위해서 교육을 받은 뒤, 스위스로 가서 제네바대학교에서 1951년 석사학위를 취득하였다. 1940년대와 1950년대 초기에 라이히의 제자로 뉴욕에 있었던 그는 정신분석 입장의 이론을 취하고 있으며, 그 시각으로 정신분열을 해석하고 라이히의 연구를 더욱 확장시켜 생체에너지 분석이라는 이론을 펼치게 되었다. 1956년부터 북미, 유럽 등 각지에서 생체에너지 분석연구소를 세우면서 적극적인 활동을 펼쳤다. 1960년에는 에살렌연구소(Esalen Institute) 내에 연구소를 열어 전국적으로 유명해졌다.

담배를 피우던 활기 넘치는 영혼을 기억한다. 말다툼을 하고, 지나치게 흥분한 다음 "술병을 넘겨!"라고 말하기 전에 웃던 그를 기억한다. 우리는 라이히를 정신 이상자로 여기거나 사상의 역사에서 그를 배제해서는 안된다. 그는 우리 모두와 마찬가지로 어떤 면에서는 옳았다.

대학을 졸업한 후, 애드리안은 다소 목적 없는 삶을 살았다. 그는 똑똑하고 유능했지만 의욕이 없었다. 애드리안의 연애는 금방 끝이 났고 오래 만나온 친구는 거의 없었다. 애드리안은 대학생 때, 가벼운 우울증 진단을 받았고 10년 동안 간헐적으로 기분이 우울해졌다. 그는 기분이 쉽게 변했고 끊임없이 안절부절했다. 애드리안은 자세를 바꾸고 손가락으로 허벅지를 두드리며 두꺼운 머리카락을 양손으로 뒤로 넘겼다.

우리는 한동안 이야기를 나누었는데, 그는 이렇게 말했다. "무엇인가가 맞지 않아요. 나는 달라요." 나는 그가 나르시시트인지 궁금했다. 애드리안은 자신을 특별하다고 생각했을까? 대화를 계속하면서 애드리안의 의미는 명확해졌다. 애드리안은 기이함이나 특이함을 '다르다'로 표현하고 있었다. 나는 그에게 자세히 설명해 달라고 부탁했다. 애드리안은 아무 말없이 한참 동안 나를 바라보았다. 창백한 피부가 벌겋게 달아올랐고, 그는 심호흡을 했다. 그런 다음 애드리안은 이렇게 말했다. "내가 아주 어렸을 때, 아마 9살에서 10살 정도였을 때, 누나와 구강성교를 하곤 했어요." 그의 누나는 애드리안보다 한두 살 더 많았다. "우리는 위층으로 올라가서 노는 척을 했어요. 누나는 그것을 원하곤 했죠. 그녀는 다리를 벌리고 나를 아래로 밀었어요." 애드리안은 나에게서 몸을 비틀고 어색한 자세로 얼어붙어 있었다. "정말 엉망진창이죠? 그렇죠?"

"얼마나 오래 지속되었죠?"

"아. 꽤, 오래…"

"자발적으로 한 것입니까?"

애드리안은 비뚤어진 손가락의 마디를 그의 턱아래서 비틀었다. "그런 것 같아요. 제 말은, 제가 강제로 그런 것은 아니에요. 얼마나 많은 아이들이 누나를 비난할까요? 많지는 않을 거라고 장담해요." 애드리안은 여전히 비스듬히 앉아 있었고 눈은 가늘어졌다. 마치 그는 내가 그를 혐오하는 것이 마땅하다고 동조하기를 기다리는 것 같았다. 그는 그의 질문을 되풀이했다. "정말 엉망진창이죠?"

애드리안은 과거의 일로 괴로워했다. 그러나 나는 그가 의미하는 바를 받아들일 수 없었다. 나는 그가 어렸을 때 누나와 구강 성교를 했던 일로 매우 불안한 상태가 되었다는 그의 관점을 받아들일 수 없었다. 우리가 좋아하든 싫어하든, 아이들은 성적인 감정이 있으며, 몸이 이상하게 매끈하거나 붙어 지내는 이성 형제 자매에게 쉽게 호기심을 느낄 수 있다. 애드리안과 그의 누나의 성적 실험은 그가 상상했던 만큼 비정상적이지 않았다.

애드리안의 이상하고 기이한 감각은 자신의 이중성을 받아들이지 못하는 증상이었다. 프로이트Freud는 번식에 도움이 되지 않는 모든 성적 행위는 엄밀히 말해서 성도착이라고 주장했다. 이 정의에 따르면 키스조차도 어긋난 것이다. 성적인 독창성은 입술을 만지고 침을 주고받는 것 이상으로 확장된다. 거의 모든 물건이나 활동이 성적인 것으로 변할 수 있다. 예를 들어, 수년 전에 내 동료는 자동차에서 효과적으로 성교를 하고 있는 남자를 치료하고 있었다. 남자의 행동은 완전히 이상해 보였고, 사건은 부서 회의에서 공개되었다. 강의실에 모인 모든 정신과 의사와 심리학자들은 이 현상이 예외적이라는 데 동의했다. 그러나 그 이후로 인터넷을 통해 우리가 매우 잘못 생각하고 있다는 것을 알았다. 현재 잘 나가는 두 세군 데의 웹사이트에서는 일반적으로 자동차 페티시스트들이 엔진 소음을 듣기 위해 가속 페달을 밟으면서 자위를 한다.

대부분의 사람들은 차분한 마음으로 다시 생각해볼 때 죄책감, 수치심, 후회, 당혹감을 일으키는 성적 환상을 가지고 있다. 질문이 생긴다. 이것이 나에 대해 무엇을 말하는가? 우리는 침실과 중역회의실, 야수와 천사를 조화시키려고 분투하고 있다. 인터넷 음란물을 이용하는 여성의 약 1/4은 제압당하거나 굴욕적인 시나리오를 검색한다.[15] 여학생의 62%가 강간에 대한 환상을 품고 있으며, 14%는 적어도 일주일에 한 번은 강간당하는 환상을 떠올린다고 조사되었다.[16] 우리의 이성적 자아는 성적 평등과 같은 진보적인 사회의 가치를 지지하지만, 조상으로부터 유래된 충동은 여전히 우리에게 복종하거나, 올라타거나, 물도록 명령한다. 말할 것도 없이 여성이 강간에 대한 환상을 품는다고 해서 강간을 당하고 싶다는 의미는 아니다.

성은 문명화된 행동의 기준으로 판단될 수 없다. 항문에 입을 맞추거나 정액을 삼키는 행위에 대해 우리가 얼마나 지성을 갖추고 있는지, 이해력이 있는지는 관련이 없으며, 이러한 활동은 그 자체로 의미가 있다. 이러한 점에서 그로스Gross 와 라이히Reich 모두 옳았다. 섹스는 오직 얼마나 그것이 만족스러웠는지에 따라 평가될 수 있다. 섹스에서 만족을 추구하는 것이 우리 자신이나 타인에게 해를 끼치지 않으며, 우리는 그 결과에 대처할 수 있다. 거의 모든 것이 허용된다. 침실에서 우리는 거의 동물이다. 죄악이나 예의의 개념은 적용되지 않는다.

오토 그로스Otto Gross 와 빌헬름 라이히Wilhelm Reich 도 마찬가지로 불행한 최후를 맞았다. 그로스는 폐렴으로 거리에서 죽은 채로 발견되었는데, 얼어 있었고 마약 중독으로 고통받았던 것으로 보였다. 라이히는 감옥에서 자연사하였다. 그들의 운명은 극단성과 태도가 어느 정도 관련이 있다는 것을 보여준다. 아마도 아무 곳에도 소속되지 않았던 아웃사이더로서 그들은 비슷한 견해를 공유했고, 주변을 관찰할 좋은 위치에 있었다. 그들은 기꺼이 섹스를 단순히 충동이나 생리적 반응이 아닌, 삶의 문제로 바라보았다. 섹스는 강력한 욕구이다. 어떻게 우리가 성적인 만족에 도달하는지는 중요한 문제이다. 그리하여 우리의 성생활이 욕망과 사회적 순응 사이에서 단지 저항이 가장 적은 길을 따라가게 해서는 안된다. 우리는 선택을 해야 하며, 우리 자신을 마주해야 한다.

젊은 여성은 여전히 호퍼^{Hopper}의 자동판매식 식당에 앉아 있다. 과일 그릇은 관능을 불러일으킨다. 그녀의 옷의 빨강과 초록은 순수함과 욕망 사이의 갈등을 상징한다. 그녀의 낮은 네크라인과 드러난 다리는 나머지 부분에 대한 상상을 불러 일으킨다. 그녀의 딜레마의 본질은 무엇인가? 불륜인가? 처녀성인가? 혹은 금지된 쾌락을 추구하는 것일까?

그녀는 할까? 그녀는 하지 않을까? 그녀는 해야 할까? 우연한 섹스 같은 것은 없다.

제9장

열등감:
부족함이 주는 위로

Inferiority:
The consolations of inadequacy

The Art of Living

9.

열등감: 부족함이 주는 위로

Inferiority: The consolations of inadequacy

우리는 태어나기 전부터 사회적 환경 속에 존재한다. 다른 사람의 몸 안에 사는 것보다 더 '사교적'인 것은 없다. 출생 후 우리는 가족, 친구, 친지, 지인, 동료 등 복잡한 사회의 거대한 껍질에 둘러싸인다. 이러한 확장은 더 넓은 문명의 일부인 문화에 자리잡는다. 우리의 소속감은 지리적 요인보다 사회적 요인에 의해 결정된다. 우리는 자신을 생각할 때, 암묵적으로 다른 사람들을 인정한다. 예를 들어, 우리는 외향적인 사람들을 봐왔기 때문에 스스로를 수줍음이 많다고 여길 수 있다.

우리의 자아감은 사회적 맥락에 의해 왜곡된다. 우리는 외모에 매우 민감하다. 우리가 생각하는 우리는 끊임없이 다른 사람들이 우리를 어떻게 생각하는지에 영향을 받는다. 우리가 다른 사람들과 함께 있을 때, 항상 스스로에게 이렇게 묻는다? "이것이 어떻게 보이나요?"

사회적 우주는 우리를 당황하게 한다. 너무 방대하고 복잡해서 어떤 측면이 가장 중요한지 결정하기가 어렵다. 사회적 동물로서 우리가 가장 원하는 것은 무엇일까? 근본적인 사회적 동기는 무엇일까?

명성에 대한 욕망은 섹스에 대한 욕망만큼 인간의 정신에 뿌리가 깊다. 누군가 당신에게 "다른 사람이 어떻게 생각하는지는 정말로 중요하지 않아." 라고 공허한 위로를 건넬 때에, 우리는 다음의 것을 기억할 가치가 있다. 우리 자신에 대해 좋게 느끼기 위해서 우리 대부분은 누군가의 인정이 필요하다. 우리 모두는 에이브러햄 매슬로Maslow가 '존경'이라고 부르는 욕구를 가지고 있다. 우리는 인정받고 존경받기를 원한다. 우리는 앞서 나가고 싶고, 또한 우리의 아이들도 앞서 나아가길 원한다. 다윈의 관점에서 본다면 똑같은 것이다.

사회적 행동에 주어진 잠재적인 목표가 너무 많다는 점을 감안할 때, 왜 우리가 하는 일의 많은 부분은 성취에 의해 동기 부여가 되는 것일까?

우리 조상들은 무리를 지어 일하면서 살아 남았다. 이 집단은 평등한 공동체가 아니었으며 사회적 계층이 있었다. 계층적으로 조직된 그룹이 많은 참여자가 필요한 사냥과 같은 일을 훨씬 더 효율적으로 수행했을 것이다. 일부 구성원들은 명령을 내리고, 다른 구성원들은 복종하면서 더 많은 일을 할 수 있었을 것이다.

우리 선조들의 환경에서는 높은 사회적 지위를 갖는 것이 이로웠다. 지배적인 수컷은 더 많은 음식과 암컷에 접근할 수가 있어서 생존 가능성이 높았고, 더 많은 유전자가 유전자 풀에 축적되었다. 바람대로 우세한 수컷과 짝짓기를 한 암컷은 다른 암컷보다 더 보호받고 영양을 잘 공급받았다. 그들의 유전자는 또한 유전자 풀에서 중요한 존재감을 유지할 가능성이 높았다. 진화론적 관점에서, 지위는 번식의 성공과 동일시된다. 진화에 의해 선택된 거의 모든 것은 즐거움과 관련이 있다. 먹는 것, 오르가즘, 어린아이를 껴안는 것이 기본적인 예이다. 사회적 이점 역시 기분이 좋다.

부족에서 계급이 낮았던 초기의 인간은 상위 계급만큼은 아니지만, 그룹 구성원의 혜택을 받았다. 집단이 살아남으면 지위가 낮은 구성원들도 살아남았고, 그들의 유전적 유산도 살아남았다. 부족 위계 질서에서 낮은 위치에 있던 사람들은 꼭대기에서 일어나는 일에 촉각을 곤두세웠다. 그룹의 운명은 리더에 의해 결정되었다. 위를 바라보는 이러한 경향이 현대 사회에서도 여전히 살아남아 사회적으로 높은 지위와 유명인사에 대한 선입견을 무차별적으로 드러내고 있다. 유명인의 생각이나 행동은 누구에게도 직접적인 영향을 미치지 않지만, 수백만 명의 사람

Alfred Adler

들이 여전히 유명인에 대한 소문을 퍼뜨리고 그들의 트위터 계정에 매달린다. 그렇다 하더라도 지위는 여전히 만족과 밀접한 관련이 있다. 그래서 적절한 지위를 부여 받지 못하거나 자존감을 강화할 충분한 기회가 없을 때에 우리는 우울해진다.

광범위한 사회적 관계에서 웰빙을 고려한 최초의 중요한 심리치료사는 알프레드 아들러Alfred Adler였다. 다른 많은 역사가, 철학자, 사회학자가 이미 사회적 조건과 삶의 질 사이의 관계에 대해 광범위하게 저술했지만 아들러가 강조한 것은 '개인'이었다. 아들러는 사회주의자임을 스스로 인정하였고 지역 의료를 옹호하였으나, 정치 개혁에는 한계가 있음을 이해했다. 모든 문제는,

특히 개인적인 문제는 해결되지 않았다.

아들러Adler는 비엔나에서 의학을 공부했고 1895년 의학 학위를 받았다. 아들러는 경력 초기부터 의료 행위의 사회적 측면에 민감했다. 초기 저서인 [재봉업을 위한 건강 안내서 Health Book for the Tailoring Trade]에서 그는 경제 상황, 직업 및 질병 사이의 연관성을 탐구했다. 아들러는 1902년에 프로이트를 알게 되었고, 얼마 지나지 않아 다른 열성적인 몇몇 사람들과 함께 프로이트의 아파트에서 열리는 정신분석학 논의 모임에 참석하기 시작했다. 아들러가 결코 고분고분한 제자가 아니었으므로 프로이트와의 교류는 종종 경쟁적이거나 긴장감이 흘렀다. 아들러는 1910년에 비엔나 정신분석학회 회장이 되었지만, 다음해 프로이트의 핵심적인 아이디어의 가치를 의심하게 되면서 사임했다. 1920년대에 아들러는 '개인 심리학'이라는 자신의 학설을 세웠다.

아들러에 따르면, 인간은 의도를 가지고 있고, 목표에 의해 동기를 부여받는다. 개인 심리학은 인과적이라기보다는 목적론적이다. 우리가 과거 사건에 의해 '구동'된다고 믿었던 프로이트와 달리, 아들러는 우리가 미래또는 우리가 상상하는 미래에 매력을 느낀다고 믿었다. 우리는 '밀린다'기보다는 '당겨진다.' 삶에서 성장은 헤아릴 수 없이 많은 단기 목표를 설정하는 것을 포함하지만 아들러는 이 모든 것의 궁극적 목표는 금전적 안정이나 좋은 사람이 되는 것이라고 주장했다. '만일 우리가 이 목표를 이해할 수 있다면 각각의 행동 뒤에 숨겨진 의미를 이해할 수 있을 것이다.' 개인 심리학은 영혼을 조사하려고 하지 않았으며, 개인이 '실용적'이며 '구체적인' 자기에 대한 지식을 얻을 수 있도록 도왔다.

프로이트는 아들러를 지적인 위협으로 여기지는 않았지만, 이전 동료인 아들러가 의학계와 일반 대중의 마음을 끌 정신 분석의 정제된 버전을 만들었다는 점을 우려했다. 아들러의 심리학에는 프로이트의 이론보다 불쾌감을 주는 요소가 적었고, 원시적인 성적 충동과 무의식의 어두운 부분을 덜 강조했다.

아들러는 저명한 인물이 되었고, 그의 새로운 접근 방식은 매우 영향력이 있는 것으로 판명되었다. 그러나 개인 심리학은 프로이트가 우려했던 것처럼 정신 분석을 대체하지는 못했다. 1937년 아들러는 에버딘의 한 거리에서 쓰러져 67세의 나이에 심장마비로 사망했다. 프로이트는 자신이 경쟁자보다 오래 살았다는 소식을 듣고 기뻐했고, 반역자가 죽은 에버딘이 불길한 곳이라고 말했다. 아들러가 '타인의 불행이나 재난을 좋아하는 사람들의 말'을 들을 만한지에 대해서는 논쟁의 여지가 있다. 어떤 사람들은 아들러를 성미가 급하고 다투기를 좋아하는 사람으로 기억하는 반면, 다른 사람들은 그가 농담을 좋아하는 친근한 사람이라고 주장했다.

아들러의 책은 많이 읽히지 않았다, 일부는 그의 강의 노트를 편집한 모음집으로 구성되어 있거나, 그의 강의를 들었던 사람들이 작성한 노트로 만들어졌기 때문에 그다지 세련되지 않았다.[1] 책의 각 부분들은 논리적으로 진행되지 않고 내용이 다소 얕다. 아들러에게는 프로이트의 문학적이며 수사적인 재능이 없었다. 아들러의 책은 형편없이 쓰여져 있었지만, 그 글은 이따금 씩 번뜩이는 찬란함을 숨길 정도로 형편없지는 않았다. 이 모든 것은 우리에게 매우 놀라운 사실을 알려준다. 여러 세대의 심리 치료사들은 아들러가 정한 우선 순위조차 고려하지 않은 채, 그의 원본 출판물에 있는 아이디어를 도용하여 사용하였다.[2] 나는 알프레드 아들러의 자료를 광범위하게 차용한 심리학 책 전체를 읽었지만 그의 이름이 언급되는 것을 본적 조차 없다.

신문 기사나 일상 대화에서 '열등감'이라는 용어가 사용되는 것은 꽤 일반적이다. 오이디푸스 콤플렉스를 제외하고는 그에 비길 만한 인기를 얻은 심리학 용어가 생각나지 않았다. 대부분의 사람들은 오이디푸스 콤플렉스가 지그문트 프로이트와 관련이 있다는 것을 알고 있지만, 보통 사람들이 '열등 콤플렉스*'라는 용어를 쉽게 연결할 수 있다면 놀랄 것이다. 아들러도 '우월 콤플렉스**'에 대해 썼지만, 열등감과 우월감의 개념은 너무 밀접하

---

* 오스트리아 정신의학자인 아들러(Adler)의 이론체계인 개인 심리학(individual psychology)에서의 기본개념이다. 인간은 자기 안에 존재하는 열등한 요소를 인정하지 않으려는 경향이 있으며, 그것이 억압되어 일종의 콤플렉스로서 작용한다고 하였다. 개인은 자신이 지닌 정신적·신체적인 열등요소를 보완하기 위하여 노력하게 되고, 이런 노력을 통해 인격이 형성되고 사회적으로도 발전할 수 있는 긍정적인 역할을 한다고 하였다.

** 아들러(Adler, 1973a)는 자신의 열등감에 강하게 사로잡혀 열등 콤플렉스에 걸린 사람이 절대적 안전과 우월성을 획득하기 위해 노력하며, 자신이 다른 사람보다 훌륭하거

게 관련되어 있어 다소 중복되는 부분이 있다. 우리는 자신의 열등함을 인식할 때마다 열등 요소를 보완하기 위해 노력한다. 열등감과 우월감은 본질적으로 같은 구성개념의 이면이다.

아들러는 '열등'이라는 단어를 사용하여 '부적절감'으로 정확하게 표현되지 못하는 상태를 설명했다. 결점, 약점과 부족한 점에 대한 생각과 우울증으로 나타나는 '열등 콤플렉스'는 사회적 맥락에서만 의미가 있다. 다른 사람들과의 관계에서 부족한 것으로 판단되는 자아, 그 차이를 암묵적으로 인정하는 것이다. 아들러의 출발점인 '기관 열등감'*은 사회적이라기보다는 생물학적인 것이었다. 기관 열등감은 약한 장기가 어떻게 질병을 유발하며, 특정 장기가 손상되었을 몸이 어떻게 적응하는지에 대한 의학적 가설이었다. 한 기관의 약점은 다른 기관의 보완적인 강화로 상쇄될 수 있다. 아들러는 이러한 종류의 보상이 건강에 좋을 뿐 아니라, 건강이 훨씬 더 좋아질 수 있다고 말했다. 또한 아들러는 청각에 문제가 있는 음악가와 눈에 장애가 있는 화가

나 위에 있다고 생각하는 거짓신념을 구체화하는 것을 관찰했고, 이런 현상을 우월 콤플렉스라고 명명하였다.

* 정신분석학자 A. 아들러(Adler)에 의하면 인간의 열등의식의 근원은 세 가지가 있다. 응석받이로 자라면 자신상실(自信喪失)에, 천더기로 자라면 자기연민(自己憐憫)에 빠지기 쉬우며, 신체의 특유기관에 대한 열등감은 패배감을 불러일으키는데, 열등의식은 이에 기인되는 바가 크다고 한다. 그러나 선천성·후천성을 막론하고, 형태이상(形態異常)이나 기능상 장애 등은 자신에 대한 평가를 감소시키는 일이 많다고는 하지만 기관이 객관적으로 열등하다고 하여 그것이 반드시 열등감과 결부되는 것은 아니다. 즉, 기관의 열등이 주위(周圍)나 사회의 요구와 기대에 응할 수 없을 때, 다시 말하면 자기 자신의 기대에 부응할 수 없을 때, 열등감으로 변한다는 것이다.

를 예를 들어 어떻게 신체적 약점이 심리적 강점을 촉진할 수 있는지 설명했다. 아들러는 열등감과 보상이 심리적 발달의 여러 측면의 기초가 될 수 있으면 심지어 동기 부여의 엔진으로 작용할 수 있다고 주장했다.

우리는 모두 무기력하게 태어나며 장기간 의존하며 어린 시절을 보낸다. 유아는 매우 취약하며, 강력한 거인에 둘러싸인 작은 생명체이다. 끊임없이 아이들은 어른들을 찾는다. 어른들은 음식과 따뜻함을 제공하고 보호해 준다. 벌을 주거나 인정해 준다. 열등감은 보편적인 발달 경험이며 피할 수 없는 첫번째 상황이다. 아들러는 열등감에 대한 개인의 반응이 성격의 많은 측면을 형성한다고 주장했다. 즉, 열등감에 대처하는 체질, 성별, 양육 방식, 형제 자매와의 관계, 몇 번째 자녀인지 등 여러 요인에 의해 결정된다. 원하는 목표를 달성하는 한 효과적인 열등감에 대한 대응은 개인의 행동 레퍼토리에 통합될 가능성이 있다.

아들러는 열등감에 대한 세 가지 가능한 반응을 설명했는데, 그중 두 가지는 심리적 보상의 형태이다. 열등감에 대한 우리의 반응이 일단 정해진 후, 기본적인 설정이 되면, 후에 비슷한 방식으로 대응하게 된다. 첫 번째 성공적인 보상은 건전하고 비례적인 대응이 된다. 아이가 도전을 극복하고, 자신감을 키우고, 현실적인 목표를 설정하는 방법을 배우면 부족하다는 느낌은 해결된다. 두 번째 반응은 과잉 보상이다. 자신의 약점을 인식하고 과도하고 어울리지 않는 반응을 한다. 아이는 성공적인 보상 요구를 넘어 잠재적으로 해로울 수 있는 전략과 태도를 채택한다. 극적인 예는 학교에서 괴롭힘을 당한 아이가 성인이 되어 깡패가 되는 것이다. 과잉 보상이 항상 부정적인 결과를 가져오는 것은 아니다. 윈스턴 처칠처럼 언어 장애가 있는 아이도 훌륭한 연설가가 될 수 있다.

열등감에 대한 세 번째이자 마지막 반응은 신경증적 질병이다. 아이는 간단하고 관습적인 방법으로는 열등감을 극복할 수 없다는 것을 알게 된다. 스스로를 부적절하게 느끼는 상황을 피하기 위해 '질병'을 발전시키는 것이 사회적으로 용인되는 수단이라는 것을 알게 된다. 이 전략은 체념의 모양을 띠고 있지만, 사회적 이점에 대한 욕구는 여전히 있다. 결과적으로 '질병'은 종종 다른 사람을 통제하기 위해 이용된다. 아들러는 설명이 될 만한 예를 들었다. 자유로운 사랑을 믿는다고 공언한 부부가 있었다. 그 남편은 아내의 동의 하에 불륜을 시작했고, 그 후 아내에게는 광장공포증이 발병했다. 아내의 병으로 남편은 아내가 외출을 할 때마다 동행해야 했고, 그 이후로 남편은 자유로운 성관계를 할 자유가 엄격히 제한되었다. 아내의 병은 기능적이었으며 목적이 있었다. 사실상 그녀는 자신의 '약점'을 더 큰 힘을 행사하기 위해 사용하고 있었다. 개인은 자신의 궁극적인 목표를 완전히 인식하거나, 부분적으로 인식하거나, 완전히 인식하지 못할 수도 있다. 프로이트와 달리 아들러는 무의식을 특별히 강조하지 않았고, 마음을 의식과 무의식으로 나눠 생각하기보다는 균형 있고 통합된 전체로 이해했다.

이론적 관점에서 아들러는 성적 동기를 사회적 동기로, 오이디푸스 콤플렉스를 열등감 콤플렉스로 대체함으로써 정신분석 이론에서 분리되어 나왔다. 열등감 콤플렉스가 단순히 오이디푸스 콤플렉스의 사회적 버전이라고 주장할 수 있다. 열등한 아이는 어머니의 관심, 즉 가족 내에서 지위를 두고 우월한 아버지와 경쟁을 해야 한다.

아들러는 열등감과 보상에 대한 자신의 생각이 정신분석학을 뛰어넘는 설명적인 가치를 가질 수 있다고 생각했기 때문에, '콤플렉스'라는 용어에 전적으로 만족하지 않았다. 아들러는 열등감과 우월성을 향한 노력이 정체성과 행동의 거의 모든 측면에 영향을 미친다고 믿었다. 아들러는 "남자가 되는 것은 끊임없이 극복하도록 몰아 부치는 열등감이라는 감정으로 고통받는 것을 의미한다."고 말했다. 자연 선택은 모든 생명체에 적용된다. 기본적인 세포 생명체조차도 상대적으로 우위를 차지하기 위한 투쟁에 참여하고 있다. 치타처럼 빠르지도 않고, 코뿔소처럼 단단한 갑옷도 없으며, 코끼리만큼 힘도 세지 않는 인간이 계획적으로 지배하고 있다는 것은 흥미롭다.

권력 추구에 대한 아들러의 생각이 오해를 불러일으켰다. 실제로 아들러는 타인을 통제하는 수단으로서 권력보다는 자제력을 향상시키는 데 관심이 있었다. 그러나 아들러의 심리학은 진화적 기원과 우리 사회에 현실적으로 많은 부분에 깔려 있는 개인적이고 정치적인 권력 투쟁을 과소평가함으로써 더 발전할 수 없었다. 아들러는 헌신적인 사회주의자였지만, 아이러니하게도, 인간성에 대한 아들러의 설명은 자본주의를 정당화하는 것으로 보인다. 우리는 서로 경쟁하고 앞서고 싶어 한다. 그것이 바로 우리이다. 아마도 이러한 이유로 아들러의 업적이 미국에서 특히 영향력이 컸던 것으로 보인다.

제2차 세계대전 이후 아들러는 어두운 세계 권력에 선입견을 가지고 있었지만, 그의 글에는 따뜻하고 낙관적이며 희망적인 것들이 많이 보인다. 아들러는 우리에게 용감하고 실패에 대해 과도하게 걱정하지 말라고 격려한다. 중요한 것은 노력하는 것, 단순히 최선을 다하는 것이다. 우리는 약하고 결점이 있다. 우리는 인간일 뿐이다. 그러나 아들러는 그것이 중요하지 않다고 우리에게 단언한다. 정말 중요한 것은 우리가 자신의 약점에 어떻게 대처하느냐 하는 것이다, 아들러는 우리에게 그것들을 장애나 결함이 아니라 숨어있는 잠재적인 자원으로 보기를 요청한다. 아들러는 우리의 취약성이 우리를 앞으로 나아가게 하고 목표를 달성하는 데 도움이 되는 중요한 보상을 위한 에너지를 줄 수 있다고 주장한다.

200만 년 동안 인간이 자신에 대해 좋게 느끼는 것은 상대적으로 쉬웠다. 규모가 작은 수렵 채집 부족에서 살면서 경쟁이 별로 없었다. 당신은 리더는 아니지만 누구보다 빨리 달릴 수 있을지도 모른다. 당신은 가장 예리한 시력을 가졌거나 가장 매력적인 미소를 지을 수 있다. 당신은 가장 감미로운 노래를 부르거나 가장 날카로운 도구를 만들 수 있다. 전세계적으로 연결된, 오늘날 어떤 분야에서든 최고가 되는 것은 거의 불가능하다. 우리는 75억 명의 구성원을 가진 부족에서 경쟁한다. 스테로이드 중독, 일시적인 다이어트, 불필요한 성형 수술, 가혹한 운동 루틴, 성공에 대한 열망, 다양한 상상의 추구와 도달할 수 없는 완벽함을 줄기차게 추구하여 너무나도 쉽게 열등감을 경험하고, 과잉으로 보상하려고 시도한다. 우리는 방대하고 상호 연결된 계층적 네트워크 속에서 높은 지위를 차지하고 있는 다른 사람과 스스로의 불리한 위치를 끊임없이 비교해야 하는 사회에서 매일을 살고 있다. 우리의 보상은 기괴하리만큼 비극적으로 되어간다.

우리는 항상 시야를 넓히라는 말을 듣는다. 누군가에게서 받아온 지혜가 있다. 그러나 아마도 우리 중 일부는 시야를 넓히고, 다른 일부는 시야를 좁혀야 할 것이다. 중간 정도의 재능을 가진 음악가는 여전히 지역 콘서트 무대를 빛낼 수 있고, 유능한 체스 선수는 지방 클럽에서 '천재'로 추앙받을 수 있다.

목표를 높이 가져라. 그러나 때때로 목표를 낮게 잡을 필요가 있다. 우리의 부족함을 자주 드러내야 하는 세상에서 우리는 스스로를 지탱하기 위해서 작은 성공과 성취에 의지해야 한다.

제10장

욕망들:
소유욕의 덫

Want:
the acquisition trap

The Act of Living

10.

욕망들: 소유욕의 덫

Want: the acquisition trap

생후 14개월이 되면 대부분의 유아는 손가락으로 가리키는 것*을 배운다. 유아는 여러 가지 이유로 지적을 하지만, 가장 자주 관찰되는 목적은 유아가 원하는 어떤 것으로 부모의 관심을 끌기 위해서이다. 우리는 일찍부터 무언가를 원하는 것을 시작한다.

프로이트 Freud는 궁극적으로 우리 삶의 대부분이, 일과 사랑으로 환원될 수 있다고 생각했다. 우리는 근면하고 사회에 기여하기를 원한다. 우리는 사랑하고 사랑받기를 원한다. 이러한 목

_____

* 손가락으로 가리키는 것은 인간만이 하는 행동으로 간주되었지만 실제로 침팬지도 하는 것으로 관찰되었다.

적들은 인생이 가지는 방향과 의미의 탁월한 이점과 밀접한 관련이 있다. 사회에 기여하고 친밀한 관계를 형성하면 우리는 더 원만하고 완전하다고 느낀다. 이것들은 정당한 욕구이며, 여러 측면에서 우리는 둘 다 필요하다.

우리는 프로이트의 필수적인 욕구 외에도 더 많은 부가적인 욕구를 가진다. 산업화와 대량 생산 이후, 우리가 환경에서 지적할 수 있는 것들의 수는 기하급수적으로 늘어났다. 그러나 이러한 소유물이 실질적으로 소유할 수 있는 물리적 물건이든, 인터넷 상의 디지털 물건이든 관계없이 소유물이 많아졌다고 해서 사람들이 더 행복해지는 것 같지는 않다. 설상가상으로 인구의 상당 부분이 "나는 다시 젊어지고 싶다.", "나는 완벽해지고 싶다.", "나는 영원히 살고 싶다."라는 객관적으로 불가능하고, 비현실적인 소망으로 부풀려지고 있다. 이러한 욕망들은 시장에서 충족되고 있다. 세상에는 영원한 생명 또는 적어도 영생에 대한 기대로 구매할 수 있는 냉장 보존시설들이 있다.[1]

실존 심리치료사 어빈 데이비드 얄롬 Irvin David Yalom 은 이렇게 썼다. "너무 많은 바람, 너무 많은 갈망 … 삶의 세포막 아래로 끊임없이 윙윙거리며 항상 그곳에 있는 고통"[2] 영적 스승들은 수천 년 동안 동일한 관찰을 했다. 그러나 금욕과 천상의 보상에 대한 영적 스승들의 대답은 번영하는 경제사회 속, 알라딘의 동굴에 사는 많은 사람들을 크게 감동시키지 못했다. 책상 위의 컴퓨터 스크린과 손에 쥔 전화기가 상가의 쇼윈도우가 된 이후로 그러한 약속들은 훨씬 사람들의 마음을 끌지 못했다. 우리는 무엇이든 살 수 있고, 어떤 의미에서는 모든 것을 살 수 있다고 생각한다. 아서 야노프 Arthur Janov가 주장한 것처럼, 우리는 실제로 보다 근본적인 감정적 욕구를 충족시키려고 하기 때문에, 너무 많은 것을 원하는 것일 수 있다. 대체 만족인 '물건'을 추구하고 획득하는 것은 그러한 욕구가 얄팍한 방종으로 충족될 수 없기 때문에 계속된다. 그래서 우리는 흙 대신 공기로 땅의 구멍을 메꾸려는 무의미한 노동을 하게 된다.

우리가 불필요한 것을 원할 때, 우리가 현실을 대하는 태도 또한 바뀐다. 이러한 태도는 정신 기능에 놀랍도록 전반적인 영향을 미치며, 심지어 생각하는 방식까지 변화시킨다.

독일 태생의 정신분석가 에리히 프롬 Erich Fromm *은 끊임없이 무언가를 원하는 욕구 문제에 새로운 접근 방식을 제안했다. 1976년 프롬은 [소유냐 존재냐 To Have or to Be]**를 출간했다. 프롬은 책에서 인간이 물건을 얻는 데 덜 몰두하고 경험에 더 개방적이라면 더 행복할 것이라고 주장했다. 그의 논문은 반문화적

---

* 독일계 미국인인 유대인 사회심리학자이며, 정신분석학자이고 인본주의 철학자이자 민주주의 사회학자.

** 에리히 프롬(Fromm)이 1976년에 쓴 책으로 소유와 존재간의 차이점을 고찰한 내용을 갖고 있다. 프롬(Fromm)은 현대 사회의 문제점을 존재보다는 소유에 집착하여 선호하는 경향을 가진 물질주의적으로 평가하고 있다. 그는 그런 현상으로 무제한의 행복, 자유, 물질적 풍요의 가치를 중시하며, 산업 사회가 시작되면서 인류의 희망이 더욱 높아졌다고 보았다. 이에 반해, 그 광대한 약속은 이미 깨어졌는데, 그 원인으로 급진적 쾌락주의와 이기주의를 뽑았다.

이상주의의 후기 사례로 쉽게 오해될 수 있지만, 프롬의 추론은 미묘한 차이가 있다. 프롬은 마음의 작용에 대한 미묘한 통찰력을 제공하고, 개인의 성장과 사회 변화에 도움이 될 만한 실용적인 권고 안까지 준다.

다른 많은 중요한 20세기 정신 분석가들과 마찬가지로 정통 유대인 가정 출신인 프롬은 1933년 히틀러가 권력을 장악한 후 고국을 떠나야 했다. 프롬은 스위스와 뉴욕에 살았으며, 컬럼비아 대학에서 학생들을 가르쳤다. 프롬은 자기계발서를 좋아하지 않았는데, 자기 계발서의 기만, 어떻게 그 책들이 해를 끼칠 수 있는지, 또한 어떻게 사람들의 '불안'을 이용하는지에 대해 비난하는 글을 썼다. 아이러니하게도 매우 정교한 자기계발서이기는 하지만, 자기계발서는 프롬의 유산이었다. 1956년에 처음 출판된 [사랑의 기술 The Art of Loving]*은 세계적인 베스트셀러가 되었으며 여전히 널리 읽히고 있다. 처음 몇 페이지에서 그는 사랑에 빠지는 것 falling in love과 보다 더 영구적인 사랑의 상태 permanent state of being in love, 즉 '사랑 안에 서 있는' 사이의 단순하지만 도움이 될 구분을 제공한다. 평범한 단어 '서 있는'의

---

* 독일 태생의 정신분석학자이자 사회철학자인 에리히 프롬(Fromm)은 《사랑의 기술》에서 인류의 영원한 화두인 사랑에 대해 질문을 던진다. 프롬(Fromm)이 던진 이 질문은 《사랑의 기술》이 출간된 지 60여 년이 지난 지금까지도 많은 독자들에게 사랑의 의미를 진지하게 돌아볼 수 있는 계기를 제공했다. 《사랑의 기술》이 얼마나 많은 독자들에게 영향을 미쳤는지는 1956년 첫 출간 이후 34개 언어로 번역되었다는 사실과, 전 세계에서 수백만 부 이상 판매되면서 우리 시대의 대표적 스테디셀러이자 현대의 고전으로 자리잡았다는 사실만 봐도 알 수 있다.

새로운 사용을 발견하는 이 나열은 전형적으로 프롬Fromm이 가진 언어 표현의 재능을 보여준다.

프롬Fromm에 따르면, 인간 조건의 핵심 문제는 자연과 다른 사람들로부터의 분리이다. 그 결과 우리는 자주 무력감과 불안을 경험한다. 그러한 감정은 자기 발견, 개인적인 독특함의 인식, 사랑할 수 있는 능력의 개발로 극복할 수 있다. 이런 생각들은 이런저런 형태로 이미 수십 년 동안 정신 치료학계에 유포되었다. 프롬의 기여는 인간이 더 나은 삶을 살기 위해 무엇을 할 수 있는지를 확인하는 것이 아니라, 인간이 더 나은 삶을 사는 것을 막는 것이 무엇인지 구체적으로 찾아낸 것이었다. 주된 장애물은 산업화 이후 사회 전형적인 엘리트의 탐욕적인 사고방식이었다. 너무 많은 것을 원하는 것이 우리가 정말 필요하는 것을 얻는 것에 걸림돌이 된다.

프롬은 인간의 정신 생활이 두 가지 기본적인 양식으로 특징지을 수 있다고 주장했다. 즉, '소유적 실존양식'과 '존재적 실존양식'이다. '소유적 실존양식'은 물건들을 원하는 상태이다. 물론 우리는 삶을 편안하게 살아가기 위해서는 약간의 소유물이 필요하다. 그러나 서양에서는 탐욕이 사람들이 하는 일의 동기가 된다. 원하고 획득하는 것은 우리의 일부이기 때문에 물건을 소유하려는 욕구는 우리의 전체 세계관에 영향을 미친다. 이 영향의 범위는 대부분 사람들이 인식하는 것보다 깊으며, 그 결과는 거의 전적으로 부정적이다. 실제로 그 결과는 너무나 치명적이어서

우리는 자주 살아있다는 단순한 즐거움을 누릴 수가 없다. 우리는 갈망과 실망의 고리에 갇힌다.

개인이 소유한 재산에 따라 자존감이 계산될 정도로 정체성과 자존감이 소유권과 얽혀 있다. 소비는 자존감의 부적절하고 신뢰할 수 없는 대용품이 되었다. 엄청나게 비싼 시계나 핸드백과 같은 부의 상징은 '중요한 지위'에 있다는 것을 알리기 위해 자주 이용된다. 그러나 이것이 나타내는 유일한 차이점은 소유자가 다른 사람보다 더 많은 것을 가질 수 있다는 것뿐이다. 물건은 물건일 뿐이다. 롤스로이스Rolls-Royce는 명성을 상징할 수 있지만 여전히 자동차, 엔진과 네 개의 바퀴가 있는 자동차일 뿐이며, 어떤 관점에서는 자신의 지위를 향상시키기 위해 롤스로이스를 구입하는 사람들은 실제 차를 구입한 것이 아니다. 그들은 '이미지'를 산 것이다. 이것은 아주 잠시 동안 기분을 좋게 할 수 있지만, 우리가 알고 있듯, 이 부풀려진 자아는 직접적이고 생생한 경험을 덜하게 될 것이고, 더불어 경험의 질도 보잘것없어질 것이다.

현대의 광고는 정신분석학적 기원을 지니고 있으며, 일상적으로 우리의 욕망을 더 크게 한다. 소비자의 행동에 영향을 주기 위해 고안된 많은 기술들이 프로이트의 조카 에드워드 루이스 버네이스Edward Louis Bernays*에 의해 발명되었다. 버네이스는 그의 삼촌의 이론이 마케팅 캠페인에 정보를 제공할 수 있다는 것을 알았다. 원초아id 는 만족할 줄 모르고, 인간은 자기도취적이며, 사물은 매력이나 남자다움을 상징할 수 있다. 버네이스는 유명인의 보증, 제품의 배치, 자동차 판매를 위해 성sex 을 사용하는 법을 소개했다. 그는 상품을 무의식적 욕망과 연결했다. 버네이스가 했던 가장 성공적인 홍보는 흡연을 여성의 참정권과 연관시켜, 여성들이 담배를 사기 시작하게 한 것이다. 버네이스는 자유의 여신상을 비스듬히 가리키며 담배를 '자유의 횃불'이라고 묘사했다. 여성이 돈을 가지고 헤어질 때, 그들은 담배뿐만 아니라 자유와 독립을 사고 있었다.

---

* 에드워드 루이스 버네이스(1891년 11월 22일~1995년 3월 9일)는 미국의 이론가로, 홍보 및 선전 분야의 선구자로 여겨지며, 그의 부고에서 "홍보의 아버지"라고 언급했다.

하버드 비지니스 리뷰 1927년판에서 월가의 은행가인 폴 마주르Paul Mazur는 말했다. "사람들은 낡은 것이 완전히 소모되기 전에 새로운 것을 원하고, 원하도록 훈련되어야 한다. 인간의 욕망은 자신의 필요를 압도해야 한다." 기업은 우리에게 소유를 통해서 개인적 변화를 가져올 수 있다고 말한다. 이는 담배를 구입하여 성불평등을 극복하는 것만큼이나 믿기지 않는 결과이다. 롤렉스나 최신 스마트폰을 사서 '자기실현'을 한 사람은 아무도 없다.

나타샤는 올리가르히Oligarch*의 아내였다. 나타샤가 아름다웠다고 말하는 것이 실제 그녀의 외모를 정의하지 않는다. 언어의 한계를 강조할 뿐이다. 나타샤는 유난히 아름다웠다. 나타샤의 혈통은 상대적으로 미천했고, 그녀는 어린 나이에 자신의 아름다움이 악용될 수 있다는 것을 알았다. 나타샤는 매우 성공한 모델이 되었고 억만장자와 결혼했다. 수년 동안 나타샤는 세계에서 가장 아름다운 여성 중 한 명으로 사람들의 머릿속에 남았다. 그럼에도 불구하고 나타샤는 자신이 상상하는 이상적인 외모에 근접하기 위해 성형수술을 받기로 결심했다. 또한 나탸샤는 몸의 탄력, 안색의 투명함, 그녀 모발의 비잔틴풍의 풍성함을

---

* 올리가르히(Oligarch)'는 고대 그리스에 존재했던 소수자에 의한 정치 지배를 뜻하는 '올리가키'의 러시아어다. 현재는 러시아의 신흥 재벌들을 말한다. 이들은 블라디미르 푸틴 러시아 대통령의 든든한 기반이기도 하다. 푸틴 대통령의 이너서클에 있는 인사나 오랜 동지 등 푸틴 대통령과의 관계에서 이익을 본 사람도 있기 때문이다. 또 구소련이 붕괴되는 과정에서 민영화된 자산을 축적해 혜택을 본 이들도 있다.

유지하기 위해 전문가 팀이 고안한 엄격한 미용 요법을 따랐다.

나타샤와 같은 방에 있다는 것이 당신을 당황스럽게 할 수 있다. 포스터나 잡지에서 보이는 뛰어난 아름다움을 보는 것과 그 존재에 빠져드는 것은 완전히 별개의 문제이다. 나는 나타샤가 겨우 인간, 거의 외계인처럼 보인다고 생각했다. 나타샤의 아름다움은 초월적이어서 욕망보다는 경이로움을 불러일으켰다.

나타샤의 미술 수집품은 방대했다. 나타샤는 적당한 크기의 박물관에서 볼 수 있을 만큼 많은 그림을 소장하고 있었다. 나탸샤는 또한 값을 매길 수 없는 보석, 비행기뿐만 아니라, 유럽의 주요 수도와 뉴욕에 자동차, 초대형 요트, 주택과 아파트를 소유하고 있었다. 나타샤는 그녀의 10대 아들들을 걱정했는데, 그들 중 한 명은 약간 반항아였고, 이것이 그녀의 유일한 걱정거리였다. 나탸샤의 남편은 그녀에게 헌신적이었고, 나타샤는 다양한 친구들과 교제했는데 그들 중 많은 사람들은 영향력 있는 정치인들과 유명인사들이었다. 나는 그녀가 지금까지 만났던 사람들 중 가장 여신에 가깝다고 생각했다. 그녀는 원하는 것은 무엇이든 가질 수 있었고, 만일 그녀가 권력을 이용하여 불법을 자행한다 하여도, 그녀의 권력은 어떤 법적 관할권의 범위를 넘어설 수 있을 것처럼 보였다. 그녀는 절대적인 자유를 가지고 있었다.

나타샤의 표정은 좀처럼 활기 있어 보이지 않았다. 나타샤는 결코 미소를 짓지 않았고, 비참하고 외롭다고 자주 불평했다. 나탸샤의 고요함은 평정심을 전달하는 것이 아니라 무관심, 마비,

감정의 쇠약 등을 의미했다. 나타샤가 아무리 많은 인상주의 화가의 작품이나 웅장한 집을 구입했다 하더라도, 그것은 그녀의 내면의 감정에 아무런 변화를 주지 않았다. 한번은 나타샤가 침묵에 빠져 오랫동안 나의 시선을 붙잡았다. 유난히 동공이 확대된 그녀의 눈은 마치 블랙홀 같았다. 나타샤가 꼼짝하지 않고 나를 빤히 쳐다보는 것이 불편했기 때문에 나는 의자를 옮겼다. "저는 평화를 원해요." 그녀가 말했다. "내가 원하는 전부는 평화예요." 마치 삶이 너무 무의미해서 휴식, 아마도 영원한 휴식이 매력적으로 보이기 시작한 것 같았다.

유물론과 그 거짓 약속에 대한 프롬Fromm 의 고발은 1979년대에도 새로운 것이 아니었다. 좌익 지식인에게서 나온 생각이라는 것도 예상치 못한 일이 아니다. 프롬의 비판에서 더 흥미로운 측면은 '소유적 실존양식'의 인지적 영향에 관한 것이다. 대부분의 사람들은 소유욕이 전체 심리적 환경과 방향을 어떻게 바꾸는지 인식하지 못한다. '소유적 실존양식'은 편협함과 경직성과 관련이 있다. 의견들 또한 소유가 되기 때문에 성공적으로 도전을 했음에도, 우리는 그것에 매달리는 경향이 있다. 우리는 무엇이 옳고 그른지에 대해서는 신경을 쓰지 않는다.

'소유적 실존양식'은 언어에서 그 영향을 감지할 수 있을 정도로 깊은 수준에서 작동한다. 예를 들어, 우리는 "나는 잠을 잘 수 없다."를 의미할 때, "나는 불면증이 있어."와 같은 문구를 사용하고, "나는 결혼했다."를 의미할 때, "나는 와이프가 있다." 와 같은 문구를 사용한다. 이와 같이 '소유' 여부로 표현되는 언어 사용은 상황을 객관화하며 인간을 소외시킨다. 사람들은 소유에 대한 부적절한 개념으로 관계를 바라본다. 예를 들어, 우리는 낭만적인 사랑을 찾고, 소유할 수 있는 어떤 것으로 생각한다. 그리고 그것은 변하지 않을 것이라고 기대한다. 그러나 사랑은 진행 중인 과정이다. 변화하고 성장한다. 객관화를 통해 인위적인 한계와 경계를 지우는 것은 사랑의 본질인 유동성을 부정한다. 우리가 사랑에 대해 이야기할 때는 실제로는 상호적이고 진화하는 경험인 '사랑'에 대해 이야기하는 것이다.

우리의 안전감은 종종 사랑이 아니라 '물건'에 기반을 두고 있다. 이것은 사물의 상실이 자아의 상실로 경험된다는 것을 의미한다. 물질적 손실이 실존적 위협으로 잘못 느껴지기 때문에 사람들은 자신의 소유물을 잃을까 극도로 두려워하게 된다. 이러한 태도는 불신과 편집증을 조장하고 불안을 줄이기 위해 더 많이 소유하고 싶은 동기를 자극한다. 우리의 개인적인 방어 요새는 사치품으로 만들어진다. '물건들'은 우리를 보호하는 동시에 타인으로부터 우리를 고립시킨다.

탐욕은 우리가 책을 읽는 방식에도 영향을 미친다. 우리는 문화적 자산을 위해 책을 읽고, 재산을 확장하기 위해 책에서 책으로 옮겨간다. 독서가 즐겁다는 사실을 잊고 있다. 우리가 지식을 소유물처럼 취급하면 지식은 풍부해질 수 없다. 지식을 축적하는 것은 페이지에서 뇌로 정보를 전달하는 기계적인 일이 된다. 지식이 있다는 것은 지식을 갖는 것 이상이다. 사랑하는 것과 마찬가지로 앎은 더 유동적이며 상호적이다.

프롬에 따르면, 우리가 죽음을 두려워하는 근본적인 이유는 우리가 '가지고 있는' 것, 즉 물질적 재화뿐만 아니라, 우리의 몸을 잃을까 두려워하기 때문이다. 우리는 우리 자신이라고 잘못 해석한 것들을 잃어버릴까 두렵다. 죽음에 대한 두려움을 극복하는데 어떤 형태의 영적 준비도 필요하지 않다. 영적인 준비는 '소유적 실존양식'의 영향을 줄이기 위해 일생 동안 지속적인 노력을 통해 달성된다. 우리가 소유물에 덜 투자할수록, 우리의 생각과 감정을 소유물과 덜 연관시킬수록 우리는 더 적게 잃게 될 것이다. 말기암 환자에게 환각제 약물을 투여하는 것의 치료적 이점을 조사하는 연구가 이러한 아이디어를 뒷받침한다.3 정확한 치료 기전은 아직 명확하지 않지만 환자들은 초월적인 경험이 그들의 몸과 마음을 동일시할 수 있는 정도를 감소시켜서 종종 죽음에 대한 공포를 잊을 수 있었다고 말한다.

프롬Fromm 은 '소유적 실존양식'이 우리의 자아감을 형성하고 친밀감을 조절하는 방법에 대한 많은 예시를 들었다. 더 많이 원함으로써 우리의 존재는 더 작아지고, 우리의 존재가 작을수록 우리는 더 많이 원하게 된다. 현상은 중독과 유사하다. 우리가 문제에 대한 해결책이라고 생각하는 것이 종종 원인이다. 소유물은 우리를 온전하게 만들거나 다른 사람들과 더 친밀해지게 하지 않는다. 욕망은 점점 더 커지고 결국 외설스러울 정도로 과장되고 비현실적이 된다. 인생은 불가능한 꿈을 숨가쁘게 추구하는 것이 된다.

'소유적 실존양식'의 대안은 '존재적 실존양식'이다. 우리가 '존재적 실존양식'에 있을 때, 우리는 물건을 획득하려는 동기가 없다. 대신 우리는 경험에 참여할 준비가 된 상태에 있다. 경험의 정확한 본질을 정의할 수는 없다. 사람의 '존재감'은 항상 독특하고 주관적이며 궁극적으로 소통할 수 없다. 경험은 제한이 없고 유연하며 상호적이다. 경험은 과정이며 '물건'이 아니다. 경험하려고 하는 순간, 획득의 제한된 특성으로 그 경험의 질이 저하된다. '갖는 것'이 주로 소유, 버티는 것이라면, '존재'는 주로 놓아주는 것이다. 그렇게 함으로써 그것이 다음으로 대체될 수 있도록 하는 것이다. 이러한 애착의 결여는 개인적인 성장을 위한 전제 조건이다. 완전한 충만함을 찾기 위해 우리는 단지 정체성과 안전의 상징에만 매달려서는 안된다. 우리는 우리의 소유물, 심지어 지적인 소유물까지도 그 위에 '앉아 있는' 것을 멈추어야 한다. 우리 자신이 세계와 우리 주변 사람들과 더 직접적으로 연결되도록 허용해야 한다.

디지털 기술은 우리가 물건을 더 쉽게 얻을 수 있게 해주지만, 우리의 경험을 소유물로 전환할 수 있게 하는 수단도 제공한다. 연구에 따르면 끊임없이 사진을 찍고, 콘서트 참석과 같은 경험을 비디오로 녹화하는 사람들은 단순히 보고 듣는 것에 집중하는 사람들보다 기억을 하지 못한다.[4] 동반되는 감정과 통합된 기억은 작은 화면에서 감정적으로 비활성 이미지가 된다. 이러한 이미지는 소셜미디어에 자주 표시되어 소유물을 늘리는 상황과 동일한 역할을 한다. 뇌가 아닌 스마트폰에 '기억'을 저장하여 경험을 객관화하고 자기를 소외시키는 강력한 예이다.

프롬Fromm 은 '소유적 실존양식'과 '존재적 실존양식'의 구분이 개인의 삶을 넘어서도 적용될 수 있다고 제안했다. 프롬은 서구사회가 '소유적 실존양식'에서 '존재적 실존양식'으로 전환하지 않는다면 생태적 재앙과 세계적 갈등은 피할 수 없는 인류의 마지막 운명이 될 것이라는 예언과 같은 주장을 했다. 어떤 사람들은 꽃을 감상하는 것으로 만족하는 반면, 다른 사람들은 꽃을 꺾어야 한다. 후자는 꽃을 소유하는 것에 만족하지만, 꺾인 꽃은 곧 죽을 것이다. 궁극적으로 거의 모든 생태학적 문제는 어떤 형태로든 특별한 목적을 위해 시작되었다. '소유적 실존양식'은 또한 핵 확산을 촉진하고, "우리는 당신보다 더 많은 폭탄을 가지고 있어."라고 말하며, 전쟁을 일으키는 다양한 분쟁을 유발한다.

때대로 프롬의 환상적인 글은 형이상학적 감정을 표현하는 것에 가깝다. 그러나 그의 기본 관찰은 진화 심리학과 완전히 일치한다. 즐거움은 일반적으로 번식 성공 가능성을 높이는 활동과 관련이 있다. 자연 선택은 우리가 만족하지 못할 때에 동기부여를 극대화시키기 위해서, 즐거운 경험을 지속할 수 있는 능력을 제한한 것으로 보인다. 우리가 불만족스러울수록 쾌락을 추구할 가능성이 더 크며, 이것은 번식의 가능성을 증가시킨다. 오르가즘이 지속적인 만족감을 준다면 우리 조상들은 드물게 짝짓기를 하면서도 만족했을 것이며, 인간은 멸종했을 수도 있다. 지속적인 만족을 배제하는 이 진화의 기전은 프롬의 생각에 동조한다. 심지어 '소유적 실존양식'의 전례일 수 있다. 부족 사회에서 우세한 남성은 동료, 음식, 여성에 접근할 수 있는 권한을 가졌다. 그러나 이 모든 것을 가지고도 만족하지 못한다면, 그는 새로운 동맹을 형성하고, 더 많은 동물을 찾아 다른 부족의 더 많은 여성과 성관계를 할 수 있는 더 먼 곳으로 사냥을 하러 가고 싶어 할 것이다. 결국 이 모든 것이 그가 생존하고 번식에 성공할 수 있는 더 많은 기회를 줄 것이다.

프롬 Fromm은 인류가 될 수 있는 것의 원형인 '새로운 사람'에 대한 설명으로 [소유나 존재냐]를 마무리했다. 사람은 모든 형태의 '갖고 있음'을 기꺼이 포기해야만 '충분히 존재하는' 존재이다. 사람은 자신의 소유물이 아니라, 자신의 관심사와 성향, 관계와 사랑을 종합하여 자신을 정의해야 한다. 자기애를 초월하고, 자신의 한계를 인식하고, 지금 이 순간을 살아야 한다. 프롬의 이론은 실용적이고, 긍정적이며, 낙관적이다. 만약 우리 모두가 내일 프롬의 원칙에 따라 살기 시작한다면, 세상은 더 안전하고, 더 평화롭고, 더 행복한 곳이 될 것이다. 그러나 프롬을 읽을 때, 우리는 그의 권고에 따르는 것이 쉽지 않을 것이라면서 그가 준 이유들을 간과하기 쉽다. 그의 말을 단순하게만 받아들여서는 안된다. 거기에는 중요한 단서가 있다.

방금 프롬의 '소유적 실존양식'에 대한 개념을 접했을 때, 당신은 이 아이디어를 손에 넣고 당신의 마음 창고에 그것을 추가했을 것이다. 그것은 거의 즉시 비활성 정보, 지적 재산이 될 것이다. '소유적 실존양식'이 이미 우리 내부에 깊이 자리잡고 있어서, 그것에 대해 아는 것만으로는 변화를 가져올 수 없다. 하지만 만약 당신이 잠시 멈추고, 반성하고, 완전하게 지금 이 순간에 머무른다면, 당신은 무엇을 경험할 수 있을 것이다.

제11장

역경:
뿌리 깊은 슬픔

Adversity:
Rooted sorrows

11.

역경: 뿌리 깊은 슬픔

Adversity: Rooted sorrows

역경은 피할 수 없다. 역경에는 여러 가지 유형이 있으며, 인생의 어느 시점에서나 만날 수 있다. 그것은 업무상의 문제처럼 사소하지만 빈번한 스트레스일 수도, 배우자의 사별과 같이 중요하지만 드문 사건의 형태로 찾아올 수 있다. 사고, 질병, 거절, 따돌림, 전쟁, 테러리즘, 자연재해 등 잠재적인 불행의 목록은 무한하다. 그리고 아직 나이가 어릴 때부터 인생이 도전적으로 되는 많은 사람들이 있다. 여러 편의 국제적인 연구 결과를 요약한 2016년 세계보건기구의 자료는 성인의 1/4이 아이였을 때, 신체적으로 학대를 당한 것으로 추산한다. 또한 여성 5명 중 1명, 남성 13명 중 1명이 성적으로 학대를 당했다. 연애와 사랑은 우리를 행복하게 해주어야 하지만, 2010년 미국 질병통제예방센터Centers for Disease Control and Prevention에서 수행한 연구에 따르면, 세 커플 중 한 쌍의 부부에서 가정폭력이 발생한다. 가정 폭력의 피해자가 전적으로 여성은 아니지만, 대부분 가정 폭력의 피해자는 불안, 우울증 및 심각한 정신 질환을 앓는 경우가 많다.1 역경의 해로운 영향은 많은 요인에 의해 확인된다. 아무리 강건한 개인일지라도 어떤 역경을 경험하고, 그 결과로 고통을 겪을 것을 예상해야 한다.

셰익스피어의 동명 희곡 〈맥베스〉에서 맥베스는 의사에게 이렇게 도전적으로 말한다. "당신은 병든 마음을 치료할 수는 없나요?" "기억에서 근본적인 슬픔을 뽑아낼 수 있나요?" 그런 슬픔들은 성장에 방해가 된다. 우리의 기분을 우울하게 하고, 앞으로의 일을 걱정하게 하고, 자신감을 꺾어버린다. 그래서 결국 우리는 잠재력보다 한계에 따라 정의된다.

19세기 후반 많은 사례 연구는 역경과 정신 질환 사이의 연관성을 문서화했다. 히스테리 증상은 종종 나쁜 경험에 대한 '잠재의식' 속 기억 때문에 나타난다. 오늘날 대부분의 심리적 문제는 역사적 사건에 궁극적인 기원이 있다고 가정한다. 과거가 어떤 사람이 특정한 증상을 보이는 이유를 완전하게 설명하지는 못하지만, 일반적으로 증상에 기여하는 것으로는 보인다. 이러한 관계는 일부 정신과 진단, 특히 외상 후 스트레스 장애 PTSD에서 명백하게 인정된다. PTSD에서 감정적으로 심하게 동요했던 기억은 회상이나 악몽과 같은 다양한 침투적이고 반복적인 증상을 유발한다. 증상을 보이는 개인은 긴장되어 있으며, 외상 경험을 유발하는 상황과 물건을 피한다.

나쁜 일이 일어나고, 인상이 남아 있으며, 괴로운 기억은 우리의 존재에 대한 고정된 특징이 된다. 우리는 과거로 돌아갈 수 없고 사건과 결과를 바꿀 수 없다. 심리치료란 단어는 괴로운 기억들의 수용을 설명하는 용어들로 가득하다. 내담자들은 문제를 '해결'하고 '수용'하며, 또한 '폐쇄'하여 '해결'하는 복합체를 이룬다. 다른 심리치료 학계들은 치료에 대해 다른 접근법을 지지하지만, 그 방법들 모두 부분적으로 효과를 보일 뿐이다. 성공적인 정서 적응의 밑바탕에는 무엇이 있을까? 근본적인 치료 과정을 확인할 수 있으며, 만약 그렇다면 우리가 피할 수 없는 역경의 소용돌이로 멍들고 괴로울 때, 어느 정도까지 우리는 이 지식을 활용할 수 있을까?

에드는 20대 초반의 남자였고 다소 소년 같았다. 에드가 그의 생일에 어떤 일이 일어났는지 이야기하는 데는 시간이 걸렸다. 그의 말은 직접적이지 않았고, 자주 빗나가곤 했다.

"무슨 일이 있었는지 말해 주겠니?"

"빈틈이 있어요. 저는 모든 것을 기억할 수는 없어요."

"네가 할 수 있는 것만 이야기 해도 돼."

에드는 의자에 몸을 기댄 채 머리를 긁적였다.

"우리는 축하하기 위해 나이트클럽에 갔어요."

"우리?"

"저와 제 친구 두 명, 제이크와 웨인. 밖에 줄이 길게 늘어서 있었고, 도어맨은 꽤 늦게까지 우리를 들여보내지 않았어요."

세 명의 친구는 이미 먼저 술을 마시고 있었다. 그럼에도 그들은 곧장 술집으로 향했다. 그들은 맥주를 두세 잔 더 마시고 생일을 축하하고 있는 한 무리의 여자들과 친해지려고 시도했다. 젊은 여자들이 바를 떠나 춤을 추기 위해 떠날 때, 에드와 그의 친구들도 따라갔다.

"아주 큰 댄스플로어였어요. 클럽은 사람들로 가득 차 있었고, 저는 꽤 취해 있었죠. 야광 티셔츠를 입은 남자와 마주쳤는데 그는 아주 예쁜 금발의 소녀와 춤을 추고 있었어요. 그는 저에게 등을 돌리고 소리를 지르기 시작했어요. 저는 사과했지만, 그는 음악 소리가 너무 커서 제 말을 들을 수가 없었어요."

에드는 팔을 들어 머리 양쪽에 손바닥을 대고, 동작을 재구성했다.

"그래요. 그래요. 제 잘못이에요. 죄송합니다. 그리고 그는 저를 밀었어요. 저는 믿을 수가 없었어요. 알다시피, 그것은 단지 우연한 일이었고 저는 사과를 했어요. 그는 제가 또 무엇을 하길 원했을까요? 제 생각에는 그가 소녀 앞에서 뽐내고 싶어 했던 것 같아요. 저는 그의 앞에 똑바로 섰고, 제이크는 저의 팔을 잡고 저를 잡아당겼어요."

세 친구는 바로 돌아와 술을 계속 마셨다. 말다툼은 불쾌했지만, 그것이 그들의 밤을 망치게 할 수는 없었다. 잠시 후, 야광 티셔츠를 입은 남자가 세 명의 다른 남자와 금발의 소녀를 데리고 나타났다. 남자가 지나가며 에드를 밀쳤고, 그의 음료가 쏟아졌다.

　"아무 반응을 하지 말았어야 했다는 걸 알아요. 그를 무시했어야 했다는 건 알지만, 옳지 않은 것 같았어요. 나는 그에게 욕을 했고, 그는 돌아서서 나에게 '꺼져!'라고 말했어요. 그다음에 무슨 일이 일어났는지 잘 모르겠어요. 몸싸움이 좀 있었고, 펀치를 날리고 경비원들이 끼어들었어요. 몇 초 후 저는 결박당한 채로 문을 향해 걸었어요. 문이 활짝 열렸다가 닫혔고, 저는 그 남자와 그의 친구 둘과 함께 골목에 서 있었어요. 문이 자동으로 잠겼고, 도망쳤어야 했는데, 그들이 출구를 막고 있었어요. '맞아. 이건 좋지 않아. 정말 심하게 두들겨 맞을 거야.' 갑자기 그 남자가 앞으로 다가와 바로 여기를 찌르고 또 찔렀어요." 에드는 마치 상처가 아직도 아픈 듯 부드럽게 그의 옆구리를 만졌다. 그때까지 술술 나오던 그의 이야기가 멈추었다. 칼에 찔린 기억이 그를 몸서리치게 했다. 그는 침을 삼키고 계속 했지만 그의 문장은 짧고 파편처럼 조각 났다.

　"그 남자는 다른 두 명과 함께 도망쳤어요. 피가 많이 났고, 저는 아래를 내려다보며 생각했어요. '오, 젠장 이런 나쁜, 이런 나쁜.' 저는 그저 너무 놀랐어요. '오 이런, 나에게 지금 무슨 일이 생긴 거지?' 그리고 제이크와 웨인이 모퉁이를 돌아 다가왔어요."

에드는 숨을 깊이 들이마시고 내쉬면서 희미한 휘파람 소리를 냈는데, 그 음조가 빨라졌고 그는 손을 떨고 있었다.

"다음에 무슨 일이 있었는지, 누가 무엇을 했는지 기억이 나지 않아요. 약간의 고함과 움직임이 있었지만, 저는 결국 벽에 등을 대고 바닥에 앉았고, 그때 제이크가 '구급차가 오고 있어. 괜찮을거야.'라고 말했어요. 저는 계속 아래를 내려다보며 제가 흘린 이 모든 피를 보았어요. 현기증이 나기 시작했어요. '괜찮을 거야.' 제이크가 계속해서 말을 했어요. '괜찮아 질 거야.' 그러나 제이크의 목소리는 불안하게 들렸고, 정말로 그는 걱정스러워했고, 저는 생각했어요. 이렇게 죽고 싶지 않다고. 나는 이렇게 죽을 수 없다고. 내 생일에 이렇게. 불쌍한."

경찰차와 구급차가 도착했다. 에드는 구급대원에게 응급처치를 받은 후 가장 가까운 병원으로 급히 이송되었다.

"저는 구급차에 누워있었고, 그때 기분이 끔찍했던 것을 기억해요. 모든 것이 검게 변했고 그리고 다시 돌아왔어요. 그런 다음 다시 검게 변했고. 저는 계속 기절했어요." 에드는 고개를 절레절레 흔들며 난처한 표정을 지었다.

"무엇이요?"

"이 부분이. 음, 이 부분이 이상해요."

"괜찮아요."

"저는 제가 제 몸을 떠나서, 떠올라서 제 자신을 내려다보는 것 같았어요. 그리고 이 터널과 빛, 아름다운 빛이 보였어요."

에드는 나의 반응을 보기 위해 나를 관찰했다. 나는 에드에게 계속하라고 손짓했다.

"그때 저는 다시 내 몸으로 돌아왔고 기분이 좋았어요. 어떤 기분이었는지는 확실하지 않아요."

"혼란스러운."

"예, 혼란스러운. 매우 혼란스러웠어요."

그날 저녁, 에드는 자신의 생일 파티를 위해 일찍 집을 나왔다. 즐거운 시간을 보내는 대신에 그는 거의 죽을 뻔했다. 그는 임사체험을 할 정도로 거의 죽음에 가까이 갔다. 에드와 같은 내담자의 말에 귀를 기울이는 것은 깊은 영향을 준다. 나는 비슷한 이야기들을 많이 들어봤다. 그 이야기들 중 일부는 대학살, 화염, 잔해, 물 위의 시신들 등 끔찍한 비극으로 끝났다. 우리는 대체적으로 운명의 우연한 속성과 삶의 연약함에 대한 경고와 속담에 단련되어 있다. "하루하루를 마지막인 것처럼 살아라." 하지만 에드와 같은 사람 앞에 앉아 있는 내 자신을 발견할 때마다 진부한 속담들이 힘을 얻었다. 나는 항상 생각했다. 우리는 많이 다르지 않다. 그 사건의 당사자가 '내가' 될 수도 있다. 인생은 가는 실 한 가닥에 달려있다.

자신을 드러내는 것이 불편한 개인에게 성급하게 부정적인 삶의 사건에 대해 이야기하라고 부추기면 다시 외상을 입을 수 있다. 그들이 문을 열기 전에 완전히 안전하다고 느껴야 한다. 그럼에도 불구하고 말하는 것은 성공적인 감정 조절과 밀접하게 연관된다. 반면에 억제는 단기적인 이득만 있을 뿐이다. 억제가 효과적인 장기 대처 전략이 아닐 수 있는 중요한 이유는 사회적 지원을 이끌어 낼 기회가 줄어들기 때문이다.

충격적인 사건에 대해 이야기하는 것은 쉽지 않다. 상처받은 개인은 나쁜 일이 발생할 때마다 자주 자신을 탓한다. 그들은 수치심, 죄책감 또는 절망으로 말문이 막힌다. 뇌스캔 연구에 따르면, 중요한 언어 중추인 브로카 영역은 충격적인 사건을 기억할 때 활성화되지 않는다.[2] 사람들은 말 그대로 목소리를 잃는다. 그 단어는 더 이상 존재하지 않는다. 뇌 활동은 언어적인 활동과 관련이 없는 뇌의 우반구에 퍼져 있고, 두려움과 불안을 유발하는 작은 아몬드 모양의 편도체는 오른쪽 측두엽에서 맹렬하게 빛난다. 감정에 좌물쇠가 채워지고, 무의식으로 모습을 감추게 된다. 한편, 사람들이 자신의 감정을 표현할 수 있게 해주는 피질 영역은 흐릿하게 빛을 내며 활동을 축소한다. 자신의 감정을 표현할 수 없는 내담자는 종종 끔찍한 좌절감, 장시간 누적된 긴장감이 갑작스러운 분노로 폭발하는 것을 경험한다.

고대 로마 철학자 세네카Seneca*는 "눈물은 영혼을 편안하게

---

* 고대 로마의 스토아 철학자, 정치가, 극작가. 세네카는 그의 철학적 작품과 그의 연극으로 유명하며, 모두 비극이다. 그의 산문 작품은 도덕적 문제를 다루는 12개의 에세이와 124개의 편지를 포함한다. 이 저술들은 고대 금욕주의의 가장 중요한 주요 자료 중

한다."고 말했다. 우는 것은 일반적으로 해방감을 동반하고 소진된 후 평온한 시간이 뒤따른다. 나는 많은 내담자들이 치료의 특정 시점을 넘어서기 전에 울어야 한다는 것을 알게 되었다. 우는 것으로 치료에 장애가 되던 것들을 씻어낼 수 있다. 강한 감정으로 흘리는 눈물은 물리적인 자극에 의해 흘리는 눈물과 화학적으로 다르다. 1980년대 생화학자 윌리엄 프레이 William Frey 는 화가 나서 흘리는 눈물과 양파를 자르는 동안, 즉 자극에 의해 흘리는 눈물을 분석했다. 프레이는 감정적 눈물의 단백질 농도가 자극에 의한 눈물보다 24% 이상 많다는 사실을 발견했다. 감정의 눈물에는 스트레스 호르몬이 더 많다.

아리스토텔레스 Aristotles 는 최초로 '카타르시스'라는 용어를 연극 예술이 정신과 신체에 미치는 영향을 설명하기 위해 사용했다. 이것을 심리치료사가 사용할 때는 다소 다른 함축적 의미를 지니는데, 수 년에 걸쳐 감정 정화 purification 와 관련된 여러 계층의 의미가 축적되었다. 심리치료사들은 과거의 억압된 기억에 부착된 감정이 넘쳐 흐르는 것을 구체적으로 언급할 때, 또다른 용어인 정화 abreaction 라는 용어를 사용한다. 카타르시스와 정화는 자주 같은 의미로 사용된다. 두 가지 용어는 감정의 해

하나이다. 비극가로서, 그는 메데아, 티에스테스, 파이드라와 같은 연극으로 가장 잘 알려져 있다. 세네카는 후대에 엄청난 영향을 미쳤다. 르네상스 기간 동안 그는 도덕, 심지어 기독교 교화의 신탁으로 존경받고 존경받는 현자였다. 문학 스타일의 대가이자 극적인 예술의 모델이었다.

방이 치유적이라는 기본적인 가정을 공통적으로 가지고 있다.

감정의 분출과 정신적 고통의 완화는 수세기 동안 연결되어 있었다. 정신 질환에 대한 첫 번째 설명인 '마귀 들림Demonic possession'은 귀신 쫓기로 치료되었고, 극도의 감정들이 표현되었다.

최면술의 전신인 메스머리즘Mesmerism*은 경련, 붕괴, 회복에 이르게 하는 신경 흥분을 유발했다. 고조된 감정과 붕괴의 유사한 패턴은 오순절 신앙 치유의 전형이다. 모두 아리스토텔레스 연극의 과장된 언동 등의 형태를 닮은 이 의식의 치료 효과도 아마도 카타르시스에 기원을 둔 것일 수 있다.

19세기 말에 요제프 브로이어Josef Breuer**는 감정의 정화가 정신 질환 치료의 핵심 요소라고 생각했다. 브로이어가 프로이트와 전문적인 관계를 맺기 전에 개척한 치료법은 여전히 '카타스시스적 방법'으로 알려져 있다. 우리가 이야기할 때, 특히 충격적인 경험을 받아들이기 위해 말하는 것만으로는 충분하지 않

---

* 18세기에 역사상 처음으로 최면과 최면현상을 학문적인 차원에서 연구하고 규명하고자 한 오스트리아 의사 프란츠 안톤 메스머(Franz Anton Mesmer)의 이름에서 따온 것으로 'hypnosis'의 초기 용어다. 그는 우주 유동체(cosmic fluid)가 자석과 같은 비생물체에 저장되어 있다가 내담자에게 전이되어 병을 치료할 수 있다고 믿었고, 사람의 몸과 손에서도 자기가 작용한다고 생각하였다. 그는 자신의 몸과 손에서 치유적인 힘과 자기적인 힘이 방출된다고 믿었고, 이러한 일을 자연적인 현상으로 받아들여 동물자기설을 완성시켰다.

** 오스트리아의 내과의사로, 그의 제자인 프로이트(Freud)와 함께 정신분석학의 토대를 세웠다.

을 수 있다. 브로이어 이후 많은 심리치료사들은 고통스러운 과거 사건에 대해 냉정하게 이야기하는 것보다 감정을 동반할 때 더 도움이 된다는 것을 관찰했다. 20세기 초에 카타르시스적 방법은 프로이트의 정신분석으로 변화되었다.

치료 방법으로 카타르시스에 대한 관심은 1차 세계 대전과 2차 세계 대전 동안 되살아났다. 1차 세계 대전이 발발한 후 거의 바로, 군인들은 신체적 부상이 원인이 아닌, 여러 증상들을 보이기 시작했다. 마비, 무언증, 눈이 보이지 않거나 청력의 상실을 포함했다. 다른 사람들은 눈물, 불안, 떨림, 공황 발작과 같은 극심한 심리적 고통의 징후를 보였다. 설명할 수 없는 신체적 문제와 이해 가능한 심리적 문제로서 이 증상들을 총칭하여 쉘 쇼크 shell shock* 신경 쇼크 nervous shock, 전쟁 신경증 war neurosis 이라고 불렀다. 많은 의사들이 쉘 쇼크로 진단된 병사들을 전선으로 돌려보내지 말라고 충고했지만, 군 당국은 다수의 질병으로 전쟁에 대한 노력이 수포로 돌아갈 것을 걱정하였다. 쉘 쇼크에 빠진 병사들의 신속한 치료가 시급했다. 기존의 치료법은 실험적이고 이론적으로 허술했으며, 최악의 경우 야만적이었다. 여기에는 굶기는 치료, 어두운 방에서의 격리, 고통스러운 전기 자

---

* 전쟁신경증의 한 형태이다. 병사가 전투라는 준엄한 상황하에서 신체적·정신적으로 견딜 수 없는 한계까지 도달해 버렸을 때, 심한 불안상태로 되어 전투능력을 잃은 상태를 말한다. 불면, 신경과민, 떨림, 실신 등을 나타낸다. 대부분의 경우 휴식을 취하면 회복한다.

극이 포함되었다. 1916년에 전문병원의 의료 책임자가 된 독일 군 대대의 의사인 에른스트 심멜Ernst Simmel*은 보다 온정적인 치료법을 옹호했다. 심멜의 치료법은 다양했다. 심멜은 정신분석, 꿈 해석과 최면을 이용했다. 심멜의 주요 치료 목표는 카타르시스를 달성하는 것이었다. 심멜은 쉘 쇼크의 일반적인 특징인 되풀이되는 악몽이 카타르시스에 이르지 못한 실패 때문이라고 생각했다. 몇 년 안에 심멜은 매우 많은 내담자를 성공적으로 치료했다. 심멜의 성공 소식이 퍼졌고 프로이트Freud는 심멜의 업적에 대해 듣고 큰 감명을 받았다.

치료방법으로서 카타르시스에 대한 관심은 1918년 이후 줄어들었지만. 2차 세계 대전 중에 정신과 의사들은 같은 문제에 직면했다. 외상을 입은 많은 병사들이 전투에 부적합했고, 당국은 그들을 전투에 복귀시키기를 열망했다. 당연하게도 정신과 의사들은 치료 방법을 안내하기 위해 전임자들의 작업을 참조했고, 강한 감정 반응을 불러일으키는 치료절차가 다시 한번 인기를 얻었다.

---

* 독일계 미국인으로 신경학자이자 정신분석학자였다. 베를린과 로스토크에서 의학과 정신과를 공부했다. 그는 1908년에 치매 프라에콕스에 대한 논문으로 의학을 졸업했다. 1913년에 그는 사회주의 의사협회(VSÄ)의 설립을 도왔고, 사회 의학의 선구자 중 한 명이 되었다. 제1차 세계 대전 동안 그는 포젠에서 전쟁의 정신과 사상자를 위한 병원을 이끌었다; 정신분석학에서 독학으로, 그는 그곳에서 정신역학 범주의 사용을 도입했다. 정신분석적 방법으로 전쟁 신경증 치료에 대한 그의 선구적인 연구는 지그문트 프로이트(Freud)의 관심을 끌었고, 그는 그룹 심리학과 자아 분석(1921)에서 그의 작업을 명시적 기반으로 삼았다.

전쟁 이후에 가장 열정적으로 감정 정화abreaction를 옹호한 사람은 논란의 여지가 있는, 최첨단 치료법의 개발과 관련이 있는 화려한 인물이었다. 수십 년 동안 그는 영국에서 가장 중요한 정신과 의사 중 한 명으로 간주되었으며, 경력의 절정기에 그는 세계에서 가장 영향력 있는 정신과 의사로 알려졌다. 그러나 정신의학의 주류 역사에서 그를 언급하지는 않을 것이다. 1988년 그가 사망한 이후로 그의 삶과 업적은 무시되었다. 왜 이런 일이 일어나야 하는가? 사람들이 그를 기억하는 방식에서 단서를 찾을 수 있다. 한 동료는 그를 '유황 냄새가 나는 사람'으로 묘사했다.3

*

윌리엄 사르간트William Sargant*는 방송인이자 존경받는 작가, 왕립의학회 회장, 세계 정신과학회 창립 회원, 런던 세인트 토마스 병원 심리 의학 과장이었다. 그의 글은 올더스 헉슬리

---

* 정신과 수술, 깊은 수면 치료, 전기 경련 치료 및 인슐린 쇼크 치료와 같은 치료법을 장려한 복음주의적 열정으로 기억되는 영국의 정신과 의사였다. 그는 의료 및 평신도 언론, 자서전, 불안한 마음, 그리고 우리의 마음이 다른 사람들의 영향을 받는 과정의 본질에 대해 논의하는 마음을 위한 전투라는 제목의 책에 수많은 기사를 썼다. 전후 영국 정신과 주요 세력으로 기억되지만, 인슐린 쇼크 요법과 깊은 수면 치료와 같은 신용할 수 없는 치료에 대한 그의 열정, 모든 형태의 심리 요법에 대한 그의 혐오, 그리고 임상 증거보다는 교리에 대한 그의 의존은 현대 정신과 텍스트에서 거의 인용되지 않는 논란이 많은 인물로서의 명성을 확인했다.

William Sargant

Aldous Huxley*, 로버트 그레이브스Robert Graves**, 버트런드 러셀Bertrand Russell*** 등으로부터 찬사를 받았다. 대부분의 동시대 사람들보다 오래 전에 그는 정신 질환 발병률의 증가가 주요 문제이며, 효과적인 치료를 제공하지 못하면 심각한 사회적 문제를 초래할 것임을 예견했다. 사르간트Sargant는 정신의학을 생

---

* 영국 출신의 작가이다. 그는 소설과 다양한 분야에 걸친 수필로 가장 유명하나, 단편이나 시, 기행문, 각본 등도 집필했다. 본격적으로 소설가로서의 활동을 시작한 것은 1921년 소설 《크롬 옐로》로 인정을 받고 나서다. 소설 외에도 여러 수필들을 쓰기도 했다. 그의 소설과 수필에서는 사회적 관행, 규범, 사상등에 대한 탐구와 비판이 주로 나타난다.

** 1895년 잉글랜드 윔블던에서 태어나 시인, 소설가, 번역가, 옥스퍼드대학 교수로 활동하면서 1985년 스페인 마조르카에서 세상을 떠날 때까지 140여 편의 작품을 남겼다.

*** 영국의 철학자, 논리학자, 수학자, 역사학자이자 사회비평가.

물학, 물리의학의 한 분야로 발전시켰고 뇌 수술, 인슐린을 사용한 혼수 상태 유도, 전기경련요법ECT*와 마취또는 깊은 수면 요법4을 옹호했다. 이들 모두는 이제 무모하거나 위험하고 윤리적으로 의심스러운 것으로 비난받고 있다.

마취에 의한 치료는 원래 1920년대에 개발되었다.5 내담자는 식사와 배뇨를 위해 잠을 잠시 중단한 경우를 제외하고는 최대 몇 달 동안 잠을 자도록 진정되었다. 런던 왕립 워털루 병원의 5병동에 있는 사르간트의 '수면실'에서 내담자들은 매우 높은 용량의 클로르프로마진진정제 과 일주일에 3회 전기경련요법을 받았다. 이러한 극단적인 처방의 명분은 나쁜 기억을 지우는 것이었다. 그러나 기억상실은 광범위했다. 좋은 기억들도 나쁜 기억과 함께 사라졌다. 사르간트의 많은 내담자들은 잠에서 깨어나 시술 전의 삶을 거의 기억하지 못한다는 사실을 알게 되었다. 어떤 내담자들은 운이 좋지 않아, 자다가 사망했다.

사르간트는 또한 일종의 약물 지원 정신요법을 개발했는데, 그 목적은 충격적인 경험에 대한 기억을 강화하고 강한 혐오 반응을 유발하는 것이었다. 전투 참전 용사들은 1차 세계 대전 중 약물의 영향을 받는 동안은 퇴역하도록 권고 받았다. 하지만 그 절차는 대부분 최면을 이용하여 수행되었다. 사르간트는 전투 관련 신경증과 신경 쇼크로 고통받는 군인과 민간인을 치료해야

---

* 전기경련요법. 정신질환 치료법으로, 전신마비 하에서 머리에 전류를 흘려보내어 경련 발작(convulsive seizure)을 유발한다.

했던 2차 세계대전 동안 이러한 개입을 개선시킬 많은 기회를 가졌다. 그는 마스크에 에테르를 붓고 메타드린메탐페타민의 일종을 정맥 주사하고 이산화탄소를 흡입하게 하여 내담자가 충격적인 경험을 이야기할 때 '흥분'하도록 했다. 사르간트는 내담자의 이야기를 미화하거나 심지어 주제와 관련된 환상으로 대체할 수 있으며, 이것이 여전히 치료적이라는 것을 발견하였다. 예를 들어, 사르간트는 마약에 취한 내담자에게 실제로 그런 일이 일어나지 않았는데 불타는 탱크에 갇힌 것을 상상하라고 말할 수 있었다. 절차의 중요한 요소는 반응의 강도, 즉 내담자의 감정 상태가 사르간트가 '분노와 공포의 그랜드 피날레'라고 묘사한 수준으로 올라갈 수 있는지의 여부였다. 붕괴 후 진정 기간이 이어졌고, 그 후 내담자들은 개선을 보고했다. 나중에 실제 충격적인 사건을 기억했을 때, 더 이상 괴로워하지 않게 되었다.

반응 직후 내담자들은 종종 예민한 상태에 있었고, 사르간트는 자신의 이 도움이 될 만한 아이디어를 사람들의 마음에 심어 주고 싶었다. 세뇌하고, 내담자들의 생각을 통제하고 싶은 집착은 그의 진료실에서 끊임없이 계속되었다.

정신 의학에 대한 사르간트의 기여를 객관적으로 평가하기는 어렵다. 그의 성격이 방해가 되었다. 사르간트는 거만하고 오만하며 다른 사람들을 괴롭히는 괴물로 묘사되었다. 그러나 우리는 사람과 업적을 분리하도록 노력해야 한다. 흥분성 무반응은 브로이어Breuer*와 프로이트Freud의 초기 임상 관찰 중 정서적으로 흥분되었던 기억이 중립적 기억보다 더 치료적이라는 것을 확인시켜 준다. 또한 현대에 시도되었던 '카타르시스적 방법' 중 가장 극적인 시연 중 하나였다.

사르간트가 간단하고 저렴한 치료가 절박하게 필요하다고 강조한 것이 옳았다. 우리는 빠른 치료가 절실하게 필요하다. 그러나 정신 질환이 있는 대부분의 사람들은 뇌에 전기 충격을 주거나 진정제를 사용해도 삶이 나아지지 않는다. 어떤 사람들은 분명히 이러한 방법으로 도움을 받지만, 그 치료법은 만병통치가 아니며 그랬던 적도 없다. 사르간트는 의학적 유토피아를 만들기 위해 조바심을 냈지만, 아마도 그가 제거한 것보다 고통받게 한 것이 더 많아 보인다.

사르간트는 치료법에 대해 말하는 것을 평생 동안 거부했다. 사르간트는 정신분석이 지적 기반이 약하고 치료에 너무 오랜 시간이 걸린다고 생각했다. 그러나 사르간트가 개척한 유일한 치료법은 정신 요법의 한 형태인 흥분성 둔화excitatory abreaction이다.

형편없는 육아에 대한 조언을 퍼붓는 불운한 사람, 존 왓슨

---

* 신경생리학에서 중요한 발견을 한 저명한 의사였으며, 1880년대에 안나 O.로 알려진 그의 내담자 베르타 파펜하임과 함께 말하는 치료법(카타르틱 방법)을 개발하고 그의 제자가 개발한 정신 분석의 토대를 마련했다.

John B. Watson＊은 미국 행동주의 심리학의 아버지로 평가된다. 이반 파블로프 Ivan Pavlov＊＊의 연구를 발견한 왓슨은 러시아 생리학자의 연구 결과가 새로운 형태의 정신 병리학의 확고한 토대가 될 것이라는 것을 알아챘다. 예를 들어, 부정적인 감정은 조건 반사로 이해할 수 있다. 파블로프는 종소리와 함께 음식을 반복적으로 연결짓기한 후에 개가 종소리만 들어도 침을 흘리도록 할 수 있다는 것을 보여주었다. 왓슨은 공포증과 같은 비합리적인 두려움이 비슷한 형태의 연관 학습의 결과일 수 있다고 믿었다. 나중에 그와 결혼한 또 다른 미국 심리학자 로잘리 레이너 Rosalie Rayner＊＊＊의 도움으로 왓슨은 동물의 외모와 거칠고 시끄러운 소리를 짝지어 아이가 쥐를 두려워하도록 조건화하였다. 몇 년 후, 미국인 심리학자 메리 커버 존스 Mary Cover Jones＊＊＊＊

＊ 행동주의의 과학적 이론을 대중화하여 심리학 학교로 설립한 미국의 심리학자였다. 왓슨은 1913년 컬럼비아 대학교에서의 연설을 통해 심리학을 행동주의자가 보는 것으로 보는 연설을 통해 이러한 심리학적 규율의 변화를 발전시켰다. 그의 행동주의적 접근 방식을 통해 왓슨은 동물 행동, 육아 및 광고에 대한 연구를 수행했으며, 논란이 많은 "리틀 앨버트" 실험과 커플렁크 실험을 수행했다.

＊＊ 러시아의 생리학자. 개가 주인의 발자국 소리만 들어도 침을 분비한다는 것을 발견하고 '조건 반사'로서 뇌의 작용에 대해 연구하였다. 소화와 신경지배의 연구로 1904년 노벨생리 의학상을 수상하였다.

＊＊＊ 학부 심리학 학생이었고, 존스 홉킨스 대학교 심리학 교수 존 B. 왓슨의 연구 조교 (이후에는 아내)였다. 왓슨은 그와 함께 나중에 "리틀 앨버트"로 알려진 아기에 대한 연구를 수행했다. 1920년대에 그녀는 에세이와 공동 저술 기사, 그리고 왓슨과 함께 아동 발달과 가족 유대에 관한 책을 출판했다.

＊＊＊＊ 20세기의 대부분 동안 남성에 의해 크게 지배되었음에도 불구하고 미국의 발달 심리학자이자 행동 치료의 선구자였다. 조셉 울프는 피터에 대한 그녀의 유명한 연구와 둔감화의 발전으로 인해 그녀를 "행동 치료의 어머니"라고 불렀다.

는 토끼를 볼 때마다 사탕을 주어 토끼를 두려워하는 아이를 치료했다. 1950년대 후반에 남아프리카의 정신과 의사 조셉 울프 Joseph Wolpe*는 점진적인 근육 이완으로 음식을 대체하는 '역조건화counter-conditioning' 치료법을 고안했다. 내담자들은 이완된 상태를 유지하면서 점점 더 어려운 일련의 상황을 요청받았는데, 두려움을 억제하기 위한 것이었다. 이 치료의 최종 완성본은 '체계적 둔감화'로, 두려운 대상과 상황을 실제 또는 상상의 이미지와 조합했다.

체계적 둔감화는 효과적인 치료법이었으며, 널리 시행된 최초의 행동 심리치료가 되었다. 체계적 둔감화는 심리치료사가 내담자의 정신 상태와 기억에 대해 전혀 알지 못하는 경우에도 효과가 있었기 때문에, 이전 형태의 심리 치료와 근본적으로 차이가 있었다. 두려움이 조건화된 반응이고, 연합이 역조건화에 의해 약화되거나 완전히 깨질 수 있다면 마음을 아주 깊이 조사할 필요가 없다.

체계적 둔감화가 혁명적이고 영향력이 있었지만, 이론적 근거는 취약했다. 점진적인 근육 이완 요법을 생략해도 내담자는 호전이 될 것이다. 즉, 성공적일 때 두려움의 감소가 역조건화 때문이 아니라, '습관화'에 기인한다는 것을 시사한다. 습관화의

---

* 남아프리카의 정신과 의사이자 행동 치료에서 가장 영향력 있는 인물 중 한 명이었다. 울프는 그의 상호 억제 기술, 특히 행동 치료에 혁명을 일으킨 체계적인 둔감화로 가장 잘 알려져 있다.

일상적인 예는 일상 소음을 상당 시간 계속 듣게 되면 들리지 않게 되는 것이다.

신체 반응은 감정의 중요한 특징이다. 우리가 스스로를 관찰하고 얼마나 불안하지 판단할 때 우리의 심박수, 과호흡, 땀흘림 등 몸의 반응으로 파악할 수 있다. 습관화가 되면, 우리는 판단을 조정한다. "나는 그렇게 상처받지 않았어. 그래서 아마도 걱정할 것이 없을 거야." 거의 항상 수정된 평가에 따라 신체 반응 또한 변화한다.

1980년대까지 가장 독단적인 행동치료사들은 여전히 인지에 대한 언급을 피하고 있었다. 많은 사람들이 신념 변화를 명시적으로 언급하면서 치료의 효능을 설명하기 시작했다. 불안한 사람은 특정한 상황이 위험하다고 믿을 수 있다. 그러나 그들이 그 상황에 오랫동안 머무르면 불안이 줄어들 것이다. 이는 두려움에 대한 기대가 과장되어 있음을 보여준다. 그런 후 믿음은 자발적으로 수정되거나 새롭고 더 정확한 믿음으로 대체된다.

사르간트Sargant 의 흥분성 둔화excitatory abreaction 와 노출 요법에 대한 실험 사이에는 분명한 유사점이 있다. 둘 다 감정을 불러일으키며 괴로움을 견디게 한다. 1970년대 한동안 '폭발implosion'이라고 알려진 행동 요법이 주류를 이루었다.6 불안한 내담자들은 최악의 상황을 가능한 생생하게 상상하고, 악몽과 같은 요소를 그 환상에 포함시키도록 권고 받았다. 거미 공포증이 있는 사람은 집 만한 거미를 마주칠 수 있다고 묘사할 수 있다.

　여러 측면에서 행동치료는 불안한 개인이 용기를 낼 수 있는 다양한 틀을 제공한 것으로 평가된다. 이것은 알프레드 아들러 Alfred Adler*가 어떻게 행동치료가 성공했는지 설명했던 방법이다. 용기를 키우는 것은 아들러의 개인 심리학의 중심 개념이다. 아들러에게 용기는 우리에게 부족하거나 소유한 것이 아니라, 선택에 가까운 것으로, 우리가 위험을 감수하고 불편하게 될 것이라는 것을 알면서도 특정 상황에 기꺼이 뛰어든 것이다. 불행하게도 인생은 반드시 직면하고 극복해야 하는 어려운 도전으로 가득 차 있다. 때때로 우리는 우리의 불안과 관계없이 단순하게 행동해야 한다.

　마음에 들지 않는 동료에게 직장에서 굴욕을 당한 사람은 어느 정도 불편함을 느낄 것이다. 일어난 일에 대해 자주 생각하거나 꿈을 꿀 수도 있다. 시간이 지남에 따라 경험에 대한 기억을 떠올리는 빈도가 줄어들고, 정신 활동을 방해하던 심리적 고통도 줄어들 것이다. 경험에 대한 기억은 그 사람이 그것을 떠올리기로 선택하지 않는 한 휴면 상태로 남을 것이다. 외상을 입은 보병은 더 생생하고 무서운 기억을 갖게 되겠지만, 자신의 외

---

* 오스트리아의 정신의학자. '개인심리학'을 수립하였으며, 인간의 행동과 발달을 결정하는 것은 인간존재에 보편적인 열등감·무력감과 이를 보상 또는 극복하려는 권력에의 의지, 즉 열등감에 대한 보상욕구라고 생각하였다.

상에 적응할 수 있다면 거의 비슷한 단계를 거쳐 적응이 될 것이다. 거슬리는 생각과 악몽은 처음에는 자주 떠오르지만, 시간이 지나면서 충격적인 경험을 떠올려도 불편함이 줄어들 것이다. 기억은 자각의 문턱 아래로 가라앉고 자발적으로 인출될 때까지 휴면 상태를 유지한다.

모든 속상한 생각과 기억은 '삼키고' '소화되기' 전에 일정량의 '씹기'가 필요한 것으로 보인다. 더군다나 '소화불량'인 경우에는 '역류'가 된다.

1980년에 한스 아이젠크Hans Eysenck*의 지도로 박사과정을 했던 스탠리 라흐만Stanley Rachman**은 선두적으로 행동치료를 지지했으며, 이에 관한 논문을 발표하였다. 논문에서 라흐만은 겉으로 보기에 단절된 많은 문제들이 감정 처리의 실패로 발생한다고 주장했다. 일반적으로 감정적인 경험은 후유증 없이 흡수되지만, 감정 처리가 불만족스럽거나 불완전하다면 강박증, 악몽, 침투적인 생각, 울음과 정서적 불안과 같은 증상들이 지속

---

* 독일계 영국인 심리학자, 주로 생리학과 유전학에 기초한다. 그는 배운 습관을 매우 중요하게 생각하는 행동주의자지만 성격 차이는 유전적 정보에 의해 결정된다고 믿었다. 따라서 그는 주로 기질에 관심을 두었다. 아이젠크 성격 검사(Eysenck Personality Questionnaire, EPQ) 및 기질 기반 이론을 고안할 때 한스 아이젠크(Hans Eysenck)는 성격의 일부 측면이 학습될 가능성을 배제하지 않았다.

** 주로 강박 장애(OCD) 및 기타 불안 장애를 가진 남아프리카 태생의 심리학자. 그는 은퇴할 때까지 (Hans Eysenck와 함께) 공동 설립자이자 Behavior Research and Therapy 저널의 편집장이었다. 그는 강박 장애 및 기타 불안 장애에 관한 책과 수백 개의 기사를 출판했으며, 최근에는 강박 관념과 강박 검사에 대한 새로운 인지 모델과 치료법을 제안하고 오염에 대한 두려움에 대한 개정된 개념화를 제안했다.

될 것이다. 스트레스를 받았던 경험들, 특히 후에 외상 후 스트레스 장애PTSD의 진행과 관련되는 경험들은 너무 강렬해서 처리하는 채널이 과부화 상태가 되면 의식의 흐름에 다시 나타나게 된다.

많은 심리 치료는 감정 처리를 촉진하여 상당한 효과를 거둘 것이다. 일반적으로 더 관리하기 쉬운 기억에서 가장 속상했던 기억까지 강도를 조절함으로써 달성된다. 가장 간단하게는 기억을 더 자세히 탐색하는 대화들을 포함할 수 있다. 체계적 둔감화와 단계적 노출도 이러한 점진적 강도 조절을 따른다. 외상적 기억이 너무나 강렬해서 잠재적으로 내담자에게 재외상을 줄 수 있는 경우에는 현실적으로 카타르시스 치료를 종결한다. 흥분이 든 다른 방식의 전면적인 둔감화는 한 번에 이루어지는 경우는 거의 없다. 내담자들은 종종 여러 회기 상담을 필요로 하며, 각각의 회기의 강도가 세어진다.

좋지 않은 일이 생기면 사람들은 과거를 떠올리게 하는 것들을 피하거나 감정적으로 '차단'함으로써 그들의 고통을 관리하려고 한다. 때때로 기분전환용 약물이나 알코올로 고통을 완화시키기도 한다.7 그러나 모든 형태의 회피와 거부는 감정 처리를 방해하고 회복을 지연시킬 것이다. 인간은 세상에 대한 우리의 폭넓은 이해와 조화를 이룰 때까지 외상적인 정보를 '활동 기억' 속에서 재작업하는 타고난 완성 경향을 지니고 있는 것으로 보인다.

흡수absorption의 중요한 특징은 동일한 종류의 신념의 변화이며, 이 변화가 노출 요법의 성공을 돕는다. 안전한 환경에서 트라우마를 다시 떠올리면 잘못된 믿음을 바로잡을 수 있다. 심장 박동이 빨라지고 끔찍한 일이 발생하지 않으며 심장 박동은 다시 느려진다. 마음과 몸이 재교육된다. 그러나 성공적인 신념의 변화는 아마도 사람들이 어떤 속상한 사건을 받아들일 때, 동시에 상호적으로 일어나는 많은 변화 중 하나일 것이다. 많은 다른 수준의 신경화학적, 호르몬적, 신경원자적, 심리적, 사회적 재보정은 다양한 수준으로 거의 확실하게 일어난다.

충격적인 경험은 자아를 분열시키고 과거 존재의 일부를 가두어 놓는다. 현재를 완전하게 누리기 위해서는 괴로운 기억들이 그 사람의 총체에 다시 통합되어야 한다. 그 경험들은 피해를 입은 개인의 '이야기'의 일부가 되어야 한다. 그렇지 않으면 과거는 그 사람과 경험 사이에 계속 개입할 것이며, 그들의 이야기는 계속 진행되지 않을 것이다.

1987년 봄 어느 날, 공원을 걷다가 프랜신 샤피로Francine Shapiro*라고 불리는 미국의 심리학자가 우연한 발견이라고 묘사

---

* 프랜신 샤피로(1948년 2월 18일~2019년 6월 16일)는 외상 및 기타 불안한 삶의 경험의 증상을 해결하기 위한 심리 치료의 한 형태인 안구 운동 둔감화 및 재처리(EMDR)를 창안하고 개발한 미국의 심리학자이자 교육자이다. 안타깝게도 프랜신 샤피로(Shapiro)는 2019년 6월 16일 사망했다.

Francine Shapiro

했던 것을 만들었다.[8] 샤피로는 어떤 불안한 생각들이 자발적이고 빠른 눈 움직임과 동시에 나타났을 때, 갑자기 사라진다는 것을 알아차렸다. 샤피로는 동일한 생각을 다시 하게 되었을 때, 그다지 화가 나지 않았다. 샤피로는 자신의 관찰에 매료되어, 그녀는 의도적으로 더 부정적인 생각들과 기억들을 빠른 눈 움직임과 짝을 지었고 그 결과가 재현될 수 있다는 것을 발견하였다. 눈의 움직임은 가상의 대각선의 끝 사이에서 빠른 진동을 필요로 했다.

며칠 후, 샤피로는 친구, 동료, 워크숍 참가자들에게 이 기술을 테스트했다. 샤피로가 처음 발견한 것은 대부분의 사람들이 빠른 눈 움직임을 매우 오랫동안 유지할 수 없다는 것이었다. 샤피로는 대신 손의 움직임을 추적하라고 요청했다. 샤피로의 다음 발견은 이미지, 생각 또는 신체적 감각과 같은 복합적인 부분으로, 분해하면 괴로웠던 기억이 눈 움직임에 의해 더 효과적으로 중화된다는 것이었다. 이것은 아마도 작은 입으로 음식을 섭취함으로써 소화를 촉진하는 것과 유사할 것이다. 수년에 걸쳐 샤피로는 그녀의 절차를 공식화했고, 그것은 현재 안구운동 민감소실과 재처리 요법Eye Movement Desensitisation and Reprocessing, 또는 EMDR이라고 불린다.

EMDR의 가장 독특한 특징은 감정 처리를 가속화하기 위해 빠른 눈 움직임이 필요하다는 것이다. 빠른 눈 움직임은 또한 우리가 꿈을 꿀 때 수면 중에 발생한다. 연관성이 있을까? 신경과학자들과 심리학자들은 이제 꿈의 주요 기능 중 하나가 불쾌한 기억과 관련된 감정을 해소하는 것이라고 믿는다.[9] 결혼 파탄과 같은 어려운 경험에 대하여, 같은 시기에 그것에 대한 꿈을 꾼 적이 있는 개인은 나중에 우울과 절망을 극복할 가능성이 높다. 시카고의 러시 대학의 심리학자 로잘린드 카트라이트Rosalind Cartwright*는 이혼을 경험했던 사람들로부터 꿈 보고서를 수집

---

* 수면에 대한 다양한 연구를 통하여 "꿈의 여왕"이라는 별칭을 얻었다. 카트라이트는 어린 시절부터 시인으로서 꿈을 통한 상상과 창의력을 작품에 활용하였던 어머니의 영향으로 꿈에 자연스럽게 관심을 가지게 되었으며, 코넬대학교 심리학과에서 박사학위를 받았다. 마운트 홀리요크 대학교에서 내담자 중심 치료의 효과성에 대한 연구를 진행하였으며, 시카고 대학교에서는 내담자 중심 치료의 대가 심리학자 칼 로저스(Carl

했다. 그런 후에 카트라이트는 꿈속의 감정적인 내용과 현재 삶의 고통스러운 감정 사이에 대응 관계를 확인했다. 1년 후 후속 평가가 수행되었다. 카트라이트는 실제 경험했던 고통스러운 경험예를 들어, 헤어진 배우자가 등장에 대해 꿈을 꾼 사람들만이 완전히 심리적으로 회복했다는 것을 발견했다. 그들은 기분이 개선되었고 더 큰 재정적 안정을 얻었으며, 새로운 친밀한 관계를 형성할 가능성이 더 높았다. 꿈을 꾸기는 했지만, 특정한 외상 경험 발생 당시에는 꿈을 꾸지 않았던 사람들은 비슷한 이득을 얻지 못했다. 카트라이트의 연구는 사람들이 괴로운 경험을 더 철저하게 처리한다면 더 나은 정신 건강을 누릴 수 있다는 것이다

우리는 "시간이 치유한다."고 말할 때, 우리는 착각할 수 있다. 치유되는 시간이 많지 않고 특정 종류의 꿈에만 해당되는 것이다. 만일 꿈을 꾸면서 감정이 기억으로부터 분리되지 않는다면 고통스러운 기억은 실제 사건과 마찬가지로 감정적인 부담을 줄 것이다. 이러한 부담이 누적되면 매일의 삶이 견딜 수 없을 만큼 각성 상태를 지속할 것이다. 심지어 가벼운 스트레스조차 우리를 놀라게 하고 당황하게 만들 것이다. 꿈은 감정을 처리하고 제대로 기능하게 하는 데 필수적이다. 한 예로, 꿈은 말하는 것이 점점 쉬워지는 아픈 기억들로부터 감정을 빼앗을 수 있

Rogers)와 함께 연구하였다. 카트라이트는 우울증 내담자들의 경우, 꿈을 통하여 부정적인 기억이나 정서가 제대로 처리되지 못하고 낮은 수면의 질과 일반인들보다 3~4배 많은 꿈을 꾸게 되어 수면 이후에도 피로감이나 불쾌감을 경험하게 된다고 주장하였다.

다. 우리는 경험적인 면에서 더 높은 수준의 서술적 정체성과 의미를 탐구할 수 있게 된다.

EMDR은 꿈꾸는 것과 중복되는 뇌 부분의 활동을 자극한다.[10] 샤피로의 절차는 깨어있는 뇌가 잠자는 동안 수행하는 것과 동일한 활동을 수행하도록 한다. 흥미롭게도 시선 전환은 무릎을 번갈아 두드리는 것이나 헤드셋을 통해 양쪽 귀에서 소리가 날 때 번갈아 클릭하는 것과 비슷하게 감정 처리를 가속화시킨다. EMDR의 효과가 양쪽 뇌를 자극하는 모든 형태의 활동에 의해 매개된다는 것을 의미할 수 있으며, 눈의 움직임은 가장 잘 알려진 예일뿐이다.

샤피로의 임상 관찰 중 하나는 감정 정화 후 내담자들의 마음에 긍정적인 생각을 심어주었던 사르간트의 연구와 흥미로운 비교가 된다. 샤피로는 EMDR이 성공적이면 내담자들이 자동적으로 긍정적인 생각을 하기 시작한다는 것을 알아챘다. 샤피로는 베트남에서 보병으로 복무한 한 남자의 사례를 설명했다. 그의 임무 중 하나는 구조 헬리콥터에서 죽은 군인을 내리는 것이었다. 치료 전에 그는 베트남을 생각할 때마다 시체를 생각했다. 비교적 간단한 EMDR 치료를 받은 후 그는 베트남을 '정원의 천국'으로 묘사할 수 있었다. 그는 20년 만에 처음으로 그런 생각을 하게 되었다.

역경을 극복하는 것에 대해 셀 수 없이 많은 단어들이 쓰여졌지만 성인들, 성현들, 학자들과 지식인들, 철학자들과 구루[*] 들의 지혜는 단 하나의 가치 있는 통찰로 표현될 수 있다. 부모 의 비판, 성적 학대, 이혼 또는 심지어 고문의 희생자가 된 것 에 대한 역사상 궁극적인 해결책은 고통스러운 기억을 동화 assimilation하는 것이다, 사람들은 이것을 성취하기 위해 다른 일들을 하지만, 고통스러운 기억의 동화는 역경을 극복하는 것 의 기초가 된다. 심리치료는 극도로 간결하고 실행 가능한 답에 도달했고, 신경과학에 의해 잘 지지되고 있다.[11,12,13]

정신뿐만 아니라 근육과 내장, 심박동, 장과 방광이 충격적인 경험을 기억한다, 우리가 감정을 처리할 때, 감정을 다시 느껴야 하는 이유이다. 몸으로 흡수된 기억을 정신의 잔재물처럼 처리 하는 것이 중요하기 때문이다.

심리치료는 항상 신체를 존중해 왔다. 프로이트는 처음부터 인간 존재를 피와 내장, 항문과 음경, 점성의 액체, 배설로 기꺼 이 인정했다. 이러한 거침없는 정직은 인간에 대한 더 높은 개 념과 대조될 수 있다. 역경에 대한 정신적인 반응은 초월적이다. 그 무엇보다도 위로 떠오르고 신에 집중한다. 심리치료사들에 게 이러한 종류의 초월은 단지 위스키를 마시거나 심리적 고통

---

[*] 인도에서는 베다 시대 이후, 소년기에 스승 밑에서 베다를 학습하는 규정이 있으며, 구루, 즉 스승은 정신적 지도자로서 최상급의 존경을 받았다. 이 때문에 스승에 대한 복종과 헌신은 제자의 의무의 제일로서, 법전을 비롯한 여러 가지 문헌에서 반복해서 강조되고 있다.

에 무디어지게 하기 위해 대마초를 피우는 것과 같은 회피의 또 다른 형태일 뿐이다. 수행되어야 하는 작업은 반드시 수행되어야 한다. 그렇지 않으면 상처 입은 사람은 결코 완전하게 존재할 수 없을 것이다. 개인이 한 부분은 과거에 갇혀 있고, 심지어 자신의 마음이 겉보기에는 방해받지 않는 것처럼 보일 때에도, 그 사람의 몸은 공포를 계속 기억할 것이다.

우리가 어려운 감정들을 처리할 수 있을 때, 우리는 다시 전체가 된다. 마음은 몸을 수용하고 몸은 마음을 수용한다. 과거와 현재는 의미 있는 이야기에서 질서 있는 장들이 된다. 역경에 의해 산산이 부서진 기억의 조각들은 다시 맞춰지고 제자리에 끼워질 수 있다. 브로이어Breuer와 프로이트Freud는 이것을 1893년에 일찍이 알고 있었다. 그들이 처음으로 감정 정화와 카타르시스의 개념에 대해 논의했던 바로 같은 페이지에, 그들은 또한 건강한 조정의 기초가 될 수 있다고 믿는 기전에 대해 썼다. 충격적인 기억은 "연상의 거대한 복합체로, 그것은 그것과 모순될 수 있는 다른 경험들과 함께 온다."고 그들은 말했다. "이런 방식으로 정상적인 사람은 연상을 통해, 동반되는 영향들을 소멸시킬 수 있다."

카타르시스는 감정의 해방일 뿐만 아니라 우리가 스스로의 감정을 인정하는 행위이다. 우리가 감정을 표현하는 것을 허용할 때, 우리는 감정의 이름을 더 정확하게 지을 수 있다. 또한 우리가 두려움에 직면할 때, 우리의 몸은 그 두려움에 익숙해질 기

Chop Suey

회를 얻는다. 신경계는 다시 재조정되고, 편도체는 희미해지고, 우리는 세상을 다르게 보기 시작한다. 고통스러운 기억은 덜 고통스러워지고, 점차 그 기억들은 일반적인 기억들과 통합된다.

우리가 불행을 잘 흡수할수록 우리는 완전하게 살아 있을 수 있다. 우리는 매우 실제적인 의미에서 역경으로부터 만들어졌다. '기억에 뿌리내린 슬픔을 뽑아내고 싶은' 유혹에 절대 빠져서는 안된다. 그것은 자해이거나 기껏해야 또 다른 형태의 부정일 뿐이다. 사르간트 Sargant 가 그의 수면실에서 그렇게 분명하게 보여주었듯이, 나쁜 기억을 지운다면 당신 또한 지워지는 것이다.

자동판매식 식당 Automat 을 완성한 지 2년 후, 에드워드 호퍼

Hopper 는 찹 수이Chop Suey*를 그렸다. 자동판매식 식당처럼, 찹 수이는 뉴욕의 레스토랑 테이블에 앉아있는 젊은 여성을 보여주지만, 그녀에게는 친숙한 무언가가 있다. 우리가 그녀를 본 적이 있을까? 제 친구 월터Walter 는 아마도 자동판매식 식당과 같은 여성일 것이라고 생각했다. 월터는 동일한 몸매와 비슷한 싱그러운 아름다움에 주목했다.

비록 그 젊은 여성은 같은 사람일 수 있지만, 그녀의 분위기는 완전히 다르다. 바깥에는 검은 공백이 없고 창문을 통해 빛이 보인다. 그중 하나를 통해 우리는 그림의 이름을 부여하는 표지판의 아랫부분을 볼 수 있다. 우리는 '수이'를 읽을 수 있다. '찹'은 보이지 않는다. 우리의 젊은 여자는 더 이상 혼자가 아니다.

한 커플이 그녀 뒤에 앉아 있고, 더 중요한 것은 그녀의 맞은편 의자에 누군가 앉아 있다는 것이다. 우리는 그녀의 동료의 등만 볼 수 있지만, 그 여성의 전체적인 모습은 도플갱어를 암시한다. 그들은 두 종류이다. 그 젊은 여성의 표정은 주의를 기울이고 있다. 마치 듣는 것처럼 그녀의 머리가 한쪽으로 살짝 기울어져 있다.

두 여성이 거의 같다는 사실은 예술 비평가들 사이에서 추측을 불러일으켰다. 두 번째 인물은 젊은 여성의 억압된 자신을 나

---

* 19세기 말 미국으로 건너온 화교들이 미국인 고객들을 상대로 만들어낸 대중적인 미국식 중화요리. 콩나물을 비롯한 갖가지 동양 채소들을 넣고 볶은 일품 요리로, 경우에 따라 해산물이나 닭고기, 돼지고기 등을 넣기도 한다.

타낸다고 주장하였다. 그녀는 이전에 부인하였던 자신의 정체성을 받아들였다. 내면의 분열은 치유되었다. 그녀는 사실상 자기 자신과 친구가 되었다. 그녀는 초록색 옷을 입고 있지만, 이번에는 빨간색이 없고, 내면의 갈등을 암시하는 것도 없다.

문제가 해결되었을까? 그녀는 자신의 과거를 받아들이게 되었을까? 그녀의 모자는 늘어뜨린 챙을 잃었다. 호퍼는 교묘하게 비극적인 인물의 가면을 암시했고, 우울한 구름은 사라졌다. 그녀는 더 자신 있어 보인다. 예전에 자신을 나쁘게 판단하는 경향이 있었다면 지금은 더 편안해졌고, 자신에게 다른 이야기를 하고 있다.

월터는 '찹 수이Chop Suey'가 이 정도의 해체를 인정하다는 것을 확신하지 못했다. 그는 그 그림을 솔직한 '도시 목회'로 보았다. 그렇다고 해도, 그는 그 제목에 흥미를 느꼈다.

호퍼가 살던 시대에, '찹 수이Chop Suey'는 미국의 중식당에서만 팔았는데. 남은 음식을 한데 섞어 만든 음식이었다. 이 음식의 이름은 잡동사니를 의미하는 광둥어 단어 '찹 수이'에서 유래한다. 월터는 두 여자 사이의 테이블 위 그릇에 음식이 없다는 것을 주목하면서, 호퍼가 '찹 수이'든 무엇을 먹는지가 아니라 그들이 무엇을 말하는지를 나타내려 한다고 주장했다. 이것은 일상적이고 부주의한 여성 혐오로 읽힐 수 있지만, 잡동사니와 잡동사니로 만들어진 조각들로 이루어진 대화는 프로이트의 주요한 치료 기술인 자유연상을 합리적으로 묘사한다. 젊은 여성은 심리치료사와 이야기를 나누었고, 공허함은 사라졌다. 자동판매식 식당으로 돌아온 그녀는 과거에 대해 생각하고 미래에 대한 두려움을 되새기며 생각에 잠겼다. 그래야 할까? 그럴 수 있을까? 지금 그녀는 대화를 통해 현재에 연결되어 있고 현재를 살고 있다.

그녀가 식사를 마쳤을 때, 그녀는 식당을 나와 번화한 거리로 걸어갈 것이다. 그녀는 자신의 삶을 살아갈 준비를 할 것이다. 그녀는 '충족을 너무 열심히 쫓다 보면 찾을 수 없다'는 프롬 Fromm의 격언을 따를 준비가 되어있다. 충족은 당신이 찾고 소유하는 것이 아니다. 그것은 삶은 사는 지금, 이 순간의 자산이다. 사는 것의 문제에 대한 유일한 답은 하나뿐이다. 사는 행위그 자체이다.

제12장

의미:
존재해야 하는 이유들

Meaning:
Reasons to exist

12.
의미: 존재해야 하는 이유들

Meaning: Reasons to exist

스트루토프 Struthof 라는 작은 마을은 20세기 초 인기있는 관광지가 되었다. 많은 여행자들은 북유럽의 위대한 문화와 상업의 중심지인 스트라스부르그 Strasbourg 근처에서 왔다. 주변의 비탈길은 겨울 스포츠에 이상적이었고, 1906년에 새로운 호텔과 레스토랑이 지어졌다. 그림 엽서는 스키를 탄 남자와 여자가 가득 찬 눈 덮인 풍경을 보여준다. 휴일을 보낸 사람들 중 일부는 사진 작가의 존재를 눈치 채고 카메라를 똑바로 쳐다본다. 신선한 산의 공기는 심신의 치료에 좋다고 소문이 났고, 쾌적한 여름 날씨는 걷기에 완벽했다.

1941년, 스트루토프는 더 이상 관광지가 아니었다. 그곳은

LE STRUTHOF LIEU-DIT DES VOSGES D'ALSACE

나치 수용소가 되었다. 스트루토프에 대해 들어본 적은 없었지만, 내가 들고 있던 가이드북은 우회로를 추천했다. 약속대로 그 길은 멋졌다.

나는 폭력과 인간의 타락과 관련된 많은 장소들, 사람들이 학살되고 고문받거나 희생된 장소들을 방문했지만, 그 어느 곳도 스트루토프만큼 나를 슬프게 하지 않았다. 남아 있는 잔인함의 유물들은 뛰어난 자연 경관을 못 보고 지나치게 했다. 태양의 따뜻함과 도논 산간 지대에서 보는 풍경과 역사의 냉기를 조화시키는 것은 불가능해 보였다.

철조망이 쳐진 울타리 너머로 울창한 숲이 우거진 산등성이

가 보였고, 그 너머로 멀리 잿빛으로 변해가는 무성한 푸른 언덕을 보았다. 나는 교수대 옆에 서 있었는데. 그곳에서 지휘관과 친위대 장교들은 시가를 피우는 동안 추방자들에게 강한 불빛을 쏘이는 것을 볼 수 있었다. 그때 일곱 살이었던 막내아들이 곁에 있었다. 아이를 강제 수용소에 데리고 가는 것이 현명한 일일까? 나는 브루노 베텔하임 Bettelheim 의 의견에 동의한다. 당신은 괴물에 대해 배우기에 결코 어리지 않다.

가슴에 긴장감과 혼란과 슬픔이 쌓이는 것을 느낄 수 있었다. 수백 명의 관광객들이 스키를 타고 눈 앞의 비탈길을 내려오는 모습을 그려본 뒤, 망루를 바라보며 탐조등이 훑고 지나가는 것과 기관총이 덜컹거리는 소리를 상상했다.

수용소에서 많은 부분이 파괴되었지만, 끔찍한 과거는 기념할 만큼 남아 있다. '기니피그 방'에서 유대인과 집시들에게 의학 실험이 수행되었다. 피실험자들은 소독을 받고, 유독 가스에 노출되었으며, 티푸스 감염을 촉진하기 위해 절단되었다. 대부분의 사람들은 오랜 고통의 기간 후에 사망했다. 부검대는 여전히 그곳에 있다. 단단한 받침나무가 있고, 그 표면은 갈라진 하얀 타일로 덮여 있다. 잘못된 인종 이론을 증명하기 위해 의학 실험이 수행되었다. 과학적 가치가 있는 것은 발견되지 않았다. 즉흥적인 교수형을 위한 갈고리와 죄수들을 묶고 곤봉으로 두들겨 죽인 슬레이트 선반이 있었다. 처형실은 피가 중앙 배수관으로 직접 흘러 들어가게 하기 위해 기울어진 바닥으로 설계되었다. 이

기능은 홍수를 방지하고 청소를 더 쉽게 만들었다 시체가 타는 작은 용광로는 보일러 역할도 했는데 온수 탱크를 가열했다. 1942년, 한 의학 교수가 유대인–볼셰비키 해골 컬렉션을 만들기를 원했다. 그에게는 표본이 손상되지 않은 채 남아 있는 것이 중요했고, 결과적으로 축제 모임에 사용되었던 커뮤니티 홀은 가스실로 개조되었다.

코드명 '감자저장고'라는 이름의 거대한 지하 구조물은 핵 벙커를 닮았다. 벙커는 120미터 이상의 길이였고, 거기에는 22개의 방이 있었다. 벙커의 목적은 알려지지 않았다. 심지어 친위대조차도 알지 못했다. 땅 아래에 숨기는 것이 좋다고 생각할 만한 활동은 무엇이었을까?

강제수용소는 심리치료의 역사에 중요한 역할을 했다. 몰살의 위협이 최초의 정신분석가들 대부분 유대인이었다. 을 전 세계로 흩어지게 했다. 프로이트는 런던에 정착했고, 그의 제자들의 다수는 미국으로 갔다. 홀로코스트는 독특한 방식으로 불안하게 한다. 독일과 오스트리아는 예술, 디자인, 음악, 문학, 과학, 의학, 건축과 철학의 선두에 있는 문명화된 나라들이었다. 게다가 홀로코스트는 살아있는 기억 속에서 일어났다. 대량 학살은 우리에게 인간이 되는 것이 무엇인지에 대해 지적인 활동으로서가 아니라, 감정적인 필요에서 깊은 질문을 하도록 한다. 몇몇의 유대인 정신과 의사들과 심리 치료사들은 강제 수용소의 생존자들이었고, 그들의 경험이 그들에게 정신적 삶과 고통의 본질에 대한 새로운 관점을 제공했다 이상하게도, 아우슈비츠의 '도서관'은 오직 여덟 권의 실제 책을 소장하고 있었고 그 중에는 지그문트 프로이트 Freud 가 쓴 한권이 포함되어 있었다.[1]

아들과 함께 교수대 옆에 서서 나는 선택권이 있다는 것을 의식했다. 나는 올가미, 망루, 철조망을 볼 수도 있고, 산과 푸른 하늘을 볼 수도 있었다. 거의 70년 전, 다하우의 분소 중 하나인 다른 강제 수용소의 한 정신과 의사는 그의 동료 포로들의 행동에 대해 궁금해했다. 어떤 사람들은 침대에 머물렀고, 다른 사람들은 일어나서 석양의 아름다움을 관찰했다. 인간은 끊임없이 선택을 한다. 이것이 우리를 정의하는 것이라고 그는 결론을 지었다.

빅터 프랭클 Viktor Frankl 은 붐비는 교통 열차에서 나오자마자 고위 친위대 장교에게 다가가는 자신을 발견했다. 그 남자는 손가락의 움직임으로 사람들을 왼쪽이나 오른쪽으로 인도하고 있었다. 프랭클은 외투 아래에 허리띠를 숨기고 있었고, 무거움 짐을 지탱하기 위해 허리를 곧게 폈다. 키가 크고 완벽한 제복을 입은 장교는 잠시 프랭클을 골똘히 바라본 후 두 손을 프랭클의 어깨에 얹고 그를 오른쪽으로 회전시켰다.

그날 저녁, 프랭클은 기차에 같이 탔던 친구를 찾고 있었다. "그는 왼쪽으로 보내졌나요?" 누군가 물었다. "네." 프랭클이 대답했다. "그럼 거기서 그를 볼 수 있겠네요." 죄수는 몇 백 야드 떨

어진 굴뚝을 가리키며 말했다. "거기가 당신 친구가 있는 곳이고, 하늘로 떠올랐겠죠." 아우슈비츠로 보내진 약 90%의 사람들은 왼쪽으로 분류되었고, 몇 시간 안에 모두 연기와 재가 되었다.

몇몇 수용소에 수감된 6개월 동안 프랭클은 관찰을 하면서 자신을 지켰다. 몇몇 사람들은 그저 포기하고 죽었지만 어떤 사람들은 살아남기 위해 싸웠다. 프랭클은 무엇이 다른 지가 궁금하였다. 그는 종이 조각에 단어를 적고 자신의 생각을 강연하는 상상을 했다.

전쟁이 끝났을 때, 프랭클은 비엔나로 돌아왔고 그의 관찰은 심리치료에 대한 새로운 접근법의 기초가 되었다. 산업적인 규모의 학살을 목격하고, 아내와 직계 가족 대부분을 포함한 모든 것을 잃고, 구타당하고 노예로 지내왔던 사람에게서 프랭클은 상황 스트레스의 중요성에 대한 놀라운 결론에 도달하였다.

아유슈비츠에 도착했을 때, 프랭클이 허리를 펴지 않았다면 그는 단지 허리띠를 숨기고 있었기 때문에 그렇게 했을 뿐이다. 그는 격렬한 노동에 적합하지 않다고 판단되어 왼쪽으로 보내졌을 것이다. 두 시간 후에 프랭클은 그가 어떤 태도를 취했어도 죽었을 것이다. 그러나 일생에 걸쳐 직면한 대부분의 상황들은 덜 결정적인 결과를 낳는다. 결과가 달라질 수 있을 때, 프랭클이 명명한 '의미에 대한 의지'가 중요한 보호 요소가 된다.

그가 아직 죄수였을 때, 프랭클은 자살을 하려는 사람들과 많은 대화를 나누었다. 프랭클은 특히 존재로부터 더 이상 기대할 것이 없다는 결론에 도달한 두 사람을 묘사했다. 그들이 물어야 할 질문은 "내가 삶으로부터 무엇을 더 기대할 수 있을까?"가 아니라, "삶이 나에게 무엇을 더 기대할 수 있을까?"라고 프랭클은 말했다. 그들 중 한 명은 안전하게 탈출한 아이가 있었고, 다른 한 명은 글쓰기 프로젝트를 끝내기 전에 감금되었다. 아이와 재회하거나 책을 완성할 것이라는 전망은 그들에게 새로운 목적을 주었다. 프랭클은 삶의 의미에 대한 광범위한 질문을 구체적이고 가시적인 목표로 축소시켰다. 우리가 왜 존재하는지에 대한 감각을 갖는 것 그리고 원하는 미래를 향해 진행되는 개인적인 이야기은 심지어 가장 극단적인 형태의 역경도 견딜 수 있게 한다.

프랭클은 많은 정신과 내담자들이 삶이 의미가 없다고 불평하는 것과 관련하여, 절망적인 죄수들에 대한 그의 관찰이 임상적으로 관련이 있다고 믿었다. 또한 그들에게 나쁜 일이 일어났을 때, 그들이 그러한 사건들을 성장의 기회들로 해석하는 것이 불가능하다는 것을 알았다. '의미에 대한 의지'의 좌절을 치료하기 위해, 그는 '로고테라피'를 개발했고, 이것은 가장 존경받는 실존적인 심리 치료법 중 하나가 되었다.

프랭클은 2년 전에 아내와 사별한 우울하고 나이 많은 의사를 상담한 적이 있었다. 그는 비탄에 잠긴 의사에게 아내보다 먼저 자신이 죽었다면 아내가 어떻게 반응했을 것인지 물었다. 의사는 아내가 끔찍하게 고통받았을 것이라고 말했다. 프랭클은 "그녀는 그러한 고통을 면했고, 그녀에게서 고통을 덜어준 것은 당신입니다. 그래서 이제 그것에 대한 값으로 당신은 살아남아야 하고 그녀를 애도해야 합니다."라고 말했다. 만족한 의사는 프랭클과 악수를 하고 아무 말없이 떠났다. 그의 고통은 더 이상 무의미하지 않다. 의미가 주어졌다.

많은 사람들은 주의를 산만하게 하는 것이 없어지면 삶의 무미건조함을 예리하게 인식하게 된다. 무의미함은 일과 일상 활동에 과몰입하면서 무시될 수 있지만, 어느 정도까지만 가능하다. 바쁜 한 주가 끝날 때, 사람들은 프랭클이 '일요일의 신경증 Sunday neurosis'이라고 부르는 불안에 시달리기 쉽다. 본질적으로 '존재의 공백'에 대한 인식이다. 기분이 좋지 않으면서 나른하고 다소의 상실감을 느낀다. 과도한 음주와 쇼핑과 같은 일요일의 면죄부는 공백을 채우려는 시도를 나타낸다. 그러나 이런 종류의 보상은 근본적으로 의미가 없으며 결코 성공할 수가 없다.

이러한 보상들은 야노프 Janov의 대체 만족과 프롬 Fromm의 불필요한 소유와 비슷하다.

1980년에 프랭클은 더 넓은 문화적인 맥락에서 의미를 추구하고자 했다. 프랭클은 산업화와 그 결과가 그 과정과 상반된다고 결론을 내렸다. 프랭클은 산업화된 세계에서 사람들은 대개 그들이 태어난 곳에서 쫓겨나 그들의 전통과 동떨어져, 가치있는 것들로부터 멀어지게 되었다고 지적했다. 프랭클은 특히 이러한 단절이 젊은 사람들에게 미치는 영향에 대해 걱정했다. 신뢰할 만한 기준이 없다면, 어떻게 인생의 진로를 계획할 수 있을까? 지속적으로 급격한 변화가 있을 때는 의미와 목적을 찾는 것이 상당히 어려워진다. 1980년대에 상황이 좋지 않았다면, 그들은 분명히 그 사이 수십 년 동안 훨씬 더 나빠졌을 것이다. 40년 전 프랭클이 걱정했던 단절은 디지털 시대의 단절과 비교할 때, 아무것도 아니다. 오늘날 젊은이들은 역사와 지리로부터 완전히 단절되어 새로운 환경에서 시간을 보낸다. 사이버 공간은 궁극적인 이동이다. 피상적인 산만함을 위해 무한한 기회를 제공하는 불안한 국경이다.

인터넷은 또한 자기 성찰에 대한 무한한 가능성을 제공한다. 프랭클은 신기하게도 자기 성찰을 경계했다. 프랭클은 인간의 자연적인 상태는 세상에 있다고 믿었다. 그러므로 우리는 외향적이 되도록 노력해야 한다. 너무 심한 자기 성찰은 건강에 이롭지 않을 수 있다. '초성찰'에 의해 야기되는 많은 심리적 문제를 확인할 수 있다. 예를 들어, 발기부전은 일반적으로 불안의 결과이다. 영향을 받은 개인은 다른 사람과의 연결보다 발기 기능에 몰두한다. 프랭클의 생각의 이러한 면은 최적의 경험을 과도한 자기 집착과 연관 짓는 심리학파와 공통점이 있다.

프랭클이 '삶'과 '의미'에 대해 말할 때, 그가 삶의 의미를 안다고 주장하는 것이 아니라는 것을 인식해야 한다. 충만함에 대한 그의 처방은 더 겸손하라는 것이다. 우리는 실존적인 불안을 막기 위해서 삶의 의미를 찾을 필요가 없다. 오히려 우리는 의미를 찾을 필요가 있다. 이렇듯 한정적인 단어 하나를 한정적이지 않는 단어로 대체하면, 임무의 규모가 우주에서 개인으로 작아진다. 프랭클은 모든 것을 다루기 쉽게 만든다.

개인적인 의미는 만들어지는 것이 아니라 발견되는 것이다. 한 사람에게 의미 있는 것은 다른 사람에게 의미가 없을 수 있다. 따라서 이론적으로는 특정한 개인이 비교적 평범하거나 쾌락적인 일에서도 의미를 찾을 수 있다. 그러나 모든 것이 동일하다면 보통의 인간은 관계, 더 큰 공동체에 유익한 활동, 창의성과 사명을 통해 지속적으로 발전하기 위해서 깊이. 내용, 기회가 있는 곳에서 의미를 발견할 가능성이 크다. 의미에 대한 우리의 선택은 고정되어 있지 않다. 의미의 발견은 진행 중인 과정이며, 삶의 모든 순간은 잠재적으로 의미가 있으며 프랭클에 따르면, '마지막 숨까지 의미가 있다. 프랭클은 유용한 비유를 제시하는데, 영화는 수천 개의 이미지로 구성되어 있고, 각 이미지에는 의미가 있지만 더 크고 포괄적인 의미는 영화를 처음부터 끝까지 보기 전에는 파악할 수 없다. 이렇게 볼 때, 노년과 죽음에 이르는 것은 우리의 이야기를 완성하고 우리가 누군인지를 드러내는 삶의 필수 요소이다. 의미 있는 삶의 마지막 순간은 결말보다 완성에 가깝다.

'실존적 심리치료'라는 용어는 단일 학파를 암시하나, 이는 다소 오해의 소지가 있다. 사실상 이 접근 방식에는 여러 가지 형태가 있지만, 모두 있는 그대로 살아있는 존재와 관련이 있다. 실존적 심리치료는 우울증과 불안을 불안정한 뇌 화학 또는 근본적인 심리적 기전의 증상이 아닌 경험으로 이해했다. 사람과 문제 사이에는 구분이 없다. *문제는 주어진 시점에서 사람이 존재하는 측면이며, 실제로 중요한 존재의 측면은 경험과 선택뿐이다.

실존 심리 치료사는 다른 접근 방식의 지지자보다 본질적인 질문에 더 기꺼이 참여하는 경향이 있으며, 그중 가장 중요한 질문은 우리 자신의 죽음과 관련이 있다. 죽음의 불가피함을 강조하는 것은 다소 병적으로 보일 수 있다. 그러나 실제로 실존주의

---

* 거의 모든 형태의 심리 치료는 '본질주의'이다. 즉, 그들은 임상 현상이 더 깊은 곳에 위치한 '사물'이나 '본질'에 의해 발생한다고 가정한다. 따라서 정신 분석이나 인지 치료에서 괴로운 생각과 감정은 복합적이거나 도식 때문에 발생한다. 마음은 기관들, 즉 원초아(id), 자아, 초자아, 혹은 연결된 믿음들의 집합으로 나눌 수 있다. 실존적 심리 치료사들은 사람은 나눌 수 없는 총체이며, 경험은 돌이킬 수 없다고 주장한다. 추상적인 '본질'은 밝혀낼 수 없다.

적 접근은 최적의 삶을 돕기 위해 어려운 진실에 직면한다. 우리가 어느 순간 죽을 수 있다는 사실은 행동과 참여에 대한 자극제이자 동기가 되어야 한다. 우리는 실망으로 무너지지 말고 편안하지만 근본적으로 만족스럽지 못한 일상의 삶을 받아들여야 한다. 우리는 중요한 삶의 결정을 미루어서는 안된다. 우리는 삶의 끝에서 셰익스피어의 리차드2세의 독백을 따라하지 않도록 노력해야 한다. "나는 시간을 낭비했고, 지금도 역시 낭비하고 있다."

실존주의적 심리치료가 발전함에 따라 인본주의적 심리치료도 발전했다. 이러한 접근법들 사이에 상당한 부분 겹치는 부분이 있으며, 이것이 인본주의적 실존주의라는 용어가 사용되는 이유이다. 둘 다 철학에서 가져온 개념을 활용했고, 전후 시대에 인문주의자와 실존주의자는 유익한 대화를 즐겼다. 가장 유명한 인본주의적 심리치료사는 칼 로저스Carl Rogers*인데, 이상적 자아와 현실적 자아에 대한 그의 생각은 이 책의 앞 부분에서 논의되었다. 로저스는 미국 중서부의 부유한 가정에서 태어나 농장에서 자랐다. 교회의 양육방식은 너무나 엄격해서 나중에 로저스는 "탄산 음료에서도 희미하게 죄악의 향기가 난다."고

---

* 미국의 심리학자이다. 1940년대에 인간 중심 치료를 개발하여 인간성 심리학을 개척했다. 로저스(Rogers)는 인간은 경험하는 유기체로서 자신을 실현화하기 위한 기본적 동기를 갖고 있다고 본다. 인간중심 접근 상담자는 유기체의 지혜를 믿으며, 인간이 기본적으로 신뢰로운 유기체라고 본다. 로저스(Rogers)는 "경험은 나에게 최고의 권위다." 라고 말한 것처럼, 그는 유기체의 경험을 중시하였다.

썼다. 처음에 로저스는 종교 활동에 매력을 느끼고 신학교를 다녔지만, 자신의 신앙에 의심이 생기기 시작하자, 심리학으로 눈을 돌렸다. 1942년 [상담과 심리치료 Counseling and Psychotherapy]의 출판으로 로저스는 이 분야의 주요 인물로 자리잡았다. 실제로 어떤 사람들은 미국에서 심리치료의 수행에 이 보다 더 큰 영향을 준 책을 없다고 주장한다.

로저스 Rogers는 자기실현이 프랭클 Frankl의 '의미'처럼 고정된 목표나 종점으로 개념화되어서는 안된다고 주장한다. 자기실현은 시간에 따라 자발적으로 성장하는 지속적인 과정이다. 사람마다 추구하는 의미가 다르듯이, 자기실현도 개인의 선호와 기질에 따라 다양하다. 그리하여 선호하는 자기실현의 일반적인 조건을 그려보는 것은 특별한 처방을 제공하는 것보다 도움이 된다. 예를 들어, 합창단에서 노래를 부르면, 기분이 좋아지고 건강에도 좋다.[2] 하지만 음악에 소질이 없고 노래를 부를 수 없다면, 아마도 합창단에 들어가지 않을 것이다.

성취를 위한 인간중심 상담의 조건은 놀랄 정도로 단순하다. 경험에 대한 개방성, 현재 이 순간에 머무르기, 자신의 감정과 판단을 신뢰하고 자신의 선택에 책임을 지며, 자신과 타인을 무조건적인 긍정으로 바라보는 것이다. 이전 장에서도 이러한 권장 사항 중 몇 가지를 접했다. 예를 들어, 지금 여기에 사는 것은 에리히 프롬Fromm의 '존재적 삶'의 특징이다. 로저스는 전통적인 정신 분석을 포기한 많은 심리치료사들이 새로운 합의에 도달하고 있을 때, '내담자 중심' 또는 '인간중심' 치료라고 부르는 것을 개발했다. 인간중심 치료는 무의식보다 의식적인 정신 생활을 강조한다. 치료사들은 억압된 기억보다는 관계, 가치, 개인적인 목표에 대해 더 많은 이야기를 한다.

로저스는 유능한 심리치료사에게는 특별한 자질이 있다고 말했다. 로저스가 말한 자질은 의미 있는 관계를 만들고자 하는 사람이라면 누구나 개발할 수 있는 정직성, 타인에 대한 존중, 공감적 이해이다.

로저스의 언어는 간단하며 대화형식이다. 로저스는 기꺼이 1인칭 대명사를 사용하며 과학적인 권위를 내세우지 않는다. 로저스의 어조는 이웃과 공동체 정신이다. 심리치료의 역사에서 수많은 일인자들은 가면 뒤에 자신의 결점을 숨겼다. 완전한 페르소나였던 그 가면 덕분에 제자들은 스승을 지혜로운 무결점의 존재로 확신하게 되었다. 그러나 로저스는 투명했다. 로저스는 자신의 성적인 문제에 대한 글을 썼고, 치료 중에 실수를 저지르기도 하였으며, 나이가 들면서 변덕스러워졌다. 그는 진정성에 대한 강한 신념을 가졌다. 로저스는 실제 일어나는 일련의 일들은 항상 우호적이라고 주장했다. 우리는 결코 진실을 두려워해서는 안 된다. 당신이 진심일수록 당신은 자신의 판단과 감정을 더 신뢰할 수 있다.

로저스와 현존하는 동시대 사람들을 강하게 연결하는 것은 자유에 대한 흔들리지 않는 믿음이다. 인간 중심 치료의 긍정성과 정신분석의 우울한 결정론을 대조해 볼 수도 있다. 그러나 현실에서 정신분석 또한 개인의 자유를 증가시킨다. 정신분석의 주요 목표는 도움이 되지 않는 무의식과 역사적 영향에서 개인을 자유롭게 하는 것이다.

실존주의 작가 알베르 카뮈는 자살을 '진정으로 심각한 철학적 문제'로 묘사한 것으로 유명하다. 이 대담한 주장은 그것의 명확함 때문에 자주 인용된다. 인간은 지구상에서 자살하는 유일한 동물이다. 햄릿처럼 우리는 모두 우리가 살아야 하는지, 죽어야 하는지 선택해야만 한다. 우리가 어떤 일을 하기로 결정하기 전에 우리는 먼저 살고 싶다는 것을 선택해야 한다. 우리는 로저스가 소중히 여겼던 자유를 행사해야 한다. 당신이 쉬는 모든 숨은 선택이다. 인본주의와 실존주의적 관점에서 당신은 당신이 한 선택들의 총합이다.

사라는 하루 종일 잠겨 있는 병동의 그녀의 방에서 앉아있었고, 잠에 들었다. 사라는 몇 달 동안 한마디도 하지 않았다. 사라는 씻는 것과 옷 입기 같은 자기 관리는 할 수 있었지만, 그외에는 할 수 있는 일이 거의 없었다. 사라는 대부분의 시간을 침대에서 혼자 보냈다. 그녀의 몸 안에 거주하는 여성에게 접근할 수 있는 방법은 없었다.

사라의 방은 침대 하나, 램프 하나, 캐비넷 한 개가 들어갈 만큼 작은 면적이었고 창문 하나를 통해 인접한 건물들과 크고 특색 없는 정신병원의 황량한 도랑이 보였다. 문에 달린 사각형 유리를 통해 의사와 간호사가 사라가 자해를 하지 않는지 확인하였다. 사라는 우울증과 거식증이라는 두 가지 진단을 받았지만, 이 냉철하고 정확한 의학 용어가 사라의 극단에 치닫는 공포와 절망을 제대로 표현하지 못했다. 우울증은 슬픔을 암시하고, 거식증은 체중에 대한 집착, 우리도 이해할 만한 정신 상태를 암시한다. 사라의 상태는 차원이 달랐다. 그녀는 세상에서 철수해버렸고 심리적 고통이 너무나 커서 우울이나 거식증 같은 꼬리표는 가망이 없을 정도로 어울리지 않았다. 항우울제나 전기 충격 요법 모두 사라의 상태에는 아무런 효과가 없었고, 그녀의 상담사는 어떻게 진행해야 할지 확신이 서지 않았다. 의료팀과 사라의 가족은 사라가 적어도 안전하며 체중을 살펴볼 수 있었기때문에 병동에 머무르는 것에 동의했다. 사라가 말을 할 수 없기 때문에·또는 말을 하려고도 하지 않기 때문에 아무도 사라에게 의견을 묻지 않았다.

간호사가 말했다. "말도 하지 않고 눈도 마주치지 않아요. 사라는 완전히 반응이 없어요. 무엇을 어떻게 할 건가요?"

빅터 프랭클Frankl이 제안한 것처럼, 가장 가망 없는 상황에서도 잠재적인 가능성이 있다.

처음 내가 사라의 방에 들어갔을 때, 나는 그녀가 벽에 등을 대고 침대에 앉아 있는 것을 보았다. 사라는 점퍼와 청바지를 입고 있었다. 맨발이 그대로 보였고, 발가락은 단단히 말려 있었다. 다른 사람이 자신에게 가까이 서 있는 것만으로도 사라는 움찔하며 오그라들어 태아처럼 몸을 말고 있었다. 씻은 지 꽤되어 보이는 사라의 머리카락은 마치 자신을 보호하는 마지막 커튼인 것처럼 그녀의 얼굴 위로 늘어져 있었다.

나는 사라의 진료기록을 읽고 사라가 일류 수학자이자 매우 유능한 클래식 피아니스트라는 것을 알게 되었다. 이 연약하고 벙어리이며 떨리는 모습은 한때 인상적인 재능을 보여주었다. 내가 밀고 있던 트롤리에는 오디오와 카세트 더미가 가득 차 있었다. 나는 내가 누구인지 소개하고 사라에게 음악을 들려주겠다고 말했다. 나는 음악이 내가 그녀에게 다가서는, 또는 멀어지는 방법이 될 것이라고 생각했다. 촉매 또는 연결, 추억을 불러오는 수단, 향유, 위안, 어떤 것, 나는 오디오에 카세트를 넣고 투명한 플라스틱 덮개를 닫고 시작 버튼을 눌렀다. 작은 스풀이 회전하기 시작하고 방은 모차르트의 빛나는 하모니, 우아한 선율로 가득 찼다. 사라는 턱을 무릎 위에 둔 채 주먹을 꽉 쥐고 손목을 왼쪽 어깨에 대고 움직이지 않았다. 사라는 흐느껴 울기 시작했고, 몇 개의 피아노 소나타가 끝날 때까지 계속 흐느껴 울었다. 음악이 멈추었을 때, 사라의 가슴은 들썩였고 나는 죄책감을 느꼈다. 내가 그녀를 더 힘들게 한 것일까?

"당신이 말하는 것이 어렵다는 것을 알아요." 나는 부드럽게 말했다. "그리고 아마도 당신은 말하고 싶지 않을 수 있어요. 하지만 우리가 이야기할 수 있다면 도움이 될 거라 생각해요."

심한 우울증은 일종의 마비를 일으킬 수 있다. 한 음정을 발음하려면 엄청난 노력이 필요할 수 있다.

나는 사라에게 내가 그녀의 손을 잡도록 허락한다면 한 번 쥐는 것은 "예"를 의미하고, 두 번 쥐는 것은 "아니오"를 의미할 수 있다고 설명했다. 그런 다음 사라는 질문에 대답을 할 수 있고 좋아하는 것을 표현할 수 있었다. 나는 의자에서 일어나 바닥을 가로질러 사라의 옆에 앉아 사라의 손을 내 손으로 잡았다. "이렇게 손을 잡아도 괜찮을까요? 보상으로 한 번 쥐어 봤습니다."

단지 몇 시간 동안 피아노 연습을 해본 사람이 음악의 치료 효과에 완전하게 면역이 되는 것은 믿기 어려웠다. 그래서 나는 기다리기로 결심했다. 우리는 몇 시간 동안 앉아서 모차르트와 바흐를 들었다. 사라는 항상 침대에 몸을 구부리고 머리카락으로 얼굴을 가리고 있었다. 나는 오디오 옆에 앉아 있었다. 때때로 사라는 울었지만 항상 우는 것은 아니었다. 음악이 끝나면 나는 사라의 손을 잡고 답을 요구하지 않는 질문을 하고 때때로 응답을 받았다. 한 번 쥐거나 두 번 쥐었다.

나는 무엇을 성취하기를 바랐을까?

음악은 적어도 이론적으로 즐거운 것 외에도 나에게 사라의 방에 머무를 수 있게 해주었다. 장시간 노출은 불안을 감소시키며 시간이 지남에 따라 사라는 내 존재를 더 편안해할 것으로 기대했다. 또한 사라가 심리적 동굴에서 벗어날 수 있도록 설득해서 세상에 복귀할 수 있기를 바랐다. 음악을 듣는 것은 사라의 주위를 외부로 이끌 것이었다. 필요한 첫 번째 단계였다.

친구들과 함께 있을 때나 런던 거리를 거닐고 있을 때, 나는 종종 사라의 방이 떠올랐다. 사라는 해시계의 바늘 같았고 그녀의 그림자는 나를 따라왔다. 사라의 정신적, 물리적 감금을 떠올리면서 나는 당연하게 여겼던 일상의 자유를 소중하게 여기게 되었다. 심지어 존재의 일상적인 면들이 생생하게 느껴지기 시작했다. 커피향만으로도 나는 내가 살아있다는 충만한 느낌을 받았다.

진행은 느렸지만, 결국 우리는 손을 쥐는 방법으로 짧고 기초적인 대화를 나눌 수 있게 되었다. 사라가 흐느끼지 않는 날에는 말을 하도록 격려했다. 사라의 말을 들으려면 내 귀를 사라의 입 가까이 대어야 했다. 사라는 거의 들리지 않는 단어 몇 개만 발음할 수 있었기 때문이다. 내가 사라에게 계속 방문하기를 원하는지 물었을 때, 사라는 "모르겠어요."라고 속삭였다. 이것은 진실한 대답이었다. 경험이 너무 혼란스럽고 압도적이어서, 그녀는 명확하게 생각할 수가 없었다.

우리의 의사소통 방법은 원시적이었지만, 나는 사라가 몇 년 전에 친구들과 다른 나라를 여행했고 스키를 타러 갔었다는 것을 알게 되었다. 사라의 병력은 비교적 양호했다. 사라의 사건이 우리가 해석하는 방식보다 덜 심각하다는 증거였다.

사라의 함구증과 또 그녀가 병실에 격리되어 있었기 때문에, 사라는 수동적인 보살핌을 받았다. 나는 사라에게 이것이 바람직한지 생각해보라고 말했다. 사라가 결정을 내리는 것이 힘들 수 있지만, 사라는 여전히 자신의 생각을 표현하려고 노력해야 하며 자신의 삶에 어느 정도 책임을 져야 한다. 사라는 분명히 귀를 기울였다. 그 후 사라는 눈에 띄게 더 단호해졌다. 예를 들어, 내가 사라에게 계속 방문하기를 원하는지 종종 물었던 것처럼 물었을 때 사라는 이제 "예"라고 속삭였다.

사라가 여전히 다른 사람과 함께 있는 것만으로도 스트레스를 받았기 때문에, 나는 사라에게 객관식 답안이 있는 설문지를 주기 시작했다. 나는 내가 그녀 옆에 앉아있는 것이 은연중에 그녀에게 압력이 될 것이라고 생각했고, 내가 없는 것이 그녀가 결정을 내리는 데 더 도움이 될 것이라고 여겼다. 나는 사라에게 내가 없을 때, 그녀의 생각을 적어보라고 권유했다. 사라는 겨우 몇 단어를 적었지만, 그 단어들은 내가 사라가 경험한 세계를 짐작하는 데 충분했다. "모든 것이 너무 비현실적이야." 사라에게 유일하게 실질적인 현실은 그녀의 내면이었다.

설문지를 남기는 것의 예상치 못했던 결과의 하나는 사라가 비어 있는 뒷면에 그림을 그리기 시작했다는 것이다. 나는 사라의 머리맡 캐비넷에 종이와 연필을 놓고 사라가 원할 때마다 그림을 그리라고 말했다. 사라의 스케치는 그녀의 고통을 매우 세련되게 상징적으로 표현하였다. 사라는 막대가 있는 창문 철조망. 갈고리 등을 그렸다. 스케치들은 어둡고 고통스러워 보였고 강제수용소와 비슷해 보였다. 수년 후 내가 스트루토프Struthof의 강제수용소에 서 있을 때, 나는 사라의 그림과 거의 동일한 여러 장의 사진을 찍었다.

사라는 죄수처럼 살았다. 나는 사라에게 산책을 가고 싶은지를 물었고, 사라는 그 생각에 동의한다고 하여 나를 놀라게 했다. 사라는 약한 데다 허약해져서 내가 부축을 해줘야 했다. 사라는 무중력 상태로 오래 지내서 중력에 대처할 수 없는 우주비행사 같았다. 우리는 보안 병동을 나와 불확실하고 위태롭게 여러 계단을 내려와 햇빛 속으로 나왔다. 사라는 우리가 병원 건물 사이를 천천히 전진할 때 몸을 떨었다. 단지 짧은 산책이었고, 그녀는 처음부터 끝까지 고개를 숙이고 걸었다. 사라는 그녀

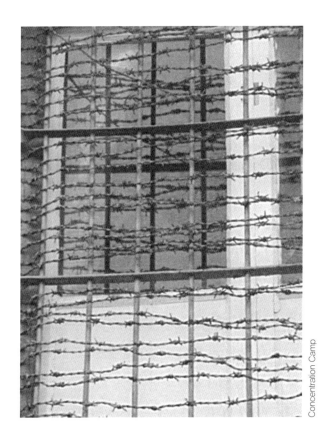

Concentration Camp

의 발과 보도의 돌 이상을 볼 수가 없었다. 그럼에도 불구하고 사라의 성취에는 큰 용기가 필요했다. 사라는 맹렬한 광채와 아찔한 혼란의 세계로 모험을 떠나기로 선택했다. 사라는 낯선 사람들, 비행기, 소음, 햇살에 자신을 드러냈다. 사라는 아무것도 보이지 않는 패닉을 향해 방망이질하는 심장을 견뎌냈다.

시간이 지남에 따라 사라의 언변은 더욱 유창해졌고, 우리는 긴 대화를 나눌 수 있게 되었다. 사라는 속삭이는 것 이상으로 크게 말하지 않았고, 나는 여전히 그녀의 말을 듣기 위해 내 귀를 그녀의 입 가까이에 두어야 했지만, 점차적으로 나는 그녀의 이야기를 짜맞추기 시작했다.

사라는 항상 불의와 잔인함에 매우 민감하게 동요했다. 사라는 동정심이 깊었다. 직접 관찰하는 일상뿐만 아니라, 텔레비전 화면을 통해 세상을 바라볼수록 사라는 점점 더 불편해하고, 불안해했다. 학대, 폭력적인 정치, 고문, 끝없이 반복되는 무분별한 폭격과 잔인함. 인류 전체가 무시무시한 블랙 코미디에 참여하고 있는 것 같았다. 그러나 더 중요한 것은 사람들이 어딘가에서 잔혹 행위가 일어나는 것을 알면서도 어떻게든 삶을 영위해 나가야 한다는 것이었다.

사라는 가치 있는 목표를 위해서 모금을 하고, 캠페인을 하고, 다른 사람을 도와서 변화를 만들기를 원했다. 그러나 그녀가 했던 일은 자신의 엄격한 기준에는 미치지 못했다. 그녀는 결코 충분하게 할 수가 없었다.

사라의 섭식장애는 죄책감에 뿌리를 두고 있었다. 사라는 다른 누군가 굶주리고 있는 동안 하루에 세 끼를 먹는 것이 역겹다고 생각했다. 과도하고 게걸스럽고 탐욕스러웠다. 사라는 자신의 의도에 의문을 갖기 시작했다. 그녀는 정말로 좋은 사람이었을까? 혹은 단순히 스스로를 더 좋게 느끼기 위해 좋은 사람처럼 행동하는 것일까? 설상가상으로 사라는 다른 사람보다 도덕적으로 우월하다고 느끼는 모호한 쾌락을 위해 성스러운 태도를 취하고 있었던 것으로 보였다. 사라의 연민이 명목상tokenistic* 인 거라면 어떨까? 사라의 십자군이 단지 이기적으로 과시하는 거라면 어떨까? 아마도 사라는 정말 사기꾼, 성실하지 못한 사람, 거짓말쟁이, 나쁜 사람이었을 것이다.

사라는 무자비한 꼼꼼함으로 지적인 자기 해부를 시작했다. 그리고 일단 자신을 조각으로 분해하고 나면 다시 합칠 수가 없었다. 사라는 자신의 붕괴, 즉 바람에 펄럭이는 이전 자아의 너덜너덜함을 느낄 수 있었고 잔인함, 부조리, 존재의 무의미함과 같은 현실을 견딜 만큼 강하지 않았다. 세상은 소용돌이치는 회오리 바람, 이해할 수 없는 혼돈으로 그녀는 점점 더 깊이 자신 속으로 후퇴함으로써 피난해야만 했다. 산산조각난 정체성은 일반적으로 특정한 트라우마와 관련이 있다. 사라는 특정한 트라우마 사건을 경험하지 않았으나, 존재 자체가 그 자체로 트라우마가 되었다.

사라는 병원에서 퇴원하기를 원하지 않았다. 왜냐하면 사라는 자신이 기회가 생기면 즉시 자살할 것이라고 확신했기 때문이다. 사라는 단지 고통이 끝나기를 원했다. 과거에 그녀가 자살

---

* 토큰주의(tokenism)는 구성원들에게 포용하기 위해 형식적이거나 상징적인 노력만을 하는 관행이다. 소수 집단, 특히 직장이나 교육적 맥락에서 인종 또는 성 평등의 모습을 제공하기 위해 과소평가된 집단에서 사람들을 모집함으로써 직장이나 학교에 토큰 개인을 포함시키는 노력은 일반적으로 사회적 포용성과 다양성(인종, 종교, 성적 등)의 인상을 주기 위한 것이다.

을 시도하지 못하게 막았던 것은 고전적인 이중구속 double bind* 으로 인한 마비였다. 사는 것도 참을 수 없었지만, 죽는 것도 참을 수 없었다. 만약 사라가 자살한다면, 가족을 슬프게 하고 고통스럽게 할 것이었고, 사라에게는 견딜 수 없는 일이었다. 사라가 자살에 대해 이야기하는 것은 굉장히 어려웠다. 사라는 괴로워하며 과호흡을 할 것이었다. 그래서 나는 연속적인 공항의 파도가 가라앉을 때까지 기다려야 했다.

사라의 그림 속 이미지가 바뀌기 시작했기 때문에, 이러한 대화가 도움이 되었다고 생각한다. 때때로 어둠 속에서 비추는 빛줄기가 나왔고. 엉킨 철조망이 장미 덤불로 변하고, 들꽃이 가장자리 주변에서 돋아났다. 일반적으로 종이는 침대 시트의 아래쪽 모서리에 있었다. 사라는 항상 머리를 숙이고 있었지만 더 많이 걸을 수 있었고, 더 이상 몇 시간씩 흐느끼지 않았다. 가끔씩 사라는 비교적 편안하고 차분해 보였다. 나는 사라가 자신의 고통을 덜 수 있기를 감히 희망했다.

사라는 여전히 너무 연약해서 눈을 마주칠 수 없었다. 사라는 사람들이 보는 것에 대처할 만큼 강하지 않았다. 사라에게

---

* 더블 바인드라고도 한다. 미국에서 활동한 영국 태생의 문화인류학자 그레고리 베이트슨(Gregory Bateson:1904~1980)이 조현증(정신분열증)에 관해서 1950년대에 제시한 이론으로, 몸을 꼼짝도 할 수 없는 정신상태를 말한다. 예컨대 어머니가 아이에 대해서 무언가를 하도록 말하고, 동시에 그것을 부정하는 듯한 몸짓을 한다. 그러면 아이는 이중으로 구속된 상태가 되어 아무것도 할 수 없게 된다. 이것을 이중구속의 상태라고 한다.

현실에서 가장 도전적인 것은 항상 다른 사람들이었다. 현실이 가장 진한 농도로 있는 곳에 사람들이 있었다.

다른 사람의 감시는 사라에게 고통스러운 일이었고, 같은 방에 있는 다른 사람을 보는 것은 사라에게 태양을 직접 보는 일과 같았다. 간단한 운동을 고안했다. 내가 돌아서면 사라는 몇 초 동안 나를 쳐다볼 것이었다. 그리고 그녀가 나의 손을 움켜주는 것을 마쳤을 때, 나는 돌아선다. 사라는 나의 관심 속에 갇힌 자신을 볼까 봐 걱정하는 대신 나의 존재에 익숙해진다

처음 방문한 지 3개월 만에 사라는 "느낌이 달라요."라고 속삭였다.

"어떻게요?" 나는 물었다.

사라의 목소리는 떨렸다. "나아지고 있는 것 같아요."

인간이 특별한 이유로 선량한 지성을 가진 존재에 의해 창조되었을 가능성은 거의 없어 보인다. 우주론자들은 우주가 계속 팽창하고 별이 사라지면 어둠 만이 남을 것이라고 예측한다. 그러나 인간은 항상 삶의 의미를 찾고 있다. 아마도 우리의 진화 프로그램 때문일 것이다. 사냥이나 짝짓기 같은 목적이 있는 행동은 개인의 생존과 유전자의 전달을 보장했다. 불행하게도 우리가 의미 있는 목표를 추구하게 하는 프로그램은 또한 지속적인 압력으로 작용한다. 우리는 물질적 필요를 충족시키는 것 이상으로 목표를 추구하며, 그 목표 중 가장 매력적이고 숭고한 것

은 궁극적인 답을 찾는 것이다. 우리는 우주가 줄 준비가 되어 있는 것보다 더 많은 것을 우주에 요구할 수밖에 없다.

많은 사람들에게 이 성과 없는 노력은 불안, 불면의 밤, 실망, 어떤 경우에는 절망의 원인이 된다. 종교는 우리가 구하면 얻을 것이라고 말한다. 그러나 수천 년 동안 사람들은 찾아왔지만, 여전히 삶의 의미에 대한 합의는 없다. 논란의 여지가 없는 증거는 없다.

우주가 우리에게 줄 수 없는 것을 요구하지 않는다면 우리는 현실에 짓눌리지 않을 것이다. 우리가 살아가는 데 단 하나의 결정적인 이유가 필요한 것은 아니다. 수많은 작은 이유들도 충분하다.

제13장

수용:
오직 하룻밤에만 피는 꽃

Acceptance:
A flower that blossoms
only for a single night

13.

수용: 오직 하룻밤에만 피는 꽃

Acceptance: A flower that blossoms only for a single night

히틀러가 집권한 후 프로이트 Freud와 그의 가족은 비엔나를 떠나 런던에 정착했다. 프로이트는 때때로 비엔나에 대해 비판적일 때도 있었지만, 그는 어린 시절부터 그곳에서 살았다. 프로이트는 순환도로를 산책하는 것과 커피하우스에 앉아 있는 것을 좋아했다. 또한 그는 독일어를 좋아했고, 친구들과 카드놀이를 하고 농담하는 것을 좋아했다. 프로이트는 전형적인 비엔나 사람이었고, 프로이트라는 이름은 문화와 학문의 전성기였던 합스부르크 왕조*와 관련이 있다. 비엔나는 한때 꿈의 해석자 프로이

---

* 오스트리아 가문으로도 알려진 역사상 가장 두드러지고 중요한 왕조 중 하나이다.

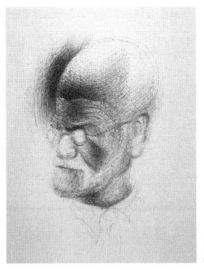

Freud

트가 살았기 때문에 종종 꿈의 도시로 불린다. 비엔나를 떠나는 것이 쫓겨나는 것으로 느껴졌을 것이며, 나이와 질병으로 인해 비자발적 이주는 더 어려웠을 것이다. 프로이트는 80대였고 구 강암을 앓고 있었다.

프로이트는 런던에 도착한 후, 많은 저명한 방문객을 맞이했 다. 여기에는 환상적인 작가 하버트 조지 웰스 H. G. Wells*와 초

---

* 영국 소설가 겸 문명 비평가. 제1차 세계대전은 그의 온 관심을 세계의 운명으로 집중 시키게 하였고, '단일 세계국가'의 구상을 낳게 하였으며, 역저 《세계사 대계》를 쓰기도 했다. 계몽적인 성격의 작품을 쓰기도 하고 사상 소설을 쓰기도 하는 등 일생동안 100 권이 넘는 작품을 썼다.

현실주의 화가 살바도르 달리Salvador Dalí도 포함되었다. 달리는 나중에 비밀리에 프로이트의 초상화를 펜과 잉크로 그렸다. 그러나 소멸해 가는 프로이트를 그렸기 때문에 다소 슬픈 그림이다. 그 초상화는 선이 명확하지 않다. 프로이트의 단호한 얼굴은 사라지고 있다. 프로이트의 머리 뒤쪽은 이미 아무것도 없는 것처럼 녹아내렸다. 프로이트는 죽음에 너무 임박하여 완전하게 살아있는 것 같지 않았다. 프로이트는 섬뜩한 전환 상태로 묘사된다. 달리는 스케치나 펜과 잉크로 그린 그림을 프로이트에게 보여주지 않았는데, 그림들이 너무 충격적이라고 생각되었기 때문이다. 역설적이게도 작가의 분산된 작업이 죽음의 운명을 예리한 초점으로 끌어들인다.

1939년 1월 28일, 저널리스트이자 정치이론가인 레너드 울프Leonard Woolf *와 그 세대에서 가장 위대한 소설가였던 그의 아내 버지니아Virginia는 프로이트와 차를 마셨다. 레너드는 그의 회고록에서 이 운이 좋았던 만남을 회상하면서, 유명인과의 만남은 거의 항상 실망스럽거나, 지루하거나, 둘 다라고 말했다. 프로이트는 예외였다. 프로이트는 유명인사가 아닌, 위대함의 아우라에 둘러싸여 있었다. 레너드Leonard는 반쯤 타버린 화산을

---

* 영국의 정치 이론가, 작가, 출판사, 공무원이었다. 그는 작가 버지니아 울프와 결혼했다. 노동당과 파비안 소사이어티의 일원으로서 울프는 자신의 작품과 아내의 소설의 열렬한 출판사였다. 작가인 울프는 19개의 개별 작품을 만들었고, 6개의 자서전을 썼다. 레너드와 버지니아는 아이가 없었다.

떠올렸다. 이 잠재적이고 우울한 힘은 완벽한 매너로 완화되었다. 프로이트는 지나간 시대의 기사도를 떠올리게 할 만큼 정중했다. 프로이트는 버지니아에게 꽃을 선물했다. 버지니아는 남편보다 프로이트에게 덜 감명받았다.[1] 버지니아는 원숭이의 눈을 가진 망가진 꼬챙이를 회상했다. 그녀의 사회적 관찰은 전혀 관대하지 않았다.

프로이트의 예리한 유머 감각을 알고 있던 레너드는 재미있는 이야기를 들려주었다. 분명하게도 한 남자가 세상에서 가장 큰 서점인 포일즈에서 여러 권의 책을 훔쳤고, 그 도둑맞은 책 중에서 프로이트의 책도 있었다. 치안 판사는 도둑에게 벌금을 부과하고 프로이트 전집을 읽게 하여 더 많은 처벌을 받아야 한다고 말했다. 프로이트는 재미있어 했다.

1933년 나치 집회 동안 프로이트의 책은 퇴폐적이거나, 외설적이거나, 정치적으로 위험한 것으로 지정되어 다른 책들과 함께 불 속에 던져졌다. 업무를 주도했던 관리는 프로이트의 책이 영혼을 파괴하는 본능적 만족을 조장하고 인간의 고귀함을 훼손한다고 선언했다. 프로이트는 자신의 책이 불태워지고 있다는 소식을 들었을 때, 인류의 놀라운 진보에 대해 비꼬는 말을 했다. "중세에 그들은 나를 불태웠을 것이다." 프로이트는 무슨 일이 일어날지 분명히 예견하지 못했다.

프로이트는 많은 책을 가지고 있었다. 프로이트의 컬렉션, 또는 적어도 오늘날 남아 있는 컬렉션에는 약 4500권이 포함되어 있으며, 대부분은 프로이트의 런던 하우스^{현재 프로이트 박물관}에서 찾을 수 있다. 초창기에 목록에 있던 약 500권이 사라졌다. 프로이트는 항상 책을 나눠주었고, 그의 아내는 프로이트가 죽은 후에도 똑같이 했다. 가장 최근 카탈로그에 언급되지 않은 1932년 비엔나에서 출판된 프로이트의 사례집은 〈네 가지 정신분석학적 사례 연구Four Psychoanalytic Case Studies〉이다. 흔적도 없이 사라진 책 중에 하나이다. 나는 그것이 어디에 있는지 알고 있다. 왜냐하면 내가 앉아 있는 곳에서 그것을 볼 수 있기 때문이다. 지난 11년 동안 그 책은 내 책상 위에 있었다.

내가 손에 프로이트가 이전에 소유했던 빛 바랜 초록색 천 표지의 책을 쥐고 있을 때, 나는 신기한 연결을 경험했다. 나는 통찰력이 뛰어난 사람이 되어, 사물로부터 그것의 역사를 읽어들일 수 있을 것 같았다. 그 책은 한때 비엔나에 있는 프로이트의 아파트 선반에 있었고, 레너드와 버지니아 울프가 프로이트와 차를 마시고 있었을 때, 확실하게 방에 있었다. 프로이트가 런던으로 탈출하지 않았다면 런던은 불 속에 던져져 나치에 의해 불태워졌을 것이다. 그러나 그 책은 살아남았다. 나는 페이지를 휙 넘기면서 그 종이가 여전히 프로이트의 시가 냄새를 풍기고 있다고 스스로를 설득했다. 책의 존재에 대한 사실은 기쁘게도 긍정적이다.

프로이트의 암은 상당히 진행된 상태였다. 그의 입에 있는 병변은 악취를 풍겨서 그의 개가 방 구석에 움츠리고 있었다. 그의 신체 조직은 썩어가고 있었다. 곧 프로이트는 거의 음식을 먹을 수 없게 되었다. 프로이트는 수면제를 복용하여 생각하는 능력이 손상되는 걸 원하지 않았기 때문에, 아스피린을 제외한 모든 진통제를 거부했다. 몇 년 전에 담배를 끊으라는 권고를 받았지만, 따르지 않았다. 그의 입은 일부가 수술로 제거되었고, 틀니와 같은 보철물도 대체되었다. 이 보철물이 턱의 움직임을 제한하고 염증을 일으켰다. 때때로 프로이트는 시가를 입에 물 수 있을 만큼 입을 크게 벌리기 위해 옷걸이를 사용했다. 프로이트에게 시가를 피우지 않는 삶은 상상할 수 없었다. 존재의 풍요로움은 '무관심의 바다 위에 떠 있는 고통의 섬'으로 축소되었다. 그리고 시가 몇 개와. 프로이트를 마지막으로 방문한 사람 중 한명인 한스 삭스Hanns Sachs*는 오랜 정신 분석의 친구였다. 삭스는 프로이트의 탄력성에 놀랐다. 매우 쇠약하고 끔찍한 고통을 겪고 있음에도 프로이트는 불평하지 않았고, 화를 내는 기색도 보이지 않았다. 프로이트는 정식분석 모임에서 무슨 일이 일어나고 있는지 알고 싶어 했다. 프로이트의 열정은 생의 마지막을 바로 앞에 두고도 식지 않았다.

---

* 최초의 정신 분석가 중 한 명이었고, 지그문트 프로이트(Freud)의 절친한 친구였다. 그는 1912년에 프로이트의 6인 비밀 위원회의 일원. 1912년에 정신분석학의 비의료적 응용에 관한 Imago 저널을 공동 편집하기 시작했다. 1945년에 프로이트(Freud)의 애정 어린 회고록을 출판했다(프로이트의 전기 작가 피터 게이는 필수 불가결하다고 생각했다.). 삭스를 빈의 가장 친한 친구로 여겼던 어니스트 존스는 그를 프로이트의 내부 서클에서 가장 재치 있고 비정치적인 사람으로 판단했다.

죽음을 맞이하는 프로이트의 태도를 가장 잘 표현하는 단어는 '수용'이다. 그를 방문했던 사람들의 기록들에 나타난다. 프로이트의 제자이자 전기 작가인 어니스트 존스Ernest Jones*는 "체념의 철학과 바꿀 수 없는 현실에 대한 수용이 완전하게 승리했다."라고 썼다. 프로이트는 운명, 자신이 처한 곤경의 부당함, 품위 없는 최후의 끔찍함에 대해 비난하지 않았다. 프로이트는 하늘을 향해 주먹을 흔들지 않았다. 나이든 동물은 병에 걸리고 죽게 된다. 프로이트에게 죽음은 자연스러운 질서의 일부였다. 프로이트는 진정한 프로이트주의자처럼 허공을 응시하고 있었다. 눈을 깜박이지조차 않았다.

암이 프로이트의 뺨을 먹어 치웠고 패혈증이 퍼졌다. 그의 상태는 아주 고통스러웠다. 프로이트는 의사에게 이 상황을 이야기했고, 그들은 서로 이해했다. "길고 무의미한 고통을 견디는 이유는 무엇입니까?" 의사는 그의 손을 잡고 '진정제'를 주기로 동의했다. 다음 날 아침 프로이트는 치사량의 '모르핀'을 감사하게 받아들였다. 프로이트는 1939년 9월23일 자정 직전에 사망했다. "프로이트는 그가 살았던 것처럼 죽었다."–현실주의자 어니스트 존스 Ernest Jones가 썼다.

---

* 웨일스의 신경학자이자 정신분석학자였다. 1908년 첫 만남에서 지그문트 프로이트(Freud)의 평생 친구이자 동료인 그는 그의 공식 전기 작가가 되었다. 존스는 정신분석학의첫 번째 영어권 실무자였으며, 영어권 세계에서 선도적인 지수가 되었다. 1920년대와 1930년대에 국제 정신분석 협회와 영국 정신분석협회의 회장으로서, 존스는 조직, 기관 및 출판물의 설립에 형성적인 영향을 미쳤다.

'지그문트 프로이트Freud를 기리며'를 쓴 시인 위스턴 휴 오든 W. H. Auden은 프로이트의 세계적 영향력을 몇 개의 적절한 단어로 표현했다. "이제 더 이상 사람이 중심이 아닌, 정신분석론의 총체적인 유행." 프로이트의 평판을 떨어뜨리려는 학자들의 거듭된 시도에도 불구하고 프로이트는 여전히 중요한 인물로 남아 있다. 오든W. H. Auden이 언급한 정신분석론의 분위기는 수십 년 동안 크게 변하지 않았다. 프로이트의 책은 계속해서 폭넓은 독자층을 사로잡고 있다. 프로이트는 논쟁을 불러일으키며 불편한 진실들을 분명하게 드려낸다. 비평가들은 오고 간다. 그러나 프로이트는 우리 문화의 지형에 영구적이며 특별한 위치를 고수하고 있다.

프로이트는 자신이 유대인이기 때문에, 나치의 박해를 피해 새로 생겼거나 이미 설립된 유대교 공동체들 모두를 끌어들였다. 정신분석과 정신분석에서 다른 형태의 심리치료로 세분화된 심리치료의 확산은 문화적 저항이 가장 적었던 분기점을 따라 추적할 수 있다. 대부분이 유대인인 다수의 학자들은 유대교와 심리치료가 실제로 관련이 있을 수 있다고 제안했다. 유대인은 정신분석학을 받아들인 최초의 민족일 뿐만 아니라 프로이트주의와 그 후기 파생된 심리치료의 발전에 도움이 되는 공통 유산을 가진 민족이기도 했다. 일부는 더 나아가 프로이트의 생각이 유대 경전의 영향을 많이 받았다고 주장했다.

프로이트는 독실한 유대교 신자가 아니었다. 그는 유대인 가정을 꾸리려는 아내의 바람에 반대했고, 그의 아들 마틴Martin은 아버지가 유대 의식에 대한 교육을 한 적이 없다고 기록했다.[2] 마틴이 기억하는 한 그들 중 누구도 유대교 회당에 간 적이 없으며, 프로이트의 가족은 다른 게르만 사람들처럼 크리스마스를 즐겼다. 프로이트는 종교를 환상으로 치부했고, 수천 명의 유대인이 강제수용소로 이송되던 시기에는 유대교에 대한 비판적 저작물을 발표하기도 했다. 프로이트는 20세기 첫 10년 동안 정신분석이 오스트리아 유대인들에 의해서만 행해지는 편협한 의학 분야가 될 수 있다고 우려했다. 프로이트는 정신분석이 자신의 표현대로 '유대인 국가 문제'가 되는 것을 원하지 않았다.

그러나 프로이트는 또한 다소 다른 측면을 가지고 있었다. 그는 유대인 비나이 브리스B'nai B'rith*의 활동적인 멤버였고, 매주 토요일 밤에 유대인들과 카드를 하고 농담을 나누었다.

프로이트의 전기에서는 프로이트가 자신의 종교에 양가적이었다고 종종 기술하지만, 이것은 옳지 않다. 프로이트의 입장은 매우 분명했다. 프로이트는 유대교를 포함하여 모든 종교가 헛소리라고 생각했지만, 동시에 많은 유대인들에게 애착을 가지고

---

* 1843년 10월 13일 뉴욕시의 Lower East Side에 있는 Aaron Sinsheimer의 카페에서 Henry Jones가 이끄는 12명의 최근 독일 유대인 이민자들에 의해 설립되었다. 새로운 조직은 설립자 중 한 명인 아이작 로젠부르가 "우리의 새로 입양된 나라에서 유대인의 비참한 상태"라고 불렀던 것에 맞서기 위해 지역 사회의 유대인들을 조직하려는 시도를 대표했다.

관계를 유지했다. 이러한 애착은 처음에 비엔나에서 널리 퍼진 반유대주의에 의해 장려되고 강화되었다. 프로이트는 유대인들이 "뭉쳐야 하는 것 외에는 선택의 여지가 없다."고 말한 적이 있다. 이 진술은 프로이트의 유대인다움은 헌신적이라기보다는 편의적이었다는 것을 암시한다.

프로이트가 유대인이라는 사실은 어느 정도 인정하지 않고서는 그를 생각할 수 없다. 그러나 왜 이 사실이 고려되어야 하는가? 그것은 프로이트의 아이디어가 궁극적으로 어디에서 왔는지와 관련하여 새로운 가능성을 열어준다. 프로이트는 합리적인 사람이었지만 다른 종교와 신화에 매료되었다. 그의 진료실에는 고대의 신과 여신의 입상과 조각상들이 가득 차 있었다. 레너드 울프Leonard Woolf는 진료실이 박물관 같았다고 말했다.

1958년에 심리학자 데이비드 바칸David Bakan*이 출간한 [지그문트 프로이트Freud와 유대인의 신비로운 전통Sigmund Freud and the Jewish Mystical Tradition]에서는 정신분석과 12세기 유대인 밀교 가르침 집단인 카발라Kabbalah와 많은 공통점이 있다고 지

---

* 1942년부터 브루클린 대학에 다닌 후 바칸은 인디애나 대학교에서 심리학을 공부했다. 그는 1948년 오하이오 주립대학교에서 플로이드 칼튼 도케레이의 지도 하에 산업 심리학의 응용 분야인 항공 심리학에서 박사학위를 받았다. 바칸은 1961년부터 시카고 대학교, 오하이오 주립대학교, 하버드, 캐나다 토론토의 요크 대학교 등 여러 대학 직책을 맡았다. 바칸은 정신분석, 종교, 철학, 연구 방법론, 아동 학대를 포함한 광범위한 주제에 대해 썼다. 그의 책 〈지그문트 프로이트(Freud)와 유대인의 신비로운 전통(1958)〉에서 그는 카발라, 조하르, 탈무드 해석에서 초기 정신분석 개념과 방법의 뿌리를 추적하려고 시도했다.

적했다. 섹슈얼리티에 대한 관심, 언어에 대한 세심한 주의 뿐만 아니라 카발라의 집단원들은 정신분석가가 사람을 연구하는 것과 거의 같은 방식으로 경전의 텍스트를 연구했다. 또한, 두 가지 경우에서 모두 작은 것, 세부 사항이 중요한 것으로 간주된다. 프로이트가 1958년에 카발라의 글을 알고 있었다는 실제적인 증거는 거의 없다. 그러나 나중에 바칸은 유대교, 카발라, 하시디즘Hasidism의 저명한 학생이자 한때 프로이트를 알고 있었던 하임 블로흐Chaim Bloch와 만났다. 블로흐는 프로이트를 방문하여 도서관을 조사했던 것을 회상했다. 블로흐는 여러 권의 카발라와 조하르Zohar*의 프랑스어 번역본을 발견했다. 모두 공식적인 등록대장에는 없었다. 우리는 프로이트가 유대 신비주의를 프랑스의 정신병리학, 독일의 정신물리학, 성과학과 결합하여 정신분석학을 새롭게 만드는 모습을 상상하게 된다. 전적으로 신뢰하기에는 너무 낭만적이거나 공상적일 수 있다. 그럼에도 불구하고 가능성을 열어두고 싶은 유혹을 느낀다. 프로이트가 그의 생의 마지막 날, 보여주었던 수용과 정신분석의 현실주의는 둘 다 유대 신비주의의 특색을 잘 나타낸다.

예를 들어, 우주가 신의 불완전한 결함이 있는 창조물임을

---

* 카발라로 알려진 유대인 신비 사상 문학의 기초 작품이다. 그것은 토라의 신비로운 측면(모세의 다섯 권의 책)과 성경적 해석뿐만 아니라 물질적 신비주의, 신화적 우주론, 신비 심리학에 대한 논평을 포함한 책 그룹이다. 조하르는 신의 본성, 우주의 기원과 구조, 영혼의 본성, 구속, 자아와 어둠의 관계, 그리고 "진정한 자아"와 "신의 빛"에 대한 논의를 포함한다.

받아들임으로써 악과 고통의 존재를 설명하는 카발라^{Kabbalistic}의 가르침이 있다.[3] 이러한 가르침은 기독교 신학자들이 흔히 말하는 "모든 것을 사랑하는 신이 구강암과 대량 살상과 같은 사건들까지도 조장한다."는 필사적인 논쟁과 대조될 수 있다. 악과 고통의 문제에 대한 확실한 대답은 하느님께서 인류에게 자유라는 선물을 주었기 때문에 발생한다는 것이다. 책임은 하느님에서 피조물인 인간에게로 옮겨진다. 그러나 신이 전지전능하다면 이 변호는 지지할 수 없다. 하느님이 모든 원인을 아신다면 모든 결과도 안다. 약 138억 년 전, 최초의 별이 빛나기 전에 하느님은 프로이트가 존재하고 구강암에 걸릴 것이라는 것을 알았을 것이다. 또한 홀로코스트에서 600만 명의 유대인이 살해될 것이라는 사실 또한 알았을 것이다. 이러한 힘 없는 주장으로 전지전능한 신의 죄를 면하게 할 수는 없다. 16세기에 카발라 학자들은 세상의 공포를 설명하려고 시도하지 않았다. 그들은 세상이 불완전하다는 것을 받아들였고, 이것은 창조주 또한 불완전하다는 것을 의미한다. 우리는 스스로 세상을 더 나은 곳으로 만들어야 한다.

프로이트가 유대 신비주의 책을 소유했는지의 여부는 전혀 중요하지 않다. 프로이트는 거의 확실하게 카발라의 사고에 어느 정도 노출되었을 것이다. 유명한 유대인 영웅 랍비 로우^{Loew}는 16세기에 비엔나에서 비교적 가까운 거리에 있는 프라하에 살았으며, 그는 카발라주의자였다. 로우는 매우 잘 알려져서 잠들기

전 하는 유대인들의 이야기에 늘 등장했다.

프로이트가 유대교 신비주의에서 차용한 것이 있다면 그것은 사실주의와 수용이었다. 당신이 한계를 받아들이고 당신이 내려 놓아야 할 때가 올 것임을 받아들인다. 프로이트주의가 종교라 면 이것은 기도 중 하나 일 수 있다.

현대의 심리치료사들은 고통스러운 정신증에 대한 수단으로 수용에 점점 더 관심을 갖게 되었다. 이 견해를 옹호하는 사람 들은 '제3세계 물결' 치료를 시행하고자 한다. 이 치료법은 점진 적인 3단계의 치료를 의미하는데, 첫 번째로 행동 요법을, 이어 두 번째로 인지행동 요법을 수행한다. 별개로 또는 결합되어 수 행되는 행동과 인지 치료는 습관적 행동과 사고 패턴을 직접 수 정하기 위해 고안된 공통 전략을 가지고 있다. 예를 들어, 인지 치료에서는 부정적인 생각을 검토하고 더 정확한 생각으로 대체 한다. 제3세계 물결 치료법은 생각하는 방식이나 감정을 직접적 으로 바꾸려고 하지 않는다는 점에서 다르다. 대신 사람들이 자 신의 생각과 감정에 관여하는 방식을 수정하려고 한다. 사람의 머릿속에 있는 것을 바꾸려고 하지 않고 오히려 머릿속에서 일 어나는 일을 바꾸려고 시도한다. 이런 점에서 정신적 과정은 정 신적 내용보다 더 중요하다고 판단한다. 자신의 생각에 대해 생 각하는 방식은 실제로 생각하는 것보다 중요하다. 역설적이게도 변화를 달성하는 데 덜 집중할 때, 종종 상당한 부수적 이익을 얻게 된다.

　미국의 임상 심리학자 스티븐 헤이즈 Steven C. Hayes*가 개발한 수용전념치료 Acceptance and Commitment Therapy: ACT는 제 3단계 치료법의 좋은 예이다. 어느 정도의 심리적 고통은 불가피하다고 가정한다. 사고의 본질과 언어의 속성으로 우리는 정신 질환에 취약하게 된다. 우리는 바람직하지 않을 게 뻔한 비교를 하고, 자의적인 결론에 도착하며, 언어적 평가를 사실과 혼동하는 경향이 있다. 심지어 사실과 평가가 모순되는 경우에도 그렇다. 이러한 문제는 일반적으로 회피로 인해 악화된다. 불안이나 실패에 대한 두려움 때문에 특정 문제에 직면할 수 없다. 새로운 기술을 습득하고 역량을 입증할 기회가 줄어든다. 회피는 힘을 잃게 하고 자신감을 꺾으며 기존의 감정적 문제를 부풀린다.

　수용전념치료 ACT는 수용을 전제로 한다. 개인의 이익은 고통의 불가피성을 기꺼이 받아들일 때 가장 잘 보장된다. 삶에서 수반되는 불안, 회의감과 좌절없이 얻을 수 있는 의미 있는 목표는 거의 없다. ACT심리치료사는 개인의 부정적인 생각이나 감정을 파헤치거나 수정하려고 시도하지 않는다. 심리치료사는 단순

---

* 네바다 대학교 리노 심리학과의 미국 임상 심리학자이자 네바다 재단 교수로, 행동 분석 박사 과정의 교수이다. 그는 인간의 더 높은 인지에 대한 설명인 관계형 프레임 이론을 개발한 것으로 알려져 있다. 그는 마음 챙김, 수용 및 가치 기반 방법을 사용하는 인기 있는 증거 기반 형태의 심리 치료인 수용 및 헌신 치료(ACT)의 공동 개발자이며, 더 일반적으로 증거 기반 치료에 대한 새로운 접근 방식인 프로세스 기반 치료(PBT)의 공동 개발자이다. 그는 또한 임상 행동 분석이라는 용어를 만들었다.

히 미묘한 관점의 변화를 통해 생각과 감정과의 관계를 바꾸도록 열심히 권할 뿐이다.

자아와 자아가 경험하는 생각과 감정은 구별된다. 의식은 정신적 사건이 일어나는 매체이다. 당신은 당신의 생각 그 자체가 아니다. 실제로 당신 자신의 생각을 연구할 수 있다. 내면의 관찰자의 관점을 채택하면, 우리의 생각은 더욱 '물체'와 같아진다. 이러한 접근은 사람과 정신적 사건 사이에 도움이 될 만한 거리를 유지하게 해준다. 생각은 머릿속을 떠다니는 단어들과 같아지고, 덜 위협적이게 된다. 더 이상 절대적인 진실처럼 느껴지지 않게 된다. 예를 들어, '나는 실패자야.'라는 생각이 언어의 덫에 사람을 가두어 둘 힘을 잃게 된다. 관찰자는 올가미의 밖에 위치하며, 이런 덫이 이제는 영원하지 않다는 것이 곧 명백해진다. 생각, 인상, 기억, 감각과 느낌은 우리의 인식의 안팎으로 흐른다. 수용전념치료ACT 는 개인이 정신적 사건을 알아채고 계속 나아가기를 격려한다.

특정 형태의 명상에서는 내부 관찰자의 시각을 권장한다. 내면을 관찰하는 불교 명상 기법인 마음 챙김은 최근 몇 년간 엄청난 인기를 얻었다. 1960년대 이후 명상과 웰빙의 연관성을 입증한 많은 학술적인 출판물이 출간되었다.[4] 명상은 심부정맥부터 변비완화까지 신체건강과 특히 불안, 우울증, 불면증, 지난 기억의 반추를 줄이는 등 정신 건강 개선에 효과가 있는 것으로 보인다. 마음 챙김 수련은 학습, 기억, 감정조절, 자기 참조와 관

점 수용 등 관련된 뇌 회백질의 농도를 변화시킨다.[5]

수용전념치료[ACT]는 마음 챙김을 활용하여 정신적 사건을 무비판적으로 수용하며, 현재 순간과 더 직접적으로 연결하는 데 도움을 준다. 우리는 끊임없이 과거를 재현하거나 상상의 미래에 살고 있다. 그러나 우리는 현재 순간에 존재하도록 노력해야 한다. 왜냐하면 이곳이 실제 삶이 있는 곳이기 때문이다.

현재의 순간에 산다는 생각은 이제 친숙하게 들리기 시작했을 것이며, 아마도 지나치게 친숙해졌을 수도 있다. 이는 20세기 중반부터 후반까지 심리치료에서 발견되는 가장 일반적인 권장 사항 중 하나이다. 마음이 현재와 멀어질 때, 부드럽게 다시 마음을 당겨와 의식과 현실을 더 밀접하고 가깝게 일치시켜야 한다. 위에서 언급했듯이 수용전념치료[ACT]는 개인이 정신적인 사건을 수용하고 계속 나아가라고 한다. 개인은 어떤 방향으로 여행하고 있는가?

수용전념치료[ACT] 실무자는 개인의 가치에 기반한 목표를 설정하고 실행 계획을 세우기 위해 추구하는 가치를 명확히 하려고 한다. 우리 모두에게는 열망, 희망, 꿈이 있다. 우리 모두는 자신이 되고 싶은 사람, 살고 싶은 인생에 대한 생각을 가지고 있다. 이러한 열망은 거의 변함없이 우리의 기본 가치와 연결되어 있다. 그러나 많은 사람들이 불안, 우울, 실망으로 자신의 잠재력을 깨닫지 못하거나 그들이 원하는 삶을 살지 못한다. 그들은 회피하게 된다. 마음 챙김과 수용은 개인이 가치 있는 목표를 추구하면서 고통스러운 마음 상태에 대처할 수 있도록 돕는다. 모든 심리적 문제가 해결될 때까지 우리의 꿈을 중단해서는 안 된다. 실제로 심리적 문제의 완전한 해결은 비현실적이다. 그렇다고 해서 유익하고 부수적인 감정 조절의 가능성을 배제하지는 않는다. 수용과 전념치료는 지평을 좁히기 보다 확장한다. 사람은 더 융통성을 가지게 되고, 이는 정신 건강의 개선과 거의 같은 것이다.

서양 문화는 이기는 것을 최고의 가치로 삼는 경향이 있다. 거의 모든 이야기가 전투, 인내, 정복을 이상화한다. 우리는 어릴 때부터 전쟁의 미덕을 배운다. 싸움은 좋은 것이고, 항복은 나쁜 것이다. 우리는 이길 때까지 끈질기게 싸워 영웅이 되라고 들어왔다. 제3세계 물결 치료법은 이러한 기본 가정들에 의문을 제기하기 때문에 흥미롭다.

스티븐 헤이즈 Steven C. Hayes는 유익한 비유를 제시한다. 당신이 겪고 있는 모든 기분 장애, 중독, 고통을 나타내는 치명적인 괴물과 줄달리기를 하고 있다고 상상해 보라. 당신과 괴물 사이에는 바닥이 없는 구덩이가 있다. 괴물은 당신을 구덩이 속으로 밀려고 하고, 당신도 괴물에게 똑같은 짓을 하려고 한다. 왜 밧줄을 놓지 않겠는가? 이것이 바로 가장 간단하고 효과적인 해결책이다.

프로이트 Freud는 죽을 때 밧줄을 놓았다. 이것이 바로 프로이트가 정신분석의 세계에 무슨 일이 벌어지고 있는지 관심을 가질 만큼 충분한 에너지가 남아 있는 이유이다. 프로이트는 물리칠 수 없는 괴물을 물리치려고 애쓰지 않았다.

프로이트처럼 살아보지 않고서는 프로이트처럼 죽음을 맞이할 수 없다. 수용하기로 결정하고 순간적으로 변화되기를 기대할 수는 없다. 희망을 주는 노래 가사를 듣고 다시 태어나기를 기대할 수 없다. 이 책에서 논의된 것과 같이, 철학적인 평정심은 당신이 선택한 삶의 방식에 따라 결정된다. 당신은 당신이 원하는 사람이 되기 위해 연습을 해야 한다.

받아들이고 놓아주는 것은 자기 성찰과 정서적 처리가 필요하고, 유익하다는 교훈과 모순되어 보일 수 있다. 만일 멀리서 트라우마의 기억을 관찰한다면, 당신은 어떻게 처리할 것인가? 이분법은 거짓말이다. 하나 또는 다른 전략을 선택할 필요가 없다. 자기 반성과 수용은 모두 유용하다. 최적의 삶은 이 둘의 균형을 유지하는 것이다. 괴로운 기억을 '해결'하려고 할 때, 자기 성찰이 바람직할 때도 있다. 어떤 경우에는 놓아주는 것이 정신 건강에 도움이 된다.

대중문화에서 "결코 포기하지 말라."는 영감을 주는 캐치프레이즈이다. "당신이 필요로 하는 모든 것은 사랑." 그리고 "당신의 꿈을 따르세요."라는 말과 함께 반복된다. 사랑은 엄청나게 중요하지만, 인간에게는 그 밖에도 다른 필요가 있다. 당신의 꿈을 쫓을 수 있지만, 꿈을 실현할 것이라는 보장은 없다. 그리고 영웅적인 인내가 비참한 실패로 끝날 수 있다.

놓아버리고 포기하는 것이 반드시 부정적인 것은 아니다. 진화심리학자들은 우울증이 '포기'를 촉진하고 생산적인 변화를 위한 기회를 만들기 때문에 선택되었다고 주장한다.[6] 열매를 찾아 생존했던 선조에게 인내하는 것은 도움이 되었지만 어느 정도까지 만이었다. 부근의 열매들이 사라지면 에너지 소모량이 에너지 소비량을 넘어서게 될 것이었다. 이러한 경우, 동기 상실은 성과 없는 채집을 줄이고 이탈을 조장하며, 잘 익은 열매가 가득한 새로운 덤불을 발견하기 위해 계속 나아가게 하는 것이 적응적인 행동이 될 것이다. 수렵 채집인이 첫 번째 덤불에서 열매가 고갈되었다는 것을 수용하고, 새로운 곳을 발견하면 다시 더 많은 열매를 섭취하여, 소비했던 에너지에 대한 보상으로 최대 에너지를 섭취할 것이다. 일시적이었지만, 잠시 우울했던 선조들은 살아남아 출산하고 적응하여, 동기 부족을 후손에게 물려 주었을 것이다.

포기하고 놓아주는 것은 패배주의의 분위기가 드러난 표현이다. 그러나 알프레드 아들러Alfred Adler가 주장했듯이 때로는 우리의 약점이 우리의 강점이기도 하다. 인생에는 양보, 체념, 포기가 무익한 투쟁보다 이로울 때가 있다

프로이트Freud는 종종 비관론자의 특징을 보였다. 우리는 줄곧 찡그린 표정을 짓는 남자의 이미지를 본다. 프로이트는 사진을 찍는 것을 불편해하였다. 프로이트의 추종자들이 기록한 프

로이트의 신랄한 발언들은 캐리커처의 이미지를 강화한다. 영생을 갈망한 적이 있냐는 질문에 프로이트는 그러한 감정은 감기로 빠르게 치료되었다고 대답했다.[7] 이는 매우 놀라운 사실이다. 프로이트는 영생을 오랜 기간 동안 구체화된 대상으로 상상했다.

우리는 종종 젊음을 신체적인 상태와 연관 짓고, 노년을 지성과 관련지어 생각하는 실수를 범한다. 그러나 신체는 이상하게도 젊었을 때는 눈에 띄지 않는다. 신체는 불평 없이 마음을 나른다. 사실, 젊고 건강하며 강해지는 경험은 다소 반직관적으로 육체에서 분리되는 것과 비슷하다. 그러나 뼈와 근육이 노화됨에 따라 쑤시고 아픈 것은 누적이 되어 죽을 때까지 우리의 육체를 지속적으로 상기시켜 준다.

제1차 세계대전 전 여름, 프로이트는 50대 후반이었는데, 돌로미테에서 휴가를 보내고 있었다. 프로이트는 [덧없음에 관하여 On Transience] 라는 제목의 에세이에서 그는 과묵한 친구와 젊은 시인이 함께 산책을 하는 이야기를 들려준다. 그 젊은 남자는 불행하게도 어두운 생각에 자주 빠진다. 겨울이 오면 '행복한 시골'은 춥고 헐벗은 곳이 될 것이다. 인간의 아름다움은 사라지고 모든 것은 지나 간다. 결국 모든 문명은 먼지가 된다. 프로이트의

* 지그문트 프로이트(Freud)의 철학적 에세이이다. 그것은 일시적인 의미에 대해 논의하는 프로이트와 라이너 마리아 릴케 사이의 대화로 구성되어 있다. 그것은 1915년 11월에 쓰여졌고 다음 해에 출판되었다.

낙담은 우주적 공포, 황폐, 즉 아무것도 없음에 대한 시각으로 치닫는다. 모든 것이 일시적일 때, 신선한 공기와 햇볕을 즐기는 것이 어떻게 가능한가? 지평선 너머로 파멸이 어렴풋이 보인다.

프로이트는 인류에 대한 설명에 호의적이지 않았다. 이러한 설명이 전쟁 발발과 함께 확인되었다. 프로이트는 젊은 동반자의 의견에 동의했어야 했다. 아름다움은 쇠퇴할 것을 알기에 즐기기가 어렵다. 일시적인 현상은 모든 것을 무의미하게 만든다. 삶은 파괴, 황폐, 죽음으로 어두워진다.

그러나 프로이트는 그런 종류의 말을 한 적이 없다. 프로이트는 진실이 종종 고통스럽고 우리가 소중히 여기는 모든 것이 결국 사라질 것이라는 것을 인정했지만, 시인에게 반박의 말을 하고 싶었다. 아름다움이 금방 시든다는 사실 자체가 아름다움을 덜 가치있게 만들지 않는다. 오히려 반대로 아름다움이 일시적이라는 사실 자체가 아름다움을 더 소중하게 만든다. 그리고 더 나아가 생각해보면, 인생의 순간이라는 것은 삶을 헤아릴 수 없을 만큼 소중하게 만든다.

프로이트가 감상적으로 정당화한 가치는 다음과 같이 확장될 수 있다. '인간의 형태와 얼굴의 아름다움은 우리 삶의 과정에서 사라지지만, 그 덧없는 아름다움이 더 신선한 매력을 줄 뿐이다. 단 하룻밤 동안 피는 꽃이, 바로 그 점 때문에 덜 사랑스러운 것은 아니다. 그리하여 예술 작품의 아름다움과 완벽함 또는 지적인 성취들이 시간적인 한계로 가치를 잃는 것은 이해할

수가 없다. …'

우리는 우리의 어깨를 편안하게 짚고 있는 그분의 손의 무게와 권위와 확신을 전달하는 그 손의 움켜쥠을 느낄 수 있다.

'정말로 지구상의 모든 생물은 멈춘다. 그러나 이 모든 아름다움과 완벽함의 가치가, 우리가 감정적으로 중요하게 여기는지에 의해 결정된다고 해서, 우리에게 남아 있을 필요는 없으며, 따라서 그 아름다움의 지속 시간은 의미가 없다.' 프로이트는 아름다움과 완벽함이 반드시 살아남아야 미래 세대가 인정하는 것이 아니라고 말했다. 프로이트는 인류 전체에 대해 말하고 있다. 우리 후손들은 아름다움과 완벽함을 경험하게 될 것이며, 그 의미는 미래 세대가 정서적으로 그 아름다움을 어떻게 받아들이냐에 따라 결정될 것이다. 우리처럼 인생은 모든 생명이 끝나는 순간까지 살아갈 가치가 있다.

프로이트의 비관주의는 꼼꼼히 살펴보면 종종 현실주의로 바뀐다. 어려운 진실을 꺼리지 않고, 사람이 사는 여러 상태를 연민으로 얼버무리지 않고, 진부한 위로와 공허한 말들을 건네지 않는 것은 온화한 현실주의이다. 그럼에도 불구하고 짧은 순간순간 감동을 주는 즐거움이 가득한 우주에서 우리 자신이 존재한다는 사실을 축하하도록 프로이트는 격려한다.

제14장

결론

Conclusion

14.

결론

Conclusion

에드워드 호퍼Edward Hopper의 [밤을 새는 사람들Nighthawks]
은 아마도 호퍼의 가장 잘 알려진 작품일 것이다. 이 그림은 확
실하게 가장 널리 재현된 이미지 중 하나이다. 많은 예술 애호가
들은 [밤을 새는 사람들]의 구성요소와 독특한 팔레트가 합쳐
져 호퍼의 예술을 가장 완벽하고 순수하게 표현했다는 데 동의
한다. 호퍼의 주요 주제인 도시에서 소외된 이들의 우울이 최종
적으로 다루어졌다. 세 명의 손님, 우리를 바라보는 커플과 등을
돌리고 앉은 남자가 식당의 카운터와 유니폼을 입은 웨이터에
기대어 있고, 유니폼을 입은 웨이터가 카운터 뒤에 서서 몸을 굽
혀 주방 일을 하고 있다. 우리는 수족관의 유리 패널을 닮은 커

다란 직사각형 창을 통해 이 사람들을 본다. 늦은 시간, 어쩌면 이른 아침일 수도 있고, 식당 뒤편의 상점들은 문을 닫았다. 호퍼의 식당은 아주 작다. 소금과 후추 통 외에는 음식에 대한 증거가 보이지 않는다. 꼭 필요한 것만 남긴 모습이 상상 속의 원형이거나 재구성된 꿈처럼 보인다. 추상화처럼 표현된 현실의 이러한 인상은 호퍼의 식당이 실제로 로워 맨해튼의 그리니치 거리의 한 모퉁이에 있던 작은 식당을 모델로 했다는 사실을 무시한다. 이 그림에 해당하는 글귀로 '실제 이야기에 기초하여'라는 캡션이 같이 보일 것이다.

[밤을 새는 사람들]은 세계사에 있어서 중요한 전환점인 1942년 1월에 완성되었다. 불과 한 달 전에 일본군은 진주만에서 미국 함대를 폭격했다. 독일 해군 잠수함은 이미 뉴욕시 주

변 해역에 있었다. 식당을 둘러싸고 있는 가까운 어둠 너머에는 세계적인 갈등, 강제수용소, 정복과 전체주의 통치의 위협이 있었다.

호퍼의 식당에는 출구가 없다. 대부분의 사람들의 눈이 중앙 그룹에 머물기 때문에 이러한 부재를 알아차리지 못한다. 4인조는 어떻게 식당에 들어갔을까? 그리고 그들은 어떻게 식당을 떠날까? 그 안에 갇혀 있는 것일까? 호퍼는 자신의 그림에 불가능을 접속시키는 것을 좋아했다. 비록 종종 놓치기 마련이지만, 그러한 비정상적인 현상은 무의식에 남아 있다가 다소의 불편함을 만들어 의식에 불안한 파문을 일으킨다. 우리는 무엇인가가 옳지 않다고 느끼지만, 그것이 정확히 무엇인지 말할 수는 없다.

식당 밖의 포장 도로는 식당에서 새어 나오는 녹색 빛이 비추어 그림자를 드리운다. 올리비아 랭Olivia Laing *은 그녀의 책 [외로운 도시The Lonely City]에서 이 세부 사항을 다음과 같이 설명한다. "전기의 출현과 함께 생겨난 유해하고 창백한 녹색처럼, 존재의 빛깔이 죽어버린 건물의 내부는 도시의 소외, 인간 존재의 자동화를 적나라하게 드러낸다." 밤의 하늘, 유리탑이 빛나는 도시, 공허하게 비치는 사무실과 네온사인은 이런 현상들과 밀

---

* 소설가, 문화 비평가이다. 그녀는 네 개의 논픽션 작품인 〈To the River〉, 〈The Trip to Echo Spring〉, 〈The Lonely City, and Everybody〉, 그리고 에세이 모음집 〈Funny Weather〉, 그리고 소설 〈Crudo〉의 저자이다. 2018년에 그녀는 논픽션으로 윈덤-캠벨 문학상을 수상했고, 2019년에는 크루도의 100번째 제임스 테이트 블랙 기념상을 수상했다. 2019년에 그녀는 왕립 문학회에 선출된 연구원이 되었다.

접하게 연관되어 있다. 랭은 이 녹색 음영을 빙산의 빛깔에 비유하여 무기력과 황량함을 자극적으로 암시한다. [밤을 새는 사람들]이 호퍼의 그림 중 대표라는 명성을 얻은 것은 그림이 풍기는 죽을 듯한 고요 때문이다. 호퍼는 온 세상으로부터 그의 사각 quarter 레스토랑을 봉쇄해다. 랭이 '녹색빛 유리거품'이라고 묘사한 그 안에 바로 그 고요가 있다. 우리는 이론적으로 그들이 말하는 것을 듣기 위해 문을 열 수가 없다. 왜냐하면 식당은 완전하게 방음 처리가 되어있고 그곳에는 문이 없기 때문이다. [밤을 새는 사람들]은 우리가 호퍼에게서 기대할 수 있는 모든 것이다. 의식의 중간 지대에 불안함이 엄습하고, 이례적인 생각들이 의식의 가장자리를 짓누른다. 그곳에서 외로운 사람들은 사회적 붕괴, 재앙, 자유의 억압, 심지어는 종말과 같은 실존적 위협에 둘러싸인다.

그러나 이것이 [밤을 새는 사람들]에 대한 정확한 해석일까? 아니면 이 해석이 호퍼와 그의 연구에 대해 우리가 이미 알고 있는 것과 일치하기 때문에 단순하고 성급하게 결론을 내리는 것일까? 지나치게 익숙해서 그림이 일종의 심리검사인 로르샤흐 테스트로 보이는가? 그 모호함은 우리의 기대에 따라 너무나 편리하게 해석을 달리한다.

월터 웰스Walter Wells는 비관주의가 호퍼의 작품이 주는 가장 강력한 메시지라고 기꺼이 인정했다. 그러나 호퍼의 그림 중 상당수를 편견없이 살펴보면 흔히 평론가들이 말하는 것 이상으로 낙관적인 해석도 가능하다고 믿었다. 우리가 열린 마음으로 호퍼의 캔버스 앞에 서면, 우리는 약탈을 일삼는 어둠에 고립되고 위협을 받지만, 또한 '최후의 밤이 오는 것을 저항하거나, 또는 최소한 막을 수 있는 방법을 찾는' 다른 사람들이 있다는 것을 알게 된다. 웰스는 호퍼 작품 [밤을 새는 사람들]이 우리에게 주는 인간 존재의 힘애 대한 메시지를 놀랍도록 탁월하게 설명했다.

웰스는 헤밍웨이Ernest Hemingway의 글을 통해 [밤을 새는 사람들]에 비스듬히 접근했다. 우리는 호퍼가 헤밍웨이의 소설, 특히 초기 단편 소설에 깊은 인상을 받았다는 것을 알고 있다. [살인자들 The Killers]*이 스크리브너 매거진Scribner's Magazine에서 처음으로 출간되었을 때, 호퍼가 헤밍웨이의 문체의 힘과 진실성에 대해 칭찬하는 편지를 편집자에게 썼기 때문이다. 미술 사학자 게일 레빈Gail Levin**은 [살인자들 The Killers]과 [밤을 새는 사람들 Nighthawks]을 연결하는 공통점, 특히 분위기와 설정에 관

---

* 어니스트 헤밍웨이의 단편 소설로, 1927년 Scribner's Magazine에서 처음 출판되었고, 나중에 Men Without Women, Snows of Kilimanjaro, The Nick Adams Stories에 재출판되었다. 1920년대 일리오이주 서밋을 배경으로 한 이 이야기는 헤밍웨이의 이야기에 자주 등장하는 닉 아답스가 지역 식당에서 권투 선수를 죽이려는 암살자 두 명과 마주치는 과정을 그린다.

** 미국 미술사학자, 전기 작가, 예술가이며, 바룩 칼리지와 뉴욕 시립대학교 대학원 센터의 미술사, 미국 연구, 여성 연구 및 교양학의 저명한 교수이다. 그녀는 에드워드 호퍼의 작품, 페미니스트 예술, 추상적 표현주의, 모더니즘 예술과 미국 모더니즘 예술에 대한 동유럽 유대인의 영향의 전문가이다. 레빈은 휘트니 미국 미술관에서 호퍼 컬렉션의 첫 번째 큐레이터로 일했다.

련한 글을 썼다. 그러나 웰스는 완전히 다른 헤밍웨이 단편 소설이 우리에게 호퍼의 상징적인 그림의 의미와 기원에 대한 예리한 통찰을 줄 수 있다고 생각했다.

1933년에 출판된 헤밍웨이의 [깨끗하고 밝은 곳 A Clean, Well-lighted Place]*에서 두 명의 카페 웨이터^{한 명은 젊은 사람, 다른 한 명은 나이가 많은 사람}가 다른 손님들이 떠난 후에도 오래 머물러 자살 충동을 느끼는 우울한 노인에 대해 이야기한다. 카페의 문을 닫고 아내가 있는 집으로 돌아가고 싶은 젊은 웨이터는 노인에게 떠날 것을 요구하고 노인은 떠나야만 한다. 나이 든 웨이터는 동정심이 더 많다. 그는 노인에게 카페는 단지 먹고 마시는 곳 이상의 의미가 있다는 것을 이해한다. 그곳은 안식처이며 피난처로, 노인에게 안전한 장소이다. 웰스는 이 점을 강조한다. '카페는 그가 어두운 밤에 안전하게 머무는 유일한 곳이다. 그에게 하느님도, 영적인 위안도 없는 세상의 마지막 밤을 대비하는 안식처가 된다.'

헤밍웨이의 슬픈 노인처럼 [밤을 새는 사람들 Nighthawks]의 후원자들도 깨끗하고 밝은 곳에서 안식처를 찾았다. 그들 뒤로는 검은 암흑이 있다. [자동판매식 식당 Automat]의 공허만큼 검고 특징이 없지만 거의 동일한 의미이다. 그러나 몇 가지 차이점은 있다. 식당의 빛이 밤을 더욱 성공적으로 막아내고 있다. 어

---

* 1933년 스크리브너 매거진에서 처음 출판된 미국 작가 어니스트 헤밍웨이의 단편 소설이다. 그것은 또한 그의 컬렉션 Winner Take Nothing(1933)에도 포함되었다.

둠은 완전하지 않으며 전체 면적의 비율을 따져보면 [밤을 새는 사람들Nighthawks]의 어둠의 직사각형은 [자동판매식 식당Automat]을 지배하는 공간보다 훨씬 적다. 그렇다면 결국 이곳은 실존적인 출발의 장소가 아닐 수 있다. 아마 호퍼는 피난처를 그렸을 것이다. 문이 없다는 것은 식당의 고객이 안에 갇혀 있다는 의미가 아니라, 위험에서 보호받고 있다는 의미일 것이다.

아마도 우리는 호퍼의 유해하고 병약한 빛을 다시 한번 살펴봐야 할 것이다. 웰스는 그 청록빛으로 차가와지기보다는 따뜻해졌다. '일부 사람들이 보았듯이, 그림에서 이 빛을 위협적이고, 소외되거나 비인간적이라고 보는 것은 요점을 놓치는 것이다. 이 빛은 인위적인 것이다. 실존적인 어둠을 극복하기 위해 하느님이 아닌 인간이 만든 빛이다. 이 인위성은 밖의 보도를 가득 채우는 녹색빛에서 분명해진다.' 1940년대 신기술이었던 형광등은 오늘날 우리보다 호퍼에게 더 긍정적인 의미를 지녔다. '계몽'이라는 빛에 은유적인 촛불의 힘을 더했다.

삶의 문제에는 합리적인 해결이 필요하다. 기도는 형광등의 빛만큼 효율적으로 어둠을 물리칠 수 없다.

예술평론가들은 [밤을 새는 사람들Nighthawks]에서 부부가 서로 별개의 공상에 빠져있다고 주장한다. 그들은 서로 가까이 앉아 있다. 호퍼의 상징은 단연 성적인 것이다. 두 사람의 손가락은 서로 닿거나 적어도 겹쳐 있고, 남자는 오른손에 남근 모양의 시가를 들고 있다. 여자는 빨간색 머리, 욕망의 색이다. 호퍼는 빨간 드레스와 립스틱을 통해 욕망을 증폭시키려 한다. 여자는 남자의 시가에 불을 붙이는 데 사용할 성냥을 응시하고 있다. 이 부부는 별개의 공상에서 길을 잃지 않았다. 그들은 서로 반대 방향에서 떠돌지 않는다. 그들의 생각은 친밀감에 대한 전망으로 모아지는 것 같다.

웰스는 [밤을 새는 사람들 Nighthawks]이 '작지만 중요한 승리', 즉 공허에 맞서 싸우는 행동을 나타낸다고 결론지었다. 그것이 우리 시대에서 가장 반향을 불러일으키는 화보의 아이콘이 된 그럴 듯한 이유이다.

왜 우리는 암울한 대안보다 웰스의 독서에 특권을 부여해야 할까?

1950년대 미술사학자 캐서린 쿠 Katharine Kuh *는 [예술가의 목소리 The Artist's Voice]라는 제목의 책을 위해 호퍼를 인터뷰했다. 쿠는 호퍼에게 가장 좋아하는 작품을 지명해 달라고 요청했고, 호퍼는 3개의 작품을 지명했는데. 그중 하나가 [밤을 새는 사람들 Nighthawks]이었다. 쿠는 더 많은 정보를 얻기 위해 호퍼를 압박했다. 그녀는 호퍼가 그림의 주제를 명확히 하고 그의 작품이 외로움에 관한 것임을 확인해 주기를 원했다. 호퍼는 즉각적으로 무뚝뚝하게 거부하였다. "특별히 외롭다고 생각하지 않

---

* 캐서린 쿠(Katharine Kuh, 1904~1994)는 일리노이주 시카고 출신의 미술사학자, 큐레이터, 비평가, 딜러였다. 그녀는 시카고 아트 인스티튜트에서 유럽 예술과 조각의 첫 번째 여성 큐레이터였다.

습니다."

[밤을 새는 사람들 Nighthawks]은 수천 년 동안 인간 존재의 특징이었던 원초적 상황을 재현한다. 남자와 여자는 밤을 막아주는 조명 캠프파이어, 난로에서 위안을 찾기 위해 함께 모여 이야기를 나누고 있다. 자신에 대한 이야기와 다른 사람에 대한 이야기, 자신이 누군지, 즉 우리가 누구인지 정의하고 세상을 이해하는 이야기이다. [밤을 새는 사람들 Nighthawks]에 있는 사람들의 말을 들을 수는 없지만, 그들이 지금 이야기를 하고 있거나 웨이터가 입을 벌리고 있음 곧 말을 하려고 한다는 것은 확신할 수 있다. 늦은 시간이라는 사실이 그들이 솔직하고 자유롭게 말하는 데 더 자극이 될 것이며, 그들의 무방비한 교제는 우연한 발견을 이끌 수 있다. 아마도 그들은 과거와 현재를 연결하고, 통찰력을 얻고, 미래를 협상하는 새로운 방법을 알게 될 것이다. 그들이 서로에게 자신을 공개하는 것에는 안도감이 따를 것이다.

임상 실습을 했던 가장 생생한 기억은 모두 가을날, 병원, 진료소, 상담실, 불이 켜진 밝은 장소에서 파란색에서 검정색으로 바뀐 높은 창문 앞, 의자에 앉아 있던 내담자와 깊은 대화를 나누었던 것이다. 내담자와 나는 인간이 만든 불빛의 작고 동그란 공간 안에 같이 있는 동료였다. 그 기억의 창은 단순히 나무틀 안의 유리창이 아니라, 보편적인 전망을 보여주는 구멍이다. 세상들 곳곳의 공허함, 무한함, 인간이라는 안쓰러운 나약함을 일깨

워준다. 그렇다고 하더라도 램프의 불빛과 대화는 실존적 두려움에 대항하는 소박한 보루처럼 보인다. 램프의 불빛과 대화는 머물기에 충분한 피난처, 자신을 더 이해하고, 사랑과 충족과 의미를 알기 위한 일시적이지만 충분히 안전한 장소를 제공한다.

나는 이미 중학교에 대해 언급한 적이 있다. 내가 다니던 초등학교는 여러 가지 이유로 별로 나아지지 않았다. 나는 수녀님과 사제들에게 가르침을 받는 수녀원 초등학교를 다녔다. 감수성이 예민한 나이였음에도, 나는 내가 듣는 것을 받아들이는 것이 거의 불가능하다는 것을 알았다. 왜냐하면 내가 들었던 정보들은 내가 경험하는 일상적인 세상과 너무 달랐기 때문이었다. 성직자들의 의복과 예식과 향, 피를 흘리는 예수님의 형상, 그리고 빵과 포도주의 변화와 기적에 대한 끊임없는 이야기는 터무니없어 보였고, 최악의 경우에는 막연한 불안을 보여주는 것 같았다. 수녀원 복도 중 한 곳에는 은하계 사진 액자가 걸려 있었는데, 그 아래에는 신의 작품에 대한 인용문이 적혀 있었다. 그 이미지를 보고 나는 경외감을 느꼈다. 창세기가 사실이라는 것이 증명되었기 때문이 아니라, 어둠 속에 떠 있는 별들의 소용돌이가 눈에 띄게 아름다웠기 때문이다. 가톨릭교의 성찬 무언극이 영적인 가능성에 대한 내 마음을 닫지 않았다. 나는 성인이 되자마자, '구루*'를

---

* 힌두교의 스승이나 지도자.

Galaxy

따르기 시작했고, 3년 동안 '아시람*'에서 '고대의 지혜'를 흡수하고 거의 매일 명상을 했다. 나는 우주 의식의 경험을 약속 받았다. 그러나 나는 아무것도 경험하지 못했다.

이 책의 여러 부분에서 나는 종교적 사고와 프로이트와 같은 심리치료사의 사고를 대조했다. 이러한 비교의 목적은 많은 심

---

* 힌두교도들이 수행하며 거주하는 곳.

리치료사가 구체화를 받아들이고, 현실을 직시하고, 이성을 활용하는 데 높을 가치를 부여한다는 점을 강조하는 것이다. 일부 독자들은 내가 종교에 반대한다고 생각할 수도 있다. 이는 완전히 잘못된 생각이다. 나는 많은 무신론자들의 호전성과 편협함이 모든 형태의 근본주의*와 관련된 자기정당화의 광적인 행동과 거의 같다고 생각한다. 종교는 큰 질문에 대한 답을 제공하며, 신자가 되면 많은 이점을 얻을 수 있다. 만약 당신이 죽을 때 천국에 간다고 진정으로 믿는다면, 당신은 실존적인 불안으로 크게 고민하지 않을 것이다.

하지만 종교적인 대답을 받아들일 수 없다면 어떻게 될까? 별들의 소용돌이 속에서 하느님의 작품을 볼 수 없다면, 단지 물리 법칙의 표현일 뿐이다. 만약 당신이 헌신적으로 활동하면서도 여전히 신과의 연결을 느끼지 못한다면, 당신은 다른 곳에서 당신의 진실을 찾아야 할 것이다.

프로이트는 종교적 신앙이 실존적 공포에서 우리를 보호하기 위해 만들어진 방어 수단이라고 말했다. 방어가 안전하다면 우리는 행복할 수 있지만, 이런 종류의 행복은 사실 자기 기만의 한 형태이다. 방어력이 약해지고 결국은 무너질 것이다. 반대로 종교를 믿는 개인은 의심의 공격을 받게 될 것이다. 많은 사람들이 역경을 통해 신앙이 강화된다고 주장하지만, 프로이트의 관

---

* 경전에 나와 있는 내용이 절대적으로 오류가 없다고 보고 이를 문자 그대로 해석하여 그대로 따르려는 입장.

점에서 이는 방어가 인식과 논리를 왜곡할 수 있다는 것을 보여주는 것일 뿐이다. 이러한 경우, 현실은 홀로코스트와 같은 잔학한 행위가 신성한 사랑의 개념과 조화될 수 있을 정도로 완전히 왜곡된다. 물론 신의 계획이 있고, 어느 정도 높은 수준에서 홀로코스트와 신의 사랑이 조화될 수 있다고 생각한다. 그러나 그러한 계획이 존재한다면, 또한 화해가 가능하다면 그것은 인간이 이해할 수 있는 범위를 완전히 넘어서는 계획이다. 믿음을 가진 사람들은 하느님이 신비한 방법으로 일한다는 사실을 기꺼이 받아들인다. 불행하게도 이것은 신에 대한 개인적인 경험이 없고, 성경의 권위를 받아들일 수 없는 우리에게는 별로 도움이 되지 않는다. 우리는 모호함에 뿌리를 둔 신념을 바탕으로 인생을 결정내릴 수 없다. 삶의 결정은 그럴 듯한 이론, 관찰, 입증 가능한 인과관계를 바탕으로 이루어져야 한다.

프로이트가 심리치료를 유물론적 신념과 연결시키는 선례를 만들었지만, 영성과 심리치료가 완전하게 모순되는 것이라고 가정해서는 안된다. 칼 구스타프 융Carl Gustav Jung 은 기억, 꿈, 반성에서 흥미로운 사건을 묘사했다. 융이 1909년 프로이트를 방문했을 때, 두 사람은 초자연적 현상에 대해 논의했다. 프로이트가 너무나 강하게 거부해서 융은 매우 짜증이 났다. 융이 화가 느껴지기 시작하자, 그의 횡경막은 '빛나는 금고'가 되었다. 그 순간 '책장에서 요란한 소리'가 들렸다. 융은 다음과 같이 선언했다. "이것은 '촉매적 외부화 현상'의 예이다." 프로이트는 융에게

허튼 소리'를 한다고 말했다. 융은 또다른 폭발을 예측하며 자신을 방어했고, 당연하게도 또다른 폭발이 뒤따랐다. 프로이트는 특별한 일이 일어났다는 것을 확신하지 못했다. 이 후 두 사람의 관계는 점점 더 악화되었다. 융은 매우 영적인 사람이었다. 그는 자신의 죽음을 미리 알고 있었다고 주장했고, 누군가가 "당신이 떠나면 어떻게 해야 합니까?"라고 묻자 융은 "저편에서 당신을 맞이할 수 있도록 최선을 다 하겠다."라고 답했다.'

종교인에게도 정신과 육체가 있다. 그들이 영혼을 믿는다는 사실이 그들이 자기 존재의 물질적, 심리적 측면과 관련된 심리 치료적 지식을 사용할 수 없다는 것은 아니다. 영적인 감정이 융이 심리학자가 되는 것을 막지 못했으며, 다른 많은 사람들도 마찬가지였다. 최초의 정신분석가 중 한 사람이자 스위스 정신분석학회의 창립자인 오스카 피스터 Oskar Pfister*는 루터교 목사였다. 피스터는 프로이트의 이론을 받아들였고, 최초의 정신분석 교과서 중 한 권을 썼다. 독실한 사람들은 심리치료를 탐구할 때, 종교적인 가르침과 양립할 수 없는 몇 가지 아이디어특히 성과 관련된에 직면할 가능성이 있지만, 심리치료는 인간의 성적 발달에 대한 설명 그 이상의 것이다.

---

* 스위스 루터교 목사이자 위디콘 출신의 평신도 정신 분석가였다. 피스터는 취리히 대학교와 바젤 대학교에서 신학, 철학, 심리학을 공부했고, 1898년에 철학 학부를 졸업했다. 그 후 그는 1920년까지 발트(취리히주)에서 봉사하는 목사가 되었다. 그는 정신분석학을 교육 과학에 적용하는 것과 관련된 노력은 심리학과 신학의 합성에 대한 그의 신념 체계로 기억된다.

오늘날 사람들은 그 어느 때보다 더 불행하고, 스트레스를 받고, 불안 속에 산다. 경제학자들은 그 결과로 서구 자유민주주의가 위험에 처해 있다고 경고한다. 나는 심리치료와 관련된 아이디어와 공식, 틀이 잠재적인 치료법으로서 더 자주 논의되어야 한다고 제안한다. 심리치료가 만병통치약이라고 결코 주장하지는 않지만, 심리치료는 대부분의 사람들이 생각하는 것보다 더 많은 것을 제공할 수 있다고 믿는다. 인간 불행의 본질에 대한 지속적인 탐구로서 이 책은 대중 심리학의 진부한 표현과 사이코버블,* 정신분석의 카우치에 대한 만화 삽화를 초월한다.

많은 사람들이 동의하지 않을 것이다. 예를 들어, 일부 정치 이론가들은 심리치료가 자본주의적 이익에 도움이 된다고 주장한다.[1] 그들의 견해에 따르면, 심리치료는 불평의 해로운 영향에서 관심을 돌려 개인에게 초점을 맞추게 함으로써 급진적이고 계몽된 사회 정책의 실행을 무기한 연기시킨다. 우리는 정신질환과 그 치료에 열중하고 있으며, 고통의 더 중요한 사회적 원인인 부족한 주택, 빈곤, 기회의 부족에 대한 고려를 하지 못했다. 지금 우리에게 필요한 것은 더 이상 말하는 치료법이나 명상 수업이 아닌 정치적 변화이다.

이 주장에는 확실히 어느 정도 진실이 있지만, 단지 부분적인 진실일 뿐이다.

---

* (사실은 별 뜻도 없으면서) 심리학 용어를 지껄여 대는 듯한 말투.

사람들이 정신병에 걸리는 이유는 수없이 다양하다. 진화적, 생물학적, 정신역동적, 인지적, 대인관계적 원인이 있다. 뇌는 천조의 시냅스로 구성된 네트워크로 천억 개의 뉴런을 연결하며, 뉴런은 1초에 10~100번씩 구성이 바뀐다. 개인의 정신 상태는 상상할 수 없을 정도로 복잡하고, 예측할 수 없는 전기화학적 정보 처리 시스템과 상호 작용하는 환경적인 우연에 의해 결정된다. 부의 재분배가 우리의 모든 정신 건강 문제에 대한 해결책이라고 제안하는 것은 순진한 생각이다. 무엇보다도 부자들 역시 우울하다. 더 평등한 사회는 더 행복한 사회가 될 것이 거의 확실하지만, 사람들은 여전히 문화에 내재된 불안을 경험할 것이다. 그들은 인류가 지난 만 년 동안 고민했던 똑같은 질문을 던질 것이다. "나는 누구인가?" "나는 왜 여기에 있을 것일까?" "어떻게 살아야 할까?"

그렇다면 현재의 정신 건강 위기는 어떻게 해결될 수 있을까?

심리치료를 보다 널리 이용할 수 있도록 하는 것이 바람직하지만, 이것이 곧 실현될 가능성은 낮다. 수요를 충족하려면 엄청난 수의 심리치료사를 훈련시켜야 하며, 상당한 비용을 들여 서비스를 대폭 확장해야 한다. 이러한 과감한 조치는 극단적인 것을 의미한다. 심리적 도움이 필요한 사람들이 심리치료를 통해 얻은 아이디어로 이익을 얻기 위해 치료에 참여할 필요는 없다. 일부는 그렇게 하지만 전부는 아니다. 많은 사람들이 정신분석적이고, 인본주의적이며, 인지행동적인 사고를 더 잘 알고 있다면, 불만족과 걱정의 일반적인 상태에서 임상적 우울증과 불안으로 전환하는 것을 막을 수 있을 것이다.

여러 지식이 결합된 지적 전통으로 간주되는 심리치료는 과소평가되고 충분히 활용되지 않고 있다. 심리치료는 임상환경에서 좁게 적용될 수 있는 것과는 대조적으로 관련 지식이 누적되고 상호 연결되어, 일상적인 상황에서 폭넓게 적용될 수 있지만, 우리는 거의 이러한 이점을 인식하지 못하고 있다. 심리적인 건강 전문가들이 차이점을 강조하는 대신 공통점을 더 기꺼이 인정한다면, 이 전통의 강점은 쉽게 이해될 것이다. 심리치료가 치료의 한 형태로서뿐만 아니라 하나의 전망, 방향 또는 세계관으로 무엇을 제공하는지에 대해 사람들은 덜 혼란스러워할 것이다.

이런 아이디어는 아이들이 학생일 때, 즉 인생의 이른 시기부터 시작될 수 있다. 학교에서 아이들은 살아가는 문제에 대하여 다양한 주제를 접하게 된다. 약간의 철학적 주제가 섞인 도덕 교육은 대개 종교 교육이라는 제목으로 제공된다. 성교육과 같은 실용적인 조언이 생물학 교육을 보충한다. 심리치료 전통의 주요 결과물을 인생의 교훈으로 제시하는 것은 성장하는 아이들에게 지속적인 인상을 남길 수 있을 것이다. 심리적, 정서적으로 더 많은 지식을 갖춘 사람들은 더 탄력적이며, 예방은 치료보다 항상 바람직하다. 나는 이미 심리치료와 관련된 정체성, 욕구, 바람 등의 문제로 힘겨운 싸움 중이 청소년들이 특히 잘 받아들일 것이라고 생각한다.

　최적의 삶은 특정한 과업들의 완수에 따른 결과로 설명될 수 있다. 개인이 이러한 작업을 더 많이 수행할수록 불안감은 줄어들고 유익한 삶을 선택할 수 있는 능력은 더 커진다. 마지막으로 이러한 선택은 항상 개인적인 것이다. 빅터 플랭클 Viktor Frank 이 말했듯이 개인은 개별적인 의미가 아닌, 자신의 삶의 의미를 추구해야 한다.

　인생이 평생의 일이라면 해야 할 일이 많다. 위대한 심리학자들은 우리가 자신이 누구인지 발견할 수 있도록 성찰하라고 조언한다. 우리의 기본적인 욕구를 충족시키기 위해서 다른 사람에게 해를 끼치지 않고, 대체적인 만족의 덫과 함정을 피하면서 안전을 추구하고, 그 결과로 우리는 사랑하고 사랑받을 수 있다. 비록 심지어 우리가 사회에 가져오는 것이 미비하고 그룹이 작을지라도 사회의 소중한 구성원이 되는 것이다. 과도한 탐욕에 저항하기 위해, 비합리성과 싸우기 위해, 우리의 역사를 받아들이고 역경을 극복하는 것, 현실이 우리를 불편하게 할 때에도 현재 순간에 살고 현실에 참여하기 위해 노력한다. 나르시시즘은 우리를 다른 사람들과 단절시키며 경험을 빈곤하게 한다, 우리는 나르시시즘을 경계해야 한다. 우리 자신의 의미와 목적을 찾는 것, 선택할 기회가 제한되어 있을 때, 수용하는 태도를 기르는 것이다.

　바로 이러한 점들이 심리치료가 관심을 갖는 점이다. 이는 철학, 신경과학 등 다른 학문 분야의 관심사와 겹치지만 그럼에도 불구하고 독특한 관점을 가진다.

심리치료에서 주로 권장하는 것은 매우 간단해 보인다. 그러나 이러한 모습은 기만적이다. 예를 들어, 우리는 더 통찰력을 가지라는 요청을 받는다. 그러나 심리적 통찰력은 달성하기가 극히 어렵다. 우리의 사고는 끊임없이 무의식의 영향을 받으며, 방어는 현실을 왜곡한다. 진화심리학자들은 뇌가 우리를 속이도록 만들어졌다고 주장한다.[2] 우리는 우리가 뇌 안에 에이전시*를 가지고 있다고 생각하지만, 사실 이 에이전시는 피상적이다. 결국 우리는 우리의 유전자에 의해 조종당하고 있는 것이다.

심리치료의 진실은 인상깊은 이야기로 축소되지만, 사실상 이 이야기들은 미묘하고 이해하기 어렵다. 한 페이지에 단어들로 표현하면 오직 부분적으로 진실일 뿐이다. 심리 치료의 가치는 살아있을 때만 완전하게 드러난다.

베토벤의 〈월광 소나타Moonlight Sonata〉는 기보**로 존재한다.

기록에는 아무것도 누락되지 않았다. 건반에서 손가락의 움직임을 안내하는 데 반음표와 셋잇단음표 기호가 사용되지 않으

---

* 대행사, 대리인.
** 음악을 가시적으로 표기하는 방법.

면 아무 소리도 들리지 않는다. 〈월광 소나타〉는 연주될 때만 존

재하도록 의도된 방식으로 존재한다. 동일한 원칙이 심리치료의

진실에도 적용된다. 당신이 행동하지 않는 이상 실제로 존재하지 않는다. 오직 삶의 행위에 의해서만 입증된다.

당신은 이 책을 다 읽었다. 이제 그 내용에도 익숙해졌다.

이제 당신은 기꺼이 행동으로 옮길 준비가 되었는지?

참고문헌

소개의 글(Introduction)

1. Jesse Bering (2018). *A Very Human Ending: How suicide haunts our species*. Doubleday: UK.

2. Graham Davey (2018). *The Anxiety Epidemic: The causes of our modern-day anxieties*. Robinson: UK.

3. Przybylski, A. (2019). 'Screen time debunked'. *The Psychologist*, June 2019 (p. 16).

4. Twenge, J. M., Martin, G. N. & Campbell, W. K. (2018). 'Decreases in psychological well-being among American adolescents after 2012 and links to screen time during the rise of smartphone technology'. *Emotion*, 18(6), 765-780.

5. 'Tim Berners-Lee launches a campaign to save the web from abuse'. https://www.theguardian.com/technology/2018/nov/05/ tim-berners-lee-launches-campaign-to-save-the-web-from-abuse.

6. 'Spirit of the Age'. *The Week*, 23 March 2019.

7. Catharine Arnold (2008). *Bedlam: London and its mad*. Simon & Schuster: UK.

8. Lisa Appignanesi & John Forrester (1992). *Freud's Women*. Weidenfeld & Nicolson Ltd: UK.

1. 대화: 고요한 극장을 떠나며(Talking: Leaving the silent theatre)

1. E. Becker (1973). *The Denial of Death*. Free Press Paperbacks: New York.

2. Steven Pinker (1994). *The Language Instinct: How the mind creates language*. William Morrow and Company: USA.

3. Mikulciner, M. and Shaver, P. (2013). 'Special Article: An attachment perspective on psychopathology'. *World Psychiatry*, 11:11-15.

4. 4Mary Aitken (2016). *The Cyber Effect: A pioneering cyber psychologist explains how human behaviour changes online*. John Murray: London.

5. Wellings, K., Palmer, M. J., Machiyama, K. and Slaymaker, E. (2019). 'Changes in,

and factors associated with, frequency of sex in Britain: evidence from three national surveys of sexual attitudes and lifestyles (Natsal)'. *British Medical Journal* (Clinical Research edition), 365.

6. Anthony Stevens (1995). *Private Myths: Dreams and dreaming*. Hamish Hamilton: UK.

7. Alice Robb (2018). *Why We Dream: The science, creativity and transformative power of dreams*. Houghton Mifflin Harcourt Publishing Company: New York.

8. John McCrone (1999). *Going Inside: A tour round a single moment of consciousness*. Faber: UK.

9. Lacey, S., Stilla, R. & Sathian, K. (2012). 'Metaphorical feeling: Comprehending textural metaphors activates somatosensory cortex'. *Brain and Language*, Vol. 120, issue 3, 416-421.

10. Stephen Farber and Marc Green (1993). *Hollywood on the Couch*. William Morrow. NY.

11. Fritz Perls (1972). *In and Out the Garbage Pail*. Bantam: US.

12. Wegner, D. (1989). *White Bears and Other Unwanted Thoughts: Suppression, obsession, and the psychology of mental control*. Viking Penguin: New York.

13. Slepian, M. L., Chun, J. S. & Mason, M. F. (2017). 'The experience of secrecy'. *Journal of Personality and Social Psychology*, 113(1), 1-33.

14. Bryant, R. A., Wyzenbeek, M. & Weinstein, J. (2011). 'Dream rebound of suppressed emotional thoughts: the influence of cognitive load'. *Consciousness and Cognition*, Vol. 20, issue 3, 515-522.

15. Slepian, M., Masicampo, E., Toosi, N. and Ambady, N. (2012). 'The Physical Burdens of Secrecy'. *Journal of Experimental Psychology*: General, Vol. 141(4), 619-624.

16. Peter Wohlleben (2017). *The Hidden Life of Trees: What they feel, how they communicate*. William Collins: UK.

17. R. S. Weiss (1973). *Loneliness: the experience of emotional and social isolation*. Massachusetts Institute of Technology Press: Cambridge, Mass.

18. Cacioppo, S., Capitanio, J. & Cacioppo, J. (2014). 'Toward a neurology of loneliness'. *Psychological Bulletin*, 140(6), 1464-1504.

19. Olivia Laing (2017). *The Lonely City: Adventures in the art of being alone*. Canongate: Edinburgh.

2. 안전: 원초적 욕구들(Security: Primal needs)

1. Huttunen, M. & Niskanen, P. (1978). 'Prenatal loss of father and psychiatric disorders'. *Archives of General Psychiatry*, 35, 429-31.

2. Parnas, J., Schulsinger, F., Teasdale, T. W. & Schulsinger, H. (1982). 'Perinatal complications and clinical outcome within the schizophrenia spectrum'. *British Journal of Psychiatry*, Vol. 140, 4, 416-420.

3. Stanislav Grof (2009). *LSD: Doorway to the Numinous: The ground-breaking psychedelic research into realms of the human unconscious*. Park Street Press: Rochester, Vt.

4. Mendonça, M., Bilgin, A. & Wolke, D. (12 July 2019). 'Association of preterm birth and low birth weight with romantic partnership, sexual intercourse, and parenthood in adulthood. A systematic review and meta-analysis'. *JAMA Network. Original Investigation: Pediatrics*.

5. Sue Gerhardt (2004). *Why Love Matters: How affection shapes a baby's brain*. Routledge: Hove.

6. Brower, M. & Price, B. (2001). 'Neuropsychiatry of frontal lobe dysfunction in violent and criminal behaviour: a critical review'. *Journal of Neurology, Neurosurgery & Psychiatry*, 71, 720-726.

7. Jerry Hopkins (18 February 1971). 'The Primal Doctor'. *Rolling Stone*.

3. 통찰: 마음먹음에는 모두 이유가 있다(Insight: The heart has its reasons)

1. Kaburu, S., Inque, S. & Newton-Fisher, N. (2013). 'Death of the Alpha: Within-community lethal violence among chimpanzees of the Mahale Mountains National Park'. *American Journal of Primatology*, 75, 789-797.

2. Pruetz, J., Boyer Ontl, K., Cleaveland, E., Lindshield, S., Marshack, J. & Wessling, E. (2017). 'Intragroup lethal aggression in west African chimpanzees (Pan troglodytes verus): Inferred killing of a former alpha male at Fongoli, Senegal'. *International Journal of Primatology*, Vol. 38, 1, 31-57.

3. Perrin, F., Garcia-Larrea, L., Mauguière, F. & Bastuji, H. (1999). 'A differential brain response to the subject's own name persists during sleep'. *Clinical Neurophysiology*, 110(12), 2153-64.

4. Norman Dixon (1981). *Preconscious Processing*. John Wiley & Sons: Chichester.

5. Weiskrantz, L., Warrington, E. K., Sanders, M. D. & Marshall, J. (1974). 'Visual capacity in the hemianopic field following a restricted occipital ablation'. *Brain*, 97, 709-28.

6. Diaz, M. T. & McCarthy, G. (2007). 'Unconscious word processing engages a distributed network of brain regions'. *Journal of Cognitive Neuroscience*, Vol. 19, 11, 1768-1775.

7. Jonathan Miller (1997). 'Going Unconscious', in Robert B. Silvers (ed.), *Hidden Histories of Science*. Granta Books: London.

8. Nello Christiani (2017). 'In Our Image: The challenge of creating intelligent machines', in Douglas Heaven (ed.), *Machines That Think*. John Murray: London.

9. Gazzaniga, M. S. (1998). 'The Split Brain Revisited'. *Scientific American*, 279(1), 50-55.

4. 왜곡: 비뚤어진 거울(Distortion: Warped mirrors)

1. Loftus, E. F. & Palmer, J. C. (1974). 'Reconstruction of Automobile Destruction: An example of the interaction between language and memory'. *Journal of Verbal Learning and Verbal Behavior*, 13, 585-589.

2. Robert Coles (1992). *Anna Freud: The dream of psychoanalysis*. Perseus Publishing: Cambridge, Mass.

3. Bruce Wexler (2008). *Brain and Culture*. MIT Press: Cambridge, Mass.

4. Damion Searls (2017). *The Inkblots: Hermann Rorschach, his iconic test & the power of seeing*. Simon & Schuster: London.

5. Jack El-Hai (2013). *The Nazi and the Psychiatrist: Hermann Goring, Dr. Douglas M. Kelley, and a fatal meeting of minds at the end of WWII*. Public Affairs: USA.

5. 정체성: 분열된 자아(Identity: The diviced self)

1. Ratner, K., Mendle, J. & Burrow, A. (April 2019). 'Depression and Derailment: A cyclical model of mental illness and perceived identity change'. *Clinical Psychological Science*.

2. 'Young People Edit Social Media Photos'. *Sunday Times*, 12 May 2019.

3. Tausk, V. (1919). 'On the origin of the "influencing machine" in schizophrenia'. Reproduced as a Classic Article in the *Journal of Psychotherapy Practice and Research*, Vol. 1, No. 2, Spring 1992.

4. Laing, R. D. (1967). *The Politics of Experience*. Penguin: UK.

5. Morgan, C., Charalambides, M., Hutchinson, G. & Murray, R. M. (2010). 'Migration, Ethnicity, and Psychosis: Toward a sociodevelopmental model'. *Schizophrenia Bulletin*, July, 36(4), 655-664.

6. Susan Greenfield (2008). *id: The quest for identity in the 21st century*. Sceptre: UK.

7. Langleben, D., Hakun, J., Seelig, D., Wang, A., Ruparel, K., Bilker, W. & Gur, R. (2016). 'Polygraphy and Functional Magnetic Resonance Imaging in Lie Detection'. *Journal of Clinical Psychiatry*, 77, 10, 1372-1380.

8. Bucker, R., Andrews-Hanna, J. & Schacter, D. (2008). 'The Brain's Default Network'. *Annals of the New York Academy of Sciences*, 1124, no. 1.

9. Fair, D., Cohen, A., Dosenbach, N., Church, J., Miezin, F., Barch,D., Raichle, M., Petersen, S. & Schlagger, B. (2008). 'The Maturing Architecture of the Brain's Default Network'. *Proceedings of the National Academy of Sciences of the United States of America*, 105(10), 4028-4032.

10. Michael Pollan (2018). *How to Change Your Mind: The new science of psychedelics*. Penguin Press: USA.

11. Daniel Kahneman (2011). *Thinking, Fast and Slow*. Farrar, Straus and Giroux: USA.

12. Toomey, R., Syvertsen, A. & Shramko, M. (2018). 'Transgender adolescent suicide behaviour'. *Pediatrics*, Vol. 142, 4.

6. 이야기: 인생이야기(Narrative: Life story)

1. The Wolf Man (1971). *The Wolf Man by the Wolf Man: The double story of Freud's most famous patient*, ed. Muriel Gardiner. Basic Books: New York.

2. Bessel van der Kolk (2014). *The Body Keeps the Score: Mind, brain and body in the transformation of trauma*. Viking Penguin: USA.

3. Christopher Booker (2004). *The Seven Basic Plots: Why we tell stories*. Continuum: London.

4. David Canter (2003). *Mapping Murder: The secrets of geographical profiling*. Virgin Books: UK.

7. 나르시시즘: 물에 비친 나 자신을 응시하기(Narcissism: Gazing into the pool)

1. Sutton, J. (March 2018). 'Seeing Screen Time Differently'. *The Psychologist*, Vol. 31, 18-21.

2. Sansone, R. & Sansone, L. (2010). 'Road rage. What's driving it?' *Psychiatry*, 7(7), 14-18.

3. DeCelles, K. & Norton, M. (2016). 'Physical and situational inequality on airplanes predicts air rage'. *Proceedings of the National Academy of Sciences of the United States of America*, 113(20), 5588-5591.

4. Byrne, D. & Murnen, K. (1988). 'Maintaining Loving Relationships', in Sternberg, R. & Barnes, L. (eds), *The Psychology of Love*. Yale University Press: New Haven and London.

5. Jacob, S., McClintock, M. K., Zelano, B. & Ober, C. (2002). 'Paternally inherited HLA alleles are associated with women's choice of male odor'. *Nature Genetics*, Feb, 30(2), 175-9; Epub 22 Jan 2002.

6. Rupert Sheldrake (2017). *Science and Spiritual Practices: Reconnecting through direct experience*. Coronet: London.

8. 섹스: 치명적인 자동차(Sex: Mortal Vehicles)

1. Jonathan Amos (2005). 'Ancient Phallus Unearthed in Cave'. BBC Home: http://news.bbc.co.uk/1/hi/sci/tech/4713323.stm

2. Alex Butterworth (2010). *The World That Never Was: A true story of dreamers, schemers, anarchists and secret agents*. The Bodley Head: London.

3. Ronald Hayman (1999). *A Life of Jung*. Bloomsbury: London.

4. Helen Fisher (2016). Anatomy of Love: *A natural history of mating, marriage, and why we stray*. W. W. Norton & Company: New York.

5. Glass, S. & Wright, T. (1985). 'Sex differences in type of extramarital involvement and marital dissatisfaction'. *Sex Roles*, 12, 1101-20.

6. De Visser, R. & McDonald, D. (2007). 'Swings and roundabouts: management of jealousy in heterosexual swinging couples'. *British Journal of Social Psychology*, June, 46 (Pt 2), 459-76.

7. Cherlin, A. J. (2009). *The Marriage Go-round: The state of marriage and the family in America today*. Knopf: New York.

8. Shor, E., Roelfs, D., Bugyi, P. & Schwartz, J. (2012). 'Meta-analysis of marital dissolution and mortality: reevaluating the intersection of gender and age'. *Social Science and Medicine*, 75, 1, 46-59.

9. Peter Gaye (1988). *Freud: A life for our time*. J. M. Dent & Sons Ltd: London.

10. Scheele, D., Striepens, N., Gunturkun, O., Deutschlander, S., Maier, W., Kendrick, K. M. & Hurlemann. R. (2012). 'Oxytocin Modulates Social Distance between Males and Females'. *Journal of Neuroscience*, 14 November 2012, 32 (46), 16074-16079

11. Burri, A. & Carvalheira, A. (2019). 'Masturbatory Behavior in a Population Sample of German Women'. *Journal of Sexual Medicine*, 30 May, pii: S1743-6095(19)31159-2.

12. Haake, P., Krueger, T. H., Goebel, M. U., Heberling, K. M., Hartmann, U. & Schedlowski, M. (2004). 'Effects of sexual arousal on lymphocyte subset circulation and cytokine production in man'. *Neuroimmunomodulation*, 11(5), 293-8.

13. Davey Smith, G., Frankel, S. & Yarnell, J. (1997). 'Sex and death: Are they related? Findings from the Caerphilly cohort study'. *British Medical Journal*, December, 315:1641.

14. A. S. Neil (1958). 'The Man Reich', reproduced in David Boadella, *Wilhelm Reich: The evolution of his work* (1973). Vision Press.

15. Seth Stephens-Davidowitz (2017). *Everybody Lies: What the internet can tell us about who we really are*. Harper Collins: New York.

16. Bivona, J. & Critelli, J. (2009). 'The nature of women's rape fantasies: an analysis of prevalence, frequency, and contents'. *Journal of Sex Research*, Jan-Feb, 46(1), 33-45.

9. 열등감: 부족함이 주는 위로(Inferiority: The consolations of inadequacy)

1. Colin Brett (1997). Introduction to *Understanding Life: An introduction to the psychology of Alfred Adler*. Oneworld Publications: Oxford. Originally published

as The Science of Living (1927) by Alfred Adler.

2. Ellenberger, H. (1970). *The Discovery of the Unconscious: The history and evolution of dynamic psychiatry.* Basic Books: USA.

10. 욕망들: 소유욕의 덫(Want: the acquisition trap)

1. Mark O'Connell (2017). *To Be a Machine: Adventures among cyborgs, utopians, hackers, and the futurists solving the modest problem of death.* Granta: UK.

2. Irvin D. Yalom (1989). *Love's Executioner and other tales of psychotherapy.* Bloomsbury: London.

3. Ross, S. (2018). 'Therapeutic use of classic psychedelics to treat cancer-related psychiatric distress'. *International Review of Psychiatry*, Aug 13:1-14.

4. Tamir, D., Templeton, E., Ward, A. & Zaki, J. (2018). 'Media usage diminishes memory for experiences'. *Journal of Experimental Social Psychology*, Vol. 76, May, 161-168.

11. 역경: 뿌리 깊은 슬픔(Adversity: Rooted sorrow)

1. Chandan, Joht Singh, Thomas, T., Bradbury-Jones, C. & Russell, R. (2019). 'Female survivors of intimate partner violence and risk of depression, anxiety and serious mental illness'. *British Journal of Psychiatry: First View.* Published online 7 June.

2. Bessel van der Kolk (2014). *The Body Keeps the Score: Mind, brain and body in the transformation of trauma.* Viking Penguin: USA.

3. Dominic Streatfeild (2006). *Brainwash: The secret history of mind control.* Hodder & Stoughton: London.

4. William Sargant (1967). *The Unquiet Mind.* Heinemann: London.

5. Kläsi, J. (1922). 'Uber die therapeutische Anwendung der "Dauernarkose" mittels Somnifen bei Schizophrenen'. *Zeitschrift für die gesampte Neurologie und Psychiatrie,* 74, 557.

6. Stampfl, T. G. & Levis, D. J. (1967). 'Essentials of implosive therapy: A learning-theory-based psychodynamic behavioral therapy'. *Journal of Abnormal Psychology,* 72(6), 496-503.